ZODÍACO

CUÍDATE DEL 13° SIGNO

ROMINA RUSSELL

Del Nuevo Extremo

Russell, Romina
    Zodíaco : cuídate del 13° signo / Romina Russell ;
coordinado por Mónica Piacentini. - 1a ed. - Ciudad
Autónoma de Buenos Aires : Del Nuevo Extremo, 2015.
416 p. ; 21x14 cm.

    ISBN 978-987-609-552-5

    1. Narrativa Estadounidense. I. Piacentini, Mónica, coord.
II. Título
CDD 813

© de esta edición, 2015, Editorial Del Nuevo Extremo S.A.
A. J. Carranza 1852 (C1414 COV) Buenos Aires Argentina
Tel / Fax (54 11) 4773-3228
e-mail: editorial@delnuevoextremo.com
www.delnuevoextremo.com

Traductora: Jeannine Emery
Corrección: Martín Felipe Castagnet
Diseño de tapa: Vannessa Han // Adaptación de tapa: ML
Diseño interior: ER

Primera edición en español: abril de 2015
ISBN 978-987-609-552-5

Para mis padres y mi hermana, las estrellas que guían mi universo.

Y para mi abuelo Bebo, *gracias por compartir conmigo el mágico mundo de los libros.*

"Gracias a mis lecturas conseguí cultivarme y aceptar muchas cosas y desgracias, mundiales y familiares. Esta es mi universidad y sigo convencido que la mejor política es educar y enseñar a leer al pueblo".

Berek Ladowski, mi abuelo
4-1-1927 / 2-10-2014

CUENTO POPULAR CANCERIANO, DE ORIGEN Y AUTOR DESCONOCIDOS

CUÍDATE DE OCUS

Había una vez una estrella guardiana
Cuando el Zodíaco recién se formaba
Desde muy lejos reptó esta Serpiente
Que dio origen al peor inconveniente

Las Doce Casas cayeron en desgracia
Y en la Víbora pusieron su esperanza
Su promesa: poner fin al desacuerdo
Ocus, dijo, era su nombre verdadero

En él demasiado confiaron las Casas
Y así todas terminaron traicionadas
Ocus les robó su hechizo más intenso
Una herida ni sanada por el Tiempo

Aún en guardia esperamos su regreso
Porque antes de su fuga dijo su deseo
Ver al Zodíaco arder frente a sus ojos
Por eso les decimos: Cuídate de Ocus

PRÓLOGO

Cuando pienso en mi hogar, veo el color azul. El azul de las aguas turbulentas del mar, el infinito azul del cielo, el azul brillante de la mirada de mi madre. Algunas veces me pregunto si sus ojos eran realmente tan azules o si es el azul de la Casa de Cáncer el que los tiñe en mi recuerdo. Supongo que no lo sabré jamás, porque no guardé fotos de ella cuando me mudé a Elara, la luna más grande de nuestra constelación. Lo único que traje fue el collar.

El día en que mi hermano Stanton cumplió diez años, mi papá nos llevó a pescar nar-mejas en su *Tranco*. A diferencia de nuestro velero, construido para recorrer grandes distancias, el *Tranco* era pequeño y tenía el aspecto de una almeja partida por la mitad, con hileras de asientos flotantes, estantes de almejas para las nar-mejas, una pantalla de navegación holográfica, y hasta un trampolín que sobresalía de la proa como una lengua. El fondo de la embarcación estaba cubierto por millones de patas microscópicas, similares a los cilios de los paramecios, que nos trasladaban a toda velocidad sobre la superficie del mar de Cáncer.

Siempre me encantó asomar la cabeza por la borda y observar los diminutos remolinos ocasionales, que giraban en varias tonalidades de azul. Era como si el océano estuviera hecho de pintura en vez de agua.

Tenía solo siete años, y estaba por debajo de la edad permitida para bucear en aguas profundas, así que me quedaba en la cubierta con mamá, mientras papá y Stanton se sumergían en el agua para buscar nar-mejas. Aquel día mamá lucía como una sirena, posada

11

en lo más alto del trampolín mientras esperábamos que los muchachos emergieran con su botín. Su cabellera larga y clara caía sobre su espalda, y el sol destellaba en su piel color marfil y en sus ojos como orbes. Recostada sobre mi asiento mullido, intenté absorber el calor y relajarme. Pero siempre me hallaba alerta en su presencia, siempre lista para recitar datos sobre el Zodíaco cuando ella lo dispusiera.

—Rho. —Mamá saltó elegantemente de la plataforma al suelo de caparazón de almeja tallado. Enderecé la espalda cuando la vi venir—. Tengo algo para ti.

Sacó un estuche de su cartera. Mamá no era el tipo de persona que anduviera comprando regalos o acordándose de fechas especiales; era papá quien se ocupaba de eso.

—Pero no es mi cumpleaños.

Una mirada distante y familiar se adueñó de sus rasgos, y lamenté mi comentario. Abrí el estuche y saqué una docena de perlas de nar-mejas, cada una de un color diferente, todas hilvanadas en una hebra de cabello de un hipocampo plateado. Cada perla estaba espaciada a intervalos regulares, y llevaba el símbolo de una Casa del Zodíaco diferente, inscrito con la delicada caligrafía de mi madre.

—Guau —fue todo lo que atiné a decir mientras me deslizaba el collar sobre el cuello.

Ella me dirigió una rara sonrisa y se sentó en el banco al lado mío. Como siempre, olía a nenúfares.

—En tiempos arcanos —susurró, su mirada eléctrica perdida en el azul del horizonte—, los Guardianes originales gobernaban juntos el Zodíaco.

Sus historias siempre me relajaban, y me recosté sobre mi asiento, cerrando los ojos para poder concentrarme en el sonido de su voz.

—Pero cada uno de los Doce apreciaba una fortaleza diferente como la clave para mantener nuestro universo a salvo, lo que provocó desacuerdos y se agrietó la relación entre ellos. Hasta que un día llegó un desconocido que prometió restablecer el equili[...] desconocido se llamaba Ocus.

Todos los niños cancerianos conocían el relato de Ocus, pero la versión de mi madre no era igual al poema que teníamos que memorizar en la escuela. Al escuchar su forma de contarlo, tenía menos de mito que de lección de historia.

—Ocus se le apareció a cada Guardián con un disfraz diferente, y aseguró poseer un don poderoso... un arma secreta que inclinaría la balanza a favor de esa Casa. Al filosófico Acuario, Ocus le prometió un texto antiguo que contenía las respuestas a las preguntas más profundas del Zodíaco. A los imaginativos líderes de Géminis les prometió una máscara mágica que crearía hechizos que iban más allá de lo que el portador de la máscara pudiera imaginar. A Capricornio, la Casa más sabia de todas, le prometió un cofre de tesoros lleno de verdades reunidas de mundos más antiguos que el nuestro, mundos a los que se accedía a través de Helios.

Abrí los ojos para ver un rizo dorado agitándose sobre la frente de mamá. Sentí el impulso de apartárselo hacia atrás, pero supe que no debía hacerlo. Mi madre no era una persona *fría*, exactamente, sino solo... distante.

—Ocus le indicó a cada Guardián que se reuniera con él en un lugar secreto, donde prometió entregarle su don. Al llegar, cada uno de los Doce se sorprendió al enterarse de que los otros también habían sido convocados. Su sorpresa fue aún mayor a medida que cada uno describía al Ocus que los había visitado: la Madre Canceriana había encontrado una serpiente marina; el líder Pisciano vio un espíritu sin forma; el Guardián Sagitariano se encontró con un vagabundo encapuchado, y así sucesivamente. Como ninguno había visto al mismo desconocido, los Guardianes desconfiaban de los relatos de los otros. Mientras discutían, Ocus logró escabullirse en silencio, llevándose consigo la magia más poderosa del Zodíaco: la confianza que las Casas se tenían. Solo dejó una advertencia: "*Cuídense de mi retorno, verán al Zodíaco arder frente a sus ojos*".

—Se robó nuestra confianza, y jamás la volvimos a recuperar —dije, recitando la enseñanza que nos enseñó nuestro maestro. Acababa de comenzar la escuela la semana anterior, y queriendo causar una impresión aún mayor en mamá, proseguí—: Ocus fue el primer huérfano del Zodíaco. No pertenecía a ninguna Casa y estaba celoso de las que había en nuestra galaxia. Por eso, en Cáncer nos cuidamos entre nosotros y nos aseguramos que todos tengan un hogar.

Mamá frunció el ceño.

—¿Te refieres a que *"Todos los corazones sanos provienen de una familia feliz"*? Rho, no puedo creer que seas tan ingenua. Te he enseñado en nuestras lecciones sobre grandes individuos que provinieron de hogares destruidos, como Galileo Sprock, de Escorpio, que inventó el primer holograma hace siglos, o el famoso pacifista Lord Vaz, venerado Guardián de la Casa Libra. —Se veía ofendida—. Si vas a dejar que tus maestros te laven el cerebro, entonces tal vez no estés preparada para la escuela.

—No… fue solo algo que oí decir —le aseguré. Mamá siempre se preocupaba que el sistema escolar canceriano me lavara el cerebro. Por ese motivo, no me había enrolado a los cinco años como los demás niños de nuestra Casa. Decidió enseñarme ella misma.

Aguardé que se aclarara su mirada y no volví a interrumpirla. Sabía que mamá solo lo hacía por mi bien, pero me gustaba demasiado jugar con niños de mi edad como para volver a estudiar en casa.

—Lo *importante* de todo esto —dijo retomando el hilo de su relato— es que nuestros antiguos Guardianes prefirieron pelear entre sí en lugar de admitir que le tenían miedo al mismo monstruo. —Cuando me encontré con su mirada, su expresión se endureció—. Tú misma te enfrentarás con temores en tu vida, y las personas intentarán arrancártelos. Tratarán de convencerte de que lo que temes no es real, que solo está en tu cabeza… pero no se lo puedes permitir.

Su mirada reflexiva absorbió el azul a nuestro alrededor hasta que brilló con más intensidad que el cielo mismo.

—*Confía en tus temores*, Rho. Creer en ellos te mantendrá a salvo.

Su mirada fue tan intensa que tuve que apartarme. Cada vez que mamá se exaltaba, me preguntaba si no se trataba solo de uno de sus arranques extraños —como la vez que se puso a meditar sobre el techo de nuestra cabaña y no bajó por dos días— o si había visto algo en las estrellas.

En lugar de mirarla otra vez a los ojos, observé el agua. Un rastro de burbujas rompía la superficie; me asomé para buscar a papá y Stanton. Pero ninguno de los dos emergió del agua.

—Démonos un baño —dijo de pronto mamá. Su tono era ligero una vez más. Con un movimiento fluido, saltó al trampolín y se zambulló en el agua. Papá siempre decía que era en secreto una sirena. Me puse sus gafas de navegación para seguirle los movimientos bajo el agua y la observé girar con gracia alrededor del *Tranco*. Observarla nadar era como presenciar un ballet.

Justo en el momento en que emergió su cabeza, también aparecieron las de papá y Stanton. Papá levantó su red llena de nar-mejas sobre el trampolín, y yo arrastré la pesca del día sobre el bote. Todavía dentro del mar, papá y mi hermano se quitaron las máscaras. Por el rabillo del ojo me pareció volver a ver burbujas espumando en el agua.

—Este traje me aprieta demasiado —protestó Stanton, desabrochándose la parte superior de su traje para sacar los brazos. Me tuve que agachar para evitar la mascarilla de buceo que vino volando hacia mí. Aterrizó en el suelo con un ruido sordo. Estaba a punto de arrojar a un lado mis gafas y tirarme en el mar con ellos, cuando una masa negra rompió la superficie del agua.

La serpiente medía un metro y medio de largo, tenía la piel escamosa y ojos rojos… pero sabía por las lecciones de mi madre que su poder yacía en su mordida venenosa.

—¡*Hay una Maw al lado de ustedes!* —chillé, señalando la serpiente de mar. Stanton gritó al tiempo que la Maw se lanzó sobre él y, antes de que mis padres pudieran llegar al lado de mi hermano, la serpiente le hundió los dientes en el hombro.

Stanton soltó un grito de dolor, y mamá se zambulló en el agua y nadó más rápido de lo que jamás vi nadar a nadie. Metió una mano debajo de su brazo sano y tiró de él hacia papá. Yo me quedé mirando, demasiado aterrada para que se me ocurriera cómo ayudar.

A través de las lentes especiales de las gafas, pude ver a la serpiente nadando en círculos alrededor de nosotros y aguardando que su veneno se esparciera e inmovilizara a su víctima, para poder engullirla. Los brillantes ojos rojos de las Maw pueden atravesar la oscuridad, que es donde se supone que viven, en la Grieta, a una profundidad de cientos de brazas. Jamás creí que podrían ascender tanto.

Mientras papá llevaba a Stanton en brazos al barco, los ojos azules de mamá centellearon y sus labios se replegaron en una mueca feroz. Nunca la había visto así: tan furiosa y tan *salvaje*.

Luego desapareció bajo la superficie.

—¡Mamá!

Me volví a papá desesperada, pero estaba inclinado sobre Stanton, succionando de la herida en el hombro el veneno de la Maw. Volví a distinguir a mamá entre el oleaje: estaba alejando a la Maw de nosotros, pero la serpiente le estaba dando alcance a toda velocidad, y estaba a punto de atacar.

Me quedé paralizada. Ni siquiera pude gritar; solo observar. Mis manos se aferraron con fuerza al borde del *Tranco*, y no estaba segura de poder aguantar durante mucho tiempo más los latidos de mi corazón. Entonces, mamá dejó de nadar y se dio vuelta para enfrentar a la serpiente.

Algo plateado brilló en su mano. Parecía la hoja de la cuchilla que papá usaba para abrir las nar-mejas: él siempre la llevaba consigo cuando se internaba en el mar, y ella debió tomarla de su cinturón antes de sumergirse en el agua. Cuando la Maw arremetió con la boca para morderla, mamá levantó la mano y cercenó a la serpiente por la mitad.

Solté un grito entrecortado.

—¡Rho! —gritó papá—. ¿Dónde está mamá?

—Está… viva —jadeé—, y allí viene. —Al ver la figura pálida e inconsciente de Stanton, volví a sentir pánico—. ¿Él…?

—Logré sacarle el veneno, pero hay que llevarlo a un sanador —dijo papá, encendiendo el motor del *Tranco* y dirigiéndolo hacia mamá. Ella se valió del trampolín para subir y aterrizó con suavidad sobre el bote. Apenas hubo entrado, papá arrancó a toda velocidad.

Mamá se sentó al lado de Stanton, y apoyó la mano sobre su frente. Creí que le iba a contar a papá que había partido en dos al Maw, pero en cambio se quedó sentada en silencio. Me pareció increíble lo valiente que había sido. Nos salvó.

—¿Qué Helios hacía una Maw en los bajos? —caviló papá para sí. Tenía los ojos vidriosos y respiraba con dificultad. No volvió a hablar después de eso, volviendo a su habitual silencio. Ayudé a mamá a separar las nar-mejas en los estantes, y cuando terminamos, nos quedamos al lado de Stanton.

—Mamá, lo siento —masculló, y las lágrimas comenzaron a caer antes de que pudiera detenerlas—. No sabía qué hacer…

—No te preocupes, Rho —dijo mamá. Me sorprendió al extender la mano para ajustar el collar de perlas de modo que el Cangrejo se ubicara justo en el medio de mi pecho—. Aún eres joven: por supuesto que el mundo te parece un lugar amenazante. —Luego me miró —miró dentro de mí — y todo lo que quedó fuera de su mirada blindada se volvió borroso.

—Aférrate a tus temores —susurró—. Son reales.

1

Doce símbolos holográficos flotan por el corredor de la Academia, deslizándose entre las personas como fantasmas coloridos. Los signos representan las Casas de nuestro Sistema Solar Zodiacal, y desfilan para promover la unidad. Pero todo el mundo está demasiado alborotado por el Cuadrante Lunar de esta noche como para echarles un mínimo vistazo.

—¿Estás preparada para esta noche? —me pregunta mi mejor amiga, Nishiko, una estudiante de intercambio de Sagitario. Sacude la mano frente a su *locker* y este se abre al instante.

—Sí… para lo que no estoy preparada es para este examen —le digo, mientras sigo observando los doce signos que atraviesan la escuela sin rumbo fijo. Los acólitos no están invitados a la celebración, así que hemos organizado nuestra propia fiesta en el campus. Y después de la brillante idea de Nishi de sobornar al staff del comedor para que agregara nuestra nueva canción a la *playlist* de la hora de almuerzo, nuestra banda salió elegida para tocar en el evento.

Meto los dedos en el bolsillo de mi abrigo para asegurarme de que los palillos siguen ahí, justo cuando Nishi cierra su *locker* de un portazo.

—¿Te han explicado por qué tienes que volver a tomarlo?

—Seguramente el mismo motivo de siempre: nunca entrego los trabajos.

—No sé… —Nishi frunce el ceño con ese gesto tan típicamente sagitariano que significa "siento curiosidad por todo"—. Tal vez quieran saber más acerca de lo que leíste en las estrellas la última vez.

Sacudo la cabeza.

—Solamente lo vi porque no uso un astralador para mis adivinaciones. Todo el mundo sabe que la intuición tiene un límite para leer las estrellas.

—El hecho de que tengas un método diferente no significa que estés equivocada. Creo que quieren saber más acerca de tu presagio.

—Espera que le diga algo más acerca de ello, y cuando no lo hago, insiste—: ¿Dijiste que era negro? Y... ¿se retorcía?

—Sí, así parecía —digo entre dientes. Nishi sabe que no me gusta hablar de esa visión, pero pedirle a un sagitariano que reprima su curiosidad es como pedirle a un canceriano que abandone a un amigo que necesita ayuda. No está en nuestra naturaleza.

—¿Lo has visto de nuevo, digo, desde el examen? —dice, presionándome.

Esta vez no respondo. Los símbolos están dando vuelta en la esquina. Apenas logro distinguir el pez de Piscis antes de que desaparezcan.

—Me tengo que ir —digo finalmente, con una pequeña sonrisa para que sepa que no estoy enfadada—. Te veo sobre el escenario.

***

Acólitos inquietos siguen pululando por los corredores, así que nadie me ve entrar en la clase vacía de la instructora Tidus a hurtadillas. Dejo las luces apagadas y me dejo guiar por el instinto a través del espacio oscuro.

Cuando llego al escritorio de la profesora, tanteo sobre la superficie hasta que mis dedos se topan con el frío metal. Aunque sé que no debo hacerlo, enciendo la Efemeris. Las estrellas perforan la oscuridad.

Flotando en el medio del salón, incontables puntitos de luz parpadeante forman una docena de constelaciones diferentes: las Casas del Zodíaco. Alrededor de las estrellas giran grandes esferas luminosas de distintos colores: nuestros planetas y lunas. En medio de todo ello arde una bola de fuego: Helios.

Deslizo un palillo de mi bolsillo y lo hago girar. En medio de todas las chispas del rutilante universo, encuentro la estremecedora masa azul, el punto más brillante de la constelación que tiene forma de cangrejo... y extraño mi hogar.

El Planeta Azul.

Cáncer.

Extiendo el brazo, pero mi mano atraviesa el holograma. Una hilera de cuatro orbes grises de menor tamaño flota al lado de mi planeta; si se conectaran, formarían una línea recta. Eso es porque el Cuadrante Lunar es el único momento de este milenio en que nuestras cuatro lunas estarán alineadas.

Nuestra escuela está ubicada sobre la luna más cercana y más grande de Cáncer: Elara. Compartimos esta roca gris con la prestigiosa Universidad del Zodai, que tiene un campus de entrenamiento en cada Casa de nuestra galaxia.

Tengo prohibido activar la Efemeris de la escuela sin que haya un instructor presente. Echo un último vistazo a mi planeta, un bólido donde se entremezclan todos los azules, y me imagino a papá en nuestra espaciosa cabaña, ocupándose de sus nar-mejas a la orilla del mar de Cáncer. El olor salado del mar me envuelve, y el calor de Helios me calienta la piel, como si realmente estuviera allí...

La Efemeris parpadea, y nuestra luna más pequeña y más lejana desaparece.

Me detengo sobre un punto negro, donde se acaba de extinguir la luz grisácea de Teba... y una por una, las otras lunas también se apagan.

Me vuelvo para inspeccionar el resto de las constelaciones, justo en el instante en que la galaxia entera estalla en una deslumbrante explosión de luz.

La habitación queda totalmente sumida en la oscuridad, hasta que comienzan a aparecer imágenes a mi alrededor. Sobre los muros, el cielorraso, los bancos: todas las superficies están cubiertas por hologramas multicolores. A algunos los puedo identificar gracias a mis clases, pero hay tantos —palabras, imágenes, ecuaciones, diagramas, gráficos— que es imposible mirarlos todos…

—¡Acólita Rho!

La luz inunda la habitación. Los hologramas desaparecen, y el lugar vuelve a ser un aula común y corriente. La Efemeris descansa inocente sobre el escritorio del profesor.

La instructora Tidus se alza sobre la mesa. Su rostro viejo y regordete siempre tiene un aspecto tan agradable que me cuesta percatarme cuándo la he irritado.

—Te dijeron que esperaras afuera. Ya se te ha advertido sobre este asunto: los acólitos tienen prohibido usar la Efemeris de la escuela sin un instructor, y no se me ocurre para qué necesitas un palillo de batería en un examen.

—Lo siento, señora. —El palillo se detiene en mi mano, y desaparece junto al otro en mi bolsillo.

Colgado detrás de ella se encuentra el único elemento que interrumpe las paredes blancas, el cielorraso blanco y el suelo blanco de la sala: enormes letras escritas con tinta azul, que llevan la advertencia preferida del Zodai: *Confía solo en lo que puedas tocar.*

El decano Lyll irrumpe en la clase. Cuadro los hombros, sorprendida de ver que el director de la Academia estará presente durante mi examen. Ya resulta fastidioso ser la única estudiante que debe rendirlo por segunda vez. Pero hacerlo bajo su férrea supervisión será insoportable.

—Acólita, toma asiento hasta que estemos listos para comenzar. —El decano es alto y delgado, y a diferencia de la instructora Tidus, no tiene un solo rasgo agradable. Creo que se acaba de confirmar que la teoría de Nishi respecto de que querían saber más sobre mi visión es absolutamente errada.

Me deslizo sobre una silla; me encantaría que la sala tuviera una ventana. La Madre Orígene, la Guardiana de nuestra Casa, aterrizó hace menos de una hora con su Consejo de Asesores y la Guardia Real del Zodai. Me gustaría por lo menos echarles un vistazo.

Este año mis amigos y yo nos graduamos, así que la Academia ya envió nuestros certificados analíticos para que sean evaluados por la Universidad del Zodai. Solo serán aceptados los acólitos que estén entre los mejores alumnos de la clase.

Los mejores graduados de la Universidad son invitados a ser miembros de la Orden del Zodai, la fuerza de paz de nuestra galaxia. Los mejores entre los mejores son reclutados para formar parte de la Guardia Real del Guardián, el más alto reconocimiento del Zodai.

Cuando era menor, soñaba con formar parte algún día de la Guardia Real. Hasta que me di cuenta de que ese sueño no era el mío.

—Dado que la celebración de esta noche se celebra en nuestra luna —dice el decano—, habrá que apurar este trámite.

—Sí, señor. —Me muero de ganas de tomar mis palillos. Camino hacia el centro de la sala, al tiempo que el decano activa la Efemeris.

—Por favor, haz una lectura general del Cuadrante Lunar.

La habitación vuelve a quedar completamente a oscuras, y se encienden las doce constelaciones. Espero hasta que se complete todo el Zodíaco, y luego trato de acceder a mi Centro, el primer paso para hacer una lectura de las estrellas.

La Efemeris es un instrumento que refleja el espacio en tiempo real, pero cuando estamos centrados puede ser usada para acceder a la Red Psi o al Consciente Colectivo, donde no estamos limitados al mundo físico. Donde podemos leer lo que está escrito en las estrellas.

Centrarse significa relajar tanto la vista que me pongo bizca, como si mirara un estereograma. Luego traigo a la mente lo que sea que me dé más paz interior. Puede ser un recuerdo, un movimiento, una historia, lo que sea que toque mi alma de una forma particular.

De pequeña, mamá me enseñó un antiguo arte que los primeros Zodai empleaban para acceder a su Centro. Transmitido desde civilizaciones ya olvidadas, el yarrot es una serie de posturas pensadas para imitar las doce constelaciones del Zodíaco. Los movimientos alinean el cuerpo y la mente con las estrellas, y se supone que cuanto más se practica, más fácil es Centrarse. Pero cuando mamá se marchó, dejé de practicarlo.

Fijo la mirada en los cuatro orbes grises que flotan al lado de Cáncer, pero no puedo relajar la vista. Estoy demasiado preocupada por que Teba vuelva a desaparecer. Allí trabaja mi hermano Stanton.

Los cancerianos somos conocidos por nuestro gran sentido de la protección y por defender los valores de la familia. Se supone que tenemos que poner los intereses de quienes amamos por encima de los propios. Sin embargo, uno tras otro, mi madre, mi hermano y yo abandonamos a papá. Abandonamos nuestro hogar.

—Cuatro minutos.

Saco el palillo de mi bolsillo y lo giró sobre las puntas de los dedos hasta que el movimiento me relaja. Después comienzo a tocar mentalmente mi última composición. Siento que con cada nueva interpretación el ritmo se intensifica. Al final, no puedo oír nada más.

Después de un intervalo que parece eterno, pero que podrían haber sido solo unos minutos, mi mente se comienza a elevar, más arriba, hacia Helios. Las luces de la constelación del Cangrejo comienzan a reorganizarse, reconfigurando su lugar en el cielo. Nuestras cuatro lunas—Elara, Orión, Galene y Teba— se desplazan a la posición que ocuparán en el futuro, el lugar en donde estarán en algunas horas, para el Cuadrante Lunar.

Mis instructores no pueden ver el movimiento porque solo sucede en la Red Psi, así que está limitado a mi mente. El nivel de habilidad y destreza alcanzadas determinan cuánto y hasta dónde puede ver un Zodai cuando está Centrado. Por eso, las visiones del futuro son únicas para cada uno.

Una vez que las estrellas del mapa holográfico se han realineado, sus trayectorias dejan un leve rastro en el espacio que desaparece rápidamente. Es posible medir estos movimientos con un Astralador, y plantear los números en forma de ecuación, pero si tengo que resolver la x, el Cuadrante Lunar habrá terminado antes de que lo pueda predecir. Y, tal como señaló el decano Lyll, estamos apurados…

Me concentro lo más que puedo y enseguida sintonizo con un débil ritmo que me llega desde lejos y resuena débilmente en mis oídos. Parece el redoble de un tambor, o un pulso. Tiene un ritmo lento y ominoso, como si algo se estuviera acercando a nosotros.

Y luego aparece la visión, la misma visión que se me aparece hace una semana: una masa negra incandescente, que apenas se distingue del espacio, impulsándose por la atmósfera a la altura de la Casa Doce, la de Piscis. Su influjo parece deformar el Cangrejo de nuestra constelación.

El problema con bucear tan profundo en mi mente sin un astralador es que no hay manera de distinguir las advertencias que provienen de las estrellas de las que son manifestaciones propias.

Teba vuelve a desaparecer.

—Hay un mal presagio —digo sin poder evitarlo—. Una peligrosa oposición entre las estrellas.

La Efemeris se apaga, y las luces se prenden. El decano Lyll me mira con el gesto ceñudo.

—Qué tonterías. Muéstrame tu trabajo.

—Me… olvidé mi astralador.

—¡Ni siquiera has hecho el trabajo de matemática! —Se vuelve furioso hacia la instructora Tidus—. ¿Se trata de una broma?

La instructora Tidus se dirige a mí desde la otra punta de la clase.

—Rho, el hecho de que siquiera estemos aquí en este momento debería ser un indicio de lo decisiva que resulta esta prueba. Nuestros más importantes planes a largo plazo —cómo invertimos, dónde construimos, lo que plantamos en nuestras granjas— dependen de la capacidad de realizar una lectura precisa de las estrellas. Creí que te tomarías esta instancia más seriamente.

—Lo siento —digo, y la vergüenza me invade tan rápido como el veneno de una Maw.

—Tus métodos poco ortodoxos te están fallando, y ahora espero que hagas tus ejercicios de matemática como el resto de tus compañeros.

Hasta los dedos de mis pies deben de estar rojos.

—¿Puedo ir a buscar mi astralador?

Sin responder, el decano Lyll abre la puerta y lanza un grito en el corredor:

—¿Alguien tiene un astralador que le pueda prestar a una acólita que no vino preparada?

Se acercan pisadas regulares y medidas, y un hombre entra en la clase, con algo pequeño entre las manos. Reprimo un grito de sorpresa.

—¡Polaris Mathias Thais! —resuena la voz del decano Lyll, y extiende los puños para tocárselos, nuestro saludo tradicional—. ¡Qué maravilla tenerte nuevamente en nuestra luna para la celebración!

El hombre asiente pero no dice nada. La primera vez que lo vi fue hace casi cinco años, cuando él seguía siendo estudiante de la Universidad del Zodai. Yo tenía doce años, y acababa de comenzar en la Academia. Extrañaba demasiado las alegres olas del mar de Cáncer como para poder dormir más de un par de horas cada noche, así que pasé el resto del tiempo explorando el complejo residencial que compartimos con la Universidad, que tiene el tamaño de una ciudad y está completamente cercado.

Fue así que descubrí el solárium. Está al final del complejo residencial, del lado de la Universidad: una amplia sala con paredes vidriadas que se curvan para formar un cielorraso vidriado. Recuerdo haber entrado y quedarme estupefacta al ver a Helios. Cerré los ojos y dejé que los gigantes rayos rojos y naranjas me calentaran la piel… hasta que oí un ruido detrás de mí.

A la sombra de una elaborada escultura de piedra lunar, tallada con la forma de nuestra Guardiana, había un hombre. Estaba meditando con los ojos cerrados, y reconocí su postura de meditación en el acto: estaba practicando yarrot.

Regresé al día siguiente con un libro para leer, y estaba otra vez allí. De ahí en más, se transformó en un ritual. Algunas veces, estábamos solos; otras, había más personas. No hablábamos nunca, pero por algún motivo estar cerca de él o sencillamente estar otra vez en presencia del yarrot me calmaba los nervios y se me hacía más llevadero estar tan lejos de casa.

—Ese es un astralador maravilloso —dice el decano, al ver el instrumento que el Polaris le extiende—. Dáselo a la acólita Rho.

Cuando se vuelve hacia mí por primera vez, trago nerviosa.

En sus ojos azul índigo se adivina la sorpresa. *Me conoce.* Un tibio calor se propaga por mi piel, como si Helios estuviera derramando su luz sobre mí una vez más.

El Polaris debe de tener veintidós años. Ha crecido… Su cuerpo delgado tiene una contextura más fuerte, y su cabello negro ondulado está corto y prolijo, como los otros hombres del Zodai.

—Por favor, que no se te caiga —dice con un tono de barítono suave, una voz tan musical que mis huesos se ponen a vibrar.

Me pasa su astralador de nácar, y nuestras manos se rozan. El contacto me produce un hormigueo en el brazo.

Luego, con un tono de voz tan bajo que solo yo puedo oírlo, añade:

—Es una reliquia de la familia.

—Te lo devolverá apenas termine su examen… y en perfecto estado. —El decano Lyll no me mira—. Su nota dependerá de que lo devuelva en buenas condiciones.

Antes de que pueda decir una sola palabra en su presencia, el Polaris se vuelve y sale de la clase. Fantástico: ahora cree que soy muda.

—Otra vez —dice el decano. La impaciencia se cuela en su tono parco.

La Efemeris se adueña de la clase. Una vez que me he Centrado y las lunas se han alineado, extiendo el brazo con el instrumento cilíndrico en la mano, con cuidado, y lo apunto hacia los arcos de trayectoria que se van apagando. Los cancerianos tienen una memoria excelente, y la mía es buena incluso según nuestros parámetros, así que no necesito escribir los números. Cuando he tomado todas las mediciones necesarias —las suficientes para hacer una predicción sobre esta noche—, el decano apaga la Efemeris.

Sigo en plena tarea de cálculos cuando suena el cronómetro. Cuando termino, me doy cuenta de que el decano tenía razón: no hay oposición de las estrellas.

—Los resultados parecen estar bien —dice con aspereza—. ¿Ves cuánto mejor te desempeñas cuando sigues las instrucciones y empleas los equipos adecuados?

—Sí, señor —digo, aunque hay algo que me sigue molestando—. Señor, ¿qué pasaría si el astralador solo nos da una visión a corto plazo? ¿Podría ser que esta vez no vi el presagio porque la turbulencia aún no está cerca de nuestras lunas, y sigue en el extremo más lejano del espacio? ¿No estaría el astralador inhabilitado para sondear un lugar tan alejado?

El decano suspira.

—Más tonterías. Pero bueno. Al menos pasaste —aún sacudiendo la cabeza, abre la puerta de un tirón y dice—: Instructora Tidus, la veré en la celebración.

Cuando nos hemos quedado a solas, mi profesora me sonríe:

—¿Cuántas veces te lo tenemos que decir, Rho? Tus teorías ingeniosas e historias imaginativas no tienen cabida en la ciencia astrológica.

—Sí, señora. —Inclino la cabeza, y espero que tenga razón.

—Tienes talento, Rho, y no te quiero desalentar. —Se acerca mientras habla hasta que estamos cara a cara—. Piensa en tu batería. Primero, tuviste que aprender los principios básicos antes de crear tus *riffs*. Aquí aplicamos el mismo principio: si ensayas todos los días sobre tu Efemeris de práctica con un astralador, estoy segura de que verás una gran mejora en tu aritmética y en tu técnica.

Al ver la compasión en su mirada, tengo vergüenza por no haber hecho ningún esfuerzo para usar mejor el astralador. Lo que sucede es que su insistencia con las prácticas diarias me recuerdan demasiado a mi madre, y me gustaría tener esos recuerdos enterrados.

Pero saber que decepcioné a mi mentora duele tanto como los recuerdos.

***

Corro a toda velocidad a mi cápsula estudiantil para cambiarme. Estoy demasiado atrasada para buscar al Polaris y devolverle su astralador. Tendré que buscarlo después de la celebración.

La puerta se destraba al tocarla, y me quito el uniforme azul de la Academia para ponerme el traje espacial sin estrenar —negro y ceñido al cuerpo— que me compré yo misma como regalo de cumpleaños anticipado. A Nishiko se le va a volar la cabeza cuando me vea.

Antes de salir, consulto mi Onda, un pequeño instrumento dorado con forma de almeja. Los cancerianos creemos que el conocimiento es como el agua: fluye y está en permanente cambio, así que llevamos una Onda a cuesta. Se trata de un modo interactivo de registrar, repasar y enviar información. En el instante en que la abro, surgen datos holográficos que se desparraman a mi alrededor: titulares de diarios, mensajes de amigos, actualizaciones de mi agenda.

Hace un rato, cuando la instructora Tidus apagó su Efemeris, solo alcancé a echar un breve vistazo a los hologramas de su aula. Pero fue lo suficiente como para que uno me quedara grabado.

¿De dónde venimos? —pregunto.

El enorme diagrama holográfico que vi anteriormente se materializa en el aire, más grande que todos los demás. Representa un éxodo antiguo de un mundo lejano y perdido en el tiempo, un mundo llamado Tierra.

Los arqueólogos creen que nuestros antepasados han venido de allá, y el dibujo los representa llegando a nuestra galaxia a través de Helios — aunque nadie cree realmente que hayan llegado así. A medida que la Onda repasa nuestra historia, se materializa una imagen de las doce constelaciones. Solo que en el holograma de la instructora Tidus no eran doce.

Eran trece.

2

—¡Rho! —El rostro de Nishi irrumpe en medio de todos los datos, y salto unos metros hacia atrás. Por los sonidos de fondo adivino que ya se encuentra sobre el escenario.

—¡Lo sé, lo sé, ya voy! —le respondo.

Ella extiende las manos como si quisiera estrangularme y parece tan real que casi me agacho, pero sus dedos holográficos pasan a través de mi cuello.

El saludo tradicional del Zodíaco, que consiste en tocarse las manos, se estableció cuando se hizo difícil distinguir el holograma de la mano real. Nuestros profesores siempre nos están recordando que los hologramas pueden ser manipulados y falsificados, y quienes cayeron víctimas del fraude de identidad han perdido fortunas, incluso vidas. Pero es un delito tan excepcional que el axioma *Confía solo en lo que puedas tocar* se ha vuelto más superstición que una amenaza real.

Los hologramas desaparecen cuando guardo la Onda dentro del guante, tomo el estuche de mi instrumento y me pongo el traje negro y casco. Al salir de la Academia, floto prácticamente ingrávida en un clima bajo cero. Delante de mí se extiende una llanura de polvo gris, donde una multitud comienza a congregarse alrededor de un escenario bajo un domo de cristal. El cristal está completamente oscuro, por lo que todavía nadie puede ver el interior.

Levanto la mirada al cielo; nuestras otras tres lunas están alineadas y brillan como faros. Sigo perturbada por la visión de la

Efemeris, y por un instante la luz de Teba parece parpadear. Decido olvidarme del tema y me dirijo hacia el domo.

Por la escasa gravedad lunar, reboto dando largos saltos hacia adelante, como si estuviera volando. La multitud que me rodea es un océano de formas y colores, una muestra cabal de la variedad que existe en la moda de los trajes espaciales. Hay trajes de diseño que brillan con piedras preciosas; trajes novedosos que son capaces de proyectar hologramas en el aire; trajes funcionales que se encienden en la oscuridad, y muchos más.

Cuanto más me alejo del complejo residencial, más densa es la noche. Su negrura solo se ve interrumpida por el brillo de alguna tela fosforescente o de un casco holográfico. Miro con determinación el domo de cristal que está adelante, brillando como un diamante semienterrado. Una vez que alcanzo la pequeña puerta lateral, le envío una Onda a Nishi para que me deje entrar.

—Por Helios, ¿puedes respirar dentro de esa cosa? —Apenas atravieso flotando la cámara de descompresión, Nishi me toma con el brazo para observarme desde cierta distancia y examinar lo que tengo puesto—. Ya era hora de que tu cuerpo saliera de las sombras y viera un poco de acción.

Me quito el casco y me sacudo los rizos rubios. Deke emite un silbido de admiración desde el otro extremo del domo.

—Muéstrales a los hombres del Zodíaco lo que nos estamos perdiendo, Rho.

Me sonrojo, deseando estar de nuevo protegida por el casco.

—Pero yo *sí* tengo citas.

Nishi se ríe.

—Si por *tener citas* te refieres a aguantar la compañía de un muchacho durante quince minutos mientras se atiborran de comida antes de llamar a uno de nosotros para que te venga a rescatar...

—Sí, eso es exactamente a lo que me refiero...

—Nos queda claro, Rho. Ninguno de nosotros es lo suficientemente bueno para ti —interrumpe Deke.

Le clavo la mirada. La indignación me deja boquiabierta, pero él ignora mi furia y se vuelve a Nishi, extendiéndole algo con la mano.

—Las conseguí.

—¡¿En serio?! —Nishi corre hacia él e inspecciona las cuatro botellitas del tamaño de un dedo que se encuentran en la mano de Deke. Se encuentran llenas de un tónico negro burbujeante—. ¿*Cómo* lo lograste?

Reconozco la absinta en el acto. Se trata de una bebida que toman los Zodai para mejorar el rendimiento en la Efemeris.

Centrarse requiere de un enorme esfuerzo de concentración y consume una gran cantidad de energía mental, porque exige que una persona bucee dentro de lo más íntimo de su ser y sintonice con aquello que la conecta con las estrellas: su alma. La absinta ayuda a prolongar ese estado para que un Zodai pueda leer la Efemeris durante más tiempo.

Los tres ya la hemos bebido, bajo la supervisión de la instructora Tidus, para la lección sobre las macro lecturas. Su venta está fuertemente regulada, así que resulta muy difícil obtenerla. Una sonrisa de superioridad se adueña de los rasgos de Deke.

—Nish, un verdadero Zodai jamás revela sus secretos.

—Es obvio que te las robaste del laboratorio de la Universidad —dice, arrancándole una botella de la mano.

La absinta se produce en la Casa de Sagitario. Nishi me contó que si se la toma sin desear consultar la Efemeris, tiene el efecto de alterar el estado de ánimo y hace que la persona se sienta alegre y desinhibida.

Deke nos entrega a Kai y a mí las otras dos botellitas. No recuerdo bien cómo me cayó la absinta cuando la tomamos en clase… La euforia que sentía en el cerebro y en el cuerpo fue agradable, pero el efecto de desorientación duró tanto que comencé a temer que nunca desapareciera. En Cáncer solo la venden a quienes tienen diecisiete años o más, edad que yo misma tendré en un par de semanas.

—¿Qué sentiré ahora? —le pregunto a Nishi. Es la única de todos nosotros que la ha tomado con fines recreativos. Los sagitarianos no creen en los límites de edad.

—Te sentirás como si *tú misma* fueses la Efemeris —dice, sin esperar para abrir la suya y olfatearla. Percibo el olor a regaliz—. Sientes que se te ensancha la mente, como si fueras a ser parte del infinito, del mismo modo que el espacio se desborda de la Efemeris. Todo se vuelve difuso e irreal, como si estuvieras Centrada, y el cuerpo entra en un estado de éxtasis, como si estuviera flotando.

—Como lo que nos pasa en esta luna de todos modos —señala Deke.

Nishi lo mira con una expresión de impaciencia. Mientras que la mayoría de las personas estudia en su propio planeta, Sagitario es una de las casas con más presencia en otros lugares, ya que son trotamundos de nacimiento. Los sagitarianos son buscadores de la verdad, y siguen las pistas del conocimiento adonde sea, sin dejar de divertirse.

—¿Cuánto dura el efecto? —pregunto, sacudiendo la botella. La absinta burbujea y echa espuma, como si la mitad fuera líquido, y la otra mitad, aire. La deserción escolar de la Universidad del Zodai alcanza su punto culminante cuando los estudiantes llegan a las lecturas galácticas de la Efemeris y deben beber una dosis diaria de absinta durante un mes. He leído que los estudiantes que ya tienen experiencia con la absinta tienden a soportarla mejor y tienen más posibilidades de graduarse.

—El efecto desaparecerá para cuando terminemos nuestra primera tanda —me asegura Nishi—, y no, no afectará tu desempeño con la batería —agrega, adivinando mi siguiente pregunta—. Seguirás siendo tú misma... aunque en una versión más relajada.

Nishi y Deke se beben la suya de un trago, pero yo me demoro un poco y mi mirada se cruza con la de Kai. Se unió a la banda hace solo dos meses. Como es un año menor, jamás ha probado la absinta y tiene los ojos desorbitados de miedo.

Para desviar la atención de los demás y tranquilizarlo, le guiño el ojo y bebo la mía. Con una sonrisa preocupada, Kai asiente y también bebe la suya.

Los cuatro nos quedamos mirándonos. Pasa tanto tiempo sin que sintamos nada que comenzamos a reírnos.

—Hay alguien que te tomó por idiota —resopla Nishi, al tiempo que señala a Deke. Luego, uno por uno, guardamos silencio.

La absinta comienza con un hormigueo en el cuerpo, que puedo sentir hasta en los huesos. Me pregunto si el domo de cristal se ha despegado de la luna y se encuentra flotando en el espacio. Nishi tenía razón: mi percepción bulle como si estuviera centrada, pero el universo por el que buceo es, en realidad, mi mente. Tengo la cabeza tan sensible que me hace cosquillas cuando pienso.

Comienzo a reírme.

—¡La función comienza en cinco minutos! —retumba un altavoz. Se trata del compañero de cápsula de Deke, Xander. Es quien gestiona el sonido para nuestros shows, desde su estudio.

Nos sobresaltamos, y saco la batería de su funda, aunque la absinta impide concentrarse en cualquier cosa que pertenezca al plano físico. Tengo que hacer demasiados intentos para insertar cuatro fierros delgados en los agujeros de la alfombrilla para la batería. Se trata de una colchoneta bajo mis pies que tiene incorporada una silla de felpa roja alrededor de una medialuna de agujeros.

Cuando las piezas están en su lugar y me siento, la alfombra se ilumina y desde las extremidades de cada fierro se despliegan unos platillos redondos de metal. Parecen nenúfares que abren sus corolas sobre largos tallos.

—*Nenúfares*—digo en voz alta, riéndome. Si el metal me dispara asociaciones orgánicas, debo de estar extrañando mi casa más de lo que imaginé.

—¡Rho está delirando! —grita Nishi, y se desploma sobre el suelo con un ataque de risa.

Nishi también debe de estarlo, si no le importa arruinar su traje importado de levlan. Pero las palabras que estallan de mi boca son:

—¡Mentira! —Me abalanzo encima de ella, y jugamos a la lucha libre sobre el suelo, tratando de hacernos cosquillas.

—¡Es cierto! —grita Deke. Ha metido los dos pies dentro del casco y está saltando alrededor del domo, al tiempo que declara que se trata de un "excelente ejercicio" cada vez que se tropieza y cae.

—¡Es imposible que ella esté delirando! —suelta Kai, que no ha pronunciado más que un par de oraciones desde que formó parte de la banda.

Nishi y yo nos separamos y lo miramos. Hasta Deke deja de saltar. Entonces Kai grita:

—¡El delirio no es real si no puedes tocarlo!

Todos estallamos en sonoras carcajadas, y Deke toma a Kai bajo el brazo y le revuelve el cabello.

—¡Mi muchacho! ¡Al fin habla!

Kai se desliza fuera de los brazos de Deke, y este corre tras él hasta que la voz de Xander vuelve a retumbar:

—¡Un minuto!

Gritamos y corremos a buscar nuestros instrumentos.

Me dejo caer despreocupada en el asiento de felpa y calzo los pies en un par de botas metálicas con pedales incorporados. Dos platillos encimados —*nenúfares*— abren sus corolas desde el extremo de mi pie izquierdo; mi platillo *hi hat* y el platillo más grande de todos, el redoblante, emergen de mi bota derecha, junto con el *beater* operado a pedal.

He afinado cada parche para que suene exactamente como me gusta, así que hago girar los palillos en las manos con anticipación, en tanto Deke ubica su guitarra holográfica delante del pecho. Cuando rasga las cuerdas que cambian de color con su púa de la suerte —un diente de tiburón-cangrejo—, se desata el aullido de un riff furioso. Aunque es un holograma, su guitarra funciona con tecnología lo suficientemente sensible como para emitir sonido cuando Deke la toca. Lo mismo sucede con el bajo de Kai.

—¡Prueba de sonido! —grita Deke.

Hago un rulo con los palillos sobre cada tambor, y luego piso fuerte sobre los pedales de mis botas. El bombo reverbera amenazante en todo el domo. A continuación, Nishi se une a la percusión con una voz ronca que estremece. Una vez que entran Deke y Kai, la melodía de la canción de Nishi parece embrujar el ambiente sobre el fondo de nuestras composiciones intensas y complicadas.

Tocamos apenas unos pocos compases, los suficientes como para estar seguros de que todo marcha bien, y luego guardamos un silencio sepulcral a la espera de que el cristal se vuelva transparente. Los nervios por tocar son más fuertes que la euforia que me provoca la absinta, y rápidamente dejo de distinguir entre el efecto del tónico y mi propia impaciencia.

La voz de Xander atraviesa la densa atmósfera.

—¡Acólitos de la Academia! Han sido excluidos de la gran celebración, ¡pero merecen de todos modos pasar un buen rato! Por ese motivo, y tocando ahora para sus placeres plebeyos, les presento a ¡los increíbles *Diamantes Ahogados*!

La oscuridad se disipa, y las ventanas de cristal se vuelven tan transparentes que apenas se distinguen. Las luces del domo se prenden con una potencia inusitada e iluminan la noche. Afuera, cientos de acólitos se elevan y descienden silenciosamente en el aire, tratando de saltar lo más alto posible. Algunos proyectan mensajes holográficos sobre el cielo, todos dirigidos a la misma persona.

¡Cásate conmigo, sirena sagitariana!

¡Arquera, he sido atravesado por tu flecha!

¡Ven a verme, buscadora de la verdad!

Por ser sagitariana, Nishi no tiene los rizos y los ojos claros de los cancerianos. Su cabello es lacio y negro; la piel, un aterciopelado color canela; los ojos rasgados, color ámbar. Si a su exótica belleza se le agrega una voz sensual para cantar, es fácil comprender que les haya robado el corazón a todos los muchachos cancerianos de la Academia.

Cáncer tiene la gama más amplia de colores de piel dentro de la galaxia—algo que siempre me ha encantado de nuestra Casa. Allá en casa tenía un bronceado dorado por estar expuesta al sol, pero después de vivir tanto tiempo en Elara mi piel se ha vuelto pálida y opaca. Lo que todos los cancerianos tenemos en común es el cabello crespo —que abarca todos los tonos, pero a menudo se encuentra desteñido por el efecto del sol— y el color de nuestros ojos, que reflejan el mar de Cáncer. Los iris de los cancerianos varían desde el más suave de los verdes marinos, un poco como los míos, hasta el más profundo azul índigo... como los ojos del Polaris Mathias Thais.

Nishi les dirige una sonrisa deslumbrante y gira lentamente para lucir su sexy traje rojo: el levlan se tuerce con cada curva de su cuerpo. Me hace una seña para que me acerque, pero yo sacudo la cabeza con vehemencia.

Odio estar bajo los reflectores: solo accedí a participar de la banda porque como baterista puedo quedarme bien atrás, escondida detrás de mi instrumento. Deke y Kai tampoco son fanáticos de estar en primer plano y ser el centro de atención —típico de los cancerianos—, así que mientras tocan tienden a correrse hacia cualquiera de los dos extremos del domo.

A lo lejos, más allá del público, aterriza un carguero para reabastecerse de combustible en nuestro puerto espacial. En este momento el complejo residencial de la Academia y la Universidad tienen guardias armados del Zodai que vigilan cada entrada, para verificar la identificación de las personas que entran en fila para escuchar el discurso de nuestra Guardiana. Cuesta creer que hace casi cinco años que estoy sobre esta luna, y es posible que esté a punto de irme para siempre.

Falta todavía un mes para saber si hemos sido admitidos por la Universidad.

Este podría ser nuestro último show.

El efecto de la absinta se intensifica un breve instante, apenas un segundo, y siento que me ausento mentalmente de donde estoy, como si estuviera Centrándome.

En ese segundo, veo una sombra que cruza Teba a toda velocidad. Cuando parpadeo, ha desaparecido.

—Ahora sí, *diamantes*: ¡es hora de *ahogar* este lugar con ruido! —grita Nishi. Su voz se amplifica en el domo y resuena en los parlantes de todos los cascos que la observan.

Afuera otra ola de mudas exclamaciones, los mensajes holográficos parpadean, las personas se elevan aún más del suelo, los puños se sacuden en el aire: llegó la hora. Nishi se vuelve y me guiña el ojo. Se trata de la señal para que yo dé inicio al concierto.

Cuento cuatro tiempos con los palillos y luego golpeo con fuerza el redoblante y el platillo, pegándole simultáneamente al bombo, y...

Un estallido me arroja hacia atrás, al tiempo que una ola de energía invisible me golpea con fuerza y me lanza fuera de la silla. Escucho cómo mis amigos también caen a los tumbos.

El cuerpo me tiembla sin control sobre el suelo por las ardientes pulsaciones de energía eléctrica. Una vez que cesan las convulsiones, me levanto.

Cómo me gustaría no haber bebido la absinta: todo parece oscilar, y apenas me puedo mantener de pie. A medida que se me aclara la vista, apenas tengo tiempo de advertir nuestras tres lunas, brillando como perlas ensartadas en un hilo, cuando la veo: una bola de fuego que atraviesa nuestra constelación del Cangrejo, quemando todo lo que encuentra en su trayectoria por el espacio. Grito cuando me doy cuenta que ya sé dónde va a aterrizar.

3

Cuando abro los ojos, el domo está a oscuras. Lo único que recuerdo es una bola de fuego… y luego el mundo se volvió blanco.

Extiendo la mano y encuentro las piezas de mi batería dispersas por el suelo.

—¿Nishi? ¿Deke? ¿Kai?

Me levanto y me abro paso entre los escombros, buscando a los demás.

—Estoy bien —dice Nishi, con la espalda contra la pared, la cabeza hundida en las manos—. Solo… mareada.

—Vi-vo —espeta Deke desde algún lugar detrás de mí.

—*Santo Helios* —susurro, echando un vistazo a la escena que está fuera de la ventana de cristal. El panorama es aterrador. La multitud de acólitos que estaba saltando y gritando hace unos instantes se halla ahora flotando inconsciente a pocos metros del suelo. Si se han desmayado o ha sucedido algo peor, no lo sé.

El aire está atestado de trozos de metal, yeso y otros materiales, que flotan junto con los cuerpos inertes. Los desechos parecen familiares.

Intento ver lo que sucede en el complejo residencial, pero no puedo. La ventana se está empañando con rapidez.

Un sonido agudo se vuelve más y más fuerte, y alcanzo a ver una grieta avanzando hacia abajo por el costado del cristal. Mientras observo, la fractura se extiende como una telaraña, y cuando el chirrido alcanza un nuevo pico, me doy cuenta de lo que está por suceder.

—¡CORRAN!

Tomo mi casco y le arrojo a Nishi el suyo. Deke agarra el propio, y echo un vistazo alrededor de la sala. Caigo en la cuenta de que nunca oí la respuesta de Kai.

Sigue desmayado; su cuerpo forma un pequeño bulto. Le encajo con fuerza el casco en la cabeza y lo levanto del suelo. Le acomodo el brazo sobre mi hombro para sacarlo por la puerta que Deke me abre.

Deke sale último— justo en el momento en que estalla la ventana de cristal.

Nishi grita, y Deke empuja la puerta y la cierra justo a tiempo. Del otro lado se clavan esquirlas de vidrio.

Apenas estamos sobre la superficie lunar, mi carga se aligera gracias a la menor cantidad de oxígeno. Intento usar el sistema de comunicación que se encuentra dentro de mi casco, pero no funciona. Como el domo nos impide ver el campus y el complejo residencial, le hago una seña a Deke y Nishi para rodearlo.

Cuando llegamos al lugar donde se encuentra la multitud, el panorama es tan desolador que se me empaña la vista, como si mis ojos no pudieran soportarlo. Tardo un instante en advertir que estoy sollozando. Hay cuerpos por todos lados; pasan flotando uno al lado de otro en silencio, a apenas un metro del suelo. Ninguno se ha despertado.

Un traje espacial rosado del tamaño de Kai pasa flotando al lado de mi cabeza; la persona es lo suficientemente liviana como para elevarse por encima del resto. Logro sujetar la pierna de la chica y tiro de ella. Allí donde debería haber un rostro, solo hay escarcha.

Sus controles termales dejaron de funcionar... murió congelada.

Temblando, miro los trajes espaciales suspendidos que me rodean.

Están *todos* muertos.

Todo lo que tengo adentro de mí se petrifica. Mi traje bien podría estar dejando de funcionar. Aspiro el aire a grandes bocanadas en busca de oxígeno, pero aún no puedo respirar. Hay demasiados cuerpos aquí... más de cien... más de dos.

No puedo.

No puedo contar. No quiero saber.

Una generación de niños cancerianos que jamás podrán volver a casa.

Solo levanto la vista cuando veo a Deke y Nishiko moviéndose junto a mí. Ambos se han vuelto y están observando la destrucción detrás de nosotros, en el complejo residencial. Tienen las manos enguantadas aferradas a sus cascos, como si fuera la única manera de no perder la cabeza. El temor me atenaza el estómago, y ya conozco los horrores que me aguardan si me vuelvo para mirar.

Sé que no todos los desechos en el aire provienen de la superficie de Elara.

Hay papeles, cuadernos y mochilas. Sillas, escritorios y libros. Y otros cuerpos..., cuerpos que no llevan puestos trajes de compresión.

A lo lejos se mueven sombras tenues.

Entorno los ojos y veo una breve fila de personas rebotando a los saltos hacia el puerto espacial del otro lado del complejo residencial.

Decido no volver a mirar. En este momento, necesito conseguir que mis amigos y yo nos pongamos a resguardo, y para hacerlo el sufrimiento tiene que quedar atrás. Tengo que levantar un muro contra el dolor.

Si me doy vuelta, tal vez no pueda hacerlo.

Le doy un empujón a Deke y le señalo el puerto espacial. A través de la visera de su casco, su rostro está pálido y húmedo. Me saca a Kai del hombro, y le hago señas a Nishi. Juntos seguimos al resto de los sobrevivientes.

Los reflectores del puerto espacial están a oscuras, pero cuando llegamos al borde de la plataforma de lanzamiento hay un hombre que nos dirige con una antorcha láser. Cuando ve que Deke lleva a Kai inconsciente, le hace una seña para que nos subamos a la pequeña nave minera, estacionada delante del hangar.

Ayudo a Deke a subir a Kai a bordo, y cuando hemos pasado a través de la cámara de descompresión lo apoyamos con suavidad sobre la cubierta y le quitamos el casco. Después yo misma me quito el casco de un tirón y respiro el aire a grandes bocanadas.

Estamos solos dentro de una bodega llena de tanques esféricos color naranja que contienen helio líquido proveniente de las minas de Elara. La escarcha se extiende como una telaraña sobre las paredes oscuras, y nuestro aliento forma pequeñas nubes de vapor. Los demás sobrevivientes deben de haberse dirigido al interior del hangar, hacia una nave de pasajeros aún más grande.

El hombre que nos guiaba emerge de la cámara de descompresión y acude presuroso hacia Kai. Su traje de compresión lleva la insignia de la Guardia Real del Zodai. Cuando se quita el casco, veo un par de ojos azul índigo.

El Polaris Mathias Thais.

Con suavidad, apoya el oído en busca de respiración, le toma el pulso a Kai y le abre un párpado.

—Este muchacho se desmayó. ¿Alguien me puede pasar el botiquín de curación?

Extiendo el brazo para tomar un enorme estuche amarillo que cuelga de la puerta de la cámara de descompresión y se lo entrego.

Cuando sus ojos se cruzan con los míos, me retiene la mirada por un instante de más, tal como hizo en la sala de la instructora Tidus. Siento que fue hace una eternidad. Solo que esta vez la sorpresa en su rostro no logra entibiarme la piel. Creo que nunca volveré a sentir calor por dentro.

Revuelve los viales y paquetes hasta que rompe una especie de ampolla de vidrio y la acerca bajo la nariz de Kai. Debe de ser un vapor despertador, porque Kai se levanta súbitamente y lanza un puñetazo. El Polaris lo esquiva.

—Tranquilo. Perdiste el conocimiento, pero te recuperarás.

—Polaris Thais —digo con la voz áspera—, ¿qué ha sucedido?

Ciñe el entrecejo y parpadea como si yo acabara de hacer algo inesperado. Tal vez realmente haya creído que era muda.

—Por favor, llámame Mathias. —Incluso ahora su voz es musical—. Y creo que lo mejor es que lo hablemos después —añade, al tiempo que mira con un gesto significativo a Kai.

—Mathias —digo, y esta vez hay una dureza en mi tono que no estaba antes—, por favor... tenemos que saber. —Cuando pronuncio su nombre, el color le sube rápidamente al rostro, como un fósforo encendido, y me pregunto si lo habré ofendido. Tal vez solo haya estado siendo amable cuando me ofreció llamarlo por su nombre—. Polaris Thais —digo rápidamente—, ¿tiene que ver con Teba?

—Con Mathias es suficiente. —Se aparta de mí y observa a mis amigos. Sigo su mirada. Lucen tan debilitados como yo, y sin embargo le dirigen la misma mirada desafiante. Cuando me vuelve a mirar a los ojos, le digo:

—No merecemos quedar al margen de lo que sucedió después de todo lo que acabamos de ver.

Aquello parece convencerlo.

—Hubo una explosión en Teba.

Vuelvo la cabeza tan rápido que todo comienza a girar. Por algún motivo, lo supe en el momento en que vi la bola de fuego. Sabía que aterrizaría sobre Teba.

Stanton.

Las tripas se me retuercen como serpientes de mar, y abro mi Onda para saber cómo se encuentra mi hermano, pero no hay conexión. Trato de consultar las noticias y mis mensajes, pero no entra nada. Es como si toda la red estuviera desconectada.

—Rho, estoy segura de que está bien —dice Nishi, masajeándome la espalda. Es la única de mis amigas que ya conoció a Stanton. La única que sabe lo importante que es para mí.

Mathias me mira de manera inquisitiva, pero no pregunta.

—¿Y las personas en Elara? —susurro.

Sacude la cabeza, y no sé si va a responder.

—El estallido dejó sus trajes sin corriente eléctrica... todo el que estaba afuera murió congelado —. Toma una bocanada de aire temblorosa antes de seguir—: Trozos de Teba entraron en nuestra atmósfera y chocaron contra el complejo residencial. No sabría decir cuántos sobrevivieron.

Nuestra nave sufre un golpe, y me golpeo contra un tanque de helio.

Deke me ayuda a levantarme y miramos temerosos a nuestro alrededor, al tiempo que el casco de metal de la nave cruje y los tanques naranjas se chocan entre sí. Las vibraciones se vuelven más intensas hasta convertirse en un temblor que sacude la nave de lado a lado.

—¡Ondas sísmicas causadas por la explosión! —grita Mathias por encima del ruido—. ¡Sujétense de algo!

Nishi grita, pero Deke la agarra con firmeza. Yo me tomo de una baranda y cierro los ojos. Si nosotros estamos sufriendo sismos lunares, ¿qué puede estar sucediendo en Teba? Cerca de tres mil personas trabajan en la base lunar que se encuentra allí.

Stanton me contó que tienen refugios… Por favor, que esté ahora en un refugio… Tiene que estar en un refugio en este momento… *por favor.*

Tras una última convulsión, se detienen los temblores tan abruptamente como se iniciaron. Observo a Mathias mover los labios, hablarle en silencio a alguien que no podemos ver. Solo los Zodai se pueden comunicar de ese modo. Cuando termina su conversación invisible, dice:

—Es posible que un meteoroide haya caído sobre Teba. Esta nave está por zarpar. Nos dirigimos a casa, hacia Cáncer.

4

El viaje tomará diez horas.

Mathias nos traslada al camarote de la tripulación, donde nos abrochan los cinturones de seguridad sobre unas hamacas manchadas con aceite y con olor a moho, mientras él se dirige al puente. Una vez solos, ya asegurados, no puedo mirar a mis amigos a la cara. Por algún motivo, si los miro, los cuerpos de Elara se volverán reales.

Cada Casa tiene una visión diferente de la muerte. Nosotros los cancerianos enviamos a nuestros muertos al espacio, hacia Helios, el portal al más allá. Creemos que los que mueren con el alma reconciliada están en paz y se van para siempre, mientras que las almas que aún tienen cuentas pendientes siguen vivas en forma de estrellas y constituyen una nueva constelación.

La esperanza es que algún día las almas no reconciliadas puedan regresar a vivir de nuevo en Cáncer.

Imagino a la chica del traje espacial rosa. ¿Adónde fue su alma?

Aparto ese pensamiento de mi mente e intento Ondear a Stanton y a papá, pero sigue sin haber conexión. Me pregunto si papá sabe lo que pasó. No mira las noticias y su Onda es tan vieja que a veces tiene que abrir y cerrarla dos veces para hacer que los menús holográficos se desplieguen.

Las fuerzas gravitacionales ejercen presión sobre nosotros al levantar vuelo en Elara. El motor de la nave retumba, fuerte y feroz, pero ya puedo oír el eterno resoplido del mar. Tal vez Stanton no haya estado en Teba. Tal vez esté en casa ahora mismo, esperándome. La última vez que hablamos me había dicho que visitaría a papá pronto.

El casco de la nave minera ruge y chirría a medida que aceleramos para despegar de la luna, y dejamos los últimos cinco años de nuestras vidas atrás.

—Está bien, Nish —dice Deke, apretándole la mano. Ella le dirige una sonrisa débil; sus ojos están rojos e hinchados.

Por fin los motores se apagan, la señal de que hemos vencido la gravedad de Elara. En el silencio repentino, siento un hormigueo en los oídos. Aferrándome a mi Onda, me desato el cinturón de seguridad y floto fuera de la hamaca, ingrávida. Los otros hacen lo mismo.

—No entiendo por qué la Madre Orígene no nos previno —dice Kai. Son las primeras palabras que pronuncia desde que se despertó. Trata de Ondear a sus padres, pero no hay conexión. —Las estrellas deben haber mostrado señales.

—Para ver un meteorito tan grande, ni siquiera hace falta una Efemeris —dice Deke, desplazándose sobre la lista de contactos de su Onda, para intentar comunicarse con alguien de Cáncer. —Cualquier telescopio debió haberlo registrado.

Me he estado preguntando lo mismo. La Guardiana tiene dos deberes principales: representar la Casa en el Senado Galáctico y proteger a su gente leyendo el futuro. Entonces, ¿qué fue lo que pasó?

—Rho.

El susurro de Nishi es tan frágil que es lo primero de esta noche que se siente real.

—El presagio que viste en tu examen, el que veías cuando leías mi futuro, para divertirnos, ese del que no quieres hablar... —Trata de contener un gemido, las lágrimas ingrávidas se resbalan de sus ojos color ámbar y se diseminan por el aire—. ¿Pudo haber sido... *real*?

—No —digo rápidamente. La desconfianza endurece su rostro, y eso me duele porque los cancerianos no tenemos la costumbre de engañar—. *No puede ser* —insisto, exponiendo mis pruebas:—. Cuando vi la masa negra hoy, en mi recuperatorio, hasta el decano Lyll dijo que era ridículo. Me hizo usar el astralador, y eso confirmó...

—*Lo viste de nuevo hoy* —dice Nishi, como si no hubiera oído ni una sola palabra de lo que dije después de admitirlo—. Hace días que lo ves y hoy lo viste de nuevo, y ahora *esto...* Rho, mira una vez más dentro de la Efemeris.

—¿Por qué no mira uno de ustedes? Son mejores usando el astralador...

—Porque no vimos una mancha negra en nuestras lecturas.

—Yo fallé y tuve que tomar el examen dos veces, Nishi —le retruco, levantando el tono de voz—. Mi lectura estaba equivocada.

—¿En serio? Así que no pasó nada malo esta noche, ¿no? —Su voz se quiebra, y nuevas lágrimas se descuelgan y flotan en el aire, como diamantes minúsculos.

Miro a Deke, con la esperanza de que esté en desacuerdo con ella. Después de todo, él siempre es el primero en desestimar mis lecturas como si fueran invenciones tontas.

Solo que no está prestando atención. Está mirando su Onda con la mirada perdida.

No ha podido contactarse con nadie.

—Está bien — digo suspirando—. Lo haré.

Me desplazo hacia abajo sobre la pantalla de mi Onda y encuentro mi copia de la Efemeris. Es solo una versión tutorial por lo que no tiene todo el detalle que muestra la Efemeris de la Academia, pero funciona igual. Stanton me la regaló el año pasado cuando cumplí dieciséis años. Cuando susurro la orden, el mapa estelar se despliega en una proyección holográfica del tamaño de un pez globo. Relajo los ojos hasta quedar bizca y luego meto la mano en mi bolsillo para tomar los palillos de mi batería.

Solo que no están. Como todo el resto de lo que poseo, se han perdido.

Los ojos me arden.

—Perdón, Rho. No debí pedírtelo —dice Nishi, abrazándome. Las dos estamos suspendidas en el aire. —Olvídalo.

—No, tienes razón —la voz me sale firme y decidida. Le doy un apretón fuerte a Nishi y me enfrento al mapa una vez más—. Tengo que hacer algo. Tengo que ayudar... si puedo.

Traigo a la memoria una de mis melodías habituales, sin palillos, pero la música me recuerda demasiado a nuestro concierto. No puedo encontrar nada en mi interior que pueda evocar.

Una llamarada azul pasa como un rayo por una de las ventanillas de la cabina, y levanto la vista del holograma para ver lo que sucede afuera, en el espacio real.

Incluso desde tan lejos y después de tanto tiempo de solo mirarlo en la Efemeris, Cáncer luce espectacular. Cubierto en un noventa y ocho por ciento de agua, nuestro planeta está pintado en todos los tonos posibles de azul, veteado con franjas de un verde apenas perceptible. Las ciudades de Cáncer se construyen sobre vainas gigantescas que flotan apaciblemente sobre la superficie del mar, como anémonas gigantes, semisumergidas. Nuestras estructuras de mayor tamaño —los edificios, los centros comerciales, las escuelas— están aseguradas con anclas.

Las vainas que contienen las ciudades más pobladas son tan extensas que cada vez que visito una me olvido de que no estoy sobre tierra firme, salvo cuando un desplazamiento en el núcleo del planeta desencadena fuertes olas. Tenemos puestos de avanzada en el cielo, a los que se puede acceder por aeronave, y un puñado de estaciones subacuáticas que nunca han sido usadas. Fueron construidas principalmente por seguridad, en caso de que la vida sobre el nivel del agua se viera amenazada.

Mi hogar es mi alma: Cáncer es mi Centro.

Me vuelvo al mapa estelar y poso mi mirada dentro de la órbita azul como si pudiera ver cada detalle, hasta el más pequeño de los remolinos de color que se dibuja fugazmente sobre la superficie del mar. Cuanto más fijo la mirada, más profundo y ancho parece volverse el mapa, hasta que estoy buceando en el espacio a través de las estrellas.

A mi alrededor millones de cuerpos celestes ascienden y declinan, y a medida que sus recorridos cambian para responder a hechos distantes, como brotes de rayos gamma o supernovas, van dejando tenues arcos en el cielo. Parecen notas musicales.

Música de la noche. Así es como la llamaban los ancianos, según me contaba mamá.

Lanzo una mirada hacia el costado de Cáncer. Teba ha desaparecido. Después sondeo las lunas que nos quedan… y las tres empiezan a parpadear.

Como si cualquiera de las tres pudiera ser la próxima.

El pulso me late, y aparto la vista de nuestra casa para buscar más allá de la duodécima constelación, donde aparece el presagio. No está.

¿Ha desaparecido finalmente? ¿O se ha corrido más cerca?

Echo un vistazo a todo el sistema solar, buscando desesperadamente una pista de aquella convulsión oscura, alguna señal de la oposición de nuestras estrellas.

Nishiko se desliza hacia mí.

—Ves algo. ¿Qué es?

—Yo… ya no veo el presagio…

Apenas abandono mi Centro, el mapa se encoge de nuevo al tamaño de un pez globo —como lo han estado viendo los demás durante todo este tiempo.

—¿Pero *qué*? —pregunta—. ¿Por qué pareces molesta por su ausencia?

—Porque todavía sentía esa sensación de peligro, solo que ahora no pude ver la fuente. Y… hay algo más. —Temo decir las palabras, pero tengo que hacerlo. Tal vez, si hubiera hablado antes, habríamos tenido algún tipo de advertencia. Si solo le hubiera dicho a la instructora Tidus…

—¿Qué más? Rho, ¡cuéntanos! —Nishi me aprieta el hombro con urgencia.

—Perdón, no quise tenerte en suspenso, es solo que, bueno, escucha. Hace unas horas, durante mi examen recuperatorio, vi… vi la luz de Teba parpadeando, y después desapareció. Como si se esfumara del mapa.

Mis tres amigos se miran asombrados. Deke es el primero en apartar la mirada.

—Rho, no es momento para una de tus historias.

—Deke, eres mi mejor amigo. ¿De verdad crees que estaría bromeando después de todo lo que pasó?

Me lanza una mirada fulminante, pero no dice nada. Sabe que tengo razón.

—¿Y qué viste ahora? —me susurra Nishi.

—Teba ya no está... y nuestras otras lunas han empezado a parpadear.

Ninguno de nosotros dice nada. Mis amigos siguen absortos en la gravedad de mi revelación, pero yo estoy pensando en la instructora Tidus. Ella fue la primera adulta, desde mamá, que vio algún tipo de potencial en mí.

Por favor, que haya sobrevivido a la explosión.

Kai se aleja de nosotros flotando, a un rincón del camarote.

—Espero que estés equivocada —dice Deke, siguiendo a Kai para ofrecerle palabras de consuelo.

—Tal vez no estés equivocada —susurra Nishi—. El presagio y el parpadeo de las lunas pueden estar conectados. ¿Viste algo más?

—Nish, no sé nada —le susurro, de pronto enojada—. Nada de lo que vi era real. El astralador *demostró* que me había equivocado. No tengo idea de lo que pretendes que haga.

Deke nos frunce el ceño desde el otro lado de la habitación.

—¿Ahora sobre qué cotillean, Nish?

—Estoy hablando en serio —dice ella—. No me importa cómo, pero Rho vio una amenaza y no podemos ignorarla.

—No estaba en las estrellas, estaba en mi cabeza —digo. Mis palabras están animadas más por la esperanza que por la certeza.

—¿Y todas las tragedias que salen en las noticias? —me pregunta Nishi. Los últimos dos años ha habido un montón de desastres naturales en el Zodíaco. Avalanchas de barro en la Casa Tauro. Tormentas de polvo y sequías en los planetoides piscianos. Incendios forestales fuera de control en la luna leonina. Solo en este último año, se han perdido millones de vidas.

—Tal vez sea otra vez el Eje Trinario —susurra Kai, como si la mera idea fuera en sí peligrosa.

—Ni lo digas —dispara Deke—. Los eventos son cíclicos, Kai, eso es todo. Así funciona la naturaleza.

Nos quedamos en silencio y me pregunto si estamos todavía pensando en el Eje Trinario. Hace miles de años, el Eje empezó una despiadada guerra galáctica que se prolongó durante un siglo, fuera de control. Cuando lo estudiamos en la escuela, sonaba irreal —igual de irreal que los cuerpos de Elara.

—Esos actos terroristas en la Casa de Aries —digo— y los ataques suicidas en el carguero espacial geminiano no son parte de la naturaleza.

—Fanáticos radicales —dice Deke, y suena como Stanton—. Siempre hemos tenido nuestra cuota de lunáticos.

Nishiko me lleva al fondo del camarote, les echa una mirada preocupada a Deke y Kai, y me susurra en el oído:

—¿Y si hay un enemigo? Piensa en el momento exacto en que se produjo el estallido.

—¿Estás hablando del Cuadrante Lunar?

—Casi todos los Zodai y miembros de alto rango del gobierno de tu Casa estaban anoche en Elara para escuchar el discurso de tu Guardiana.

—Y nuestras lunas estaban en su conjunción más cercana —digo, completando su idea. Me muerdo el labio inferior al caer en la cuenta de la enormidad de lo que sugiere.

Si alguien planeó esto, lo pensó hasta el último detalle. Un estallido bien cronometrado, en el lugar justo, podría provocar que nuestras lunas chocaran entre ellas como canicas.

Me siento empalidecer. No quiero considerar esto. Cáncer no tiene enemigos.

La humanidad ha estado en paz durante mil años.

—Esto fue una tragedia… Nadie pudo haberlo planeado.

Nishi frunce el cejo.

—Has estado viendo un presagio.

—Sí, y los expertos de la Academia que enseñan sobre estas cosas no encuentran mis métodos confiables, así que tampoco tú deberías hacerlo.

La voz de Nishi se eleva, y ahora Deke y Kai están escuchando de nuevo.

—Rho, lo que pasa es que no entienden tus métodos, ¡eso es todo! Yo sé que te han enseñado a confiar en tus mayores, pero en Sagitario nos educan para cuestionarlo todo: es la única forma de llegar a la verdad. En este momento tanto tú como nuestros instructores están cegados por el prejuicio. Estas tan distraída por *cómo* llegaste a la respuesta correcta que estás perdiendo de vista que, justamente, *tienes razón*.

Una alarma retumba en la habitación y una voz automatizada resuena en toda la nave:

—*Campo de escombros ante nosotros. Sosténganse.*

Un objeto pesado golpea contra el casco de nuestra nave, y Nishi y yo nos tomamos de las manos justo cuando los motores traseros se encienden y nos arrojan hacia el techo. Debemos de estar volando entre los desechos de Teba.

—¡Tómense de algo y agárrense fuerte! —grito, sujetándome del pasamanos con todos los dedos.

Los motores truenan tan fuerte que los dientes me vibran. Escuchamos los golpes de otras rocas espaciales que sacuden el casco, y nos aferramos al pasamanos mientras la nave vira en todas las direcciones. Nuestros cuerpos se sacuden como algas en aguas revueltas.

Kai tiene un aspecto verdoso, así que me impulso hacia él y le tiro del codo.

—¡Vamos! —grito por encima del rugido estrepitoso—. Tenemos que abrocharnos los cinturones.

Mientras la nave rueda y gira, lo ayudo a llegar a la hamaca más cercana y me apretujo contra él, asegurando el cinturón con fuerza sobre nuestras costillas. Un bloque de desechos particularmente grande se estrella contra nuestro casco, y Kai me toma de la mano tan fuerte que hago una mueca de dolor.

La nave sigue sacudiéndose, impredecible; los escombros son tantos que pareciera que estamos chocando hace horas contra ellos.

Después de un rato, Kai empieza a cantar una antigua canción canceriana de mar:

El viento sopla de norte a este.
Nuestra goleta vuela a diez nudos al menos.
Así que siempre hacia adelante rumbearemos
Hasta que el mar nos traiga a casa...

Yo me uno, monótona y desafinada. Cuando la voz de Deke se cuela imperceptible, nuestras miradas se cruzan por primera vez. Sus ojos parecen dos estrellas que agonizan, nebulosas turquesas cuyas luces se apagan.

Ahora soy yo la que le estrujo la mano a Kai.

Cantamos la canción tantas veces que Nishi se aprende la letra. Después de tanto llanto y tantos gritos, su voz ha quedado reducida a un suave ronroneo, pero sigue siendo hermosa. Poco a poco, los demás dejamos de cantar para poder escuchar su melancólica melodía.

El recorrido de la nave empieza a estabilizarse. Cuando los motores se apagan, la voz de Nishi se extingue, y esperamos en un silencio tenso.

—*Fin de la alerta* —anuncia la voz automatizada.

Respiro hondo, suelto a Kai y me desabrocho el cinturón. Cuando estoy en el aire, Nishi ya está a mi lado.

—Encontremos al Contemplaestrella y contémosle lo que viste. —*Contemplaestrella* es la palabra sagitariana para referirse a los Zodai.

—Dijo que nos quedáramos acá —interrumpe Deke.

—Nishi tiene razón —digo, tomándola de la mano y hurgando en mi bolsillo para sacar mi Onda—. Además, quiero saber qué está pasando.

Nishi y yo subimos a la escotilla y nos topamos de frente con el Polaris Mathias Thais. Con el ceño fruncido, nos indica que regresemos al camarote. Una vez adentro, la luz tenue le cae sobre la cara, ensombreciendo sus pómulos.

—Vamos a cambiar el rumbo.

—¿Y las otras lunas? —pregunto, aguantando la respiración—. ¿Les pasó algo?

Me mira fijo y siento que me está observando por primera vez. Se queda mirándome un largo rato y empiezo a sentirme incómoda, pero no aparto la mirada. El mismo instinto que me ayuda a leer las estrellas ahora parece susurrarme algo al oído. Si quiero que me trate como a una igual, es preciso que me comporte como si lo fuera.

Toma la Onda de mis manos y la abre. No protesto. Escanea los hologramas a su alrededor y abre la Efemeris. Cuando aparece el fantasmagórico mapa estelar, me pregunta:

—¿Puedes leer las estrellas con esto?

Suena tan dubitativo que me sonrojo.

—No muy bien. Es solo una versión tutorial.

Inclina la cabeza a un lado, mirándome el rostro, mientras sigue flotando en la misma posición.

—Tu lectura es correcta —me dice, con voz glacial—. Nuestras cuatro lunas han colisionado y los escombros están precipitándose a través de nuestra atmósfera. En las próximas horas, van a caer en nuestro océano y causar tsunamis por todo el planeta. No podemos aterrizar en Cáncer.

Los bordes de mi visión se oscurecen. Siento como si sus palabras se hubieran tragado la luz de mi mundo.

Todo lo que ha sucedido esta noche ha resultado apenas soportable porque aún conservaba la esperanza de pisar el mar de Cáncer, de dormir en mi habitación de siempre, de abrazar a papá y de decirle todas las cosas que nunca le he dicho. Tomo aire con dificultad, y Nishi me sostiene con el brazo. Papá... Stanton... la Academia... *mi hogar...* todo lo que conozco se está hundiendo para siempre.

No tengo Centro.

Mathias se aclara la garganta y me doy cuenta de que no ha terminado. Bajando la mirada, susurra:

—Nuestra Guardiana Orígene ha muerto.

5

El shock me paraliza y me quita las palabras, incluso la respiración. Tengo la mente en blanco.

Mis compañeros de clase y mis profesores, tal vez mi hermano y papá, y ahora la Guardiana Orígene... Tanta de nuestra gente barrida de un plumazo en una sola noche. Es como si sus gritos aún resonaran a través del universo, llenándome la cabeza con sus voces.

Nishiko y Deke están tan conmocionados como yo, y los tres nos quedamos oyendo el llanto silencioso de Kai, como si fuera un idioma extraño que recién comenzamos a aprender.

Mathias prosigue con su suave voz de barítono:

—Atracaremos el barco en un satélite llamado Oceón 6. Allí se encuentra el almirante Crius, organizando las acciones de respuesta a la catástrofe. Es el asesor militar de la Guardiana Orígene y ha dado órdenes de que todos los Zodai cancerianos que hayan sobrevivido se presenten, incluyéndolos a ustedes, acólitos.

—¿Quién será ahora nuestro Guardián? —pregunta Kai.

—Buscaremos uno; es nuestra prioridad número uno. —Mathias se vuelve hacia Nishi—. ¿Eres sagitariana? —Ella asiente—. Ven a verme después de que atraquemos. Intentaremos coordinar tu traslado de regreso a casa.

Nos vuelve a pasar revista, y supongo que tenemos aspecto de almas perdidas, porque su mirada se suaviza.

—Dondequiera que estén, pase lo que pase, Cáncer nos sostiene. Ella es nuestro centro. Búsquenla ahora en sus corazones.

—¿Y las personas que viven en Cáncer? —pregunto. La voz se me quiebra.

Cuando escucho su respuesta, tengo la impresión de que Mathias está haciendo lo posible por evitar que entremos en pánico.

—Los Polaris previeron los tsunamis, y ya han iniciado la evacuación. Incluso ahora, barcos submarinos están transportando a los isleños a nuestras estaciones submarinas, que son lo suficientemente profundas como para permanecer estables. —Sus ojos azul índigo giran como los remolinos del mar de Cáncer—. De los tres mil Zodai de nuestra Casa, han sobrevivido menos de cuatrocientos. Todos los que quedaron van camino al Oceón 6, igual que nosotros.

Kai suelta un pequeño sollozo, y Deke parece descompuesto.

—¿Cómo sabes todo esto? —pregunta Nishi—. No pudimos conectarnos con nadie, ni con mi Rastreador ni con sus Ondas.

La versión sagitariana de una Onda es el Rastreador. Dado que son almas tan nómades, el Rastreador es una pulsera que proyecta datos holográficos y también funciona como localizador. Es para que las familias sagitarianas puedan rastrear a sus seres queridos desde la otra punta del Zodíaco.

Mathias habla en voz baja:

—Yo no uso una Onda. Tengo mi propio sistema de comunicación.

—¿El anillo? —pregunta Nishi. Le resulta imposible reprimir su curiosidad natural. Todos hemos visto a los Polaris en el campus susurrándoles a micrófonos invisibles, pero nadie sabe cómo funciona. Se trata de una tecnología que solo pueden emplear los Zodai.

—Dado que han quedado tan pocos Zodai, y ustedes son los únicos sobrevivientes del grupo de candidatos, será mejor que aprendan todo lo que puedan lo más rápido posible. —Extiende la mano derecha y nos muestra su anillo. Es solo una simple banda de acero… o al menos eso es lo que parece. Pero tras examinarlo atentamente, se advierte que lo rodea un tenue brillo que titila.

—Parece de acero, pero es silicona metálica. Como una Efemeris, el anillo actúa como una antena extrasensorial para captar psienergía. Solo que, en lugar de usarla para leer las estrellas, el anillo usa la psienergía para conectar mi conciencia con todos los Zodai de la galaxia: lo que se denomina la Red Psi.

—He leído que la huella psienergética de una persona se vuelve visible dentro de la Red Psi —dice Nishiko—. ¿Qué aspecto tiene? —Igual que en clase, mientras que el resto de nosotros está tratando de procesar la lección en curso, su naturaleza inquisitiva ya nos está empujando hacia la siguiente.

—Difiere para cada uno. Como sabes por lo que has estudiado, la psienergía es una combinación de tu energía psíquica —que determina tu habilidad para realizar ejercicios, como leer las estrellas y acceder el Consciente Colectivo— y tu huella digital astrológica. Tu huella digital se encuentra en tu certificado de nacimiento y es una instantánea del espacio en el momento de tu nacimiento: la ubicación de las estrellas, la rotación del planeta, la atracción de las lunas, una cantidad infinita de factores. Como no puede haber jamás dos huellas digitales iguales, cada huella psienergética es única, aunque se pueda seguir disimulando o alterando en la Red Psi.

—¿Y eso por qué resulta importante? —pregunta Nishi.

A estas alturas, Deke estaría protestando en voz alta y rogándole a nuestro profesor que le prohibiera hablar a Nishiko durante el resto de la lección, pero no parece estar escuchando nada de lo que se dice. Tiene el aspecto de alguien que perdió su Centro.

—Importa por el mismo motivo por el que importan los hologramas falsificados: no puedes estar seguro de la persona con la que estás hablando. Cuanto mejor sepas centrarte, más fácil será que puedas distinguir las huellas, para saber con certeza quién está escuchando. Los Zodai solo somos humanos, así que el Consciente Colectivo no puede evitar reflejar nuestros defectos. —Mathias está dando muestras de una paciencia asombrosa, especialmente teniendo en cuenta las circunstancias.

—Si es igual que leer la Efemeris, ¿cómo diablos vamos a poder distinguir una huella? —pregunta Kai—. Ya resulta difícil ver el movimiento de las estrellas.

Me llama la atención percibir el interés en el tono de Kai, porque luce tan abatido como Deke. Aunque, pensándolo bien, yo misma debo tener el mismo aspecto. Tal vez, todos estemos así: como cadáveres que siguen respirando por algún motivo inexplicable.

—Hasta las estrellas dejan tenues rastros de sus trayectorias en la Red Psi —dice Mathias—. Aquellas débiles líneas alcanzan para que un astralador mida la huella astrológica propia de un movimiento. De manera similar, la consciencia de una persona también deja su huella. ¿Ya han tomado absinta en sus clases?

La palabra es como una daga. Nos perfora las entrañas, y ni siquiera Nishi puede responder.

Tan solo asentimos.

—La absinta usa la mente como receptor de la psienergía, al igual que el anillo. Ambos funcionan activando partes del cerebro que normalmente están dormidas y pueden ayudar a permanecer centrado.

Un recuerdo se cuela por los resquicios del muro que bloquea mi infancia. Además de centrarse, el entrenamiento de mi madre también incluyó la memorización de todo lo que hay que saber sobre cada Casa del Zodíaco: rasgos de personalidad, constelaciones, historias. Pero solo una vez habló de la psienergía.

Me contó que la psienergía es la magia que hace posible que se puedan leer las estrellas. Decía que el cerebro resulta más susceptible a la psienergía en los niños, mientras se está formando. Por eso me hizo trabajar tan duro.

Mamá estaba segura de que, si practicaba todos los días, algún día sería capaz de superar a todos en el plano astral y ver más que cualquier otro Zodai. Para cuando tenía cinco años, nuestras lecciones duraban hasta diez horas por día.

Dos años después, desapareció. Durante un tiempo, seguí practicando, incluso más que cuando la tenía al lado. Creía que si lograba impresionarla lo suficiente, nos daría otra oportunidad. Pensé que podía ubicarla en el mapa estelar y convencerla de volver a casa.

Me muerdo la parte interior del labio, y entierro el recuerdo en lo más profundo de mi inconsciente, en algún lugar donde no me pueda afectar otra vez.

Mathias se vuelve para irse.

—Hay una torre de observación dos cubiertas más arriba, y el capitán ha dado permiso para que la vean si lo desean.

Poco después, Deke y yo nos hallamos con los rostros aplastados contra el cristal grueso y rayado de la torre, contemplando a Cáncer. Ya hemos dejado atrás los escombros lunares, pero cada tanto advertimos trozos de roca ardiente que atraviesan la atmósfera de Cáncer y caen con estrépito dentro del océano. A esta distancia, es difícil distinguir los tsunamis que deben de estar destruyendo la vida de nuestras islas y vainas. Cáncer tiene el mismo aspecto de siempre, eternamente azul e inmutable.

—Los restos de la luna formarán un anillo —dice Deke—. Seremos un planeta anillado.

—¿Así que ahora lees presagios?

—Presagios no. Leyes físicas. —El borde de sus ojos turquesas se hunde, y parece ojeroso y cansado. —Nuestras mareas cambiarán.

Nuestras mareas alimentan las costas que rodean nuestras islas, y todo marcultor sabe que tres cuartas partes de las criaturas de nuestro planeta viven cerca de la costa. Si nuestras mareas cambian, ¿qué pasará con las plantas y los peces que alimentan al resto del ecosistema? ¿Cómo sobrevivirán las nar-mejas de papá?

—Nishiko dice que las personas se transforman en dioses después de morir —susurro—. Es lo que creen los sagitarianos. Celebran la muerte, como si fuera un motivo de felicidad.

—Pregúntale qué piensa cuando le toque a ella.

Lo dice con tanta frialdad que me tengo que recordar a mí misma que en realidad está sufriendo. Está sufriendo como el resto de nosotros.

Los cancerianos creemos que quienes mueren con el alma reconciliada pasan al Empíreo, un paraíso de dichosa tranquilidad al que se accede a través de un portal en Helios. Algunas Casas ni siquiera creen en el Empíreo, y otras creen que es un canal para pasar de una vida a la siguiente, una especie de renacimiento. La gente de Nishi cree que el Empíreo es un planeta real lleno de mansiones y banquetes, donde se baila en las calles.

Aunque parezca una traición a mi pueblo, la verdad es que no sé realmente en qué creo.

—Ahí está. Ese es Oceón 6. —Deke señala un satélite con forma de rueda que flota por encima de nuestro polo norte. Parece un puntito de luz en una Efemeris, pero se vuelve cada vez más grande.

—El Polaris dijo que el movimiento giratorio constante de la rueda crea una fuerza centrífuga en su borde más externo para simular la gravedad. Cuando chocaron las lunas, estaban en el lado opuesto a Cáncer, así que no sintieron los efectos.

Al escucharlo, no sé qué decir, así que me quedo callada. Después de un rato, susurra:

—Cuando lleguemos, habrá listas de sobrevivientes.

Lo tomo suavemente del codo.

—¿Dónde estaban tus hermanas cuando cayó?

—En la fábrica, seguramente. —La familia de Deke produce una línea de pintura perlada a partir de las escamas de peces, que es muy popular, especialmente entre los círculos artísticos de la Casa de Géminis, donde se valora la imaginación por encima de todo.

—Tu isla tiene colinas —le recuerdo—. Estoy segura de que lograron llegar a casa de tus padres en la zona más elevada. —Sus padres se retiraron hace poco y les cedieron la empresa a sus hijos. Deke permite que sus hermanas mellizas la manejen como quieran. Confía en ellas como yo confío en Stanton.

—No encontrarán a otro Guardián —dice, cambiando de tema. Su malhumor se está volviendo contagioso—. Tenemos demasiados pocos Zodai y cuesta demasiado ser aceptado. Entonces, ¿qué?

—Entonces, los Zodai con más antigüedad en el Consejo de Asesores de la Madre Orígene intervendrán hasta que encuentren a uno —digo, extrayendo el dato del mar de recuerdos reprimidos.

Los Guardianes son los líderes espirituales del Zodíaco, y el puesto es siempre un nombramiento de por vida. En algunas casas, como en Virgo, el Guardián también es quien gobierna —la emperatriz Moira gobierna toda su constelación—, pero Cáncer está dirigido por consenso. Nuestra Sagrada Madre actúa como árbitro y asesora de nuestro consejo de administración, y tiene el mismo derecho al voto que el resto de los representantes.

—Dicen que un Guardián tiene que encarnar los atributos más nobles de nuestra casa —dice Deke—. Ser compasivos, leales, desinteresados...

—Depresivos, pegotes, ensimismados —añado, tratando de aligerar el ánimo.

—El Guardián también tiene que tener un don nato para leer las estrellas, para protegernos. ¿Sabes lo raro que es eso?

Cierro los ojos.

—Vamos, Deke. Hallarán a alguien.

La voz automatizada anuncia por el intercomunicador:

—*Señores pasajeros, por favor diríjanse a las dependencias de la tripulación y prepárense para el aterrizaje.*

Con el codo aún enlazado al de Deke, lo aparto de la vista.

De regreso en el hediondo camarote, Kai ha dejado de llorar, aunque sigue con el ánimo sombrío. Nishiko se ha lavado la cara y se ha trenzado el cabello oscuro. Yo ni siquiera he pensado en mi cabello.

Cuando éramos niños, siempre le tuve celos a Stanton, que se rapaba los rizos rubios. Así que cuando llegué a la Academia, me corté el cabello a la altura del mentón. Desde entonces, los rulos me han estado creciendo, y ahora me caen a la altura del pecho. Por lo general, me los recojo en una cola de caballo tupida o los acomodo debajo de la capucha gris de la campera de Stanton..., la que me traje cuando me mudé a Elara.

En ese entonces, la campera me llegaba hasta las rodillas. Ahora tiene el tamaño justo, pero ha desaparecido para siempre.

Me abrocho el cinturón de seguridad en el mismo asiento que al comienzo del viaje. Me cuesta reconocer a la niña que era hace diez horas. El mundo era un caos de horror y confusión, pero incluso considerando aquello de lo que nos escapábamos, al menos nos dirigíamos hacia la luz y no la oscuridad. La luz de Cáncer.

Mi hogar está en Kalymnos, un pequeño atolón de coral en el hemisferio norte. Nuestra cabaña luminosa da a la laguna interna, donde criamos nuestros bancos de nar-mejas. De noche, microbios bioluminiscentes brillan en el agua con un pálido color verde, creando constelaciones que compiten con las del cielo nocturno. Me crié cuidando los bancos junto a Stanton. Nos turnábamos para espantar a los voraces cangranchos, pero era papá quien se ocupaba de enhebrar las tiernas nar-mejas y de cosechar las perlas a mano.

Jamás me quise ir. Entrar como acólita fue la decisión más difícil de mi vida. Papá y Stanton no lo comprendían. Sabían cuánto me gustaba el aire puro y el mar de Cáncer. Pero no me marché por mí… Lo hice por papá.

Siempre ha sido una persona introvertida, pero después que se fue mamá, apenas hablaba. Stanton siempre le podía sacar un tema de conversación, pero conmigo papá era más tímido. No fue hasta que cumplí once años y encontré una vieja fotografía de mamá que comprendí por qué.

Era igual a ella.

Así que solicité la admisión a la Academia. Si no podía traerla de vuelta, al menos podía librar a mi padre de su recuerdo.

La nave aterriza con un brusco golpe, y algo se me clava en la cadera. Me quito el traje de compresión y hundo la mano en un bolsillo interior: el astralador de Mathias.

—*Todo en orden* —dice la voz automatizada.

Nos desabrochamos los cinturones y salimos flotando de las hamacas. Todavía no estamos bajo los efectos de la fuerza de gravedad. Como hemos echado amarras en el puerto central, no sentiremos la gravedad artificial de la rueda hasta que lleguemos al borde.

En el puerto central, encontramos una hilera de oficiales que lucen los mismos uniformes azul oscuro que la Guardia Real Canceriana. Flotan en posición de firmes, a pesar de la ausencia absoluta de gravedad, y me pregunto cómo logran quedar tan erguidos y quietos cuando intercambian el saludo de puños con Mathias.

Uno de ellos le dice:

—El almirante Crius desea verlo a usted y a su comitiva de inmediato.

—De acuerdo. —Mathias se aferra a una soga que cuelga inmóvil de una barra de acero que recorre la circunferencia del cielorraso. Apenas la sujeta, la soga avanza hacia delante a un ritmo vigoroso, impulsándolo a través del aire. Se vuelve y nos hace una seña para que lo sigamos, y cada uno toma una soga diferente. Los Zodai nos siguen detrás.

Como avanzamos en fila, mis amigos y yo no podemos intercambiar teorías acerca del motivo de la reunión. La estación huele a amoníaco, y la luz de bajo voltaje lo tiñe todo de beige. Cuando la barra de acero se frena abruptamente, soltamos la soga y nos subimos en un coche de monorriel. De inmediato sentimos el vértigo de la velocidad. Este debe de ser el tren expreso hasta el borde.

Cuanto más nos alejamos, más siento la fuerza centrífuga, y no se parece en nada a la gravedad. La sensación se parece más a una coctelera, que nos lanza contra el costado derecho del tren. Al llegar a destino e intentar ponerme de pie, siento como si estuviera siendo arrastrada por un fuerte viento.

Mathias me toma el codo cuando estoy a punto de caerme:

—Te acostumbrarás —resopla con su suave tono barítono.

Jamás he estado tan cerca de su cara. Sigo con la vista el suave contorno de su mandíbula y sus pómulos, pero cuando me doy cuenta de lo que estoy haciendo aparto la mirada.

Nos guía a cada uno fuera del vehículo, y cuando reanudamos nuestra procesión, nuestras pisadas golpean con fuerza la cubierta alfombrada como si tuvieran peso de verdad. Es la primera vez que siento todo el peso de mi cuerpo desde que experimenté los efectos de la gravedad artificial en el domo de cristal, y su presencia me resulta extraña.

El almirante Crius nos aguarda en lo que parece una sala de conferencias, que ha sido transformada en un centro de respuesta a las catástrofes. Una decena de Zodai con uniformes azules miran, concentrados, unas pantallas de última generación, y un enorme mapa holográfico de Cáncer rota por encima en el aire, cubierto de luces de alerta roja que titilan. Crius se levanta de su escritorio y saluda a Mathias con un golpe de puño. Al resto, nos dirige una mirada ceñuda. Es un hombre de pecho fornido, que debe de tener cuarenta y tantos años, con rulos grisáceos y pequeñas arrugas alrededor de la boca y los ojos. Como todo el mundo, tiene el gesto adusto.

—Tú debes ser la acólita Rhoma Grace —dice, dirigiéndose a mí.

Mi cuerpo se tensa. Deke y Nishiko se vuelven para mirarme, y trato de recordar cuál de las múltiples reglas acabo de romper.

—Sí —. Con la voz más segura, digo—: Me llamo Rho Grace.

—Ven conmigo, acólita. Tú, también, Polaris Thais. En cuanto al resto, los oficiales atenderán sus necesidades.

El almirante se da media vuelta y se aleja a grandes pasos. Mathias me hace un gesto con la cabeza para que lo siga. Miro a Nishi como para saber qué piensa de todo ello, pero parece tan perdida como yo. Esta vez no debe tratarse del examen. Esta vez, el asunto debe ser Stanton.

O papá.

Los huesos me pesan demasiado, y la garganta se me llena de algo que parece ácido. Ya he perdido los dos únicos hogares que he conocido en la vida; no puedo perder lo que queda de mi familia.

Me quito los guantes negros y los meto, junto con mi Onda, en un bolsillo de mi traje de compresión. Ya tengo el casco sujeto a mi cinturón.

Afortunadamente no tenemos que ir muy lejos. El almirante nos conduce a un lugar que no debe ser más grande que la clase de la instructora Tidus, donde hay otras dos personas. La anciana de cabello blanco tiene una expresión cordial y triste a la vez, pero el rostro robusto del hombre calvo luce una mueca siniestra. Mathias cierra la puerta y se para delante de ella, firme como una estaca, con las manos a los costados y la mirada fija delante de él. No sé lo que está pensando. El almirante Crius me examina de pies a cabeza.

—Acólita Rhoma Grace, has sido traída ante lo que queda del Consejo de Asesores de la Madre Orígene para enfrentar un juicio. Esta noche, tu madre, Kassandra Grace, se ha confesado culpable de traición.

6

Traición.

La palabra suena extraña, poco familiar, desconectada de mi vida.

—No le creo—. Lo digo casi como un gruñido. —La traición no está en nuestra naturaleza canceriana.

La mueca del hombre robusto se profundiza, pero es Crius quien dice, en su brusco tono castrense:

—Tampoco el abandonar a nuestros seres queridos, y aún así ella te dejó.

Después de todo lo que he vivido esta noche, no creía que aún quedara algo por perder. Estaba equivocada.

Hace tanto tiempo que *no* pienso en mamá que nunca consideré lo que haría si me enteraba de que seguía viva. La desesperación nada entre mis venas, me giro y fijo los ojos en los de Mathias. El azul índigo de su mirada nunca lució tan explosivo, ni siquiera cuando estábamos escapando de Elara. Pero ¿acaso le importará lo que me pasa a mí o, por el contrario, se estará arrepintiendo de haberse mostrado tan compasivo conmigo?

La desesperación me hace sentir como si me estuviera alejando cada vez más de mí misma, de este momento, de los recuerdos de mi vida. Como si estuviera siendo succionada por un agujero negro, desplazada de la realidad que creía conocer, pero de la forma más lenta y dolorosa posible.

—Kassandra Grace ha sido sentenciada a una ejecución sumaria —sigue Crius, en su modo gélido. Cada palabra suya me arroja más profundo en el abismo. —Si te quedas, su nombre va a manchar el tuyo. Serás apartada de tu Casa, separada de tus amigos y jamás podrás ser una Zodai.

Estoy tan fuera de mí que apenas puedo escucharlo cuando dice:

—Estamos aquí para ofrecerte una elección.

La esperanza titila como una pequeña llama, ardiendo frente a tanta oscuridad.

—¿Una elección?

Crius asiente, cortante.

—Denúnciala. Te transferiremos para que trabajes con nosotros en la casa de Aries, en el Pleno Planetario. Allí podrás empezar una nueva vida.

El almirante apoya su Onda sobre la mesa delante de mí y me dice:

—Presiona tu pulgar aquí abajo y serás transferida de inmediato.

Me quedo observando el dispositivo con forma de almeja. El pequeño sensor que se aloja en su boca brilla como una perla.

El shock que siento es como un rayo —solo dura un instante— pero lo que le sigue es una vergüenza caliente y lacerante. Hubiese preferido la muerte en Elara a esta *elección*. Más allá de lo que haya hecho mi madre, ya sé cuál es mi respuesta. No hay elección —no para mí.

—Pertenezco a Cáncer, con mi familia—. Mi voz es firme, y me vuelve más fuerte. —Gracias por la oferta, pero la rechazo.

El ceño del almirante se hunde tanto que forma un muro entre sus ojos.

—¿Entiendes que serás obligada a vivir aislada de la sociedad canceriana y tendrás prohibido regresar a todo y a todos los que conoces?

—Sí, entiendo —digo, abriendo paso en mi mente a todos los recuerdos que he estado bloqueando durante una década. Están sorprendentemente bien preservados, impolutos. No puedo creer que haya encontrado a mamá de nuevo.

—Por favor, ¿pueden dejarme verla? Bajo nuestras leyes, se le permite una última visita de sus familiares.

Niega con la cabeza.

—Eso no será necesario. Nunca hemos visto a tu madre ni sabemos dónde está. Esta fue una prueba, y la has pasado.

La confusión se adueña de mi rostro por un instante, seguida de alivio: *Mamá no es una traidora; puedo recuperar mi vida.*

Y después, el enojo.

Otra prueba.

La mujer de cabello blanco avanza con paso tembloroso, apoyando su peso sobre un bastón. —Soy Agatha Cleiss, y este es mi colega, el doctor Emory Eusta—. Me ofrece su mano pero no le doy el choque de puños tradicional.

Sus labios se estiran hasta formar una sonrisa triste.

—Querida, perdónanos. Te hemos engañado de la forma más atroz. Esta terrible tragedia nos ha obligado a actuar de manera cruel, y esta mentira era la forma más rápida de obtener la respuesta que buscábamos. Si tomas asiento, te lo explicaremos.

Me muerdo el interior del labio con fuerza. Ahora, con esas disculpas, estoy aún más enojada —sería más fácil marcharme de acá, furiosa, si la mujer no pareciera genuinamente arrepentida.

El hombre calvo a su lado parece tan real que solo cuando veo que pasa el brazo a través del borde de un estante me doy cuenta de que es un holograma. El hecho de que la imagen del doctor Eusta no muestre un desfase temporal significa que se debe de estar transmitiendo desde algún lugar cercano.

Me siento en uno de los cuatro sillones mullidos que rodean la mesa cuadrada, donde se ha dispuesto una bandeja con agua y sándwiches. Al ver la comida me ruge el estómago.

Crius se sienta en frente de mí. Su piel cetrina está ensombrecida por una fatiga grisácea, y su boca se frunce con escepticismo.

—Toma un refresco.

—No, gracias —digo, a pesar de las renovadas protestas de mi estómago.

Agatha hunde su retorcido cuerpo en una silla a mí lado.

—¿Por qué crees que fuiste examinada dos veces en la Academia?

—Porque fallé la primera vez.

Sonríe con tristeza una vez más, y sus ojos verdigrises empañados se vuelven distantes. Delante de mí, el almirante Crius saca una piedra oscura de su bolsillo y la apoya sobre la mesa. Es suave, tiene forma oblonga, y aunque al principio parece de un negro opaco, cuanto más la miro, más colores empiezan a brillar en sus profundidades. Verdiazul viridiano, aguamarina, índigo, amatista, hasta manchas dispersas de un color carmesí. Y no es opaca en absoluto. Es lustrosa y suave.

—El ópalo negro —dice el doctor Eusta. —Contiene la Efemeris de la Guardiana Orígene.

—Hasta donde podemos saber —añade Agatha—, está en perfectas condiciones. No sabemos por qué falló en mostrar la llegada de esta catástrofe.

En esta habitación, al menos, mi teoría de que los astraladores son una herramienta insuficiente es irrelevante. La Guardiana y su Consejo son tan hábiles en prever el futuro que pueden interpretar lo que viene simplemente con observar los movimientos de las estrellas. No necesitan un astralador para distinguir lo real de lo imaginario. Desarrollar este tipo de visión natural lleva décadas.

Con un comando de voz, Crius ordena que se apaguen las luces, y nos envuelve una negrura algodonosa. Ahora sí que estoy confundida.

—Toca la piedra —dice Agatha.

Es un pedido extraño, pero lo hago. Desde el momento en que han sacado el ópalo, he estado deseando tomarlo.

Cuando la levanto en la mano, la piedra se siente tibia. La hago rodar entre mis dedos, sintiendo grietas minúsculas en su suave superficie. Las imperfecciones son leves, apenas perceptibles, pero en el momento en que las descubro, una masa sombría empieza a dibujarse en mi mente, como si estuviera desentrañando un código.

Cuanto más restriego la punta del dedo sobre los relieves, más definida se vuelve la sombra, hasta que consigo reconocer la configuración de las hendiduras como parte de una constelación.

Cáncer.

No bien identifico la imagen, una luz emerge de la piedra como si saliera de una fuente y se dirige hacia arriba. Lanzo un chillido al ver cómo se disemina en el aire, llenando la habitación con estrellas. Los otros se ponen de pie en un silencio atónito, pero no es el poder de la piedra lo que los deja estupefactos: es el mío.

El ópalo está proyectando un holograma del universo. Un gran holograma de forma ovoide. Es la Efemeris más pura y más detallada que he visto jamás. Me paro dentro de su nimbo de luz y extiendo los dedos, dejando que las estrellas me brillen sobre la piel.

—Has descubierto su clave —dice Agatha, el asombro en su tono no es muy alentador—. Los relieves de la piedra se desplazan y cambian de forma cada vez que la Efemeris se apaga, así el cerrojo va cambiando. La clave es siempre un mapa incompleto, por lo que solo aquellos más familiarizados con nuestro sistema solar podrían aspirar a completarla y abrirla.

—¿Quieren decir que esta ha sido otra prueba? —pregunto inexpresivamente.

El holograma del doctor Eusta se mueve a través de la Efemeris como una sombra pixelada. —Sí. Y también esto.

Agatha descansa la mano sobre la cabeza de su bastón y me fija la mirada.

—La Sagrada Madre solía decir que el futuro es una casa con millones de ventanas. Cada Zodai accede a una visión particular de las estrellas, por lo que cada uno tiene una lectura diferente. Algunas lecturas entran en conflicto. Algunas están completamente erradas. Y otras… pueden ser deliberadamente engañosas.

—Queremos escuchar tu lectura de lo que le ha sucedido a nuestras lunas —dice el holograma parpadeante del doctor Eusta.

—¿Quieren que lea la Efemeris de la Sagrada Madre? —pregunto. El asombro en la voz de Agatha no era nada en comparación con el mío.

No puedo creer que estén pidiendo *mi* interpretación.

—No estoy bien entrenada… no sé usar el astralador. Soy la única de nuestro año que falló el examen de la Academia.

—Tómate todo el tiempo que necesites —dice Agatha, como si no hubiera escuchado ni una palabra de mi protesta. El almirante Crius y ella se sientan y esperan, mientras el holográfico doctor Eusta flota alrededor, como si fuera otro cuerpo celeste en el mapa espectral.

Lanzo una exhalación profunda y miro alrededor. Nunca he visto el Zodíaco con tanto detalle. Las suaves luces destellantes rotan a través del aire con mucha mayor resolución que incluso la Efemeris del planetario de la Academia. Agujeros negros, enanas blancas, gigantes rojas y más, todos resplandecientes con una definición radiante.

Es solo ahora, dentro de esta luminosa representación de nuestro mundo, que caigo en la cuenta de que nunca perdí mi Centro. Como dijo Mathias: *Cáncer nos sostiene.*

Mi hogar está en mi interior, no importa a dónde vaya, no importa qué le suceda a nuestro planeta o a nuestra gente. Mientras mi corazón siga latiendo, seguirá tocando una melodía canceriana.

Siempre.

Este pensamiento me llena de un sentido tan fuerte de mí misma que me siento grande e invencible. A pesar de todo lo que el universo me quite, no puede arrebatarme lo que llevo dentro de la cabeza y del corazón. Eso me pertenece para siempre.

La habitación se sume en silencio y puedo oír mis exhalaciones. Fijo la mirada en el orbe azulado de Cáncer; su superficie se ve más azul que en cualquiera otra Efemeris que haya visto antes. Sigo con la mirada fija hasta que siento que mi alma comienza a ascender hacia el cielo. En el plano astral, veo el campo de escombros donde una vez orbitaron nuestras lunas. Y mientras lo miro, los desechos empiezan a parpadear.

Mi pulso se acelera al acercarme. Este mapa es tan grande que es la primera vez que puedo ver lo que realmente está ocurriendo cuando parpadea una luna. No son fluctuaciones de la Red Psi, como había estado deseando en secreto.

De hecho, las lunas ni siquiera están centelleando. No las estaba viendo desaparecer, sino ser engullidas por algo negro que se retuerce, algo más denso que el espacio. La sustancia alquitranada sigue ahí, guiando el movimiento de los escombros, como un titiritero que mueve hilos invisibles.

Es Materia Oscura.

—Esto no lo hizo ningún meteorito —susurro.

—Claro que no. Ese era solo un rumor —farfulla el doctor Eusta—. Nuestros astrónomos ya han confirmado que lo que se estrelló contra nuestras lunas no fue un cuerpo foráneo. Ningún telescopio ni satélite ha registrado objeto alguno. No podemos encontrar ningún dato porque apenas ocurrió la explosión, todos los dispositivos en la proximidad de Teba dejaron de funcionar... Esto lo sabes bien, dado que el apagón de energía alcanzó también a Elara.

La imagen del traje espacial rosado está grabada en mi mente. Como marcada a fuego.

Dejo que el dolor me calcine el cerebro, lo dejo entrar. No quiero olvidarme jamás de toda la gente que hemos perdido esta noche. Ellos son la razón por la que necesito ayudar, si es que puedo. Retrocedo unos pasos y observo el Zodíaco como un todo, en lugar de enfocarme en una constelación por vez.

Lo primero que noto es un parpadeo en la Casa de Leo. Después noto otro parpadeo en Tauro. De todas maneras, estos parpadeos son débiles. No parecen amenazantes —son como fantasmas de parpadeos pasados. La Red Psi me está mostrando que la Materia Oscura también ha tocado esas Casas.

—Es un patrón —digo, reuniendo las piezas en voz alta a medida que hablo—. Los incendios leoninos, los aludes de barro de la Casa de Tauro, esas tragedias... están todas conectadas.

Con estas palabras, mis interrogadores bajan la mirada, y me da la sensación de que se están comunicando en silencio. Van a descartar mis lecturas como boberías, como hizo el decano. Solo que esta vez no los voy a dejar. Nishi tiene razón: no puedo desestimar mis visiones si existe la posibilidad de que puedan ayudar.

—No te estamos preguntando por el pasado —dice el almirante Crius, una vez que han terminado las deliberaciones en el Psi—.

Ahora responde a nuestra pregunta: ¿Qué fue lo que causó la colisión entre nuestras lunas?

Me esfuerzo por no reaccionar frente a la violencia de su voz y digo:

—Materia Oscura.

No se molestan con cortesías para ocultar su incredulidad: esta vez me dicen lo que piensan en voz alta, a mi cara.

—¡*Materia Oscura!* —el doctor Eusta suena casi histérico—. ¿Ya hemos terminado aquí? —le pregunta a los otros dos—. Ya nos hizo perder suficiente tiempo, ¿no les parece?

El almirante Crius parece inclinado a darle la razón.

—¿Dónde percibes la Materia Oscura? —pregunta Agatha, fijando la mirada en los escombros. Señalo adonde la veo, pero ella solo ve espacio negro.

Cierra los ojos y toca su anillo. Cuando abre los ojos, se vuelve a los hombres.

—La Materia Oscura es la única sustancia con fuerza suficiente como para succionar la fuerza de vida de un planeta... y derribar nuestros sistemas de energía. Si está empezando a aparecer en la Efemeris...

El almirante Crius niega con la cabeza.

—No puede ser.

—Pero *si fuera cierto* —insiste Agatha—, significaría que está siendo manipulada con psienergía. Solo un Zodai poderoso podría hacer uso de la psienergía de esa forma.

De pronto Crius se levanta, me toma de la muñeca con fuerza y me lanza una mirada fulminante. Todo el brazo me late de dolor por la presión que ejerce. Quiere saber si estoy mintiendo. La violencia que ha estado a punto de estallarle todo este tiempo me estrangula las venas y me sofoca la piel, pero me niego siquiera a pestañear.

—Así que es verdad —susurra Agatha cuando el almirante se aparta de mí, derrotado.

—*Prendan las luces* —dice.

Cuando la habitación se enciende, la Efemeris sigue brillando, salpicando el rostro arrugado de Agatha con pecas de colores. Sus labios se están moviendo velozmente y me doy cuenta de que está hablando a través de su anillo. Crius susurra notas apresuradas dentro de su Onda. Se lanzan miradas de forma misteriosa y asienten con la cabeza. Luego Agatha se incorpora y me sonríe.

—Creo que estamos listos para proceder.

Toma el ópalo de mi mano y lo apoya sobre la mesa. Al instante, la Efemeris se extingue, y el holograma del doctor Eusta deja de pixelarse. La pantalla holográfica empieza a irradiar desde la Onda de Crius y planea en el aire sobre nosotros. Cada archivo luce la foto de un Zodai uniformado, pero estoy demasiado nerviosa para leer las palabras.

—Desde el principio de los tiempos, nuestros Polaris han estado prediciendo el nacimiento de cada nuevo Potencial —dice Agatha, su voz suave y reconfortante, como la de mamá cuando se preparaba para contarme un cuento—. Tu huella astrológica está en esa larga lista así que eres uno de los tantos Potenciales que hemos estado observando. Al momento en que llegaste a la Academia, ya habías estudiado todo lo que podías acerca de las casas del Zodíaco, y varios de tus instructores notaron que tenías un genuino interés por nuestro mundo… y un ansia de aprender que podría equipararse a la de un sagitariano. Llevabas una versión tutorial de la Efemeris en tu Onda para leerles el futuro a tus amigos en tu tiempo libre, *como forma de diversión*. Incluso conocías el yarrot, algo que solo se enseña a los Zodai más avanzados de nuestra Casa.

»Has trabajado duro en tus clases y tu única dificultad era usar el astralador. Lo que no te diste cuenta es que después de tomarte tanto trabajo en tu técnica para Centrarte y después de pasar tanto tiempo leyendo la Efemeris, se volvió una habilidad natural. Como nosotros, no necesitas un astralador.

El almirante Crius interviene antes de que yo pueda asimilar las palabras de Agatha y señala los datos holográficos que se agolpan sobre nosotros:

—Estos archivos pertenecen a todos los candidatos que hemos seleccionado como Asesores. Ellos serán transmitidos a tu Onda, así como también los miembros de la Guardia Real que hayan sobrevivido. Verás a uno de tus camaradas en esa lista, el Polaris Mathias Thais.

Inhalo bruscamente y me vuelvo. Recién ahora me acuerdo de que Mathias está acá. Incluso antes de mirarlo, ya puedo sentir la ráfaga de alivio de tener una cara conocida a mi lado. Salvo que, cuando miro, Mathias no me devuelve la mirada. Está mirando fijo hacia delante, como si estuviera decidido a no escuchar nuestra conversación. Su conducta es completamente distinta de la que llevaba antes, cuando estaba pendiente de cada palabra. Como si el exilio en cuestión fuese de él y no mío. No entiendo qué ha cambiado.

—El Polaris Thais sería mucho mejor Asesor que yo, si eso es lo que están pensando —digo sin pensar.

—¿Perdona? —El almirante Crius se lanza hacia delante, y su expresión me hace temblar. —¿Tienes la impresión de que queremos que tú seas consejera?

—Oh… no. Por supuesto que no.

De pronto lo que más quiero es que me trague la tierra. Crius se pone de pie. Agatha también. El doctor Eusta flota por encima, y los tres me miran desde arriba.

—Rhoma Grace —empieza Crius, con un tono que me hace preguntarme si estamos hablando de nuevo del exilio—. Por favor, perdona nuestros métodos crueles.

Luego, y para mi estupor supremo, él y los otros hacen una reverencia.

—Las estrellas han revelado un presagio que algunos de nosotros creímos inverosímil, pero que parece debemos aceptar. Desde hoy, te honramos como Guardiana de la Casa Cuatro, nuestro querido Cáncer.

7

Antes de que pueda reaccionar, me encajan el ópalo negro entre las manos y me hacen salir de la habitación, donde me esperan dos mujeres del otro lado de la puerta.

Mitad conducida, mitad arrastrada, me llevan por los oscuros pasadizos, flanqueada por el grupo de oficiales que nos dio la bienvenida cuando aterrizamos en el puerto central. Advierto que esta vez Mathias no viene conmigo.

Oceón 6 es un laberinto de corredores y puertas selladas, y para cuando llegamos a destino, no tengo ni idea del camino recorrido. Las mujeres me depositan en una habitación espaciosa y fría, y los oficiales permanecen fuera, probablemente montando guardia.

—Soy Lola, tu Dama de Túnicas —dice la más alta de las dos. Lleva un vestido drapeado, estilo canceriano, de color azul violáceo. Es un doloroso recuerdo de mi hogar, donde los vestuarios y la arquitectura caen en cascada con acuosa fluidez—. Y esta es Leyla, m-mi hermanita.

Es la ternura en su voz lo que me hace levantar la mirada. Lola parece tener alrededor de veinte años. Tiene la cabeza llena de rizos pelirrojos que ocultan su pequeño rostro. A su lado, Leyla sonríe con timidez, y advierto sorprendida que es menor que yo. No puede tener más de catorce años.

—Fui aprendiz de la Dama de Túnicas de la madre Orígene —prosigue Lola—, y estaba en medio de mi entrenamiento cuando do ella… —Su expresión se tensa un instante, y echa una mirada al suelo. Cuando recobra la calma, se inclina levemente—. Somos aprendices, pero haremos un gran esfuerzo por servirte, Sagrada Madre.

Quiero hablar, pero algo monstruoso me atenaza la garganta, y tengo miedo de soltarlo.

A diferencia de su hermana mayor, los rizos pelirrojos de Leyla están recogidos hacia atrás, y revelan un par de ojos redondos color zafiro. Parece comprender lo que necesito y dice:

—Lola, deja que la Sagrada Madre descanse.

Se inclinan ante mí, y cuando pasan al lado mío con sus faldas crujientes, alcanzo a percibir el olor al mar de Cáncer entre los pliegues de sus vestidos.

—¿Puedo ver a mis amigos? —susurro, y la voz me sale como un ronco carraspeo.

Lola ya se encuentra en el corredor, pero Leyla está en el umbral, así que me escucha. Vuelve sus ojos azul zafiro hacia los míos y dice:

—Lo siento, Sagrada Madre. Tenemos órdenes de mantenerte aislada y de protegerte hasta que identifiquen la amenaza.

Solo confirma lo que ya sé.

Estoy sola.

Cuando la puerta se cierra, echo una mirada a la habitación. Debe de ser el dormitorio de los Polaris de rango más alto que han sido destinados a Oceón 6. Hay una cama en un rincón, un baño privado y un escritorio que ha sido convertido en un tocador improvisado para mi uso personal. Debería aprovechar este tiempo para ducharme y buscar ropa limpia. Debería estar intentando desentrañar los secretos de las estrellas que se encuentran en el ópalo negro, para saber cómo proteger a nuestra gente.

Pero esta habitación está demasiado vacía.

No tiene mi cepillo de dientes, ni mis palillos de batería, ni las exóticas caracolas que papá solía traerme cuando regresaba de sus incursiones por el lecho marino.

Yo estoy vacía.

Se me pide que lo dé todo cuando no me queda nada.

Me hago un ovillo sobre la cama. Luego hundo la cara en una almohada y suelto al monstruo.

∗∗∗

Para cuando dejo de llorar, mis ojos son apenas dos ranuras. Sigo con el traje de compresión puesto; es tan ajustado que no me pude poner una camiseta y un short abajo.

Me deshago de la alborotada coleta y me recojo el cabello para hacerme un enorme rodete, que se planta sobre mi cabeza como un nido de ratas. No me importa mi aspecto. No me importa si no estoy demostrando dar con la talla para ser Guardiana. Yo no pedí nada de esto.

Alguien golpea a la puerta.

—¡Adelante! —grito excitada, saltando de la cama. Si hay alguien que puede encontrar una manera de eludir las reglas, es Nishi.

Estoy tan emocionada de verla que apenas pasa por la puerta le arrojo los brazos alrededor del cuello.

—Nish, sabía que tú... ¡oh! —Me aparto bruscamente, como si hubiera tocado algo hirviendo.

De hecho, a quien acabo de abrazar es al Polaris Mathias Thais.

—Oh, lo siento —le digo. Cada partícula de mi ser arde con el calor de Helios—. Es solo que..., quiero decir, discúlpame. —Me doy vuelta y me aprieto las mejillas con las manos, tratando de enfriarlas y de ocultar mi mortificación. No contribuye que el momento se repita en mi mente una y otra vez. Ni que sienta un cosquilleo en la piel por haberlo tocado.

—No te disculpes —dice con suavidad. Cuando me vuelvo, su rostro ha cobrado un color escarlata como el mío.

—Me han enviado aquí con un mensaje. El almirante Crius ha transmitido a tu Onda los candidatos para tu Consejo de Asesores.

Mi Onda.

Hundo los dedos desesperada dentro del bolsillo de mi traje y saco mis guantes, mi Onda y...

—¡Tu astralador!

Le entrego el instrumento de nácar a su dueño, que lo ahueca en las manos como si fuera un pajarito.

—Gracias.

Abro mi Onda e intento llamar a papá y a Stanton. Aún no hay conexión.

Luego intento conectarme con el Rastreador de Nishi, pero parece haber una interferencia en la señal, de modo que es imposible comunicarse con alguien. Tengo la sensación de que Crius está detrás de esto, y apuesto a que lo justifica diciendo que me está protegiendo.

—Una vez que hayas elegido a tus doce Asesores —dice Mathias, como si no hubiera habido interrupción—, debes designar a uno como tu...

—*Guía*, ya lo sé —digo, apagando mi Onda. Las lecciones de mamá han sido, cuanto menos, exhaustivas—. Cuando se elige a una Guardiana menor de veintidós años, debe tener un Guía que la entrene para conocer a fondo las prácticas de los Zodai.

Hace silencio.

Entonces, digo:

—Te quiero a ti.

El rostro se le vuelve a encender, y al advertir el sentido que tuvieron mis palabras, rápidamente agrego—: ¡Para que seas mi Guía!

Jamás he visto un rostro mutar del rojo al blanco tan rápido. Una chispa brilla en los ojos de Mathias; puede ser el shock o, peor aún, *rechazo*. Mira hacia delante, sin cruzarse con mi mirada, y dice:

—Sería mejor elegir a uno de los Asesores más experimentados. Yo acabo de incorporarme a la Guardia Real. No estoy capacitado para enseñarte.

—Entonces haremos una pareja perfecta, pues yo no estoy capacitada para dirigir a nadie.

—Todavía tengo mucho que aprender sobre el papel de Asesor. Sería mejor si cada uno buscara a sus propios mentores.

—Mathias. —Al oír su nombre, sus ojos descienden hasta los míos. Por un instante, puedo fingir que estamos discutiendo sobre una actividad extraescolar y no sobre el liderazgo de nuestra Casa.

Doy un tímido paso hacia él.

—Nos estamos quedando sin caras conocidas. Solo te pido tu ayuda. Y… si te lo puedes permitir, tu amistad.

Se inclina.

—Como desees, Sagrada M…

—Lo que deseo —digo en voz alta antes que termine—, es que me llames por mi nombre, Rho. —Si Mathias me dice "Madre" alguna vez, creo que me muero.

—¿Rho? —repite, como si fuera una palabrota.

—Lamento que no te guste —digo, cruzando los brazos—. Pero yo te llamé Mathias y no Polaris cuando me lo pediste.

Nos quedamos mirándonos otra vez.

Luego:

—Como desees.

—Gracias.

—En una semana —dice, retomando donde había dejado— habrá una ceremonia y una cena en tu honor, donde serás investida la nueva Guardiana de nuestra Casa… *Rho*. Es importante que antes elijas al resto de tus Asesores. Durante esta semana, también te estaré entrenando.

—¿Y mis amigos?

—Han sido alojados en la base. Serán entrenados para ser Zodai, junto con todo acólito sobreviviente.

La palabra "sobreviviente" es como un puñetazo en el estómago.

—Quiero verlos —le digo. Mi respiración se vuelve agitada.

—Haré lo que pueda.

Me mira como si fuera a decir algo más, pero en lugar de eso se inclina abruptamente y se dirige a grandes zancadas hacia la puerta.

—¿Mathias?

Se detiene y se vuelve hacia mí.

—¿Sí?

—No puedo hacer esto.

Al decir las palabras en voz alta, algo duro y pesado se mueve en mi pecho; siento que puedo respirar mejor. Como si acabara de quitar un obstáculo que me estuviera obstruyendo las vías respiratorias. Sigo siendo tan inepta como unos segundos atrás, pero admitirlo hace que me sienta menos impostora.

—Las estrellas no mienten —dice. La dulzura ha desaparecido de su suave voz de barítono—. Hay un motivo por el que has sido elegida. Sumérgete en tu corazón y lo hallarás.

Sus palabras de aliento son típicamente cancerianas, pero solo me hacen sentir peor.

Lo oí en su tono de voz, lo vi en sus ojos, lo percibí en su actitud. Mathias tampoco confía en mí.

***

Al día siguiente regreso a la habitación donde me nombraron Guardiana, y me reúno con Crius, Agatha, el doctor Eusta y Mathias, quienes me presentan a ocho personas: el resto de mis Asesores. Me informan acerca de los procedimientos, las tradiciones, lo que se espera de mí... Gracias a mamá, tengo un conocimiento básico, pero de todos modos es mucha información para procesar.

Por la tarde, me reúno con Mathias para comenzar nuestra primera lección sobre el Zodai. Nos encontramos en una sala llena de esteras acolchadas, toallas y refrescos. Lola me ha conseguido unos pantalones elásticos y una camiseta enorme para mis sesiones de capacitación.

Mathias está acostado de espaldas sobre una de las esteras, los abdominales visibles por debajo del borde de su camiseta. Lola me acompaña hasta la puerta, y antes de marcharse, alcanzo a ver que su mirada se desvía hacia la piel desnuda de Mathias.

—Primero, nos concentraremos en refinar tu técnica para Centrarte —dice Mathias, una vez que estamos a solas. Se sienta—. Creo que la mejor manera será mediante el yarrot.

Trago con dificultad.

—El yarrot no me funciona. —Se queda helado, y nos volvemos a quedar mudos, mirándonos. Tras observarnos durante tantos años, cada uno sigue siendo un misterio para el otro... pero todavía no hacemos esas preguntas.

Al mirarlo a los ojos, me pregunto qué ve. Algunas veces cuando me mira el azul se vuelve tan suave que pareciera que significo algo para él. Otras veces, como ahora, el índigo se ensombrece, y siento que lo único que ve es a una niña obligada a cumplir un papel de adulta.

Se levanta.

—Yo lo practicaba todos los días en Elara.

—Lo recuerdo.

Esta vez nos miramos de un modo más familiar. Como si, más allá de ser la Guardiana y el Guía, podríamos ser también aquellas dos personas que se vieron crecer desde lejos —solo que ahora han sido reunidas, obligadas a crecer aún más rápido.

—Tal vez podríamos intentar una o dos posturas —digo, cediendo, como si cada movimiento no fuera un cuchillo que se me clava en el pecho. Luego me siento sobre la otra estera y me quito los zapatos.

No regreso a mi dormitorio hasta tarde, con todo el cuerpo dolorido. Al principio, apenas podía realizar las posturas más fáciles y perdía el equilibrio todo el tiempo, pero al final era como si nunca hubiera dejado de practicar. Cada flexión, estiramiento y movimiento amplio estaba grabado en mi mente, como la danza de mis palillos de batería, o las vueltas de Cáncer en la Efemeris —sentía que todo estaba conectado, como si hubiera sido parte de una gran coreografía diseñada por nuestras estrellas.

Recorrimos las doce posturas hasta que pude mantener cada una durante quince minutos sin demasiado esfuerzo.

Cuando llego a mi habitación, se supone que debo abrir mi ópalo negro y Centrarme, para ver el efecto del yarrot. En cambio, me desplomo sobre la cama, exhausta, y no me despierto hasta el día siguiente.

***

Han pasado tres días, y creo que es de noche. Oceón 6 no tiene ventanas, y sus períodos alternantes de luz artificial perturban mi sentido del tiempo.

Todo sigue confuso. Sigo en estado de shock.

Ayer me desperté completamente alterada, pensando que estaba llegando tarde a una clase. Luego me acordé. La Academia ha desaparecido. También mis instructores y amigos. Tal vez incluso mi familia. Mi vida anterior es un castillo de arena barrido por la marea nueva del mar de Cáncer. Esta otra vida parece surreal. Estoy comenzando a pensar que los Asesores solo me eligieron Guardiana porque soy joven y fácil de manipular, dado que pasan las mañanas debatiendo estrategias entre ellos e ignorando mis sugerencias. La actitud de Mathias para conmigo no hace sino reforzar las dudas que me carcomen. Una y otra vez repite que tengo el deber de desempeñar esta función, pero nunca me dice que es mi legítimo derecho.

El resto de las personas que están en esta base me considera su salvadora. Solo me gustaría que me dijeran lo que se supone que debo hacer.

Esta mañana, Crius nos dijo que encontró la causa real de la explosión de Teba: una importante sobrecarga de un reactor de fusión cuántica. Lo que él y el doctor Eusta quieren saber es cómo sucedió. Insisto en decirles que ya sabemos cómo sucedió: el desencadenante fue la Materia Oscura. Pero Agatha es la única que me cree. La pregunta no es cómo — sino quién.

Crius quiere más respuestas, y me hizo leer la Efemeris durante gran parte de la reunión. Mathias me hizo leerla de nuevo esta tarde. Pero ninguna de las dos veces vi algo.

Hemos perdido veinte millones de personas, un quinto de nuestra población. Es una cifra demasiado grande para que la pueda comprender.

Lo que sí comprendo es que las hermanas de Deke se ahogaron; Kai perdió a sus padres, y papá y Stanton no han sido hallados. Estoy demasiado cargada de pasado como para poder ver el futuro.

Esta noche será la primera vez que me reúna con mis amigos desde nuestra llegada. La comunicación por Onda finalmente volvió a funcionar, así que ayer hablé durante horas con Nishi, poniéndola al día acerca de todo lo que ha sucedido desde que nos separamos. Durante la mayor parte de la conversación, ella estaba eufórica. Me pareció raro volver a reírme con alguien. Los últimos tres días han sido reverencias y apelativos respetuosos por parte de Lola, Leyla y los Polaris, y luego un montón de órdenes y gritos por parte de Mathias y mis Asesores.

Los sagitarianos no se inclinan ante su Guardián —dicen que hacerlo implica que todas las almas no son iguales—, así que, gracias a Helios, Nishi no se siente afectada por todo esto. En cuanto a ella, Nishi me contó que junto con Deke y Kai han sido agrupados con otros acólitos sobrevivientes... aquellos que no vinieron a nuestro show.

Después de decirlo, un sentimiento de culpa nos atenazó las cuerdas vocales durante un rato. Si no hubiéramos organizado el concierto aquella noche... Si le hubiera hecho caso a los signos de advertencia en la Efemeris... Si solo nos hubiéramos quedado en casa...

Se podrían haber muerto de todos modos, me recuerda una voz minúscula. Los pedazos de escombros que chocaron contra el complejo causaron tantas muertes como el pulso eléctrico en el exterior.

Nishi me contó que ella y los muchachos han estado recibiendo entrenamiento Zodai todo el día, todos los días. El Polaris Garrison los entrena en las mañanas —mientras yo me encuentro en el consejo de Asesores— y Agatha los entrena por la tarde.

Ayer tuvieron que tomar absinta, y Kai entró en pánico y se negó. Deke fue el único que pudo convencerlo de que no había peligro, de que no se desmayaría y volvería a despertar durante la destrucción de nuestro mundo.

Ondeé a Deke varias veces, pero no respondió. Cuando le pregunté a Nishi por él, se mostró evasiva, y me dijo que tiene su propio modo de sobrellevar las pérdidas. Ojalá me dejara ayudarlo.

Esta mañana Mathias me contó que dispuso que los tres cenen esta noche conmigo en mi habitación. Estoy tan excitada por ver a mis amigos que no puedo pensar en otra cosa. He estado distraída todo el día, y me di cuenta de que Mathias y el resto de mis Asesores están comenzando a perder la paciencia. Mañana tendré que hacer algo verdaderamente extraordinario para impresionarlos.

Apenas entra en mi habitación, Nishi y yo nos abalanzamos para abrazarnos. Apretujadas una en brazos de la otra, nos reímos hasta terminar llorando, y luego volvemos a reírnos.

Como todos los refugiados civiles de Oceón 6, lleva un uniforme de laboratorio que le prestaron los científicos, pero se ha arremangado y le ha agregado un cinturón, de modo que se las arregla para seguir luciendo sexy. Después de separarnos, me doy vuelta para abrazar a Deke, pero no lo veo. En cambio, Kai se acerca lentamente, sin encontrarse con mi mirada. Se inclina:

—Sagrada Madre.

Lo estrujo con un fuerte abrazo y no lo dejo ir hasta que me abraza él también.

—Kai, siento tanto lo de tus padres —le susurro en el oído. Él me aprieta aún más, y su respiración se vuelve pesada, de modo que nos quedamos abrazados un tiempo más. Cuando nos separamos, me vuelve a mirar como si volviera a ser Rho.

—¿Dónde está…?

—Sagrada Madre —Deke se inclina ante mí desde la otra punta de la habitación. Tiene la espalda contra la pared y mira en línea recta hacia delante. Se trata de una postura Zodai, la misma que a veces adopta Mathias.

—Deke… —Camino hacia él, pero se aleja hacia un costado.

Nishi se dirige hacia él pisando fuerte.

—¿No me digas que estás actuando así en serio? Sigue siendo Rho, nuestra mejor amiga…

—Nish, no pasa nada —digo, aunque sé que sí me importa.

Temblando, retiro hacia atrás una silla de la mesa. Lola y Leyla han dispuesto sobre ella bebidas, fruta y una variedad de frutos de mar. Kai se sienta frente a mí. Enseguida, Nishi se instala en la silla al lado mío, y una vez que comenzamos a comer, Deke se desliza sobre la última silla, sin dejar de mirar el mantel. Quería a sus hermanas tanto como yo quiero a Stanton. Por supuesto que lo entiendo.

—Hay dieciocho mujeres y treinta y tres hombres, y estamos divididos en dos camarotes. —Nishi recita gran parte de la misma información que me contó ayer, pero sé que lo único que intenta es relajar el ambiente—. La mayoría del resto son jóvenes, entre doce y catorce años.

Esa es seguramente la razón por la que no fueron a la fiesta. Pincho un pedazo de fruta con mi tenedor y me lo meto en la boca, aunque en realidad no siento hambre.

—¿Cómo funciona el entrenamiento si están todos en niveles diferentes? —pregunto con la boca llena de comida, tratando de aferrarme a temas más seguros.

—Nosotros tres, además de una chica de quince años que se llama Freida, estamos en el grupo avanzado —dice Nishi. Me pasa su servilleta para que me limpie el jugo de fruta que se desliza sobre mi mentón—. Todos los demás trabajan con Swayne, el Contemplaestrellas, que enseña el nivel básico.

—¿Cuándo vuelves a casa? —le pregunto. Me cuesta creer que hay personas en el universo que aún lo puedan hacer.

—En este momento no disponen de naves. Como habrá representantes de otras Casas que vengan a tu ceremonia de investidura, me dará un aventón algún enviado sagitariano.

La idea de que Nishi me deje para hacer todo esto sola me resulta insoportable. Ahora que estoy con ella, no sé ni cómo llegué hasta aquí. Después de esta noche, no puedo volver a la soledad de los últimos días.

—¿Leíste algo en las estrellas hoy? —pregunta, bajando la voz. Kai se inclina sobre la mesa, ansioso por escuchar. Deke se queda quieto, con la mirada aún fija en la mesa.

Sacudo la cabeza.

—Últimamente, no puedo… concentrarme. —Se me quiebra la voz. Al oírme, la cabeza de Deke se inclina ligeramente, y está a punto de levantar la mirada.

—Por supuesto que no lo puedes hacer, Rho —dice Nishi, examinándome con sus perspicaces ojos ambarinos. Me aprieta la mano—. Eres un ser humano. No puedes bloquear todo lo que te sucedió a ti y a tu Casa —Y con un susurro que solo yo puedo oír, añade—: Está bien sentir tu dolor antes de taparlo.

Me enjugo una lágrima antes de que alguien la pueda ver.

Apenas parecen haber pasado unos minutos cuando se oye un golpe a la puerta, y un oficial me informa que comenzó el toque de queda de la base. Kai me abraza camino a la salida. Parece haber vuelto a su naturaleza no comunicativa: no dijo una sola palabra en toda la noche.

Miro hacia abajo cuando Deke pasa a mi lado, no queriendo sentir otra vez el dolor de su rechazo. Pero se detiene justo delante de mí. Me atrevo a echar una ojeada, y me ofrece el puño para el saludo. No es un abrazo, pero aun así lo tomo.

Cuando es la última que queda, tomo rápidamente la mano de Nishi:

—¿Te puedes quedar un segundo?

Es la única persona que confiaba en mis visiones, incluso cuando ni siquiera yo confiaba en ellas, así que ahora es la mejor persona para poder consultarle mis dudas. Asoma la cabeza por la puerta y le dice al oficial:

—La Sagrada Madre me necesita un par de minutos más. Voy enseguida. —Cuando cierra la puerta tras ella, hay un brillo de excitación en su mirada—. ¿Qué pasa?

Voy directo al grano.

—Cuando estábamos en Elara, vi algo… extraño. Activé la Efemeris de la instructora Tidus, y cuando ella la apagó, la clase quedó inundada de una serie de hologramas. Eran diagramas que parecían las figuras habituales que todos tenemos en nuestras Ondas: la historia de la galaxia, la posición de las estrellas, información acerca del universo. Solo que su versión del Zodíaco incluía una constelación sin nombre. *Una Decimotercera Casa.*

Nishi abre bien grande los ojos. Los cancerianos pueden ser muy escépticos, a menudo porque nos apuramos tanto por ilusionarnos que nuestro primer instinto es protegernos; pero los sagitarianos son capaces de aceptar hasta las verdades más insólitas, con tal de que confíen en la fuente.

—La instructora Tidus no habría tenido ese dato guardado en su Onda si no hubiera creído que era real —dice Nishi, cuya forma de razonar supera velozmente la mía—. Eso significa que tiene que haber evidencia en algún lado de la Decimotercera Casa, evidencia suficiente como para que la instructora confiara en ella... y algo así de importante no puede no dejar una huella.

—Síguela —le susurro, echando un rápido vistazo a la puerta para asegurarme de que nadie nos esté escuchando. No quiero asustar a nadie hasta contar con toda la información—. Averigua todo lo que puedas.

—¿Esto está relacionado con el presagio?

Asiento con la cabeza.

—Se encuentra siempre más allá de la Duodécima Casa. Y estaba pensando en el modo en que la Materia Oscura apareció en Leo y Tauro cuando leí el ópalo negro la primera noche. Las estrellas me mostraron algo que no era el futuro, sino el pasado. Entonces, ¿qué pasa si el presagio que insisten en mostrarme no es un presagio? ¿Qué pasa si me están señalando al responsable?

Nishi parece haber caído bajo el hechizo de mi teoría. Susurra:

—*La Decimotercera Casa.*

Asiento.

—Tenemos que estar seguras.

Me da un abrazo rápido antes de correr hacia la puerta, probablemente ya evaluando los modos de encarar la búsqueda.

—Lo estaremos.

8

El día de la ceremonia, mis Asesores están ocupados con los preparativos, así que entreno con Mathias por la mañana. Me está enseñando lo que él considera una de las lecciones más difíciles: comunicarse a través de la Red Psi, como lo hacen los Zodai.

Me da mi propio anillo y apenas me lo deslizo en el dedo, siento una nueva energía que se filtra en mi piel, como si la silicona metálica estuviera acoplándose conmigo a un nivel psíquico. Un intenso zumbido interior palpita en esa zona, como si mi dedo hubiese tomado un largo trago de absinta.

—Comunicarse en el Psi no requiere centrarse, porque el núcleo del anillo es una fuente de absinta —dice Mathias. Estamos en nuestra sala de entrenamiento de siempre, parados sobre una estera de yarrot, frente a frente—. El anillo atrae la psienergía hacia ti.

Inspecciono la alianza gruesa. El hecho de que la absinta sea una herramienta tan importante para los Zodai me hace sentir aún más culpable por haberla tomado la noche del ataque.

—Suena como que el anillo hace todo el trabajo pesado.

—Pruébalo.

—¿Ahora? —pregunto incrédula. Él asiente con la cabeza, y extiendo la mano delante de mí, preguntándome cómo podré activarlo.

—Tienes que intentar alcanzar en tu interior el zumbido que sientes en la mano —me dice, adivinando mis pensamientos—. Cuando puedas alcanzarlo, podrás acceder al Psi. Solo que esta vez no hay ninguna Efemeris que dirija la energía por ti, por lo que tienes que controlarla tú misma—. Notando la evidente confusión en mi rostro, agrega—: Le debes decir al Psi dónde quieres ir.

—¿Es como… tomar absinta sin una Efemeris? —Admitir haber incurrido en actos ilegales probablemente no sea la mejor forma de convencer a Mathias de que soy una buena candidata para ser Guardiana.

—Más o menos —dice, mirándome con curiosidad—. Cuando tomas absinta sin una Efemeris, estás atrayendo la psienergía hacia ti, pero no la estás canalizando en nada. Este anillo usa la psienergía de la absinta para conectarse con todos los otros Zodai de la galaxia que portan un anillo. *Nosotros* somos la Red Psi, la Conciencia Colectiva del Zodai.

Suena confuso, pero siempre me ha salido mejor sumergirme en algo nuevo que intentar entender su mecánica.

—Así que una vez que accedo a la Red Psi, ¿solo tengo que pensar en la persona con la que quiero hablar?

—Claro. O puedes hacerle una pregunta a toda la red, y cualquiera que esté sintonizando te escuchará. Pruébalo.

Cierro los ojos e intento sumergirme bien adentro, en el portal de energía que pulsa desde mi dedo anular. Cuando lo consigo, siento que he tocado algo glacial y líquido. La sustancia se esparce en mi interior, propagándose hacia fuera como ondas, hasta que me siento succionada hacia adentro por una marea y arrancada del presente, para ser arrojada hacia el espacio negro.

Solo que este espacio no está lleno de orbes de luces danzantes, sino de siluetas hechas de humo, algunas flotando en su lugar, otras acercándose como balas, y todas ellas apareciendo y desapareciendo, intermitentes, por donde quiera que mire. Mi suposición es que son los otros Zodai que están entrando y saliendo del Psi ahora mismo—y las figuras agrupadas deben de estar comunicándose entre sí.

Me acerco flotando a una de las sombras. Puedo captar un susurro débil, pero no puedo escuchar las palabras.

Mathias.

Me escucho decir su nombre en la mente, pero no muy fuerte. Debo de estar hablando sin sonido, como lo hacen los Zodai.

Pero no sucede nada. La voz de Mathias no responde, y las figuras de humo a mi alrededor no reaccionan. Cuanto más me quedo en el mundo en sombras, más vertiginoso y desorientador se vuelve, hasta que todo me empieza a dar vueltas. Sin aliento, abro los ojos y el sistema solar de almas que giraba a mi alrededor se esfuma.

El primer cambio que percibo es la orientación de la habitación: tengo la mirada fija en el techo.

—¿Cómo te sientes?

La voz musical se escucha más cerca de lo normal. Al rotar el cuello, me topo con los ojos azul índigo de Mathias. Por alguna razón estamos acostados en el suelo y tiene los brazos extendidos hacia mí en un ángulo extraño. Una mano se encuentra debajo de mi cabeza, la otra está en la parte baja de mi espalda. Como si me estuviera protegiendo.

—¿Me caí?

—Fue mi culpa —susurra—. La mayoría se marea la primera vez. Debí haberlo mencionado.

Aunque deberíamos ponernos de pie, ninguno de los dos se mueve. El espacio entre ambos es tan pequeño que su aliento sopla sobre mí como una brisa ligera. Le echo un vistazo al casi imperceptible hoyuelo en su mentón, recordando cómo solía dejar crecer una barba incipiente en épocas de exámenes de la Universidad. Ahora que está mayor, mantiene su piel afeitada. Siento el delirante impulso de extender la mano y tocarlo.

Mathias es el primero que aparta la mirada. Me giro para liberarle las manos y se incorpora. —Siento mucho que no haya habido noticias de tu familia, Rho.

Yo también me incorporo. Es una de esas raras ocasiones, desde que le pedí que dejara de llamarme *Sagrada Madre*, en la que usa mi nombre. Aquella noche dijo mi nombre como si solo fuera una palabra. Ahora lo susurra, como un secreto.

—¿Sabes algo de la tuya?

—Mi madre trabaja en el Pleno Planetario, así que tanto ella como mi padre están pasando gran parte de este año en la Casa de Aries. Hablé con ellos antes de marcharme. —Baja la voz y saca el astralador de nácar de su bolsillo—. Cuando las lunas chocaron, mi hermana murió en Galene.

Mi garganta parece resecarse y marchitarse, y no puedo hablar. Todo este tiempo hemos estado entrenando juntos, y yo nunca le había preguntado.

—Esto era suyo —me dice, levantando el instrumento.

—Yo... lo siento tanto, Mathias.

Él niega con la cabeza y lo guarda. Gira para ponerse de frente a mí sobre la estera.

—Vamos de nuevo. Solo que esta vez toca el anillo con tu otra mano cuando entres al Psi. Funcionará como un ancla y te ayudará a mantenerte en pie.

Asiento con la cabeza y cierro los ojos. Esta vez me quedo sentada. Apoyo la mano izquierda sobre la derecha y hago girar el anillo sobre el dedo, hasta que me sumerjo dentro de la energía helada y soy succionada por la Conciencia Colectiva.

Esta vez, el mundo parece más estable: siento que estoy parada sobre tierra firme en lugar de estar flotando en el espacio. Me acerco a la sombra más cercana, hay algo de ella que me atrae.

Rho.

Es Mathias.

—*Te escucho* —le respondo.

—*Eso es impresionante. A algunos Zodai les lleva años enviar su primer mensaje.*

—*¿Cómo supe que esta figura de humo podrías ser tú?* —Fijo la mirada en la masa dispersa, que cambia de forma constantemente, como si no tuviera en verdad forma alguna.

—*La proximidad física ayuda, pero también se debe a que hemos formado una conexión. Yo soy tu Guía, entonces te sientes atraída a mi huella psienergética, como yo a la tuya.*

Abro los ojos. He dejado el mundo de las sombras y estoy de regreso en la habitación con Mathias. Sigo sosteniendo el anillo. Me observa incrédulo, y miro sus labios moverse sin hacer el menor ruido.

—*Rho, ¿todavía estás en el Psi?*

Escucho sus palabras en la mente.

—*Sí.*

—*Hablar a través del Psi desde el plano físico es realmente muy avanzado.* La mayor parte de los principiantes solo puede acceder al Psi cuando están muy presentes dentro de él —dice, completando la idea en voz alta. Aparto la mano del anillo.

Me mira, su expresión llena de misterio.

—Agatha dijo que tu madre te había entrenado desde una edad temprana. ¿Qué te estaba enseñando exactamente?

Me siento como un pájaro que choca en pleno vuelo contra una pared invisible. Remontando vuelo en la lección de hoy, estaba empezando a sentir algo parecido a la sensación de logro por primera vez desde que me nombraron Guardiana. Con la pregunta de Mathias me vuelvo a sentir como una niña de dieciséis años.

Saco mi Onda del cinto de mis calzas. Trato de llamar a papá y a Stanton.

—Rho, no quiero inmiscuirme. Solo que parece que lo que te hizo tuvo un impacto en tu habilidad para manipular la psienergía... y saber qué fue me puede ayudar a guiarte.

Apago la Onda y la meto de regreso en mi cinto. No es que esté en desacuerdo con él, es solo que odio tener que recordar. No sé cómo funcionan los recuerdos de la mayoría de la gente, pero los míos no tienen piedad. Desde el momento en que empiezo a tirar del hilo de los años con mamá, toda la madeja se desovilla. Y no puedo darme el lujo de que me distraiga justo ahora. No cuando papá y Stanton siguen perdidos.

Mathias hace un ademán hacia mí, y sé que va a darme una palmada en la espalda, o un apretón en el hombro, o algo que debería ser consolador pero que para mí no lo será. No quiero su lástima.

Así que hago girar el anillo y desaparezco en el mundo de las sombras. Un instante después, una nueva silueta aparece de la nada, e inmediatamente siento la presencia de Mathias.

De algún modo, es más fácil hablar aquí adentro, donde no tengo que escuchar las palabras en voz alta.

—*No me gusta recordar. No es que el entrenamiento haya sido traumático exactamente... Era agotador e interminable, pero no lo podría llamar una tortura. Es solo que... es porque yo...*

—*La extrañas.*

Ha dado en la tecla, pero no lo digo. En lugar de eso, trato de enumerar algunas de las cosas que mamá y yo estudiamos juntas, con mucho cuidado de permanecer en la parte superficial de la piscina de mi memoria, sin tener que ahondar en ningún momento específico. Así no tengo que ver sus insondables ojos azules o escuchar su voz contándome un cuento, u oler su aroma a nenúfares.

—*Primero eran memorizaciones. Desde que era bebé, me leía sobre el Zodíaco hasta que eso se volvió todo lo que conocía. El aspecto de cada constelación, el nombre de cada astro y de cada planeta, las operaciones de las diferentes Casas —todas las cosas que están en los manuales de texto de los acólitos. Después, cuando tenía cuatro años, me empezó a enseñar el yarrot.*

En este entorno borroso y abstracto, es más fácil hacer de cuenta que estos recuerdos son cuentos que mamá me contó alguna vez, en lugar de hechos reales.

—*Para cuando tenía cinco años, ya podía centrarme, y podía ver fenómenos en la Efemeris. Me sentía... aterrorizada. No entendía cómo yo misma lo podía hacer y no podía distinguir qué era real y qué no. Solía tener pesadillas todas las noches a causa de las visiones. Me quedaba despierta en todo momento para evitar quedarme dormida. Era una niña, y me daba miedo estar dentro de mi propia cabeza.*

—*Lo siento tanto, Rho* —susurra Mathias suavemente.

Las noches en las que me despertaba a los gritos, Stanton solía venir a mi habitación a calmarme. Me contaba cuentos hasta que me volvía a dormir, cuentos que inventaba en el momento.

Cuando se le terminaban las ideas para nuevas historias, yo me sumaba y seguíamos hasta que nuestro héroe terminaba casado o muerto. Así es como llegábamos al final: cuando eran muertes, los cuentos eran declarados tragedias, y cuando eran bodas, comedias.

Abro los ojos y dejo de tocar el anillo. Mathias vuelve conmigo a la realidad.

—Mi madre tenía la teoría de que las personas perciben más cuando son más jóvenes, cuando su alma está en un estado más puro. Decía que ese es el momento en que somos más susceptibles a la psienergía y que, bien entrenada desde pequeña, una persona puede desarrollar una habilidad natural para entrar en contacto con las estrellas.

Respiro profundo y exhalo un suspiro.

—Supongo que funcionó a medias porque soy más rápida en centrarme que los otros acólitos, y mis lecturas son correctas la mayoría de las veces. Pero como mamá me enseñó a usar mi instinto, estoy muy atrasada en el uso del astralador y no siempre puedo distinguir entre el Psi y la imaginación.

Aparta la mirada cuando digo la palabra *astralador*, probablemente pensando en su hermana.

—Bueno, eres una experta con el anillo. Cuanto más lo uses para comunicarte, más te vas a familiarizar con las huellas psienergéticas de las personas, y eso te va a ayudar a identificar a cualquiera que esté proyectando una imagen falsa.

Parece una nueva versión de *Confía solo en lo que puedas tocar.*

—¿Por qué la gente manipula el Psi tan seguido?

Las cejas se le fruncen y hace una pausa.

—Piénsalo así: en este ámbito, nos gobiernan las reglas de la ciencia. Si lanzas una pelota al suelo, donde hay gravedad, la pelota rebotará.

Asiento con la cabeza.

—En el Psi no hay reglas. Estás flotando a través de las mentes de otras personas, y no funcionamos en blanco y negro. En la mente, todo es relativo. La mayoría de nosotros no trata de tergiversar algo intencionalmente, pero las mentiras que nos decimos a nosotros mismos, las verdades que reprimimos, las cosas que ocultamos del plano físico… eso informa la realidad del Psi. Incluso en una dimensión abstracta, las ideas que estén construidas sobre cimientos fallidos se terminarán desplomando.

Me da la impresión de que la única forma de que yo pueda entender lo que está diciendo es con más entrenamiento.

—Vamos de nuevo…

Mathias inclina la cabeza, como escuchando algo desde muy lejos.

—Parece que vamos a tener que dejar aquí —dice, y sus labios se crispan—. Tienes asuntos más importantes que atender antes de la ceremonia de esta noche. —Y se aleja sin decir otra palabra.

—¡Mathias! —lo llamo—. ¿Qué asuntos? ¿Quién te estaba hablando?

—Hola, Sagrada Madre —Me doy vuelta y veo a Lola y Leyla con las manos entrelazadas delante de ellas, sonriendo ampliamente.

***

De regreso en mi habitación, Leyla me sienta en la silla del escritorio frente al espejo redondo y polvoriento.

—¿*Cambio de look?* —pregunto por quinta vez—. ¿Me están diciendo que esto es más importante que mi aprendizaje para comunicarme en el Psi?

—Hoy sí, Sagrada Madre —dice, arrancando los rulos de la cinta para el pelo en la que están todos enmarañados—. Vienen a verte representantes de todas las Casas.

—¿Por qué no puedo saludarlos con mi nuevo uniforme? —pregunto, refiriéndome al traje azul de estilo Zodai en el que las hermanas me presentaron ayer. Se turnaron para coserlo; en la manga, en lugar de las tres estrellas doradas de la Guardia Real, bordaron cuatro lunas plateadas.

Estaba tan conmovida que les rogué que me dijeran qué les podría dar a cambio, y después de varias rondas de negativas, Leyla finalmente dijo: —Queremos que confíes en ti misma.—Se trataba de un pedido extraño, pero después de todo Leyla es extraña, como si fuera demasiado sabia para su edad.

—Querían que confiara en mí misma, y creo que la mejor manera de hacerlo es llevando el traje que me han hecho. —Intento transmitir la mayor autoridad posible—. Los representantes del Zodíaco han decidido venir porque nuestra Casa está en un estado de emergencia, ¿qué van a pensar si aparezco vestida de fiesta?

Leyla deja de trabajar y su mirada color zafiro se cruza con la mía en el espejo.

—Van a pensar que la gente canceriana sigue de pie y que, más allá de lo que ocurra, seguiremos vivos, en ti.

Tomo sus manos en las mías y por un buen rato no aparto la mirada de su rostro juvenil. Nunca me he sentido menos calificada para gobernar ni más decidida a trabajar más duro.

Una vez que me he bañado, Leyla me sienta de espaldas al espejo y aplica algunos productos para peinar mis bucles antes de rociarlos con una pátina de spray que les de más brillo.

Inmediatamente, las mechas largas y húmedas empiezan a acortarse y a formar rulos. A continuación, aplica una base ligera y sedosa a mi piel. Tarda más tiempo en mis pómulos y ojos que en cualquier otra parte. Cuando finalmente pasa al lápiz labial, llega Lola con mi ropa y me ponen de pie para meterme dentro de un vestido blanco.

El blanco es el color tradicional que una Guardiana usa en su ceremonia, por respeto a la Guardiana que ha fallecido. Nos recuerda que se trata de una ocasión entre triste y alegre. El blanco también es el color de un vestido de novia, por lo que simboliza el compromiso de la Guardiana con la Casa de Cáncer.

Las Guardianas tienen permitido formar familias, pero la Madre Orígene nunca lo hizo. En sus apariciones en público decía que estaba casada con las estrellas.

—Ahora la diadema de perlas —dice Lola, abriendo un antiguo alhajero y sacando un reluciente tocado, contorneado de perlas blancas. Uno de los símbolos sagrados de Cáncer, el Cangrejo, reposa en el centro, formado por millones de diamantes minúsculos. Cada uno refracta la luz y hace que la corona lance destellos radiantes. Me la posa sobre la cabeza y recién ahí me dejan darme vuelta.

Nunca en mi vida he visto a la chica que se refleja en el espejo.

El pelo me llega casi hasta la cintura, y en lugar de los vivaces rulos de siempre hay un océano de ondas lustrosas y doradas, suaves al tacto. Siento como si pudiera deslizar los dedos por estas ondas sin obstrucción alguna. Tengo la piel sedosa, con toques de bronce sobre las mejillas para acentuar los pómulos, y los labios están pintados de un color ciruela, intenso y rojizo. Pero el cambio más deslumbrante está en los ojos. Con delineador y una sombra brillante, Leyla ha logrado que el pálido verdemar cobre vida. Son el rasgo más distintivo de mi rostro.

El vestido está hecho de una tela sedosa tan fina que cuando me muevo los hilos brillan como si fueran agua. Dos delgadas tiras con cuentas de minúsculas perlas plateadas cuelgan de mis hombros; el cuello del vestido me cruza el pecho formando una ligera V y revelando más escote de lo que normalmente mostraría. El material es cómodo pero apretado, cae hasta el piso y me ciñe la cintura con un cinto ligero de perlas plateadas.

—¿Cómo hicieron esto? —pregunto. La chica del espejo realiza la misma pregunta. No puedo ser yo.

—Sagrada Madre, ¿cuándo fue la última vez que te miraste en el espejo? —pregunta Leyla, sonriendo orgullosa.

Antes de que pueda contestarle, alguien toca la puerta. Debe de ser Mathias que me viene a recoger. Lola se desliza hacia la puerta y me aferro al escritorio. Una ráfaga de nervios me agita el pecho. Por algún motivo, estoy aterrorizada de que me vea así.

—Necesito hablar con la Sagrada Madre. Es importante.

Corro hacia la puerta al escuchar esa voz, una tarea que no resulta fácil con tacos de diez centímetros.

—¿Nishi? ¿Qué sucede?

—¡*Santo Helios*! —jadea al verme.

La tomo de la mano y la hago entrar. Hoy, como hay tanto tránsito desde y hacia la base, no hay oficiales apostados en mi puerta. Nishi me sigue comiendo con los ojos.

—¡Luces increíble!

—¡Gracias! ¿Viniste a decirme algo?

—Sí, claro, es acerca de… *Trece*.

Me vuelvo hacia Lola y Leyla.

—Muchísimas gracias. Nunca lo hubiese logrado sin su ayuda. —Confío en las hermanas pero no quiero que se metan en problemas, así que hasta que no sepa qué tiene Nishi para contarme prefiero no involucrarlas.

Una vez que se han ido, Nishi toca el botón del Rastreador que lleva en la muñeca y se despliega un texto holográfico en rojo.

—¿Reconoces este poema?

Echo una mirada al texto.

—Claro. *Cuídate de Ocus*, es un poema canceriano para niños. Ocus es una serpiente monstruosa; nuestros padres nos amenazan con que vendrá por nosotros si no nos portamos bien. —Ella asiente y el poema se transforma en la letra de una canción.

—En Sagitario, tenemos una canción de cuna que advierte sobre un vagabundo que se llama Ofius. En Virgo…

—Tienen una fábula que habla de una serpiente en un jardín —digo, repitiendo las lecciones de mamá con la esperanza de que Nishi vaya al grano antes de que alguien nos interrumpa.

—Acuario tiene una parábola sobre doce números que viven juntos en armonía dentro de un reloj, y el villano que arruina todo es…

—El trece —completo su oración, espantada.

Alguien golpea a la puerta pero no contesto. Las últimas dos veces que leí el ópalo negro, la Materia Oscura aparecía de nuevo, justo pasando la Duodécima Casa. Necesito saber qué significa.

—¿Qué me estás queriendo decir, Nishi?

—Estoy diciendo que son todos la misma entidad —ahora susurra por si el que está detrás de la puerta nos pueda escuchar—. Creo que solía haber otra Casa en el Zodíaco y por algún motivo se esfumó del cielo nocturno… y con el tiempo, ha sido borrada de la historia.

Volvemos a escuchar los golpes.

—Apúrate —le urjo a Nishi.

Baja tanto la voz que tengo que leerle los labios para seguir lo que está diciendo.

—La única evidencia que tenemos por ahora se nos presenta en forma de cuentos y mitos, relatos que nadie se tomará en serio. Sé que nosotros los sagitarianos podemos ser a veces unos locos de las conspiraciones, pero, Rho, si alguien de la Decimotercera Casa está detrás de todo esto y todas esas tragedias forman parte de un plan —desde los desastres en Leo y Tauro hasta todo lo que sucedió sobre las lunas de Cáncer—, también están modificando la historia para borrar sus huellas. Eso significa que han estado planeando esto durante *mucho* tiempo.

—¿Un grupo de personas? —arriesgo.

Ella se encoge de hombros.

—Por ahora, solo tengo un nombre: *Ofiucus*.

9

—Ofiucus —repito, para probar cómo suena la palabra salida de mi boca.

—Es el nombre de la Decimotercera Casa. ¿Crees que tus Asesores saben algo sobre eso?

Me quedo pensando mientras fijo la mirada en los productos de belleza desparramados por la habitación. Algo me dice que los Asesores desestimarán nuestra teoría. La mayoría ni siquiera tiene confianza en mi liderazgo; si señalo con un dedo acusador a un monstruo infantil, *todos* podrían perder la fe en mí. Incluso Mathias.

Entonces recuerdo un día soleado yendo en el *Tranco* con mi familia, cuando vi burbujas saliendo del agua en dos ocasiones; ninguna de las dos veces dije nada. Mi silencio le dio tiempo a la Maw para atacar a mi hermano. Luego recuerdo el destello que estuve viendo delante del Cuadrante Lunar. No tuve la confianza suficiente como para hablar, y Teba explotó sin previo aviso.

Qué momento extraño para terminar de comprender el consejo de Leyla.

—¿Rho?

La voz de Mathias me llama débilmente, como si estuviera muy lejos. Instintivamente, me toco el anillo, y el sonido se vuelve más claro.

—¿*Está todo bien?* —pregunta—. ¿Hay alguna demora?

—*Todo bien. Nos vemos allá* —digo, moviendo los labios sin emitir sonido.

—¡Tienes un anillo! —dice Nishi chillando. Tira de mi mano para observarlo mejor—. Nosotros todavía no tenemos el nuestro,

100

pero me muero por probarlo. Aunque me han contado que es terriblemente difícil...

—Nishi, eres *brillante*. Nadie sino tú pudo haber obtenido tanta información y tan rápido. Tienes razón respecto de consultar a mis Asesores. Veré qué puedo averiguar y te Ondearé después de la ceremonia.

—Una cosa más —dice, y vuelve a susurrar—. Acerca de la Materia Oscura que has visto al lado de la Decimotercera Casa y encima de Leo y Tauro: no son las estrellas las que te están mostrando un patrón. He leído que, una vez que la Materia Oscura fagocita cualquier parte de un planeta, permanece en esa área del espacio para siempre. Así que estás viendo todos los lugares en donde ha estado.

Frunzo el ceño.

—Entonces, ¿por qué no aparece siempre?

—Es sumamente difícil diferenciar la Materia Oscura del espacio común. Si existe la más mínima interferencia, se puede ocultar... aunque siga allí. Solo que no la ves.

—*Gracias*. —La abrazo con fervor. Me gustaría que Nishi pudiera venir conmigo esta noche, pero el almirante Crius ha dicho que solo pueden asistir los oficiales del gobierno. No me parece correcto pasar por la ceremonia más significativa de mi vida con una sala llena de extraños como único apoyo. Al menos, debería tener una amiga.

Nishi me da el saludo sagitariano de la buena suerte, uniendo las yemas de ambas manos y tocándose la frente. Luego abre la puerta para salir, y un océano de voces excitadas irrumpe en el aposento. Durante un instante, los corredores del Oceón 6 se parecen a los de la Academia la noche del Cuadrante Lunar... y luego la puerta silencia todo ruido.

Sola en la habitación, me vuelvo una última vez hacia el espejo. Todavía no reconozco el rostro de la muchacha, ni el cuerpo de la mujer, ni las exquisitas prendas que llevo puestas. Me gustaría mucho más quedarme aquí e investigar acerca de Ofiucus el resto de la noche. Me hubiera gustado al menos pedirle a Mathias que esperara; ahora debo asistir a mi propia ceremonia sola.

—¿Rho?

Esta vez la voz melodiosa llama desde el otro lado de la puerta.

—Entra —digo. Siento la boca como lija, y hay un único pensamiento que me da vueltas en la cabeza: él me esperó.

Cuando la puerta se abre de par en par, el barullo vuelve a entrar a toda prisa; luego se acalla cuando los ojos de Mathias se cruzan con los míos.

Es como si hubiera respirado profundo y hundido la cabeza bajo el agua. El clamor del corredor se va apagando, y los contornos de la habitación se vuelven borrosos hasta que solo soy consciente de su presencia. El cabello negro, el rostro pálido, la mirada azul oscura.

Eones después, cuando mi Onda comienza a zumbar por la cantidad de llamadas que estoy recibiendo, me doy cuenta de que no sé cuánto tiempo hemos estado mirándonos fijo. Solo sé que en cualquier momento me dirá que debemos partir, que es tarde, que mis Asesores están esperando. En lugar de ello, entra en la habitación.

Siento un hormigueo en el vello de los brazos, que me retrotrae a las patas microscópicas similares a los cilios del *Tranco*. Después me pregunto por qué estoy pensando en cilios ahora, cuando una fantasía que ha durado cinco años se está haciendo realidad: finalmente, el muchacho hermoso que observaba en el solárium me está mirando.

Cuando Mathias está frente a mí, siento que me vuelvo más pesada, como si la fuerza centrífuga que ancla mis pies al suelo se duplicara. Leí su perfil de entre los archivos que me envió Crius: tiene veintidós años, y su familia ha servido en la Guardia Real durante siete generaciones. Desde los ocho años, asistió al Lykeion en la Casa de Acuario, la escuela preparatoria más célebre del Zodíaco para formar a futuros Zodai, y se graduó primero en su clase tras asistir a la universidad de Elara.

El zumbido de su Onda se une al mío, y me pregunto cuántas llamadas del Psi está dejando de responder.

—Realmente logras hacer brillar esa corona —susurra. Tiene la garganta tan seca que puedo oírlo tragar. Me ofrece el brazo, y siento que podría salir flotando si lo toco.

Le enlazo el brazo con la mano y advierto que he estado conteniendo la respiración. Tiene la cara tan cerca a la mía que no tengo adónde mirar que no sean sus ojos, orbes gemelos que arden con la luz azulada de Cáncer. Intento recordar por qué estoy de punta en blanco o siquiera por qué tenemos que ir a algún lado.

—No deberíamos hacerlos esperar más —murmura en un tono de voz menos asertivo del que suele usar. Me guía hacia delante con suavidad, y las piernas, increíblemente, aún me funcionan.

—¿Te importaría… —carraspeo para deshacerme de la aspereza de mi voz—… te importaría poner mi Onda y el ópalo negro en tu bolsillo? —Le extiendo ambos dispositivos, sin los cuales no voy a ningún lado.

Mathias los guarda en su traje, y levantamos velocidad al desplazarnos por el corredor. Me sostengo la corona con la mano para evitar que se me caiga a medida que avanzamos como un rayo por los pasadizos hasta llegar a la puerta doble del salón comedor, que ha sido transformado para la ceremonia de esta noche.

—¡Llegan tarde! —dice el almirante Crius, con el ceño fruncido.

Agatha avanza cojeando hacia mí con su bastón; su rostro se ve radiante de felicidad.

—Luces hermosa, Sagrada Madre—. El doctor Eusta tan solo asiente. Es la primera vez que se muestra en persona en lugar de enviar su holograma.

—Apurémonos por hacerla pasar —ordena Crius—. Las Matriarcas ya están acá, como también los representantes de todas las Casas del Zodíaco. —Cáncer está administrada por el Matriarcado, las Madres de más edad de nuestras doce familias fundadoras. Crius señala a Mathias—. Quédate acá con nosotros. Que nuestra Guardiana camine sola, por delante.

Antes de que pueda manifestar mi desacuerdo, las puertas se abren y aparece un conjunto de mesas redondas, dispuestas con manteles y cubiertos suntuosos, alrededor de las cuales están sentadas una multitud de personas completamente diferentes. Aunque jamás he conocido a los acuarianos, reconozco a su representante por los ojos vidriosos, el rostro anguloso y la piel color marfil. Ella está sentada al lado del representante de Escorpio —un hombre delgado, de cara larga, que ha agregado a su traje piezas de tecnología extrañas, que seguramente sean de su propia invención. Algunos representantes no han podido venir y flotan por encima de las mesas como holofantasmas de visita.

Los fantasmas son hologramas proyectados desde distancias demasiado lejanas, y dado que sus señales viajan a la velocidad de la luz, se produce un desfase temporal. No pueden mantener una conversación normal porque siempre están un paso o dos atrás, de modo que puede ser gracioso observarlos. En este caso, solo están mirando, sin hacer gran cosa.

En el aire están escritos los nombres de cada Casa y la fortaleza que aporta al Zodíaco. La leyenda cuenta que los primeros Guardianes eran en realidad Estrellas Guardianas, cada una de las cuales velaba por su constelación. Cuando el Zodíaco previó la llegada de los primeros seres humanos a través de Helios, cada Casa renunció a su Guardián, y las doce estrellas cayeron a la tierra y se volvieron mortales.

Cada una trajo consigo el conocimiento de una herramienta de supervivencia, para que nuestras Casas siempre tuvieran que trabajar juntas, como iguales, y asegurar la existencia eterna de nuestra galaxia. Flotan sobre nuestras cabezas:

ARIES: EJÉRCITO
TAURO: INDUSTRIA
GÉMINIS: IMAGINACIÓN
CÁNCER: CRIANZA
LEO: PASIÓN
VIRGO: SUSTENTO
LIBRA: JUSTICIA
ESCORPIO: INNOVACIÓN

SAGITARIO: CURIOSIDAD
CAPRICORNIO: SABIDURÍA
ACUARIO: FILOSOFÍA
PISCIS: ESPIRITUALIDAD

Me pregunto cuál era la decimotercera herramienta de supervivencia que representaba Ofiucus.

Apenas advierte mi presencia, la multitud se pone de pie, y todos fijan su mirada en mí. Intento no pensar en cuántos ojos tengo puestos encima y me concentro en el suelo y en poner un pie delante del otro. Cuando llego a la otra punta de la sala, hay una mesa larga, detrás de la cual se encuentran de pie los ocho Asesores restantes. El almirante Crius me apoya una mano sobre el hombro, y me detengo. Hacemos una pausa delante de un cuenco de arena lleno de cristalina agua salada.

Crius llena una copa de cristal y la levanta en el aire:

—Rhoma Grace, estás aquí para jurar que entregarás tu vida a la Casa de Cáncer. Si realizas esta promesa solemne, juras poner las vidas de Cáncer y de los cancerianos por encima de la tuya. Juras ser una Estrella que guíe el Zodíaco, para trabajar conjuntamente con los Guardianes de las Once Casas, y siempre defender la Casa de Cáncer. Por encima de todo, juras hacer lo que sea necesario para asegurar la supervivencia de nuestra galaxia.

Desde el momento en que me invistieron Guardiana, jamás se me ocurrió abandonar el puesto. Me gustaría decir que fue por mi fuerte sentido del deber desde el principio, pero la verdad es que temía no tener opción. Tal vez eso me haga una cobarde.

En cierta forma, esperaba secretamente que Crius y Agatha advirtieran su error y me despojaran del título para que alguien mejor preparado asumiera el poder. Pero los últimos días —observando cómo trabajan mis Asesores, entrenando con Mathias, escribiendo mi discurso para esta noche— me di cuenta de una cosa. Para mí, ser Guardiana no significa tanto intercambiar mi vida como individuo por una vida al servicio de los demás; para mí, se trata más bien de algo personal.

Lo que sucedió en Elara le sucedió a la Casa de Cáncer, pero les sucedió a *mi* colegio, a *mis* amigos, a *mis* profesores. El daño alcanzó incluso al planeta donde vivo y tal vez a mi familia Esto es lo más personal a lo que se puede llegar. No estoy en este rol porque sea diferente; estoy aquí porque soy como cualquier canceriano en cualquier lugar del universo. Sé lo que significa perderlo todo.

Y no importa si es Rho, la persona, o Rho, la Guardiana, la que asume el cargo, porque me guía el mismo objetivo: quiero salvar a Cáncer, y quiero asegurarme de que jamás volveremos a sufrir de esta manera.

—Lo juro —digo, y hay un silencio tan profundo en la sala que el eco de mi voz resuena unos instantes.

—Con un sorbo del mar de Cáncer —dice el almirante Crius—, tu promesa será sellada.

Me entrega la copa, y bebo un sorbo profundo. La sal me quema la nariz y la garganta. Intento no toser.

—Que las estrellas de nuestra constelación del Cangrejo te den la bienvenida con una sonrisa, Sagrada Madre Rhoma Grace, Guardiana de la Cuarta Casa de Cáncer —dice el almirante con una voz profunda que les llega a todos. Luego se inclina ante mí por la segunda y seguramente última vez, susurrando entre dientes: — Sagrada Madre.

El resto de la sala lo sigue a continuación, murmurando el saludo como un cántico sagrado, y durante unos segundos lo único que veo es la parte de arriba de las cabezas de cuarenta personas. Y un rostro.

Un muchacho de mi edad, con mechones blancos en su cabello rubio, me observa con la mirada en alto. Su abrigo lujoso porta el símbolo de Libra, la balanza de la justicia. Cuando nuestras miradas se cruzan, me guiña el ojo. Luego se inclina aún más profundamente que el resto.

—La Sagrada Madre tomará ahora juramento de su Consejo —dice Crius. Mis Asesores se acercan resueltos y forman una fila detrás de él. El almirante pasa en primer lugar.

Me vuelvo a él y digo:

—Almirante Axley Crius, se presenta hoy para jurar lealtad a su Guardiana y a la Casa de Cáncer. Al realizar este voto solemne, jura honrar, aconsejar y proteger a su Guardiana, y actuar siempre en beneficio de la Casa de Cáncer.

—Lo juro.

Agatha es la siguiente en jurar su lealtad, seguida por el doctor Eusta y los demás. Por ser el menor, Mathias es el último.

—Lo juro —dice, con los ojos azules soldados a los míos— por la vida de mi madre.

Es el juramento más poderoso que puede hacer un canceriano.

Estoy tan conmovida que me olvido de lo que sigue.

—Ahora la Sagrada Madre quisiera dirigirse a todos los presentes —dice Crius, quien con un leve codazo me impulsa hacia delante mientras se dirige a la mesa. Quedo sola con toda la atención de la sala puesta en mí. Solía tener pesadillas que comenzaban así... hasta que descubrí lo que eran las verdaderas pesadillas.

—Gracias a todos por acudir en ayuda de la Casa de Cáncer —digo, recitando de memoria el discurso que escribí con Mathias y Agatha—. Me complace comunicarles que los tsunamis han acabado, y que nuestras tareas de rescate continúan hallando más sobrevivientes. —Me encuentro desviando la vista al representante de Libra, la única persona de la sala que está sonriendo. Cada vez que miro, ya me está devolviendo la mirada.

»Ahora el problema es que nuestro océano se halla revuelto, tironeado en demasiadas direcciones diferentes por los escombros lunares en órbita, que avivan tormentas violentas. No sabremos las consecuencias que tendrán sobre la vida marina. Por ahora, las personas están regresando a sus hogares isleños para reconstruir y salvar la mayor cantidad de especies posible. Los técnicos han comenzado a reparar nuestros satélites y nuestra red eléctrica, de modo que deberíamos poder comunicarnos pronto. Nuestra gente, nuestras especies salvajes y nuestra tierra se adaptarán. *Sobreviviremos.*

Estalla un sordo aplauso, un gesto destinado a mostrar solidaridad por parte de los presentes, sin tapar mi voz. El libriano chifla.

Algunas personas se dan vuelta y le dirigen miradas de reprobación. Me doy cuenta de que estoy sonriendo.

—Mi primera orden oficial como Guardiana será enviar a nuestra Guardia Real a las bases más alejadas de nuestra Casa y nuestra galaxia, para que no volvamos a ser todos sorprendidos en el mismo lugar. —Más aplausos. Mis Asesores y yo hemos convenido en que por el momento se trata de la táctica más prudente, al menos hasta que conozcamos más detalles acerca de lo que causó la explosión—. Esta noche espero poder conocer a cada uno de ustedes. Muchas gracias.

Me siento en el centro de la mesa, flanqueada por el almirante Crius y por Agatha. Mathias está cerca de la punta, así que no podemos hablar. O al menos eso creí.

—*Los dejaste deslumbrados.*

Mi anillo se vuelve tibio cuando recibo el mensaje de Mathias, al igual que mi rostro.

—*Gracias*—le respondo—. *Voy a trabajar con empeño para ser digna de tu juramento.*

—*Ya lo estás haciendo, Rho.*

—Estuviste espectacular —dice Agatha, sacándome del interior de la cabeza. Estoy bastante segura de que las mejillas me siguen ardiendo.

—Gracias por todo —digo, tomándole la mano.

—Lamento de verdad el modo en que te engañamos cuando llegaste —dice. Sus ojos verdigrises se empañan, tal como advierto que sucede cuando se conmueve por algo—. El corazón, la mente y el alma: esas son las áreas que ponemos a prueba.

—¿A qué te refieres?

—Cuando elegiste a tu madre por encima de ti misma, supimos que tenías el corazón de una Guardiana. Cuando abriste el ópalo negro, supimos que tenías el conocimiento y el deseo de descubrir más verdades sobre nuestro universo. —Sonríe al advertir el asombro creciente en mi rostro—. Y cuando viste la Materia Oscura, supimos que eras un alma pura.

Esta última afirmación me recuerda demasiado a algo que me habría dicho mamá: que los mejores clarividentes tienen las almas más puras.

—¿Por qué… te pudo decir algo sobre mi alma?

—Porque solo una persona que es muy fiel a sí misma puede ver tan claramente en la Efemeris. Recuerda, cuando estás Centrada, estás accediendo a tu alma. Las personas que tienen el alma atormentada apenas ven más allá de su propio tormento. Tú ves con claridad porque eres honesta. Te han sucedido cosas malas, pero cuando tuviste que actuar… cuando fuiste puesta a prueba… elegiste perdonar. Incluso a la persona que más te había herido.

Parpadeo un par de veces para contrarrestar el ardor que siento en los ojos. No quiero llorar acá.

—No tienes idea de lo poco frecuente que es eso, Rho —susurra—. El Zodíaco está entrando en un período oscuro, y enfrentarás más dificultades que el resto de nosotros. Mi esperanza es que, sin importar el tipo de aflicción que padezcas en tu recorrido como Guardiana, jamás pierdas tu inocencia. —Cierra los ojos y me toca la frente, una bendición canceriana. En Cáncer es una tradición que una madre bendiga a su hija el día que deja de ser niña.

—*Que siempre brille tu luz interior* —susurra—, *y que nos guíe a través de las noches más oscuras.*

Tomo mi servilleta para secarme las lágrimas de la cara.

—Gracias.

Aparece un torbellino de camareros, y nos llenan los platos con todo tipo de comidas exóticas. Muchos platos han sido traídos por nuestros invitados, así que hay especialidades provenientes de todo el Zodíaco. Estoy en la mitad de mi comida y a punto de probar las alondras fritas de Libra cuando el almirante Crius me obliga a apartarme de mi plato. Me conduce a una mesa pequeña en un rincón semioculto de la sala comedor. Ahora se supone que debo sentarme y reunirme en privado con los representantes de cada Casa del Zodíaco.

El primero es el representante de la Casa de Capricornio. El Guardián Ferez envió a su Asesor de Vida Salvaje para reunirse conmigo, un hombre enfundado en una túnica negra, la vestimenta tradicional de su Casa.

Los capricornianos son considerados las personas más sabias del universo, así como también las más altas y las más bajas. La mitad de la población se parece al Asesor Riggs: alto, sensible, de tez morena, mientras que la otra mitad es baja, parlanchina y de tez rubicunda.

Después de intercambiar el saludo de mano, el Asesor Riggs me cuenta que la Casa de Capricornio está transportando un arca con un equipo de científicos para ayudarnos en nuestras labores de rescate de la vida marina. No se molesta en sentarse. Todo el diálogo dura menos de un minuto.

A continuación, me reúno con el Asesor de Virgo, que sí se sienta. Me cuenta que la emperatriz Moira —que también es la principal experta en Psi del Zodíaco— ha enviado doce barcos de cereales a nuestra Casa. Todavía sigo en estado de shock por la generosidad de Virgo cuando la Asesora me entrega una nota de Moira misma, quien era amiga íntima de la Madre Orígene.

> *Por favor, permíteme ofrecerte una respetuo-*
> *sa despedida a tu amada Sagrada Madre. La*
> *compasión de Orígene me enseñó el sentido de la*
> *amistad. Conocerla me ha honrado, y su pérdida*
> *deja un vacío en el alma del Zodíaco.*

Mientras leo la nota, un nuevo representante toma el asiento del Asesor de Virgo. No levanto la mirada hasta que termino, y entonces advierto al enviado de Libra. De cerca, su sonrisa luce más como una sonrisa torcida, como las que hacen difícil no devolver la misma sonrisa. Y como las que le dan a una persona un aspecto demasiado autocomplaciente.

Nishi la llamaría una *sonrisa de centauro*. Se trata de una expresión sagitariana para referirse a un tipo que se vale de su encanto y de su atractivo para evitar que una mujer vea su costado menos seductor.

—Eres joven —digo sin pensarlo, sorprendiéndome a mí misma al ceder a un impulso combativo.

—Creí que para estas alturas estarías cansada de escuchar eso, miladi. —La voz del libriano es cálida y traviesa, el tipo de voz que suena igual cuando está seria que cuando no lo está.

Cuantas más ganas tengo de sonreír, más seria me pongo, de modo que estoy prácticamente fulminándolo con la mirada cuando pregunto:

—¿Acaso el Guardián Neith te envió porque tienes mi misma edad?

—No me envió, miladi. —Sus penetrantes ojos verdehoja son tan vivaces que pareciera que están manteniendo su propia conversación con los míos—. Yo me ofrecí para venir.

Me brinda su mano para el saludo tradicional, y tras formar un puño con los dedos, me estiro hacia el otro lado de la mesa. Luego deja un suave beso sobre mi piel.

Escandalizada, inhalo con brusquedad y farfullo algo ininteligible. La sangre se me alborota allí donde me tocó su boca, como si sus labios estuvieran empapados de absinta.

—Mi nombre es Hysan Dax, y he venido a entregar un barco de combustible, regalo de Lord Neith y de la Casa de Libra.

Cuando se levanta para marcharse, yo también me paro de un salto.

—¿Por qué te ofreciste para venir?

Hysan me mira fijo, y su expresión se torna seria, o tan seria como es capaz de serlo. Cuando el atuendo llamativo, los mechones rubio blanquecinos y los hoyuelos simétricos se desvanecen, espío otra cosa en sus ojos... *Secretos*. Muchos.

—Vi una nueva estrella levantándose en el Zodíaco, brillando con tanta intensidad que quemó la negrura. —Se acerca lo suficiente como para bajar la voz hasta que no es más que un susurro—: Quería ver si el resplandor era real... o tan solo un truco de la luz.

Siento que el rostro me arde, y me pregunto si el dorado resplandor de la piel de Hysan irradia calor, como Helios, o si el calor está en sus palabras.

—¿Y a qué conclusión has llegado? —pregunto, a pesar de que Nishi diría que no debo flirtear con muchachos que hacen ese tipo de sonrisas.

—Jamás he visto algo que se le iguale.

Sus labios se vuelven a torcer en su sonrisa de centauro, y esta vez no puedo resistir y sonrío yo también.

—Estoy a su servicio, miladi. —Se inclina profundamente—. Siempre.

Cuando se marcha, un representante de Tauro ocupa su lugar. Tiene que presentarse dos veces para llamar mi atención. Su Guardián promete una línea de crédito para ayudarnos a reconstruir las vainas de nuestras ciudades flotantes.

Cuando todos los representantes se han marchado, solo permanecen las Matriarcas. Ahora que las Casas han donado los recursos que han podido, el consejo y yo debemos distribuirlos entre las Matriarcas. Aunque nuestra Casa está gobernada por consenso, la Guardiana tiene soberanía respecto de todas las cuestiones que involucran a las otras Casas, incluidas las contribuciones para ayudar en caso de emergencias.

La sala de comedor se ha vaciado, y el almirante Crius nos reúne alrededor de una de las mesas redondas. Solo se quedan mis principales Asesores para esta reunión: Crius, Agatha, el doctor Eusta y Mathias.

Las doce Matriarcas están presentes. Dos fallecieron en la tragedia y ya han sido reemplazadas por las Madres que les siguen en edad de sus familias. La Madre Lea de las Islas de la Pradera, situadas en una zona baja, es la más locuaz del grupo. Sus tierras quedaron sumergidas por olas, que saturaron con sal sus campos de avena de mar.

La única agua pura que tiene Cáncer proviene de las cisternas de lluvia y de los tanques de desalinización. Mucha gente depende de los cereales de los campos de la Pradera, pero necesitan agua dulce para enjuagar el exceso de sal. Ahora sus cisternas están llenas de salmuera y la inundación se llevó consigo los tanques de desalinización. La madre Lea clava el dedo en el mantel.

—No hay tiempo para reconstruir los tanques. Si no plantamos la avena este mes, nos perderemos toda la cosecha. Sagrada Madre, necesitamos cinco buques cisterna llenos de agua dulce.

—Mathias —digo—, ¿cuál es el plan para la provisión de agua dulce que envió la Casa de Acuario?

Hace una pausa antes de hablar, fusionado con el Psi. Los últimos días, me he comenzado a dar cuenta de toda la actividad que hay detrás de su rostro sereno.

—Todos los depósitos de agua están siendo desviados a nuestros campos de refugiados.

Miro a la Madre Lea, sabiendo que no le va a gustar lo que estoy a punto de decirle.

—Lamento el estado de la avena de mar, pero por ahora tenemos que adaptarnos. ¿Qué podemos plantar en suelos con gran cantidad de sal?

Su cara está a punto de explotar cuando Crius da un golpe con la mano sobre la mesa, y yo salto un metro en el aire.

—Honorable Guardiana —dice, sin que su tono brusco logre disimular totalmente su temor—, nos encontramos ante una emergencia.

Mathias y mis Asesores se ponen de pie, y al pararme yo también, advierto la furia en los ojos de la Madre Lea transformarse en desesperación. Mientras que los otros se alejan a grandes pasos, yo me demoro y le digo:

—Guarde su semilla, Madre Lea. Manténgala seca para más adelante. Perderemos esta temporada, pero volveremos a plantar avena de mar. No pierda la esperanza. —Sé que no es lo que quiere escuchar, pero últimamente la buena suerte es algo escaso.

Cruzo el salón corriendo detrás de los otros, con el tren de mi vestido blanco que se arremolina a mi paso. Cuando llego a la puerta de la sala de lectura, donde celebramos nuestras reuniones de Asesores, Mathias me está esperando.

—Antes de entrar —me dice— necesito decirte algo. Esta noche recibí un mensaje mientras te estabas reuniendo con los representantes de las Casas. Sé que es un mal momento, y seguramente debería esperar, pero también sé que querrías enterarte de esta noticia de inmediato.

En lugar de hablar, cierra los ojos. Al principio, me da la impresión de que quiere darle una nota de dramatismo a su mensaje, y estoy a punto de ahorcarlo, pero luego mi anillo se vuelve tibio, y yo también cierro los ojos. Una imagen se forma en mi mente: la imagen de personas que no están en Oceón 6.

Papá está de pie frente a nuestra cabaña destruida en Kalymnos, con la ropa hecha jirones. Y a su lado, con una sonrisa gloriosa que no se condice para nada con la destrucción, se encuentra Stanton.

Estoy tan enamorada de la imagen que nunca más quiero abrir los ojos. Me quedo mirando tanto tiempo que comienzo a sentir algo raro: se me vencen las rodillas, el suelo comienza a tambalear y todo comienza a dar vueltas...

Cuando vuelvo a la realidad, Mathias tiene las manos sobre mi cintura.

—Lo siento, no debí asustarte así...

—Mathias —susurro. Las lágrimas se derraman por mi rostro, y me lavan el maquillaje, las pesadillas y los días y noches de preocupación—. Gracias.

Sus ojos índigo se vuelven tan oscuros que casi adquieren una tonalidad violácea.

—Tu hermano no estaba sobre Teba. Estaba visitando a tu padre, y ambos fueron rescatados en el mar.

Sin pensar, lo abrazo. Él me abraza a su vez, y cuando me aparto, está sonriendo. Hasta ahora no lo había visto sonreír. La sonrisa suaviza sus rasgos, y vuelve a parecer el muchacho que era, aquel con el que yo solía soñar que podría hablar algún día si adquiría el valor suficiente.

Es solo que jamás imaginé que *algún día* sería como lo que estamos viviendo ahora.

—¿Puedo Ondearlos? —pregunto.

—Dudo de que sigan teniendo sus Ondas, e incluso si las tuvieran, la red aún no ha sido reparada… pero estoy tratando de encontrar un modo de hacerlo.

La puerta de la sala de lectura se abre, y el almirante Crius espeta:

—¡Entren! —Mathias y yo nos lanzamos dentro.

—Consultemos el ópalo negro —dice Agatha apenas me reúno con ellos. Mathias me lo entrega tras sacarlo del bolsillo de su traje, y palpo las rugosidades a lo largo del borde hasta que la figura del Toro aparece en mi mente. La Casa de Tauro.

El mapa estelar se abre y llena la sala con delicadas luces que parpadean. Apenas entro dentro de su resplandor holográfico, fijo la mirada en Cáncer para alcanzar mi Centro. El anillo lo hace más fácil, gracias a la absinta que lleva en su núcleo, y el sistema solar no demora en llenarse de notas musicales. Gases radiantes, polvo luminoso, asteroides, cuásares, cúmulos etéreos de fuego. Miro a mi alrededor, al lugar que está más allá de la Duodécima Casa. La Materia Oscura sigue allí, palpitando.

—Hemos recibido un mensaje de la Casa de Piscis —dice Crius—. Han ubicado un portento en las estrellas, una advertencia urgente para Cáncer acerca de más tormentas que vienen en camino. Pero no se ve bien, y nos piden confirmación.

—Por supuesto, el mensaje podría ser falso —señala Agatha—. El Psi no siempre es confiable.

—Dinos lo que ves. Confiamos en que, gracias a tu entrenamiento Zodai, tu técnica ha estado mejorando —dice Crius, aunque no percibo demasiada confianza en su tono de voz.

Recuerdo mi conversación con Nishi. Conozco el precio que tendré que pagar por decir la verdad —tal vez incluso más ahora que hace unas horas—, pero juré poner la vida de Cáncer por delante de la mía. Quedarme callada sería un acto cobarde. Necesito encontrar la verdad: nuestra supervivencia depende de ello.

—Ofiucus —digo—. Veo Materia Oscura en la Decimotercera Casa, la constelación de Ofiucus.

10

Cuatro pares de ojos me miran fijo, como si me hubiese vuelto loca.

Mathias habla primero.

—Es un mito. Un cuento que pasó por tantas generaciones que dio origen a Ocus, el monstruo de los niños cancerianos. —Suena como si estuviera repitiendo lo que alguien le susurra en el Psi. — Se dijo que la constelación adoptó la forma de una serpiente.

—Sus otros nombres son Ofius —digo—, y Serpiente, y 13…

—¿Así que le estás echando toda la culpa al cuco del Zodíaco? —el doctor Eusta gruñe con impaciencia y aparta la mirada—. Ah, qué bien, y la acabamos de nombrar Guardiana.

—Óiganme —digo, elevando la voz—, tomé juramento para proteger a Cáncer y eso es lo que pretendo hacer, no importa adónde me lleve. Por ahora, los atacantes de la Casa Ofiucus se corresponden con los hechos. La Materia Oscura aparece justo donde una vez estuvo la Casa Trece. Si Leo y Tauro son parte del patrón, entonces quienquiera que esté detrás de esto no ha terminado aún.

Todos me miran perplejos.

El almirante Crius se frota la mandíbula.

—Conozco los mitos, como todo el mundo, pero con todo el debido respeto, Sagrada Madre, no veo cómo esto se vincule a nuestra situación.

Está haciendo un gran esfuerzo por mostrarme la devoción que corresponde, pero creo que ha llegado a su límite.

—Tal vez deberíamos consultar con los astrónomos —dice el doctor Eusta—. Si me disculpas, *Sagrada Madre*, con sus telescopios tal vez puedan ver algo que nosotros nos estemos perdiendo.

—No me opongo. Hagan todo lo que se les ocurra. Incluso si tengo razón, no sé cómo podríamos frenar los ataques. Consulten con todos y yo seguiré leyendo la Efemeris para ver si aparece la amenaza desde Piscis.

Todos se alejan en distintas direcciones para recabar información y yo me quedo en la sala de lectura leyendo la Efemeris. Es aquí donde siento que puedo hacer un bien mayor por mi Casa. Centrada entre las estrellas, mi corazón y mi mente se abren para recibir llamados desde mi hogar. Es aquí donde me siento más conectada con Cáncer y mejor preparada para conducir nuestros destinos.

Me quedaré aquí el tiempo que haga falta para lograr leer los secretos de las estrellas.

***

Una hora después, todavía no hay señal de la amenaza que vio Piscis. Chequeo los mensajes de mi Onda, esperando encontrar una nota de papá o de Stanton, aun conociendo las escasas probabilidades.

Nishi me envía algo. Le doy un toque a su mensaje y emerge la imagen de un hombre cuasidesnutrido atrapado en los anillos de una enorme serpiente con alas. De su esqueleto cuelga carne floja y parece estar gritando en agonía: está claro que la serpiente está ganando.

El mensaje de Nishi se despliega por debajo en un texto azul brillante: *El símbolo de Ofiucus era un bastón con dos serpientes entrelazadas —el* caduceo. *En Capricornio hay un viejo cuento para niños sobre un famoso alquimista y curandero llamado Caduceus que fue desterrado por el Señor Helios a causa de un crimen terrible. Se había atrevido a buscar una forma de conquistar la muerte.*

Santo Helios.

Nishi no cree que Ofiucus sea un grupo de personas de la Casa Trece.

Ella cree que se trata de un hombre —y que es inmortal.

***

He perdido la noción del tiempo.

Sigo en la sala de lectura, echada en el suelo y contemplando los astros holográficos. La luz evanescente del mapa prácticamente llena el pequeño cuarto. Su movimiento constante me arrulla.

Mathias dice que no podemos percibir la psienergía directamente, sino solo a través de la huella que deja en el espacio-tiempo. Dice que la Efemeris convierte la psienergía en luz visible. Transmutar lo metafísico en físico se parece bastante a la alquimia...

Levanto el pie descalzo, y un millón de estrellas se derraman sobre los dedos del pie. Mi corona y mis tacos descansan junto a mi Onda, al lado mío, sobre el piso helado.

El entrenamiento de Mathias me ayudó a darme cuenta de que el instinto que informa mis lecturas en la Efemeris es mi cerebro, que interpreta la psienergía que recoge en el Psi. Cuando practicaba yarrot a una temprana edad, me sintonizaba con la versión más profunda de mí misma. Siendo yo tan joven, estaba regida mayormente por mis necesidades, caprichos e instinto. Así que cuando apliqué el mismo método a la Efemeris, empecé a leer el universo de esa forma, internalizando sus estados de ánimo e imaginando escenarios que coincidieran con mis lecturas, muchas veces erradas.

Centrándome por centésima vez, siento que mi alma echa vuelo hacia la luz radiante de Cáncer.

Con los ojos cruzados y la mente flotando, se torna difícil distinguir entre lo que está en mi cerebro de los presagios en las estrellas. Es como sumergirse muy profundo debajo del agua, donde la luz del sol nunca llega, y ver las criaturas extrañas y fantásticas que acechan allí. Todo parece mitad real, mitad imaginado.

Guío la psienergía por donde quiero que vaya: Cáncer. Enfoco mi lectura en mi hogar. Siento la energía congregarse alrededor del orbe del planeta, haciéndolo brillar más que el resto del espacio. Una vez que logro estar lo más Centrada posible, fusiono mi mente con el Psi e intento oír los sonidos de Cáncer, abriendo mi mente a los mensajes que lleva la psienergía.

En el Consciente Colectivo, percibo miedo, preocupación, depresión. Siento escalofríos y me doy cuenta de que el brillo alrededor de nuestro planeta se está consumiendo… y que esto se va a extender. Necesito alertar al doctor Eusta, así puede diagnosticarlo de forma correcta y contactar a la Casa de Escorpio para las inoculaciones.

Allí sobre el mar de Cáncer, percibo la angustia de nuestras especies marinas. Sus patrones de migración están alterados; sus sensores internos, confundidos. Trato de hurgar más profundo, usar el Psi para acceder a la tierra misma, para entrar en contacto con el núcleo del planeta —pero lo único que logro con mis esfuerzos es una migraña.

Me echo hacia atrás y adopto una mirada más amplia del Zodíaco, sondeando las doce constelaciones como un todo. Las Casas de Fuego —Aries, Leo y Sagitario— están encendidas. El brillo de la psienergía las engulle como una llama ardiente.

La guerra se avecina.

Una ligera brisa parece rozarme, y en lo profundo de mis entrañas sé que está anunciando más tormentas. No solo para Cáncer.

Toco mi anillo y cierro los ojos. Inmediatamente, el torbellino de luces es reemplazado por sombras melancólicas, y toda la habitación parece sumergirse en una noche más oscura.

Nunca antes le he hecho una pregunta a la mente comunal, pero esta noche siento que puedo. No sé en qué momento ha surgido esta confianza —si cuando tomé el juramento sagrado de Guardiana, cuando me enteré de que papá y Stanton seguían vivos, o cuando les conté a mis Asesores sobre Ofiucus. Pero ahí está.

Si bien la confianza adquirida no altera para nada la realidad ni me convierte en mejor Guardiana, es una droga igual de poderosa que la absinta. Me hace sentir más fuerte y más capaz de lo que creí… lo que puede ser una profecía autocumplida.

¿La Decimotercera Casa es real o de fantasía?, le pregunto al Psi.

La red despierta. Miles de intelectos se vuelven alertas, e ideas complejas susurran y se agitan como olas en un océano profundo. Cuentos cortos, canciones de cuna y poemas —las crónicas infantiles de cada Casa— emergen de la red, no como palabras sobre una pantalla, sino de la misma forma en que leo las estrellas. La esencia de las palabras —el significado en sí— llena mi mente.

Más cerebros se fusionan, completando y complicando el panorama en mi mente. El Consciente Colectivo está literalmente construyendo una respuesta a mi pregunta en el Psi. El proceso es como construir cualquier otra cosa —una casa, un barco, un arma—, solo que aquí se trata de la creación de un concepto.

Cuanto más permanezco conectada, en sintonía con las respuestas del Zodai, más contradicciones afloran a medida que todas las mentes que se comunican entre sí entran en conflicto. Percibo curiosidad, tensión, debate. Y luego más respuestas llegan como una tempestad.

Ahora la imagen en mi cerebro empieza a quebrarse, como si estuviera evaluando los pros y los contras conmigo mismo, solo que hay más mentes involucradas. Por un lado, Ofiucus se habría originado como una fábula, que después fue deformada en una docena de versiones distintas por los antiguos Guardianes de cada Casa; su intención era que cada versión resonara mejor con su gente. Por otro lado, existe una secta de teóricos en el Zodíaco, que postulan conspiraciones extremas. Se hacen llamar *13* y creen que Ofiucus es real.

Según los miembros de 13, Ofiucus fue el Guardián de la Decimotercera casa original —ya que, según la historia, los Guardianes originales recibían el nombre de cada Casa. Los teóricos sostienen que cuando los primeros seres humanos llegaron y las Estrellas Guardianas cayeron a la Tierra, Ofiucus fue el único al que le molestó aquel lugar nuevo e inferior que les habían asignado. Cuando descubrió que la caída les había costado a los Guardianes su inmortalidad, se abocó a recuperarla.

Traicionó a las otras Casas en el proceso y cuando fue descubierto los Guardianes lo desterraron lejos de nuestro sistema solar.

Lamentablemente, no pudieron matarlo, porque ya había conseguido volverse inmortal. ¿Pero acaso algo de todo esto puede ser real?

Algunos creyentes sostienen que Ofiucus comenzó como un curandero brillante, lleno de compasión por la humanidad. Dicen que estaba buscando una cura para la muerte con el fin de proteger a toda la humanidad —no solo a sí mismo— y que los otros Guardianes lo malinterpretaron. Si eso fuera cierto, ¿qué es lo que lo llevaría a asesinar ahora?

Suelto el anillo y me encuentro de nuevo con la espalda sobre el suelo, debajo de la parpadeante Efemeris. Quiero contarle a Nishi todo lo que he aprendido en el Consciente Colectivo, pero antes de irme consulto el mapa espectral por última vez. Fijo la mirada en lo más profundo de las luces y avanzo a tientas para obtener la vista del Psi que solo la Efemeris puede mostrar: la vista desde las estrellas.

Apenas estoy Centrada, el cuarto se oscurece, como si la Materia Oscura se estuviera extendiendo. Me pongo de pie de un salto y me vuelvo rápidamente, buscando la causa... hasta que la veo.

La Materia Oscura ha devorado la Casa de Virgo.

Mientras miro, la nube de negrura se expande hacia la doble constelación, la Casa de Géminis. Hay *dos* ataques en camino.

Empiezo a salir del plano astral, pero de pronto oigo susurros en la cabeza, como si alguien se estuviera intentando comunicar conmigo en el Psi. Salvo que ese tipo de comunicación solo funciona a través del anillo. Pero la silicona metálica no está tibia ni siento el zumbido que me llama desde el dedo.

La voz proviene de la Efemeris, lo cual es imposible.

Sigo el sonido, como si yo fuera un objeto en el espacio succionado por su fuerza gravitacional. La voz viene de Helios. Extiendo una mano hacia la masa en llamas y hundo mis dedos en su luz amarilla.

Entonces desaparezco.

11

No estoy en el mundo de las sombras y no estoy en la Efemeris... estoy en una especie de pasadizo que cruza el espacio. Los objetos pasan al lado mío a toda velocidad—meteoritos, estrellas, desechos. Todo se mueve demasiado rápido, como si estuviera dentro de una corriente turbulenta.

—*¿Quién eres?*

La voz imperiosa retumba a través del túnel de viento, y un frío inhumano me atenaza el corazón.

—*Rho Grace, Guardiana de la Cuarta Casa de Cáncer.*

Hay historias sobre los Guardianes originales que cuentan que no usaban anillos para comunicarse en el Psi. Las historias aseguran que podían manipular la psienergía sin ayuda externa. Después de todo, alguna vez fueron parte del cielo nocturno.

—*¿Ofiucus?* —me arriesgo a preguntar.

El instante que pronuncio su nombre, vislumbro un rostro. Un rostro que recuerdo de mis pesadillas de niña.

El rostro ceniciento, la cabeza calva, los ojos negros como la noche —el decimotercer Guardián tienen los rasgos esculpidos en hielo. Se agita en el viento como una llama nítida. —*Eres una criatura. Una muchacha. ¿Cómo te atreves a buscarme? ¿Cómo conseguiste entrar en esta dimensión?*

—*Oí una voz... que venía de Helios.*

—*¡Imposible!* —Echo un vistazo a la mano que sale a mi encuentro entre las tinieblas. Luego, su cuerpo entero aparece fugazmente a la vista—. *Eres una simple mortal. No pudiste haberme oído. Ahora conoceré la verdad por mí mismo.*

Su mano está tan cerca que instintivamente estoy a punto de agacharme — y luego me acuerdo. No me puede tocar dentro de esta dimensión.

—*¿Por qué atacaste...?*

Pero no llego a terminar mi pregunta. Sus dedos helados se cierran alrededor de mi cuello y lo aprietan.

Suelto un alarido al sentir que su puño helado me quema por dentro. Esto no puede estar sucediendo, no es real, no puede estar tocándome...

Y sin embargo, lo siento explorando mis pensamientos, revisando mis recuerdos. Lucho contra él, pero es como un bloque de hielo. Me atrae aún más cerca, y veo su lengua derritiéndose y volviéndose a congelar en la boca.

—*¿Así que me estás siguiendo?* —El contacto con él me infecta de invierno, y siento que se me hielan todos los órganos y músculos por dentro.

—*¡Suéltame!*

Para mi sorpresa, me suelta.

—*No eres una amenaza para mí. Jamás te creerán.* —Me lanza una mirada feroz. Sus ojos son como dos agujeros oscuros—. *Incluso más: si vuelves a hablar de mí, morirás.*

Estoy temblando tanto que apenas siento los dedos cuando extiendo la mano ciegamente por el suelo, tratando de asir el ópalo negro. Cuando lo encuentro, apago la Efemeris.

Una vez que la proyección estelar parpadea y se apaga, el fantasma desaparece, y la sala vuelve a quedar gris, como si nada hubiera pasado. Me froto la cabeza. El dolor que sentía donde me asió ha desaparecido.

No tengo ni idea de cómo sucedió aquello..., pero no hay tiempo para hacer preguntas. Tengo que avisarles a Virgo y a Géminis, que son los que siguen.

Si vuelves a hablar de mí, morirás. La amenaza del hombre de hielo me resuena en el interior del cráneo. Pero sea cual fuere el riesgo, no puedo dejar que Ofiucus los sorprenda como nos sorprendió a nosotros. Les tengo que avisar a las otras Casas el peligro que corren.

Al abrir mi mente para fusionarme con el Psi, me toco el anillo y lanzo la alarma:

—¡*Despiértense*! *¡Virgo y Géminis están en peligro! ¡Ofiucus es el responsable de los ataques contra Cáncer, y no ha terminado su obra!*

Gritos estridentes embarullan mis pensamientos.

¿Qué ocurre con el Psi? No puedo percibir la mente comunal. Es como si ya no estuviera allí... Y, sin embargo, mi anillo se está calentando.

Una voz sisea a través del barullo psíquico, como un áspero soplo de viento.

—*Te advertí que no hablaras.*

Suelto un jadeo. Ofiucus está en el Psi: cualquier intento que haga por entrar allí, me dejará vulnerable a él. Intento arrancarme el anillo, pero está atascado.

Una carcajada amarga me martilla el cerebro.

—*Nadie te creerá, jovencita. Y ahora vas a morir.*

Me arranco del dedo el anillo abrasador y lo arrojo sobre el suelo. Aún descalza, agarro mi Onda y huyo de la sala de lectura, donde media docena de Zodai se encuentran haciendo el turno noche. Debo de tener un aspecto atemorizante, porque se vuelven y se quedan mirándome boquiabiertos.

—¿Dónde está la habitación de Mathias?

Apenas digo las palabras, me doy cuenta de que Mathias no es la persona indicada. No será fácil de convencer. Necesito refuerzos.

—En realidad, ¿dónde está la chica de Sagitario, Nishiko Sai?

Sigo a una Zodai, que me conduce por un corredor que se divide en dos, hacia el camarote de las muchachas. Mientras corremos, los pensamientos se me embrollan. Si Ofiucus me ataca aquí, podría matar a todos los que se encuentran sobre Oceón 6. Podría atacar incluso a nuestro planeta. No puedo dejar que ocurra.

Pero tampoco puedo dejar que me silencie o morirán más personas inocentes. Las Casas deben ser advertidas, y de inmediato.

La Zodai me conduce a uno de los rayos de la rueda que forma el satélite. Nishi se encuentra acuartelada en una bodega de almacenamiento que ha sido convertida en dormitorio. Se han metido cerca de veinte catres plegables en el exiguo espacio, y la luz es demasiado tenue para distinguir a quienes están durmiendo allí.

Mientras la confundida Zodai espera cerca de la puerta, camino en puntas de pie entre los cuerpos de quienes duermen, buscando a Nishi. Finalmente, distingo su cabello negro derramándose sobre la almohada, y la sacudo para despertarla.

—¿Eh? ¿Quién es?

—Nish, soy yo. Apúrate.

Mi voz es como un balde de agua fría. Se incorpora en el acto, olvidándose del sueño, y me sigue afuera.

—Todo eso que has averiguado, ¿lo tienes a mano?

—Siempre. —Se toca el pesado Rastreador que lleva en la muñeca.

—Transmíteme cualquier dato nuevo que encuentres, ¿sí? —Despliego mi Onda y la acoplo a su Rastreador para descargar lo que ha averiguado hasta ahora—. La explosión sobre Teba fue definitivamente provocada por la Decimotercera Casa.

Nishi abre los ojos aún más.

—¿Viste eso en las estrellas?

—Ahora les toca a Virgo y Géminis. Tengo que advertirles. —Cierro mi Onda y echo un vistazo a los Zodai, que nos observan desconcertados. ¿Debo contarle a Nishi que he recibido una amenaza de muerte por parte de Ofiucus? El recuerdo de su ira me sacude una vez más, y me revuelve el estómago. Echo una mirada furtiva al techo, temiendo ver una lluvia de fuego. Nishi sigue mi mirada.

—¿Qué sucede, Rho?

La Zodai está espiando, y como no quiero diseminar el pánico, me vuelvo para enfrentarla.

—Por favor, llévanos a ver al Asesor Mathias Thais rápido.

Nishi frunce el ceño.

—¿Quieres que te acompañe?

—Sí, por favor. Necesito tu ayuda.

Nos precipitamos por el corredor a toda carrera, e intento organizar el caos en mi mente. Hay dos cosas que tengo por ciertas: una, Ofiucus atacará Virgo y Géminis pronto y tengo que prevenirlos. Dos, está decidido a evitar que yo hable, lo cual podría significar que me ataque en este lugar.

No puedo Ondear a las otras Casas, porque los hologramas pueden ser falsificados. No puedo usar el Psi, porque Ofiucus me matará antes de poder transmitir mi mensaje. Solo queda una opción.

Veo la respuesta en mi mente, pero no quiero enfrentarla. Después de todo lo que ha sucedido, lo único que quiero es estar en mi propio hogar.

Jamás he abandonado la constelación del Cangrejo y no tengo ninguna habilidad particular para manejarme fuera del Psi, justamente el único lugar que de ahora en más debo evitar. No es asunto mío viajar por el espacio.

Pero tengo que alejar a Ofiucus. La única manera de salvar mi hogar es abandonándolo.

12

Mathias responde al primer golpe.

Cuando abre la puerta, tiene el pelo negro revuelto y el cuello desabrochado, como si se hubiera dormido mientras trabajaba. Nishi y yo entramos a toda prisa.

—Antes de decir que no, escúchame —empiezo, resoplando por nuestra corrida—. Estaba leyendo la Efemeris cuando de pronto vi una advertencia por Virgo y Géminis. Y después, justo cuando me estaba yendo, escuché una voz, ¡y efectivamente se confirmó lo que Nishi y yo imaginábamos! Alguien de la Decimotercera Casa hizo que nuestras lunas entraran en colisión.

—Cálmate —dice Mathias, tomándome el hombro con firmeza—. ¿Qué…?

—No puedo calmarme. Va a atacar a Virgo y Géminis en cualquier momento.

—¿Quién?

—Ofiucus.

La expresión de Mathias se transforma en una mueca incómoda, pero me niego a mirarla.

Le describo todo lo que he visto en la Efemeris: la Materia Oscura alrededor de Virgo y Géminis, la voz dentro de Helios, el fantasma de hielo y viento… pero omito la amenaza de muerte. Mathias —quiero decir, mis Asesores— nunca me dejarán partir si saben que alguien está intentando… asesinarme.

—Necesito advertirles —niego con la cabeza cuando me ofrece la silla de escritorio. Me deja la mano sobre el hombro y siento que es lo único que me ancla al suelo—. No puedo esperar un minuto más...

—Rho, cálmate.

El tono reconfortante de su voz es diferente a cómo sonaba cuando apenas entré. Cuanto más me altero, más calmado se vuelve él. Esto me está saliendo exactamente como *no* quería que saliera.

Tomo aire y trato de que mi voz salga lo más cuerda y pareja posible.

—Por favor, Mathias, te estoy pidiendo que confíes en mí...

—¿Dónde dejaste tus zapatos? —Por el modo en que hace la pregunta, queda claro que no me está escuchando.

El hecho de que estar descalza me haga menos confiable a los ojos de Mathias es tan ridículo que de pronto me enojo. La corriente de emociones toma control de mis cuerdas vocales y no puedo reprimir mis sentimientos.

—Ya sé que crees que no debería haber sido elegida Guardiana.

Todo su rostro se afloja como si le hubieran pegado una cachetada. Hasta Nishi se pega a la pared, como para evitar contaminarse con la conversación. Lo que voy a decir a continuación solo va a empeorar las cosas, pero aun si me hace perder su amistad —una amistad que he luchado para merecerla— no puedo dejar que Mathias ignore mis advertencias. No si eso significa que más personas van a morir.

—Pensaste que debías haber sido tú.

Su rostro se enrojece y da un paso hacia atrás, dejando que su mano se deslice de mi hombro.

—Cada uno cumple con su deber, Guardiana. —Su voz se oye tensa y fuerte—. Conozco el mío.

El corazón me martilla en el pecho en señal de protesta por lo que acabo de hacer. Quiero retractarme de lo que dije y rogarle que me perdone. Pero hay demasiadas vidas en mis manos para detenerme y pensar en la mía.

—Si eso es cierto —digo—, entonces, como tu Guardiana, te pido, te *ruego*, que confíes en mí. Nishi, ¿podrías mostrarle tus archivos?

Nishi se despega de la pared y revisa con él todo el material publicado que tiene en su Rastreador. Todo el rato, Mathias lee los hologramas rojos con ojos pétreos, y me doy cuenta de que abordé esto de forma equivocada. Un Mathias enojado no es mejor que un Mathias escéptico.

—Si Ofiucus es inmortal, ¿por qué no hemos oído hablar de él antes? —pregunta—. ¿Por qué ha esperado todo este tiempo para conseguir su venganza? —Su tono endurecido me deja en claro que no voy a poder avanzar mucho con él.

Echo un vistazo al techo, casi esperando que Ofiucus lo parta al medio y nos envíe a todos volando al espacio silencioso. Con cada minuto que pasa, está más cerca de su próximo ataque. Es hora de implementar el plan B.

—Mathias, no tengo problema con que no me creas, pero necesito que me encuentres una nave. Algo con piloto automático que pueda volar incluso alguien sin experiencia de vuelo.

Bruscamente la mira a Nishi, evaluando mi grado de seriedad a partir de la reacción de mi amiga. Cuando Nishi no me contradice, Mathias gira y me sirve un vaso de agua de la garrafa que se encuentra al costado de su cama.

—Has estado despierta por muchas horas, Rho. Ha sido una noche de muchas emociones, y no estás en tu sano juicio.

Hago a un lado el vaso que me ofrece.

—¡No me estás escuchando! Me voy a cambiar y ponerme un traje de compresión, y en cuanto vuelva, necesito una nave. Me voy inmediatamente.

—Tómatelo con calma. —Mathias apoya el agua y hunde la mano en un cesto. Saca un par de medias—. Siéntate.

—No.

Tomándome de los hombros, me hace girar y me empuja sobre la cama.

—Mathias, basta…—Mi protesta se extingue en la garganta cuando veo que se arrodilla y empieza a deslizarme las medias en los pies. Sus manos son amables y están tibias, y cuando termina de ponerme las medias me fija la mirada. Sus ojos azules son suaves, y esta vez sé que estoy mirando a mi amigo y no al Zodai que duda de mí.

—Por favor, dime que crees en mí, Mathias.

No aparta la mirada y al ver la transformación de sus ojos una vez más, me doy cuenta de que la persona con la que está luchando es consigo mismo. Como yo, desea demasiado que estemos en el mismo bando en cada situación.

Pero no lo estamos.

—Creo en que tú lo crees —susurra.

Lo que estuve intentando evitar desde que soy Guardiana me resulta ahora ineludible. Siempre tendré la protección y lealtad de Mathias... pero no tengo su confianza.

—Consultemos con el almirante Crius —dice, poniéndose de pie.

—No tenemos tiempo —le objeto, también incorporándome—. Se me va a reír en la cara.

Mathias empieza a mover los labios, conversando a través del Psi y le estrujo las manos con pánico.

—¡Detente! Ocus está allí. Te va a escuchar.

—De acuerdo. Relájate. Usaré mi Onda. —Con un suspiro de paciencia, Mathias saca la almeja de su bolsillo, la abre y llama a mis Asesores más experimentados. Espero que este sistema sea a prueba de Ocus.

Diez minutos más tarde, Crius, Agatha y el holográfico doctor Eusta se encuentran con nosotros en la sala de lectura. Me he cambiado y tengo puesto mi ajustado traje de compresión negro, mi Onda y el ópalo negro en el bolsillo. Levanto mi anillo del suelo y lo meto con lo demás.

Mi pelo sigue largo y ondulado, como el de una sirena, tal como me lo dejó Leyla, y me encuentro deseando haber podido despedirme de ella y de Lola. Empaqué el traje de Zodai que me hicieron, junto con el maquillaje aterciopelado y el spray para dar brillo al pelo. La desconfianza de Mathias me ha dejado una cosa en claro: cuando hay que convencer a alguien de lo implausible, las apariencias importan.

Pierdo los primeros cinco minutos de la reunión insistiendo en que se le permita a Nishiko estar presente. Hasta ahora, ella es la única persona que me cree y necesito una aliada. Cuando estamos todos sentados, les repito lo que le conté a Mathias. Les muestro la investigación de Nishi y les cuento mi plan.

Solo el doctor Eusta se echa a reír. Crius refunfuña y Agatha quiere que consulte la Efemeris una vez más, pero no puedo enfrentarme a ese monstruo otra vez.

—Este fantasma de hielo —dice Crius—, ¿dices que lo has tocado?

—Sí, así fue. Lo sentí en la piel. —No menciono que intentó quebrarme el cráneo.

—¿Y cómo se toca a un fantasma? —pregunta el holograma del doctor Eusta—. Creo que el agua salada que tomaste en la ceremonia te está haciendo delirar.

Me doy por vencida. Si mis instructores se hubiesen tomado en serio los resultados del examen cuando lo rendí por primera vez, hubiésemos salvado vidas. No puedo dejar que la desconfianza de mis Asesores condene a la gente de Virgo y Géminis. Nunca más me quedaré en silencio, no cuando hablar tiene consecuencias tan decisivas. Ninguno de los que están aquí puede ayudarme ahora.

Con voz nerviosa, muy distinta a su tono asertivo de siempre, Nishi les habla a los Asesores por primera vez.

—Deberían escuchar a Rho. Podrían lamentarlo si no lo hacen.

Mathias la escudriña a ella y después a mí. Estoy tan furiosa con él que estoy temblando. ¿De verdad piensa que seguiría con esto si no estuviera segura de lo que vi? ¿Cómo puede jurarme lealtad *por la vida de su madre* y unas horas más tarde darme la espalda, justo cuando más lo necesito?

Es igual al decano Lyll, al almirante Crius, al doctor Eusta... No se toman mis lecturas en serio porque no me toman a mí en serio. No me respetan. *Mathias* no me respeta.

Parece poder leer las emociones en mi mirada porque se vuelve a mis Asesores y —ante mi alivio y desconcierto— dice:

—¿Haría daño alertar a las otras Casas? ¿Solo para asegurarnos?

El doctor Eusta niega con la cabeza, aunque parece más un espasmo.

—Eso minaría por completo nuestra credibilidad.

Tengo que hacer un esfuerzo sobrehumano para no pegarle a algo.

—Nosotros los cancerianos somos personas de honor —les suplico—. Veinte millones de nuestros ciudadanos acaban de morir. ¿Cuántos más tienen que morir en Virgo y Géminis si no les advertimos para que tomen precauciones?

Crius se cruza de piernas.

—Las Casas no tienen una historia de confianza mutua. Cuando escuchen esta fábula exagerada, podrían sospechar una traición de nuestra parte.

Siento que se me erizan los pelos del cuello.

—Oigan, me eligieron a mí para ser Guardiana. Mi trabajo es leer las estrellas, y lo he hecho. No podemos esperar ni un minuto más.

Agatha cruza su bastón sobre las rodillas.

—La Madre tiene razón. Debemos confiar en su palabra. Enviemos el alerta.

Parpadeo sorprendida, pasmada por su apoyo, por el cambio repentino de la marea. Toca su anillo, mueve los labios y me lanzo encima de ella para tomarle la mano.

—Él está en el Psi. ¡Te oirá!

Me mira fijo, con los ojos abiertos.

—¿Cómo propones que hagamos esto?

—Una Onda encriptada —sugiere Mathias—. O podríamos enviar un holograma.

—No le creerán a un holograma —Nishi mira directamente al doctor Eusta—. Pensarán que alguien les está haciendo una broma.

—Exactamente —digo—. *Confía solo en lo que puedas tocar.* Los hologramas pueden ser falseados y no existen las encriptaciones a prueba de tontos. Tengo que ir yo misma para probarles que la advertencia es real.

—¿Vas a ir tú misma? —Cuando asiento, Agatha se recuesta en su silla. Parece observarme con renovado interés.

—¡Imposible! —ladra Crius—. Nuestra gente te necesita aquí. Enviaremos a otra persona.

—¿A quién? —pregunto—. ¿Quién de ustedes cree en lo que estoy diciendo?

Por un minuto, nadie habla. Cualquiera podría leer las dudas en los rostros de mis Asesores.

—Yo soy la que vio a Ofiucus. Yo soy la única a la que le creerán. —Cuando veo que me siguen mirando dubitativos, me pongo de pie y digo—: Necesito una nave con piloto automático.

—¡De ninguna manera! —ruge el doctor Eusta.

—Estoy de acuerdo. Es demasiado arriesgado —dice Agatha, y ahora mi suerte vuelve a ser adversa.

—¿Creen que quiero dejar mi hogar? —pregunto con brusquedad. Por primera vez me oigo a mí misma al borde de la histeria. Inhalo profundamente y con los ojos cerrados digo—: No podemos quedarnos de brazos cruzados mientras Virgo y Géminis están siendo atacados —me vuelvo a Mathias y hago que mi voz suene más grave y firme—: Asesor Thais, te ordeno que me encuentres una nave con la que pueda llegar a las otras Casas, sola. *Por favor.*

Me lanza una mirada fulminante, y mientras nos miramos fijo a los ojos nadie nos interrumpe. Entonces él empieza a hablar silenciosamente, y cuando los otros comienzan a hacer lo mismo, Nishi me aparta a un costado.

—No me dejes atrás, Rho. Dijiste que yo podía ayudar.

La atraigo hacia mí para darle un fuerte abrazo.

—Nishi, sí necesito de tu ayuda. Necesito que corras la voz.

Debajo del pelo enmarañado, los ojos ambarinos se le agrandan.

—¿Hasta dónde?

—Empieza por mis Asesores. Sigue intentando convencerlos, pero no te detengas ahí. Diles a todos los que puedas, a todas las Casas que puedas, porque estamos todos en peligro. Intenta contactarte con miembros de 13 —eso no te aportará mucha credibilidad frente al resto del Zodíaco, pero tendrán más información de la que nosotros tenemos y tal vez haya algo que nos pueda servir. Envíame todo lo que encuentres.

Los ojos le brillan con lágrimas.

—Ten cuidado ahí fuera.

Asiento con la cabeza.

—Cuida a Deke. Y a Kai.

Crius tamborilea los dedos sobre la mesa.

—Si insistes en este viaje demencial, le diremos a la gente que estás recaudando fondos de ayuda para los desastres. No queremos incitar un pánico en masa.

La preocupación arruga el rostro de Agatha.

—Vuelve pronto a nosotros, Madre.

—Están todos locos. —El holograma del doctor Eusta parpadea y desaparece.

Mathias se dirige a grandes zancadas hasta la puerta para abrírmela.

—He confiscado la nave más veloz del puerto. Es una nave de gran velocidad, que está de visita. Debería estar cargada y lista para cuando lleguemos al puerto central.

—¿Lleguemos?

Da un paso al frente y me envuelve con su sombra.

—Tu entrenamiento no ha terminado aún. Además, necesitarás un piloto.

Este vuelo podría ser un vuelo suicida. No puedo dejar que Mathias venga conmigo.

—Lo siento, pero voy a hacer esto sola.

Sus ojos color índigo centellean.

—No existen naves autocomandadas. O vienes conmigo o no vas a ningún lado.

Me muerdo el labio. No queda otra opción.

—Bienvenido a bordo.

13

Cuando tenía ocho años, Stanton solía llevarme a pasear en su tabla de windsurf. Recuerdo la sensación de la tabla contra el estómago cuando me acostaba sobre ella, despatarrada entre los pies de Stanton mientras él daba vueltas, maniobrando la vela.

Un día, cuando no estaba mirando, saqué la tabla yo sola. Me costó levantar la vela, pero apenas atrapó viento salí a toda velocidad por el agua. Los ojos me escocían a causa de la sal. Me sentí libre y, por primera vez en mi corta vida, *joven*.

Fue solo cuando el pie se me resbaló y la vela cayó con fuerza sobre las olas que volví la vista hacia mi casa. Kalymnos era una delgada línea negra en el horizonte distante, y con cada segundo que pasaba el viento que soplaba desde la tierra me alejaba aún más. Tuve suerte de que me vieran unas personas que pasaban en un barco.

El terror que sentí aquel día en el agua me vuelve ahora. Mathias y yo estamos a miles de kilómetros de Cáncer, tan lejos que podemos ver la forma completa de nuestra constelación del Cangrejo. Jamás la vi verdaderamente así. Jamás he estado tan lejos de casa.

Estamos encerrados herméticamente dentro de la proa de una nave con forma de bala, disparados hacia Géminis, nuestro vecino más cercano. Solo espero que lleguemos a tiempo.

Ahora que estamos solos en el cielo, decido activar el ópalo negro. Necesito que Ofiucus sepa que he abandonado Cáncer. Si me va a atacar, mejor que lo haga acá.

Tengo los músculos tan tensos que me duelen. Necesito programar una cápsula de escape para Mathias, para asegurarme de que sobrevivirá a esto —solo que jamás he programado nada en mi vida. Cuando aparezca Ofiucus, voy a tener que empujarlo dentro de la cápsula y confiar en que Mathias se ocupe del resto.

La punta redondeada de la nave-bala está recubierta de un grueso vidrio, duro como un diamante, que crea una especie de pecera en la proa. Me encuentro allí ahora, suspendida en el aire y observando el espacio, un pez damisela que se enfrenta a la infinitud. Detrás de mí, Mathias está al frente del timón, monitoreando un arco de pantallas de control. De vez en cuando, mira hacia arriba y nuestras miradas se cruzan. Luce pálido y cansado.

Yo estoy demasiado nerviosa para estar cansada. Mi ópalo negro está sujeto a un soporte para que no flote, y su holograma ovoide de luz estrellada inunda la punta vidriada de la nave con un mapa radiante del universo. Apenas del otro lado del vidrio, el universo real acuna nuestra nave.

Como la mayoría de las naves espaciales, esta tiene pasamanos y cinturones de seguridad para ser empleados en situaciones de gravedad cero, y Mathias tiene las piernas enganchadas alrededor del asiento de piloto mientras trabaja. En cuanto a mí, floto de espaldas libremente, contemplando las estrellas.

Deliberadamente comienzo a respirar más lento y a relajar los músculos, para tratar de abrir mi ojo interior. El holograma brilla sobre la tela negra de mi traje espacial, salpicando mi cuerpo de estrellas. Durante la última hora, he estado concentrada en la región de la Decimotercera Casa.

—¿Qué ves? —pregunta Mathias.

Me froto los ojos.

—Hasta ahora, nada.

Mathias está programando el escudo de la nave para que nos proteja. El espacio profundo está lleno de peligros: piratas, drones de vigilancia, radiación cósmica, basura suelta y escombros. Dice que, si nos vemos amenazados, esta nave con forma de bala volará más rápido que la imaginación de un capricorniano —e incluso tiene un velo para ocultarla. Él mismo se sorprendió cuando logró *hackear* los controles, dado el grado de sofisticación del sistema informático.

—Estamos ingresando en la doble constelación de Géminis —dice Mathias desde el timón—. ¿Ya has pensado lo que les dirás?

—Ni idea. —Me enderezo en el aire y me desperezo, observando el espacio real a través de la proa de la nave—. Se ve que no soy buena haciendo esto.

—En realidad, a veces tienes bastante autoridad.

Aun mirando hacia otro lado, digo:

—A ti no te he convencido.

Se queda callado tanto rato que me preocupa haberlo ofendido.

—Rho. —Al oír su grave barítono, me vuelvo para verlo flotando solo centímetros detrás de mí—. Le presto atención a todo lo que dices.

—No es eso —digo, sacudiendo la cabeza. Busco las palabras adecuadas. Quiero explicarle que sé que es leal y siempre me apoyará, pero su lealtad solo empeora las cosas. Si es el sentido del deber y no la confianza lo que lo obliga a seguirme, entonces estoy forzando su libre albedrío. ¿Y cómo eso podría ser mejor?

Pero no puedo decir nada. Algunas veces, Mathias me pone tan furiosa que vuelvo a ser una criatura que no puede formar ni una sola frase. Me pregunto si es por haber permanecido en silencio durante tantos años que ahora no sabemos cómo hablarnos.

—Necesito seguir mirando; ya podría habernos atacado —murmuro.

Regreso flotando a la Efemeris. Nuestro silencio se prolonga un poco más. Mathias termina volviendo al timón para seguir programando el sistema de protección, y yo me pongo a observar la imitación del espacio que proyecta el ópalo negro.

Los motores emiten un suave ronroneo, y las pantallas de pilotaje irradian una suave luz azul. El mapa gira encima de mí de modo hipnótico, y al cabo de un rato, me rindo. Ocus no vendrá.

—Miladi.

Levanto la cabeza bruscamente, y casi termino haciendo una voltereta en el aire.

Un muchacho rubio con mechones blancos y grandes ojos verdes flota en la proa de vidrio de nuestra nave. Su costoso traje porta el escudo de armas de la Casa de Libra.

—¿Qué... qué haces aquí? —pregunto, extendiendo el brazo para tocar a Hysan Dax y ver si es real. Cuando tengo la mano delante de él, Hysan la toma y vuelve a besar mi piel. Una descarga de absinta estalla por mis venas.

—Feliz de ya estar a tu servicio.

Mathias se coloca delante de mí, protegiendo mi cuerpo con el suyo. Lleva un dispositivo en la palma, de forma oval y brillante como la plata. ¿Un arma?

—Revisé esta nave —dice en tono militar, cortante, apuntando el dispositivo hacia Hysan—. ¿Cómo lograste entrar y ocultarte en ella?

—No están comprendiendo. —El rostro de Hysan sigue siendo agradable, pero sus ojos se endurecen cuando se posan sobre Mathias—. Ustedes están en *mi* nave.

Mathias se yergue todo lo alto que es, firme como una estaca en el aire.

—Requisa de emergencia. Se les notificó que evacuaran.

La sonrisa de centauro de Hysan se ensancha.

—El *Equinox* es una nave emisaria de Libra. No se puede confiscar propiedad diplomática.

—Por ley galáctica, esta nave está bajo órdenes de emergencia de la Guardia Zodai Canceriana. —Mathias suelta las palabras con sílabas precisas y cortantes—. Por favor, métete en tu cápsula, y te enviaremos a cualquier dirección que elijas.

—O tal vez prefiera lanzarlos yo a ustedes. —La amabilidad relampaguea peligrosamente en el rostro de Hysan. Aflora una expresión diferente, un contrapeso su encanto.

Jamás vi a Mathias perder la compostura, pero le tiembla un músculo en la mejilla. Tomándome de la barandilla, me impulso hacia delante para interponerme entre ambos.

—Hysan, siento muchísimo haber tomado tu nave. Esta es una misión de emergencia, y lamento que nuestra prisa te haya puesto en peligro. *Por favor*, entra en tu cápsula, y te devolveremos tu nave cuando hayamos acabado.

Trago saliva, pensando en resultados aún más adversos.

—Si prefieres, Cáncer te puede enviar un pagaré.

Hysan empieza a reírse a carcajadas. El cambio de humor es tan genuino que parece irradiar calor.

—Un pagaré —repite. Sus mejillas siguen luciendo sus hoyuelos, y sus ojos me miran como jamás me ha mirado nadie. Como si yo realmente fuera alguien que pudiera asombrarlo.

Luego se vuelve hacia la pantalla sobre la pared más cercana, aprieta algunos interruptores, y de pronto la gravedad hace que me pese la mano y los pies toquen el suelo. También aterrizan la Onda de Mathias, mis botas y el propio Mathias.

—Gravedad simulada —dice Hysan, encogiéndose los hombros—. Facilita las cosas.

Mathias se para y se sacude la ropa. No hay duda de que parece impresionado, aunque jamás lo admitiría en voz alta.

Cruzo los brazos y miro fijo a Hysan.

—¿Dónde has estado todo este tiempo? Hace horas que volamos.

Aprieta algunas teclas más sobre la pantalla.

—Estaba durmiendo en mi camarote cuando me desperté para hallar que se estaban robando mi medio de transporte personal. —Se vuelve hacia Mathias—. Por cierto, ahora tienes acceso a todos los controles de navegación.

Mathias gira hacia el panel de control holográfico, y diez pantallas más aparecen al lado de las cinco que estaba observando; cada una ofrece innumerables opciones más. Las pantallas tienen títulos extraños, como "Poderes cerebrales de '*Nox*'", "La recuperación requiere una revisión" y "Protección contra las sombras".

Mientras Mathias se desplaza hipnotizado a través de las configuraciones, comienzo a susurrar de modo que solo Hysan pueda oírme.

—Esta nave parece demasiado avanzada para que Mathias haya quebrado su seguridad tan rápido como lo hizo.

La mirada verdosa de Hysan se suaviza tanto que casi puedo sentir su caricia.

—¿Qué estás queriendo decir, miladi?

Un instante atrás quería llamar su atención. Pero ahora que está aquí —tan cerca que ocupa casi todo mi campo visual—, me gustaría que mirara a cualquier otro lado.

—Y-yo creo que tú sabías que nos íbamos a embarcar y nos diste permiso para hacerlo.

En el borde de su iris derecho, escudriño una pequeña florecilla dorada con forma de estrella, incrustada sobre el fondo verde. He oído hablar acerca de esto: se trata de la versión libriana de una Onda, llamada Escáner. Los de Libra lo emplean para escanear información nueva y almacenarla en lugares especiales de la mente. Se encuentra alojado en un pequeño chip, que es implantado en sus cerebros cuando cumplen doce años. También pueden usarlo para enviarse mensajes o revisar información que tienen almacenada.

—Te dije que estaría a tu servicio —susurra—. Siempre.

—Siempre es mucho tiempo.

—Una sabia observación, miladi.

Me río.

—Supongo que será mejor que me comiences a llamar Rho.

—Nos acercamos al planeta Argyr —anuncia Mathias con voz gélida. Siento que mis mejillas se sonrojan al encontrarme con su mirada de desaprobación.

—¿Argyr? —pregunta Hysan—. ¿Aquella ciénaga de corrupción? No podemos llevar a Lady Rho...

Lo que fuera que Hysan dice a continuación queda ahogado por un lamento sordo y débil, que proviene de mi Efemeris. Me doy vuelta rápido y también lo hace Hysan. Un pulso ardiente, invisible, me electriza las células —como la noche de nuestro concierto en Elara—, y el chillido antinatural del ópalo negro me raspa los tímpanos.

Mathias cruza de un salto para atraparme al tiempo que me cubro la cabeza y me desplomo.

—Rho, ¿qué sucede?

—¿No lo oyes? —grito. Contraigo la mandíbula por el dolor, y se me hace imposible hablar. A mi lado, Hysan también está en el suelo con un gesto de tormento y la cabeza entre las manos. Si él también lo oye, ¿por qué Mathias no?

De pronto, nuestra nave realiza un giro violento y comienza a zigzaguear de acá para allá. Salimos arrojados hacia las paredes y nos chocamos entre nosotros. Los motores rugen acelerándose. Cuando el gemido se retrae, Hysan y yo levantamos la cabeza. De un salto se dirige a las pantallas de control.

—¡*Equinox*, repórtese!

Cuando el cerebro de la nave comienza a descargar información a toda velocidad, Mathias se le une en el timón, mientras yo tomo el ópalo negro y me dirijo al tubo de residuos. La Efemeris se enciende entre mis dedos emitiendo brillantes rayos abrasadores a medida que la psienergía intenta atravesar desde el otro lado. Su calor me quema la mano.

Hysan grita:

—¿Qué tipo de ataque es este? ¡No veo misiles!

Yo continúo avanzando contra la barandilla hacia el tubo de residuos, pero la nave gira tan erráticamente que es difícil desplazarse. De pronto, el ópalo negro ardiente se desliza de mi mano, y la Efemeris resurge a su tamaño ovoide completo.

Desde su centro, los ojos impenetrables de Ocus me miran fijo.

14

Incoloro, translúcido, Ocus va mutando de una forma grotesca a otra, ondulando alto y delgado como un espectro esculpido en hielo, fraccionándose en partículas y volviéndose a unir con la misma rapidez.

—*Te dije lo que te haría si hablabas de* mí.

Dedos fantasmagóricos susurran sobre mi rostro. Intento arrojar a Ocus lejos de mí, pero mis manos pasan a través de su forma brumosa. ¿Cómo es posible que me pueda tocar si yo no lo puedo tocar a él?

—¡Rho! —grita Mathias—. ¿Qué sucede?

De un modo u otro soy consciente de que Mathias me sujeta el cuerpo. Incluso puedo escuchar la ansiedad en su voz. Y en alguna parte detrás de él, Hysan le está ladrando órdenes a la nave.

Pero me siento apartada de todo eso. Ocus tiene toda mi atención.

—¡*Asesino*!

Suelto golpes e intento darle un puñetazo, pero nuevamente las manos lo atraviesan.

Sus dedos se ciñen con fuerza alrededor de mi cuello.

—*Oh, cuánta pasión. Delicioso. ¿Sientes mis manos? ¿Soy real?*

Me retuerzo y echo patadas, pero me sostiene con firmeza. Cuánto más peleo, más me lastima el cuello con los dedos.

—*No me detendrás. Estás fuera del tiempo.*

Me toma con más fuerza, cortándome la respiración. Puntos negros empiezan a nublar mi visión. Desesperadamente, extiendo las manos tanteando el aire para buscar el ópalo negro.

Hysan parece leerme el pensamiento, porque a través del monstruo veo su forma difusa que me coloca la piedra en la mano. Apenas toco su clave oculta, la Efemeris se apaga y el hombre de hielo desaparece.

Toso y doy arcadas, y después aspiro profundas bocanadas de aire. Mathias me sostiene al tiempo que me masajea la piel, frotándome con fuerza para activar la circulación. Hysan vuelve corriendo a los controles.

La nave se sacude dando saltos a través del espacio. Todavía estamos bajo ataque.

—Mathias, estoy bien, ve a ayudarlo —jadeo.

—De acuerdo.

Se une a Hysan en los controles mientras me arrastro hasta el tubo de residuos para deshacerme del ópalo negro. Ya van dos veces que Ocus lo ha usado para encontrarme, y no quiero volver a ver ese rostro nunca más. Mientras la nave gira a gran velocidad, abro el tubo.

Hysan corre hacia mí.

—¿Qué estás haciendo?

—Tengo que deshacerme de este ópalo.

Me toma de la muñeca.

—No, no te das cuenta de lo que es.

La nave empieza a hablar y Hysan se desplaza hacia el timón. Le habla al *Equinox* con frases breves. Parece más un experimentado guardia Zodai que un enviado diplomático.

—¡*Nox*! Prepara todos los escudos. Pon en marcha los escaneos de progreso. Activa máxima protección y cambia a modo conservación de energía.

Antes de que pueda lanzar la piedra, oigo el chispeante zumbido del generador de escudos, y quedan selladas todas las aberturas del casco, incluida la del tubo de residuos. Agarro el ópalo con fuerza. Estamos como bajo un velo, ocultos a la vista, apenas un débil espejismo en el vacío negro como la noche... A simple vista, nadie nos puede ver. Pero ¿y Ofiucus?

La tensión me cierra el pecho como un puño. La nave deja de rodar, y por un minuto entero mantenemos un curso estable. Casi puedo oír el tictac del cerebro artificial del *Equinox*, esperando el próximo ataque. La mano se me acalambra de tanto sujetar el pasamanos mientras aguantamos cinco tensos minutos más.

—Fijando nuevo rumbo —dice Hysan, rompiendo el silencio. Hacemos un giro abrupto de noventa grados que nos arroja a los tres a un lado, y la nave se impulsa a máxima velocidad, alejándose hacia cualquier otro lugar.

Mathias corre hacia mí con la cara tensa por la preocupación. Nunca lo he visto así de asustado.

—Rho, pensé que ibas a sufrir un ataque.

—Ocus intentó estrangularme. —Ahora que todo ha terminado, me doy cuenta de que todavía estoy débil por el encuentro.

Mathias se vuelve aún más pálido.

—¿De qué estás hablando?

—¿No lo viste?

—No vi a nadie. —Me desliza el pulgar por el cuello pero, curiosamente, la garganta ya no me duele. —No tienes marcas… ¿Sientes dolor?

—No —balbuceo. Mis pensamientos se vuelven borrosos cuando me toca. Nunca había estado tan abiertamente afectuoso como ahora.

Solo he llegado a conocer a Mathias esta última semana, pero cada vez que está presente, mi corazón se comporta como esta nave cuando lucha contra un ataque del Psi: su latido rebota frenético dentro de mi caja torácica y no puedo descifrar la melodía. Cada vez que intento comprender mis sentimientos, me termino dando contra un mismo muro: lo admiro… me atrae… me gusta… y *el muro*.

No puedo ir más allá.

Todavía sujetando el ópalo negro, digo:

—No usemos la Efemeris. —Ofiucus ya sabe que he dejado Oceón 6. Era todo lo que necesitaba.

—Perdona —susurra Mathias—. Perdóname que no te haya protegido.

Sus disculpas me atormentan un largo rato, incluso después que regresa al timón. Me pide disculpas por un dolor que él no ha causado, pero no tiene ningún problema en subestimar lo que hay en mi cabeza. Cree que es peor el fracaso de no haberme podido salvar que no confiar en mí. Acabo de descubrir el muro: Mathias no me ve como alguien que puede ofrecer nuevas percepciones, sino como una hermanita a la que no puede dejar sola.

Mientras él y Hysan trabajan con las pantallas, me siento cerca de la proa mirando hacia fuera, intentando pensar en cosas más importantes. Como en la cuestión de cómo Helios lograré ganarme la confianza de las Casas si ni siquiera puedo ganarme la de mis amigos.

Cambiamos de rumbo repetidas veces, pero no hay más ataques.

—Tu velo funcionó notablemente bien. —El sonido de mi voz suena extraña, incluso para mí misma, después de tanto silencio.

—Claro que sí —dice Hysan, su sonrisa altiva nunca tarda en aparecer. Desliza la mano sobre la consola, radiante de orgullo—. ¿Podría tener mejor suerte? *Nox* y yo somos bombardeados por proyectiles invisibles justo después de que alguien con aires de pirata nos roba el corazón.

—Me siento halagado —dice Mathias.

¿Cómo pueden hacer bromas cuando Ofiucus es tan fuerte y no hay forma de vencerlo?

Hysan me mira fijo el rostro, como si adivinara lo que estoy pensando.

—¿Qué arma puede atravesar el Psi?

Sus palabras me descolocan.

—¿Lo has visto tú también?

—¿A quién? —Hysan intenta echar mano de mi ópalo negro.

Me aparto sosteniendo la piedra con fuerza.

—Si usamos esto, él nos encontrará de nuevo.

—¿Él? —Hysan frunce el ceño. —Creo que aún no me lo has contado todo...

Meto el ópalo en mi bolsillo, al lado de mi Onda, y subo el cierre. De nuevo, me toco el cuello y compruebo que no han quedado marcas.

—¿Has oído hablar de Ofiucus?

Sorprendentemente, Hysan ha escuchado la teoría de la Decimotercera Casa. Dice que la sociedad secreta 13 tiene una base fuerte en Libra. Entre mis amigos, siempre soy la que tiene más datos sobre el universo. Sin embargo, con todo el conocimiento que me taladró mamá, nunca mencionó nada acerca de otra Casa en el Zodíaco.

Cuando explico cómo lo vi a Ocus en la Efemeris, y que es responsable por los recientes desastres en el universo y por el ataque a nuestras lunas, empiezo a ver por qué he fallado repetidas veces en convencerlo a Mathias. No es fácil transmitir solo con palabras todo el terror que sentí en presencia del hombre de hielo.

Mientras hablo, Mathias se mantiene ocupado detrás de las pantallas, pero Hysan me presta especial atención. En lugar de burlarse de mi relato, parece darle sincera consideración. Cuando termino, dice:

—Los antiguos astrólogos decían que los primeros Guardianes podían proyectar un nodo alternativo de su ser a través de la Efemeris, porque ellos mismos fueron una vez objetos allí representados.

Mathias les dirige una mueca a sus pantallas:

—Esa es solo una teoría; nadie sabe si realmente dijeron eso.

Hysan solo me mira a mí:

—Incluso así, coincide con lo que estás describiendo.

—Pero entonces… ¿me crees?

Mi voz es tan pequeña que probablemente debilite la poca credibilidad que tengo, pero no me importa. No puedo registrar nada fuera del hecho de que Hysan no se ha reído ni me ha regañado aún.

Sobre el rostro de Hysan se dibujan líneas muy finas que enmarcan su confusión.

—Miladi, ¿por qué en el Zodíaco no lo haría?

La nave parece volverse más pequeña cuanto más tiempo queda en suspenso la conversación. Mientras Hysan intenta comprender lo que se ha perdido, Mathias me esquiva la mirada.

El primer impulso de Hysan no ha sido dudar de mí. Me acaba de conocer y aun así le resulta más fácil confiar en mí que no hacerlo.

—¿Has compartido tus hallazgos con el Psi? —pregunta Hysan.

—No puedo. Ocus está ahí escuchando.

—No nos apresuremos con conclusiones descabelladas, Rho —dice Mathias, y puedo ver por las manchas rojas en el rostro que está luchando por mantener sus emociones bajo control—. Sé que no es lo que quieres escuchar, pero no soy el único al que le cuesta aceptar tu teoría. Las personas sensatas no creen en Ocus.

Lo quiero sacudir, pero en lugar de eso me cruzo de brazos y lo fulmino con la mirada.

—Hysan cree en mí.

La mandíbula de Mathias tiembla peligrosamente hasta que finalmente dispara:

—¿De verdad, Rho? ¡Si es solo un niño!

No le respondo nada.

Un niño. Hysan tiene mi edad, si es que no tiene un año o dos más. *Un niño. Un niño. Un niño.* Me repito la frase tantas veces en la cabeza que empieza a sonar como un mantra. En ese mantra se halla la verdad de cómo me ve Mathias. Me trata como su hermana menor, porque eso es lo que soy para él. *Una niña.*

La voz de Hysan corta el espacio muerto.

—Tal vez pueda convencer a tu... —Mira a Mathias como buscando la palabra adecuada— ¿...*Dama de Túnicas?*

Mathias le echa una mirada fulminante, y Hysan ordena un registro holográfico.

—*Nox* tiene sensores de psienergía que pueden detectar un ataque del Psi.

Mathias estudia la arcana columna de símbolos. Después de revisar el registro durante varios segundos, frunce el ceño.

—No estoy negando que haya habido una interferencia del Psi o que haya alguien que persiga a Rho. Solo creo que estamos echándole la culpa a la persona equivocada.

Echo a un lado mi irritación con Mathias. Hay algo más que me inquieta: cómo fue que logramos escapar. Al apagar la Efemeris nos sacamos de encima la forma de Ocus, pero ¿cómo hizo el velo para deshacerse del ataque del Psi dirigido a la nave?

—Tienes un escudo contra el Psi —suelto sin pensar, y me vuelvo hacia Hysan esperando su confirmación.

Asiente con la cabeza.

—¿*Cómo es*? —pregunto, asombrada.

—A *Nox* y a mí nos gusta inventar cosas —farfulla, y se distrae con algo que ve en las pantallas.

Sus ojos de tintes verdes y dorados empiezan a menguar, como si su atención estuviera literalmente desvaneciéndose del momento presente. Pero antes de que pueda insistirle a Hysan que siga con su explicación, Mathias interpone con tono de sospecha:

—Es muy inusual que un diplomático lleve un escudo tan especializado.

—Me gusta mi privacidad.

Hay algo terminante en la voz de Hysan que me hace dar por concluido el tema. Estoy contenta de saber que los tres estamos protegidos, pero Ofiucus podría usar un ataque del Psi para atacar a Virgo o a Géminis en cualquier momento, de cualquier forma, desde cualquier lugar. Este viaje me resulta cada vez más inútil.

—Tendré que convencer a las Casas de cortar toda comunicación a través del Psi… como sea. —Me quedo rumiando.

—Tu enemigo atacó nuestra nave porque quiere silenciarte —dice Hysan, frunciendo el ceño, intentando reunir las piezas como puede.

—Todavía podemos regresar —ofrece Mathias.

—No, no podemos. No si las Casas están en riesgo. —Si Mathias realmente me creyera, lo entendería.

—¿Qué Casas? —pregunta Hysan.

—Todas. Virgo y Géminis son las próximas.

Hysan escucha sin moverse, después gira y se dirige a la nave.

—*Nox*, fija un rumbo inmediato hacia Libra.

Mathias inmediatamente revoca la orden.

—Nuestro destino es Géminis.

—Mi deber es advertirle a mi propia Casa de esta amenaza —dice Hysan, enfrentándolo.

Mathias se yergue.

—¿Y Géminis no recibe advertencia?

En voz baja, digo:

—Hysan. —Y al escuchar su nombre, se vuelve y me mira—. Tenemos que advertirles a Géminis y a Virgo. Ellos están en peligro ahora mismo. Después de eso podemos ir a Libra, ¿de acuerdo?

Levanta el mentón y me doy cuenta de que su orgullo puede hacer que se oponga.

En lugar de eso, se inclina y hace una larga reverencia.

—Como tú lo desees, miladi.

15

Para dejarme tranquila, Hysan guarda mi ópalo negro y nuestros anillos en su caja fuerte. Incluso dejamos dentro mi Onda con la versión tutorial de la Efemeris, para estar completamente seguros.

Parece imposible, pero Ofiucus ha descubierto cómo doblegar la psienergía a su voluntad. Por eso debemos separarnos de todo lo que nos pueda anclar al Psi. Incluso consigo que Hysan y Mathias me prometan que evitarán enviar o recibir hologramas, al menos por ahora. Así que volamos a oscuras. Y ante la ausencia de novedades del mundo exterior, me invade una intensa preocupación.

Nuestra trayectoria en forma de zigzag durante el ataque nos alejó de Géminis, pero estamos regresando a toda velocidad, y la constelación ya aparece ante nosotros. Ni siquiera ahora me puedo olvidar de los ejercicios que me daba mamá sobre la Doble.

La Casa de Géminis tiene dos planetas colonizados. El más grande, Hydragyr, es una roca sin aire llena de cráteres, pero sus montañas son una fuente de raros minerales. El planeta más pequeño, Argyr, ha sido transformado para albergar un inmenso bosque. La lección más importante que mamá insistió en que aprendiera fue que Géminis es una casa que está dividida. Los ricos viven en esplendor sobre Argyr, mientras que la gran mayoría de geminianos trabajan en la minas de berilio en la profundidad de las montañas de Hydragyr.

Mathias está durmiendo una siesta en su camarote; él y Hysan se turnan ante el timón.

—¿Necesitas un descanso? —le pregunto a Hysan.

—No, pero me encantaría que me acompañaras.

Me siento a su lado y observo las pantallas. "Poderes cerebrales de *'Nox'*" despliega una letanía de configuraciones para el cerebro artificial de la nave; "Protección contra las sombras" enumera los diferentes velos posibles, incluidos los de tipo Psi.

—Él no te cree —dice Hysan, como si hubiéramos continuado con la conversación todo este tiempo.

—¿Mathias? —pregunto—. No. Ni ninguno de mis Asesores. En este momento, los únicos que me apoyan son mi mejor amiga, Nishiko, una sagitariana, y tú, un libriano. Los únicos a quienes no puedo convencer son a mi propia gente.

—Siempre se rechazan las verdades más cruciales antes de que sean aceptadas —dice, observando el espacio—. Es uno de nuestros principales defectos como seres humanos: la arrogancia. Somos altivos y nos atrevemos a suponer que lo sabemos todo, cuando el universo es imposible de conocer. —Las palabras suenan como si vinieran de un lugar más profundo que lo habitual. —Según mi experiencia, es mejor tener la mente abierta y juzgar sin prejuicios… cada vez que puedo.

Hay una invitación en la voz de Hysan a que lo conozca mejor… y cuanto más se abre, más quiero aprender acerca de él. Sé que debo mantener la guardia alta, al menos hasta que me revele más acerca de sí, pero es difícil mantener la distancia cuando, cada vez que lo tengo cerca, quiero que se acerque aún más.

—Qué típicamente libriano —digo, señalando el título de uno de los monitores—. Me gusta la actitud del lema *"la recuperación requiere revisión"* que adopta tu Casa.

—Siempre resulta agradable conocer a nuestros admiradores.

Los de Libra son conocidos por su búsqueda de la justicia, y creen que la educación es el mejor camino para lograrlo. Para recuperarse de cualquier golpe o superar cualquier desafío, recomiendan revisar toda la información de la cual se dispone y evaluar todas las opciones con las que se cuenta como un antídoto para las decisiones apresuradas y los actos impulsivos.

—¿Conoces este también? —pregunta.

Un holograma sale transmitido por el capullo dorado que se encuentra en el iris de Hysan. El texto que proyecta es una fábula infantil de Libra.

> Cuando las letras del alfabeto empezaron a desaparecer, se corrió la voz de que había un asesino entre sus filas. Se pusieron de acuerdo con que todas las letras que tuvieran un borde afilado serían sospechosas. Este acuerdo dejó afuera a la O, a quien se le pidió que fuera juez. Juzgó a todas las letras y, finalmente, acusó a la X, que tenía el aspecto más violento y la peor actitud de todo el resto de las letras. El verdadero asesino quedó libre.
>
> Fue el borrador.

Para los Libra, el villano de la historia es la O, porque juzgó sin conocer todos los hechos. A partir de esta fábula, los estudiantes deben enumerar todas las cosas que la O realizó como juez. Pueden decir que no investigó lo suficiente para determinar quiénes eran los sospechosos, o que no tuvo la suficiente amplitud como para tener en cuenta todas las posibilidades, o cualquier otra cosa que surja.

Lo importante no es la respuesta, sino que los niños librianos piensen en la mayor cantidad de factores posibles en una situación determinada, con la esperanza de ampliar su mirada e infundirles la objetividad como un valor desde chicos.

—O… de Ofiucus —dice Hysan, apagando el holograma—. Me pregunto por qué ha estado esperando el momento oportuno y por qué sale de las sombras ahora.

Sé que debería sentir alivio de que Hysan confíe en mí —y no hay duda de que estoy aliviada—, pero me resulta extraño que haya aceptado mi relato tan rápido comparado con las reacciones de todo el resto.

—¿Cómo llegaste a ser enviado diplomático a tan temprana edad? —pregunto.

—Qué curioso. —Por primera vez no sonríe—. No creía que serías el tipo de persona que me haría esa pregunta.

Sus ojos parecen oscurecerse durante los momentos en que está más presente, pero cuando su mente se nubla con otros pensamientos, como ahora, el color verde se destiñe hasta que el iris se vuelve tan difícil de distinguir como el aire. Volvemos a quedarnos en silencio, y advierto que el tema de la edad lo molesta aún más que a mí.

—¿Has estado antes en Géminis? —le pregunto, decidida de ahora a más a mantener la conversación en un tono ligero. Ya existe demasiada tensión sobre esta nave.

—Desafortunadamente —dice, con la mirada aún distante.

—¿Me puedes contar sobre sus Guardianes?

Asiente.

—*Nox*, muéstranos a los gemelos. —Un pequeño mapa holográfico de la doble constelación gira en el aire encima del timón—. Los dos Guardianes de Géminis son el hermano Caaseum y la hermana Rubidum, y tienen por lo menos tres siglos. Pero cuando los veas, vas a pensar que tienen tener doce años. Emplean procedimientos aberrantes para conservar la juventud.

—¿Tres siglos? ¿Cómo puede vivir alguien tanto tiempo? —Mi madre me contó sobre los gemelos, y en la Academia se habló de ellos, pero solo al pasar. Como toda Casa, Géminis guarda sus secretos celosamente, así que no comparten todos los detalles sobre sus descubrimientos más importantes.

—En los primeros tiempos, Géminis lideró el Zodíaco en el área de logros científicos y humanitarios —dice Hysan—. Imaginaron soluciones para todos los problemas e hicieron realidad muchas de estas soluciones. Luego su Casa descubrió la regeneración celular, y conservar la juventud se transformó en una obsesión geminiana. Muchos aristócratas lo hacen, pero pocos llegan al extremo de los gemelos. El costo está más allá de lo imaginable, como también lo es el dolor.

—¿Cuántos años pueden vivir así?

—El que más vivió llegó a los trescientos cincuenta años. Los Guardianes Geminianos deben de estar llegando a su fin.

La piel de gallina me eriza los brazos. Vivir tantos años como para ver la muerte de mi familia y de mis amigos me resulta deprimente y desolador. Tanto que ninguna otra compañía podría aliviar la pena.

Hysan echa un vistazo a los mensajes que parpadean sobre la pantalla "Protección contra las sombras". A medida que cliquea las entradas, le pregunto:

—¿Cómo diseñaste un escudo que repeliera la psienergía?

Sigue analizando los controles con mirada preocupada. Otra pantalla aparece con nuevos datos, y le habla en voz baja a su nave. A mí me dice:

—Estamos a punto de aterrizar. Será mejor que le avises a tu perro guardián.

—Es mi Asesor —digo a la defensiva.

Me entrega dos dispositivos metálicos.

—Toma estos collares. Hay uno para cada uno.

—¿Para qué son?

—Son velos para ocultarse; proyectan un espejismo de invisibilidad. Todos debemos usarlos al desembarcar hasta que estemos seguros de no correr peligro.

Antes que yo pueda hacer más preguntas, se vuelve e inicia una larga conversación con su nave, así que me abro paso hacia delante para llegar a la punta de la proa. Ante nosotros, el planeta geminiano más pequeño, Argyr, brilla como un melón verde. Cuando lleguemos, tendré que explicar mi teoría sobre Ofiucus una vez más, la teoría que Mathias no acepta.

Miro a través del vidrio: la eternidad negra y fría del espacio me entristece. Extraño el Planeta Azul.

—De lejos, todos los mundos son hermosos —dice Mathias, acercándose a mí.

El sonido de su voz musical sigue sacudiéndome el corazón, aunque ya no sé lo que siento por él. Si solo fuera el tipo con la mirada suave todo el tiempo, sería diferente. Pero no puedo reconciliar a la persona que juró su lealtad por la vida de su madre —que arriesgó su propia vida emprendiendo esta misión— con el Mathias que desconfía de mí.

—¿Qué son esos? —pregunta, señalando los delgados collares de metal.

Después de explicárselo, nos los ponemos.

—Toda esta tecnología para andar escondiéndonos —dice susurrando—. Tengo la sospecha de que tu Libra está metido en espionaje.

—¿*En espionaje?*

—Todas las Casas están involucradas en él —dice todavía susurrando, como si Hysan pudiera oírnos—. Hasta Cáncer tiene un servicio secreto.

—¿En serio? —Es difícil imaginar espías cancerianos. No sabemos mentir—. Pero bueno, ¿no estás contento de que esta nave esté oculta? —La pregunta suena como un desafío, y me doy cuenta de que estoy a la defensiva respecto de Hysan como lo estaba antes de Mathias.

—Por supuesto —dice, olvidándose de hablar en voz baja—. Si no hubiera... Si el escudo no hubiera repelido el ataque del Psi...

Se acerca aún más, y la mirada vulnerable de hace un rato se adueña de sus rasgos. Ver el cariño que siente por mí me acelera el corazón. Si solo confiara en mí del mismo modo, las cosas podrían ser diferentes.

Confianza... La palabra me recuerda que hay algo que todavía no le conté a Mathias. Y es hora de que confíe de lleno en él; después de todo, incluso sin creer, ha llegado hasta acá.

—Mathias, he arriesgado tu vida más de lo que imaginas al permitir que me acompañaras en este viaje. —Hago una pausa, y luego confieso—. No te conté antes, pero Ocus amenazó con matarme si hablaba de él. De hecho, si hacía exactamente lo que estoy haciendo ahora, advertir a los otros Guardianes, prácticamente me lo garantizó.

Mathias empalidece.

—¿Predijiste el ataque a esta nave? ¿Y elegiste emprender esta misión de todos modos?

—Para prevenir a las otras Casas —digo, asintiendo con la cabeza—. De otro modo, no estarán preparadas, como tampoco lo estuvimos nosotros.

La misteriosa expresión que se adueña de su rostro es como la que tenía cuando aprendí a dominar el anillo.

—Eres una canceriana más auténtica de lo que imaginé, Rho.

—Aunque es un elogio, su tono severo hace que suene como una crítica.

Crius y Agatha podrán no estar de acuerdo conmigo, pero dejaron de poner en tela de juicio mis aptitudes para ser Guardiana cuando pasé su examen. Algunas veces, siento que Mathias sigue evaluando mi candidatura.

—Lamento no haberte informado sobre los riesgos antes —digo.

Suspira, y la superficie de sus ojos azul medianoche se dulcifica.

—Tal vez no te hubiera creído.

La nave gira hacia la izquierda, y ambos nos abalanzamos hacia la barandilla. Hay un cambio en la atmósfera, como si acabáramos de atravesar una barrera invisible.

La gravedad real pesa más que la gravedad de imitación de la nave, y nuestros músculos se vuelven más pesados. Siento cada parte de mi cuerpo, como si con cada minuto que pasara estuviera más viva. Es la primera vez que aterrizo en un mundo alienígena.

—Entrando en órbita —anuncia Hysan desde el timón—. Cuando aterricemos, estén alertas… En este lugar nada es lo que parece.

16

Después de estudiar el terreno del planeta, Hysan decide atracar en un parque boscoso a las afueras de la ciudad capital. Nadie verá nuestra nave, dice, gracias al velo que nos encubre. Argyr es un frondoso planeta jardín con suficiente aire para respirar y una presión atmosférica adecuada, con lo que no vamos a necesitar nuestros trajes de compresión. También es lo suficientemente masivo como para ejercer un nivel razonable de gravedad.

Me visto con el traje Zodai que me hicieron Lola y Leyla, con las cuatro lunas plateadas en la manga. Antes de dejar la nave, Hysan activa nuestros collares velo. Los collares están en red, lo cual permite que podamos vernos entre nosotros, pero ante los demás somos invisibles.

Cuando la escotilla externa se abre, nos abraza un tibio baño de humedad, y lo primero que noto es el olor dulce del aire. Doy un paso sobre la tierra margosa. El canto de los pájaros resuena a través de un bosquecillo de enormes troncos de árboles. Nuestros árboles cancerianos son meros juncos comparados con estos gigantes.

—Vayamos rápido.

Hysan emprende la marcha a trote ligero. Es más liviano y delgado que Mathias y corre excepcionalmente rápido en sus botas de lujo. El bosque da paso a una pradera que forma un cinturón alrededor de la capital. Echamos a correr a toda velocidad en fila india a través de la hierba ligera, que nos llega a la altura de las rodillas y, cuando nos acercamos lo suficiente para ver los edificios, tengo que parar y proteger los ojos del sol.

Todas las superficies reverberan líneas de colores. Naranja, azul, verde, blanco, violeta, marrón: las franjas de color se arremolinan formando patrones sinuosos sobre los domos redondeados.

—Es como si la ciudad estuviera hecha de arcoíris —digo, repitiendo lo que le solía decir a mamá cuando me mostraba las imágenes.

—Es ágata —dice Hysan— que extraen de las minas de su otro planeta y transportan a un tremendo costo.

Mathias se ajusta un par de prismáticos livianos y escanea el este y el oeste. Sostiene ese dispositivo ovoide y plateado que podría ser un arma, y cuando volvemos a salir corriendo por el césped, se mantiene justo detrás de mí.

Los edificios tienen forma de esferas, con cúpulas caprichosas que se alzan por todos lados. Las ventanas se proyectan como burbujas, resplandeciendo bajo los rayos del sol. La ciudad no tiene muro ni defensas aparentes, y como somos invisibles es sencillo ingresar. Pienso en nuestras propias islas no fortificadas, y me pregunto cuántas veces Hysan, u otros viajeros velados como él, han deambulado ocultos por nuestras aldeas, espiándonos.

Con un escalofrío, miro el cielo. ¿Ya nos tendrá Ocus en la mira?

Hysan serpentea por los profundos recovecos de la ciudad, a través de un laberinto de senderos curvos, donde constantemente debemos esquivar a niños en patineta y aeroesquíes. Por mis lecciones, ya sabía que las personas de Géminis tienen los ojos color café y la piel de un bronce lustroso, que va del rosa salmón a un oscuro naranja intenso. Lo que no sabía era cuán bizarro sería caminar por un mundo invadido por los niños.

En los negocios y las residencias, logro atisbar a adultos trabajando como vendedores y sirvientes domésticos, pero las calles están llenas de niños, y sus trajes ajustados destellan con tramas metálicas de cobre, níquel y platino, con toques de azabache chispeante. Son tan andróginos que cuesta distinguir a las niñas de los niños.

Poco después llegamos a una gran plaza, de un blanco resplandeciente, donde cientos de pequeños geminianos vestidos con trajes intricados corretean por todos lados. Todos llevan gafas gruesas e interactúan con personas y cosas invisibles.

—Esta plaza es el Imaginarium de Géminis —a medida que Hysan lo explica, hago memoria—. La gente viene acá para interactuar con su propia imaginación. Cuando estás usando las gafas, cualquier cosa que puedas visualizar en tu mente se vuelve real... pero solo para ti.

Sus palabras despiertan mis recuerdos de Géminis hasta que siento que he desenterrado las lecciones de mamá desde lo más profundo.

—Hologramas que puedes tocar —digo, recordando la nemotecnia que me había inventado.

—La tecnología se extiende a lo largo de la plaza y solo funciona cuando se combina con esas gafas macizas. Mientras sientas el peso de las gafas en la nariz, sabes que todavía estás en el Imaginarium. Es la única manera de evitar volverte loco.

Suena como una medida de protección que cae bajo el lema *Confía solo en lo que puedas tocar*. Recorro con la mirada a las personas aniñadas y me doy cuenta de que no todas parecen estar disfrutándolo. Algunas están llorando, otras gritando, algunas están corriendo para escaparse de monstruos invisibles.

—La imaginación tiene dos caras —dice Hysan, captando el desvío de mi mirada.

—Todo tiene dos caras —digo yo. Pero quise decir *todos*. Tal vez me refería a Mathias. O a mí misma: después de todo, nunca pensé que mis emociones competirían por la misma persona. O que podría sentirme atraída por dos personas a la vez.

Mathias me mira con sus ojos índigo, llenos de preguntas. Me doy vuelta, escondiendo mis respuestas.

Hysan nos conduce en dirección a un edificio peculiar, distinto del resto. En lugar de una esfera, el edificio es negro mate en forma de cono, y se yergue hacia arriba para terminar en una punta filosa. Es el edificio más alto que hemos visto, así que debe de tratarse de la corte real de la Casa de Géminis.

Guardias Zodai, vestidos con los uniformes color naranja de Géminis, flanquean la entrada con espadas ceremoniales. Sus ojos logran lucir feroces a pesar de su estatura aniñada. Bajo nuestros velos, nos escurrimos a su lado, inadvertidos.

Adentro el hall es fresco, silencioso y tenuemente iluminado. Mathias se quita los prismáticos, pero retiene el arma plateada escondida a medias en la palma de la mano. Gira sobre sí mismo, atento a cualquier peligro, mientras Hysan avanza a pasos largos, como si fuera el dueño del lugar.

El cielorraso abovedado hace resonar nuestras pisadas, así que aminoramos la marcha y nos movemos sigilosamente. Subimos una escalera mecánica, después corremos a lo largo de un balcón, echando un vistazo a lo que hay detrás de varias puertas. Imágenes que representan aspectos y características de cada Casa llenan las paredes y el cielorraso de cada habitación. Están reproducidos con tal detalle que podría quedar fácilmente convencida de que este edificio contiene el Zodíaco real —y que detrás de estas puertas están nuestros muchos mundos.

Cuando miro dentro de la habitación que retrata a Cáncer, me muerdo el labio interior para no gritar. La línea del horizonte sobre el mar de Cáncer luce como siempre; nuestras lunas, como las cuatro perlas de un collar. El agua cristalina está rugiendo, y las ciudades vaina encienden el horizonte con sus relucientes edificios que caen en cascada y sus calles blanqueadas por el sol. Desde esta altura parecen nenúfares gigantes que mecen nuestras comunidades cancerianas en la palma de sus manos. No es fácil cerrarle la puerta a mi hogar.

—Ves por qué desprecio este lugar —Hysan sisea en voz baja mientras pasamos por más habitaciones llenas de niños que se entretienen con algún tipo de juego, arrumaco o pelea—. Estas personas son las familias destacadas de Géminis. Ni uno de ellos tiene menos de cien años, y sin embargo se comportan como niños que recién aprenden a caminar.

—Parecen creativos —digo. Después de todo, estamos en la tierra de la imaginación; nunca antes había visto algo así.

Un aroma denso flota en el aire, una fragancia seductora. Me marea… y me provoca somnolencia.

—No inhales muy profundo, miladi —dice Hysan, viendo el cambio en mi rostro por el rabillo del ojo—. Están usando drogas psicotrópicas.

Me pregunto cómo puedo hacer para evitar respirar.

—Y antes de que los defiendas —dice—, deberías ver a los mineros que pagan por todo esto. Solo los más ricos pueden darse el lujo de obtener la juventud y la imaginación. El resto de la población envejece y muere como el resto de nosotros, y pasa su vida en las minas, desenterrando los minerales que mantienen ricos a los ricos. Es aberrante.

Hysan tiene razón pero, para un libriano, no está siendo del todo justo. Las lecciones de mamá me enseñaron que la minería es el trabajo mejor pago en Géminis, así que las minas están mayormente pobladas por personas que un día se quieren retirar a esta ciudad y vivir como niños de nuevo. Existe un asentamiento apartado, en las cuevas del otro planeta de Géminis, lleno de personas que no están buscando una vida inhumanamente larga. Son seres humanos normales que usan su imaginación para construir ciudades increíbles dentro de la roca.

Nos escabullimos por otro corredor, donde la fragancia sopla a través de todas las puertas. Hysan se detiene en la entrada a un espléndido salón lleno de individuos centenarios echando risitas. Están despatarrados entre almohadones, mirando un espectáculo de títeres en un teatro tallado y ornamentado del tamaño de una casa de muñecas.

Pasamos al frente y nos paramos al lado del pequeño escenario, mirando al público desde nuestra invisibilidad.

—Ahí —susurra Hysan, apuntando bien al fondo, donde dos personas excepcionalmente hermosas están acomodadas juntas sobre un cojín de terciopelo azul. Tienen la piel pálida, como el interior de un melón, y el pelo cobrizo y enrulado. Se rodean con los brazos, apoyándose las mejillas. Pensaría que están enamorados, salvo que son idénticos.

—Esos son los gemelos.

17

Abrazados con cariño fraternal, los gemelos Guardianes de Géminis parecen tan angelicales que podrían ser querubines en un friso... salvo por sus ojos, que parecen dos túneles, tan profundos que no tienen fin.

El espectáculo de títeres termina o hay un intervalo, porque el titiritero pasa al lado nuestro corriendo. Todo el mundo aplaude.

—¿Cómo debemos presentarnos? —susurro.

Hysan dice:

—¿Qué te parece si enviamos un mensaje en el cual pedimos una audiencia, y después revelamos quiénes somos una vez que acepten...?

—Basta de trucos. —Mathias tira de su collar velo—. ¿Cómo me saco esta cosa?

—Perderemos la ventaja que tenemos —susurra Hysan.

Sacudo la cabeza.

—Mathias tiene razón. Vinimos para que confiaran en nosotros. ¿Qué pensarán si no confiamos en ellos?

Con un suspiro, Hysan da un comando en voz baja. Nuestros velos se apagan, y veinte pares de enormes ojos geminianos color café se vuelven hacia nosotros. Hay un instante de silencio y luego una serie de chillidos cuando algunos de ellos entran en pánico y otros se alejan asustados, como niños realmente atemorizados.

—Lo siento —digo débilmente desde el frente de la sala—. Nosotros... pedimos disculpas por nuestra súbita aparición, pero venimos como amigos.

Al instante, los gemelos se levantan de un salto de su cojín azul. Sus vestimentas metálicas arrojan destellos dorados, y sus rostros brillan con pintura de piel opalescente, el tipo de pintura que fabrica la familia de Deke.

—¡Bienvenidos!

Hablan al unísono, con un tonillo alegre.

—Qué encantador, Sagrada Madre Rhoma. Hemos estado aguardándote.

Me quedo paralizada.

—¿En serio?

Tras una señal, el resto de los pequeños geminianos desaparecen corriendo, entre susurros y risas. Tomados del brazo, los gemelos caminan bamboleándose hacia nosotros, con una enorme sonrisa en el rostro. Al intercambiar el saludo de la mano, uno de ellos, la chica, dice:

—Mi nombre es Rubidum, y este tipo apuesto es mi hermano, Caaseum.

Caaseum se eleva algunos centímetros en el aire y me besa la mano. Advierto que tiene puestas botas de levitación para realzar su altura.

—Rhoma Grace, qué privilegio debe de ser reinar sobre una Casa Cardinal. —Las Casas Cardinales marcan los cambios de estación, y cada una representa uno de los cuatro elementos de la tierra: Tierra, Aire, Fuego y Agua—. ¡Tenemos tantas preguntas para hacerte!

Los Gemelos nos hacen bajar del escenario y caminar hacia los cojines donde estaban sentados. Acercamos algunos más y nos sentamos todos. En cuanto estamos instalados, digo:

—He venido a advertirles…

—Acerca de un enemigo tan antiguo como el tiempo —dice Caaseum, asintiendo con afabilidad.

Confundida, mis cejas se contraen.

—¿Cómo lo saben?

—Buena Madre, ¡justamente esta mañana las estrellas mostraron un presagio! ¿Acaso no has estado consultándolas?

Mathias, Hysan y yo lo miramos en estado de shock. Las profundidades de sus ojos me resultan inquietantes.

—¿Quiere decir que lo han visto?

Caaseum cierra los ojos y se aprieta una mano sobre la frente con dramatismo, como un adivino de feria.

—He visto a alguien poderoso en el Psi desafiándote, alguien que emplea un arma sin tiempo. Es por ello que has venido, ¿no es cierto?

—Atacará su Casa empleando la Materia Oscura —les digo con firmeza.

—Asombroso. —Rubidum me dirige una sonrisa vivaz—. El almirante Crius dijo que vendrían a recaudar fondos de ayuda para los desastres, pero esto es mucho mejor. Cuéntanos más: me encanta tu acento.

Caaseum se inclina hacia mí.

—¿Trajiste tu piedra contigo?

—¿Mi piedra? —El cambio de tema me deja perpleja—. ¿Te refieres a mi ópalo negro? Lo dejamos en la nave.

—¿Ópalo negro? Fascinante. —Los ojos de Caaseum brillan aún más fuerte—. El presagio que vi estaba abierto a múltiples interpretaciones. Lo que describí es solo una explicación. Es posible que mi Efemeris no sea tan precisa como tu piedra. Debemos compararlas.

Abre la mano izquierda, y el dibujo sobre su palma comienza a brillar. La versión geminiana de una Onda es un Tatuaje. Cada uno es único —en aspecto y en función—, porque cada persona diseña y programa el suyo. Cuando surgen diminutas estrellas desde su palma, grito:

—¡No, por favor, no uses tu Efemeris!

—¿Que no use mi Efemeris? —Se queda mirándome—. Es como decirle a una nave-bala que no acelere.

—O decirle a un sagitariano que no haga preguntas —dice Rubidum con una carcajada—. Cierra la mano, hermano. Estás haciendo que nuestra joven amiga se sienta incómoda.

—Si insistes —Caaseum hace un ademán con la mano en alto y el brillo de su palma desaparece.

Parpadeo para despejarme la cabeza.

—Escuchen. Ofiucus atacó nuestro mundo con un ataque del Psi. Hizo que nuestras lunas colisionaran entre sí. Y la Casa de ustedes podría ser la próxima.

Cuando se echan hacia atrás y me miran, sobresaltados, me meto de lleno en la explicación, describiendo la Materia Oscura, el patrón de las estrellas y mis encuentros con Ocus. Luego les explico los presagios que vi para las Casas de Géminis y de Virgo.

—Necesitan construir refugios, pensar en un plan de evacuación. Ocus será impiadoso.

—¿*Ocus*? Perfecto. Esto podría ser una ópera. —Rubidum toma un pequeño instrumento musical y rápidamente se pone a tañer las cuerdas. El aire se llena de música—. Mis fuentes me dijeron que eras una gran cuentacuentos y no estaban equivocadas.

—¿Cuentos? —Tengo que hacer un esfuerzo para no gritar cuando digo—: ¡Veinte millones de mis compatriotas están muertos!

Rubidum toca más vigorosamente. Los dedos vuelan sobre las cuerdas.

—Quieres vengarte.

—Por supuesto —digo—. Pero primero me quiero asegurar que su pueblo esté a salvo.

—El asesinato y la venganza, un clásico. Puedo oír el tema musical en este momento.

—Basta, Rubi —dice su hermano—. Nuestra invitada está de duelo.

—Soy consciente de ello. —La música de Rubidum se vuelve más oscura, tormentosa, y sus ojos parecen ahuecarse como un par de cuevas insondables—. La venganza es un cuento de nunca acabar. Sigue y sigue para siempre, y nadie encuentra la paz. —Toca un pasaje de suaves notas descendientes—. Lo que le sucedió a tus lunas es triste, pero a medida que pase el tiempo, verás estos azares de la vida en perspectiva. Nadie escapa a los caprichos de la naturaleza.

—La naturaleza no tiene nada que ver con esto. —Deslizo la mirada de un gemelo al otro—. Ofiucus destruyó mi mundo y hará lo mismo con el suyo.

Caaseum se acerca unos centímetros hacia mí.

—Consultemos tu ópalo negro. Me han contado historias fascinantes acerca de sus poderes.

—De ahora en adelante, deben estar atentos a rastros anormalmente altos de psienergía —sigo adelante—. ¿Tienen un escudo psi?

—Jamás oí hablar de uno. —Caaseum inclina la cabeza—. Qué idea interesante. Un escudo metafísico…

—¿Cómo funcionaría? —pregunta Rubidum animada.

Echo una mirada de soslayo a Hysan, esperando que hable, pero me está observando con los ojos entornados. De pronto, esboza una sonrisa cordial y me ayuda a levantarme.

—Ha sido una visita encantadora, pero realmente nos tenemos que ir —les dice a los gemelos.

—Oh, no se vayan todavía —Rubidum se para de un salto—. Acaban de llegar.

—Y tengo mucho más para contarles acerca de su enemigo. —Caaseum se acerca a mí de un salto. Es increíblemente veloz—. Por favor, quédense.

Hago una pausa. Mi intuición me dice que escuche. Tal vez tenga información que nos sirva. Pero también debemos advertirle a Virgo lo más rápido posible, y ya hemos pasado demasiado tiempo aquí. Finalmente digo:

—Podemos quedarnos unos minutos más.

—Ah, el presagio es demasiado complejo como para explicarlo en unos pocos minutos. —Caaseum se lleva un dedo al mentón—. Tengo una idea. ¿Por qué no voy con ustedes, y conversamos sobre estas cuestiones en el camino?

Rubidum aprieta los labios.

—¿En serio, Caasy? ¿Otro viajecito?

—La Madre Rho y yo tenemos mucho de qué hablar, Rubi querida. —Caaseum se vuelve hacia mí, y cuando sus ojos se encuentran con los míos, no sé qué pensar de esta extraña criatura arcaica. Su rostro carece de arrugas y permanece atemporal, pero sus ojos tienen una siniestra ancianidad.

—Está bien —digo por fin—. Ven con nosotros.

Hysan y Mathias vuelven bruscamente los ojos a mí, alarmados, pero la mirada de Rubidum brilla.

—En ese caso, disfruten del viaje, hermano. Y trata de reprimir tus excentricidades. —Mientras el hermano y la hermana se abrazan y se dan besos en el aire, Hysan y Mathias me apartan a un lado.

Yo hablo primero, así que están obligados a escuchar.

—Sé lo que van a decir, pero esta es nuestra mejor opción. Nos ayuda a continuar nuestro viaje más rápido; consigo la información que Caaseum vio en su Efemeris, y les da a las personas de Géminis una última oportunidad. Puedo usar el tiempo de vuelo para convencer a Caaseum de que se tome en serio mi advertencia. Si me cree, puede enviar un mensaje a Rubidum cuando lleguemos a Virgo.

A la luz de mi explicación, ambos muchachos terminan cediendo.

—Es la única oportunidad que tiene Géminis —añado innecesariamente. Ya no se oponen a mí.

Cuando los hermanos se separan, Rubidum me toma las manos.

—Eres una contadora de historias con una imaginación muy vívida, Madre Rho, muy ingeniosa. Me has convencido totalmente. Espero que nos volvamos a encontrar. —Con esas palabras, levanta su instrumento de cuerdas y toca un vals festivo. Aparentemente, así se despide Rubidum.

Nos dirigimos al corredor, que ahora se encuentra atestado de geminianos curiosos. Sus rojizas cabelleras llenan el pasadizo, y suben y bajan tratando de vernos. Mientras zigzagueamos para avanzar en medio de la multitud, Caaseum me toma el codo.

—¿Dónde está tu nave? Haré que lleven un cajón con comida.

Del otro lado, Hysan me pone los labios cerca del oído.

—Hay algo taimado en su mirada.

Cuando Mathias echa un vistazo atrás y ve a Hysan susurrándome, su rostro se oscurece.

Los bellos muchachitos geminianos me empujan constantemente, tocándome la piel con sus suaves dedos curiosos. Abarrotan el pasaje, bloqueando nuestro camino, y el aire está tan espeso con su perfume dulzón de drogas que la cabeza me da vueltas... hasta que Mathias me levanta en sus brazos musculosos.

—¡Abran paso! —ruge, y la multitud se abre en dos. Mientras el pueblo geminiano da un paso atrás, murmurando y señalándome con el dedo, me lleva en brazos al otro lado del balcón para bajar la escalera mecánica hasta llegar al soleado Imaginarium. Aunque él realice todo el esfuerzo, soy yo la que me he quedado sin aliento.

Desafortunadamente, una multitud aún más grande se congrega en la plaza. Hysan nos alcanza y dice:

—Tendremos que activar los velos.

Mathias me apoya sobre el suelo.

—¿Dónde está Caaseum? —Me vuelvo para verlo marchando hacia nosotros, flanqueado por sus devotos súbditos. Cuando llega lo suficientemente cerca, le tomo la mano con fuerza—. Pase lo que pase, agárrate de mí.

Hysan activa nuestros velos. Al son de un grito colectivo que surge entre la multitud, Caaseum dice:

—¡Este sí que es un truco que quiero aprender!

Mathias me rodea con un brazo protector y avanza, empujando a la gente para que se haga a un lado y podamos pasar. Los geminianos se quejan y patean cuando sienten nuestros empujones, pero no nos pueden ver. Durante todo este tiempo, tomo con fuerza la muñeca de Caaseum, arrastrándolo como un juguete. Cuando advierte lo que sucede, lanza una carcajada de placer.

Para cuando hemos regresado a la nave, siento que hace muchos días que no duermo.

18

—Presentí un alma corrompida que te tiene en la mira. Esto puede tener muchos significados, pero de una cosa estoy seguro...

—Por favor, no me hagas seguir adivinando —digo, por décima vez. Caaseum juega conmigo de la misma forma que los niños juegan con la comida. Es exasperante.

—Me gustaría que me llamaras Caasy.

—De acuerdo... Caasy. ¿De qué estás seguro?

El Guardián geminiano y yo estamos en la cocina del *Equinox*, charlando con té caliente en viales de vidrio de por medio. Dejamos la Casa de Géminis hace una hora, y después de una pelea, en la que faltó poco para que Hysan y Mathias recurrieran a las artes marciales, estamos viajando a máxima velocidad hacia la Casa de Libra.

Tuvimos que ceder porque, después de todo, estamos en la nave de Hysan y está desesperado por alertar a su propia Casa. Al menos, confía en mi advertencia.

Me prometió que el desvío sería corto. A Caaseum —*Caasy*— no parece importarle adónde vamos. Lo considera todo una aventura. Mathias está refugiado en su camarote, meditando, y Hysan está al timón. Este es el primer momento que tengo a solas con Caasy.

—Querida Madre, dime de nuevo por qué no podemos usar tu ópalo negro. Creo que estás exagerando el riesgo.

—Solo confía en mí. Es una regla.

Solía odiar cuando la gente me decía cosas así. Pero Caasy sabe por qué estamos volando en la oscuridad. Ya le he explicado nuestra situación tres veces y, sin embargo, sigue volviendo a lo mismo. Al principio pensaba que verdaderamente le costaba comprender mis explicaciones, pero ahora creo que me está manipulando de más modos de los que advierto.

Al menos me prometió que no usaría su Tatuaje cuando se subiera a la nave, y como Hysan ha activado el escudo de psienergía, no podrá acceder al Psi aunque lo intente. Hasta ahora Caasy no lo ha notado. Espero que las cosas sigan así.

—Entonces, ¿de qué estás seguro? —pregunto una vez más, intentando evitar que mi impaciencia se cuele en mis palabras. Mordisquea una galleta dulce. Tiro hacia abajo de la capucha de felpa amarilla para taparme las orejas y simulo no querer abalanzarme y aplastarle la galleta en la cara.

Dejé mi traje espacial y el uniforme Zodai en el refrescador para que se lavaran antes de llegar a nuestra próxima parada. Mientras tanto, Hysan me prestó un uniforme libriano con capucha. Es suave como una manta, e incluso su género inteligente percibe mi temperatura corporal y se hace más grueso cuando tengo frío. Nunca había usado algo así.

Caasy toma un trago de té de su frasquito, y cuando ya se le han acabado las formas de dilatar el momento, dice:

—Has sido elegida, pero no por el que crees.

Frunzo el ceño.

—Es Ofiucus. Confía en mí. He descubierto quién es y quiere acallarme.

—Posiblemente. —Caasy bebe un sorbo de té—. Pero me da la impresión de que estás siendo engañada. Este engaño se cierne sobre ti con más fuerza que cualquier otra cosa. Si no es Ofiucus el que te engaña, entonces debes descubrir quién es. Hasta entonces, ese engaño nublará tu juicio.

Pienso en esta nueva pieza del rompecabezas, dándole vueltas y vueltas en la cabeza, como intentando encontrar la posición adecuada para que encaje con todo lo que ya conozco. Estoy siendo engañada: ¿por quién? ¿Es alguien cercano a mí?

Inmediatamente, los rostros de Mathias y de Hysan se me vienen a la mente. No creo que alguno de los dos pueda estar en contra de mí. Me han estado salvando la vida todo este tiempo. Fijo la mirada en el rostro del anciano vivaz que está delante de mí, y de pronto se me ocurre otra cosa. Ha estado divirtiéndose mucho a costa mía, ¿no será que Caasy esté llevando las cosas un poco lejos?

—No creo que me estén engañando —digo, decidida.

—Por supuesto que no, Madre. ¡Jamás lo creerías! ¡Así funcionan los mejores engaños! —Se ríe de su propio chiste. Y enseguida, viendo que mi buen humor se ha agotado con sus juegos, se inclina hacia mí y dice—: El engaño no tiene que ser tan siniestro como lo imaginas. Considera lo siguiente: tal vez estés siendo engañada pensando que Ocus es quien te persigue… cuando, de hecho, es otro quien mueve los hilos.

Con eso, Caasy se pone de pie. Los rulos le rebotan como resortes de cobre, y se le dibuja un hoyuelo en el mentón.

—Dentro de poco haremos nuestra catapulta, y no me lo perdería por nada. Cada vez que paso cerca de Helios, siento una recarga sensorial.

Sus palabras me recuerdan el rumbo que Hysan ha trazado para llevarnos de Géminis, la Tercera Casa, a la alejada Libra, la Séptima. Como estamos apurados, nos impulsaremos como una honda alrededor de nuestro sol galáctico y usaremos su gravedad para acelerar nuestra velocidad. Hysan dice que llegaremos lo más cerca posible sin prendernos fuego. Es inquietante… pero emocionante. Estoy deseando ver por primera vez a Helios de cerca.

Me quedo sentada por un rato, pensando en lo que dijo Caasy. No me gusta la idea de que haya alguien más poderoso que Ofiucus ahí afuera. Tal vez no sea ese el engaño.

Aunque tenga que preparar un montón de cosas, extraño mi hogar. Pisar suelo extranjero me hizo pensar en la última vez que estuve en Cáncer. Y como no puedo concentrarme en otra cosa, busco aquello que me acerca más a casa.

El *Equinox* es pequeño, así que no tengo que ir lejos.

—¿Mathias? —Toco sobre su puerta metálica y redonda—. ¿Podemos conversar?

Cuando la abre, tiene el torso desnudo y sostiene una banda elástica. Gotas de sudor le cuelgan del pelo, y el pecho se le hincha y deshincha como si estuviera haciendo ejercicio. Su cuerpo es tan suave y esculpido que pronto, en lugar de la nostalgia, comienzo a imaginar la textura de su piel bajo mis manos.

Cuando se pone su túnica azul canceriana, miro hacia arriba.

—Te puedo prestar la banda si quieres hacer algo de ejercicio —ofrece.

—Gracias, tal vez más tarde. —La forma en que ojea mi uniforme libriano me hace arrepentirme de habérmelo puesto.

Avanzo un poco más, dentro de su camarote, igual de estrecho y comprimido que el mío. Es color verde cromo, y hay un capullo para dormir, algunas cestas de almacenamiento y un escritorio que se pliega hacia abajo con bisagras. Pero a diferencia de mi camarote, el suyo es prolijo y está ordenado; no hay un solo objeto desparramado en el suelo.

—Caasy me acaba de decir lo que vio en las estrellas. Dice que de alguna manera estoy siendo engañada. Cree que hay alguien más moviendo los hilos de Ocus.

—¿Le crees? —Mathias guarda su banda elástica.

—No sé. No creo que haya estado mintiendo cuando lo dijo.

—Pues yo no confío en él. —Se gira y me mira de frente—. Y tampoco en Hysan. Aunque admito que no estaríamos vivos si no fuera por la nave del libriano.

—Claro… este lugar está empezando a sentirse como un refugio seguro. —Me apoyo de lado sobre la pared—. Solo me gustaría saber cómo funciona el escudo psi. Hysan no suelta la lengua.

Mathias toma un pequeño dispositivo de su cinturón y lo mueve barriéndolo, como si estuviera pasando un plumero por entre medio de telarañas. Cuando continúa con este comportamiento extraño, le pregunto:

—¿Qué estás haciendo?

—Chequeando si hay ojos y orejas.

—¿Quieres decir que Hysan podría estar espiando? —Echo una mirada alrededor para ver si hay cámaras, pero, por supuesto, estarían ocultas—. Bueno, como cancerianos no tenemos nada que ocultar. ¿No es cierto?

—Así es, no hacemos las cosas a escondidas. —Mathias le anuncia esto a las paredes, como si el camarote mismo estuviera escuchando, y me hace sonreír. A pesar de nuestros desacuerdos, su naturaleza canceriana me reconforta y me hace acordarme de nuestra gente en casa.

Nos dirigimos a la proa y encontramos tanto a Hysan como a Caasy plantados en la punta delantera, contemplando a Helios. La luz de nuestro sol titila a través del vidrio, y hace brillar todas las superficies que toca. A esta distancia, Helios ocupa prácticamente todo nuestro campo de visión, y aunque el vidrio se ha polarizado y oscurecido automáticamente para proteger nuestra vista, su luz es intensa. La superficie hierve como fuego líquido en tonos de violeta, carmesí, cobre y oro, con estallidos de blanco tan intensos que me hacen arder los ojos. Rodeando su horizonte, un halo escarlata resplandece como una corona sagrada, y acá y allá chorros de gases ardientes se expulsan hacia fuera como fuentes luminosas.

—Salve poderoso Helios, vientre del cielo —Mathias murmura el cántico Zodai y todos nos sumamos—. Hacedor de estrellas, dador de calor, umbral de la muerte hacia la luz. Preserva nuestras Casas ahora y en las edades que vengan.

Estudio los tres rostros embelesados a mi alrededor. Es fácil ver por qué Helios se ubica en el centro de todos nuestros textos sagrados. Los *Seddas*, de Libra. El geminiano *Libro de los Cambios*. Nuestro propio *Sagrado Canon*, claro. Hasta la famosa *Alianza* de ocho tomos, de Escorpio, la Casa más secular y científicamente avanzada del Zodíaco, habla del Todopoderoso Helios. Mucha gente cree que nuestro sol galáctico guarda el portal al paraíso, y al verlo entiendo por qué.

El más joven en apariencia, pero el más anciano de lejos, Caasy mira a Helios con adoración reverencial, como quien contempla una gran belleza desde lejos, sabiendo que nunca podrá tenerla.

Durante una hora nos quedamos reunidos en la proa de cristal. Ninguno parece querer moverse mientras se siga viendo el sol. Solo me relajo cuando el tránsito se completa y el *Equinox* se arroja como un rayo hacia Libra. Ahora el sol está detrás de nosotros, solo se ve por el pequeño marco cuadrado de la pantalla retrovisora del *Equinox*.

Hysan regresa al timón, y Caasy vuelve a la cocina de la nave en busca de algo para comer. Dice que la vista de Helios siempre le abre el apetito.

Mathias se me acerca.

—Nuestro rumbo está asegurado. Estaremos en Libra por la mañana.

—Pensé que era más lejos —digo, frotándome el cuello.

—Esta nave-bala cuenta con una bomba de fotones para viajar a hipervelocidad. Y gracias a la vuelta alrededor del sol, iremos incluso más rápido. —Echa un vistazo por encima del hombro a Hysan y después baja el volumen de la voz—. Este libriano definitivamente es poco confiable. Ha encriptado los controles de la nave y me ha bloqueado por completo.

—¿No estarás siendo un poco paranoico?

—Es un espía. Los espías no confían en nadie. —La mandíbula de Mathias se endurece—. El problema es que necesitamos que nos lleve volando a Virgo.

—Prometió que lo haría. Vayamos a hablarle.

Al acercarnos, Hysan levanta la mirada de sus pantallas, y sus ojos chispean, entretenidos. —Deberían saber que los estaba escuchando.

Mathias le dirige una mirada hosca.

—¿Micrófonos escondidos?

La sonrisa de centauro de Hysan le marca los hoyuelos en las mejillas.

—Muchas veces se pasa por alto la verdad por su sencillez. Esta cabina tiene una acústica excelente y yo tengo un oído excelente. No necesito micrófonos.

—¿Por qué encriptaste los controles? —pregunto.

—Miladi, te aseguro que no hay ninguna pretensión aviesa. Esta es mi nave y aquí soy el capitán. No me gusta tener que darle explicaciones a tu *Asesor*. —El modo en que pronuncia el cargo de Mathias deja en claro que tiene otra palabra en mente.

Antes de que Mathias le pueda discutir, digo:

—¿Pero nos llevarás a Virgo como prometiste?

Hysan deja sus pantallas y se me acerca. Mathias se tensiona, pero solo veo una chispa divertida en la expresión de Hysan. Está haciendo esto para molestar a Mathias.

—¿Me prometes que no me vas a interrogar sobre mi escudo psi?

Aprecio su franqueza, así que contesto con el mismo espíritu.

—De ninguna manera.

Hysan se echa a reír y su alegría es tan sincera que me relaja. De nuevo siento que la piel se me vuelve tibia en su presencia, como si irradiara esa alegría natural que lo desborda. Sé que probablemente se deba a su naturaleza libriana seductora, pero cada vez que tenemos una interacción ya estoy anticipando la siguiente.

Habiendo esquivado otra batalla entre los muchachos, me dirijo al baño para darme una ducha ultravioleta, y después me vuelvo a cambiar a la túnica de felpa amarilla. Estoy tan exhausta que me quedo dormida y me pierdo la comida. Cuando me despierto, todos menos Mathias están durmiendo. Está delante de la nave, habiendo descubierto uno de sus secretos por accidente.

Resulta que el timón del *Equinox* tiene una corona de enseñanza libriana. Había oído hablar de ellas, pero nunca había visto una: solo se instalan en naves equipadas para viajes de larga distancia. Los librianos las tienen por la misma razón que tienen un Escáner incrustado en los ojos: creen que cuando dejan su casa, lo más importante para empacar y llevar consigo es su conocimiento.

Mathias descubrió que podemos acceder a él pronunciando la palabra *Tomo*. Apenas la activa, el timón proyecta un anillo parpadeante horizontal de luz lavanda. Se despliega más o menos a la altura de la cabeza y tiene dos metros de diámetro, así que los dos podemos pararnos dentro.

Le hacemos una serie de preguntas sobre la psienergía, pero mayormente arroja cosas que Mathias ya me ha enseñado. Ninguna de sus respuestas nos ayuda a formular teorías sobre cómo fue posible el ataque del Psi a la nave... o a las lunas. Así que después de un rato, intento otra cosa.

—Tomo —digo bajo el haz de luz de la corona—, ¿cómo funciona un escudo psi?

Esta es la primera vez que la corona no tiene respuesta. Su voz etérea responde:

—Datos insuficientes.

—¿Hysan Dax es un espía? —pregunta Mathias.

—Datos insuficientes.

—¿El libriano está censurando lo que nos dices? —gruñe.

—Datos insuficientes.

Me aparto del círculo de luz.

—Mathias, apaga esa cosa.

—Probemos con una pregunta más neutral —dice—. Tomo, ¿quiénes son los expertos más reconocidos en el Psi?

—Muy buena. —Me meto adentro una vez más y veo cómo la respuesta se materializa dentro del anillo color lavanda. Tomo despliega una imagen miniatura en 3D de una escalera caracol resplandeciente con forma de doble hélice. En sus peldaños están paradas siete figuras brillantes. Parecen minúsculos seres celestiales sobre una escalera, y sus nombres brillan sobre cada una de sus cabezas.

En el peldaño superior, claro, está parada la emperatriz Moira, de Virgo, la maestra psi más experta del Zodíaco. La imagen parada en el peldaño justo debajo de ella es demasiado familiar. Es nuestra propia Madre Orígene. Me muerdo el labio.

—La lista está desactualizada.

Cuando Mathias ve a Orígene, aspira el aire por los dientes. Como miembro de la Guardia Real, probablemente la conocía mejor que nadie. Llevada por un impulso, estiro el brazo y le acaricio el suyo.

—Debes extrañar nuestro hogar tanto como yo —digo, a medio camino entre una pregunta y una afirmación.

Mira hacia la escalera de académicos otra vez.

—Lo honorable es alertar a las otras Casas... pero por cada hora que viajamos a hipervelocidad, pasan dos horas en Cáncer.

—Odio no saber qué está pasando allá.

—Yo también. —Abre el cierre de su bolsillo y saca su antiguo astralador. El nácar lanza destellos bajo la luz fantasmal. Después de un rato, lo aprieta en mi mano—. Quiero que tengas esto.

Salto hacia atrás como si me estuviera ofreciendo un arma.

—No podría aceptarlo. Mathias, esto era de tu hermana. Nunca podría privarte de él.

—Es tradición que un mentor Zodai le dé a su alumno un regalo cuando ha dominado sus estudios. Decir que has "dominado tus estudios" es quedarse corto cuando se trata de ti. Se te ha dado demasiada responsabilidad... y has actuado increíblemente bien. —Toma mi mano, sus ojos brillan bajo la luz color lavanda—. El regalo es tradicionalmente una Efemeris, pero eso tendrá que esperar hasta que lleguemos a casa. Por ahora, significa mucho para mí que aceptes esto.

—Mathias —susurro, con dolor en el pecho—, gracias, pero es demasiado.

Me coloca el dispositivo en la mano y me cierra los dedos alrededor, como pétalos de flores que protegen el polen que está dentro.

—Este astralador ha estado en mi familia por generaciones. Se ha vuelto un amuleto de la buena suerte. Mi hermana mayor me lo dio cuando me convertí en Zodai.

Un leve pliegue se forma entre sus cejas, y aparta la mano, dejando el astralador en la mía.

—Todos tenemos nuestras preocupaciones, Rho... pero tú y yo no podemos sucumbir al dolor personal.

Comprendiendo lo que dice, tomo el astralador.

—Has hablado como un verdadero Zodai —susurro.

Cuando lo deslizo dentro de mi bolsillo, me prometo a mí misma que solo voy a tenerlo por un rato. Si Mathias se siente mejor sabiendo que yo lo tengo, lo guardaré por ahora. Pero se lo devolveré cuando lleguemos a casa.

Se peina el cabello con los largos dedos. Su expresión muestra preocupación, como nunca la he advertido hasta ahora.

—Un enemigo de la Decimotercera Casa —dice, como si estuviera considerando mis palabras por primera vez—. Todavía suena irracional, pero el ataque del Psi sobre la nave fue real. Está ocurriendo algo que no puedo explicar.

—No estás solo.

—He estado intentando atar cabos, pero nada encaja.

Por un instante, cada uno se pierde en sus propios pensamientos. Me pregunto si estoy fallando al preocuparme tanto por mi familia y por mis amigos. Mi trabajo es proteger a todo el pueblo canceriano, pero mi cerebro no funciona bien con números grandes. Funciona bien con caras. Nombres. Recuerdos.

Cuando me preocupo por mi mundo, no imagino a millones de personas desconocidas. Veo una Casa de madres, padres, hermanos, hermanas, amigos. Papá, Stanton, Deke, Kai, Leyla, Lola... esos son los rostros que veo.

—Tomo, dinos algo acerca del Guardián de Libra —dice Mathias. La luz de la corona de enseñanza se descompone en un arcoíris, e imágenes de un hombre de cabello blanco y ojos fríos empiezan a materializarse. Oigo un sonido detrás de mí y al girar veo a Hysan.

—Creo que nos han descubierto —le susurro a Mathias.

—Veo que han conocido a Tomo.

Mathias gira hacia Hysan.

—¿Algún problema?

—Si lo fuera, no habrían tenido acceso a él, te lo aseguro.

Acá vamos.

—Hysan, fue mi idea —digo, esperando evitar otra disputa—. Solo quería prepararme un poco antes de conocer a tu Guardián.

—Miladi, Lord Neith estará encantado. Vine a contarte que Libra ya está a la vista. Estaremos aterrizando pronto.

Me apuro hacia el frente, a la proa, para ver la constelación de las Escalas de la Justicia. Como estamos viajando a hipervelocidad, las estrellas más cercanas pasan como hilos de luz, y solo las más alejadas parecen estar suspendidas inmóviles en el espacio. Los próximos minutos me aferro a la barandilla, observando a la Casa de Libra cada vez más grande y cerca.

Poco después, estamos dentro, en lo profundo de la constelación, y el único planeta habitado de Libra, Citera, brilla como una bola suave de terciopelo de un amarillo limón, idéntico al de la túnica que tengo puesta. Remolinos de humo y vórtices perforan pequeños hoyos en la superficie de la esfera.

Citera está cubierta por nubes tan densas como la fibra de vidrio, compuestas de carbono negro y un ácido sulfúrico amarillento. Se trata de nubes sucias, asfixiantes. Ejercen presión sobre el planeta que yace debajo con un peso demoledor y aprisionan cada *joule* de calor. La temperatura de la superficie es brutal. Las tormentas ácidas pueden pulverizar montañas enteras en una sola noche.

Por eso los librianos viven en ciudades suspendidas en el aire. Ahora estamos lo suficientemente cerca para ver las comunidades flotando en lo más alto de las nubes como burbujas plateadas. Debe de haber cientos de ellas. Algunas parecen gigantes, mientras que otras son muy pequeñas y flotan pausadamente sobre corrientes apacibles en la atmósfera superior. De vez en cuando, dos de ellas chocan una contra otra, y después se separan con un rebote suave. Sus movimientos son fluidos, como una danza hipnótica. Como las órbitas de las bolas de luz en la Efemeris.

Libra es una de las Casas más ricas de la galaxia. El constante flujo de magma volcánico de Citera produce las gemas industriales más puras del Zodíaco. Además, los librianos cosechan sus gases atmosféricos y los refinan para obtener un valioso combustible de alta calidad y plexinas.

Sigo mirando hasta que entramos en la atmósfera y nuevamente siento que los pies se me hunden aún más en la cubierta y los huesos deben soportar más el peso de mi carne. Qué agradable sentir otra vez todo el peso de mi cuerpo.

Mathias dice que la corte del Lord Neith tiene un aire de "jerarquía eclesiástica", muy formal y protocolar, y que sería un grave desacierto que la Guardiana de Cáncer apareciera en un uniforme libriano. Sé por qué lo está diciendo, así que vuelvo a mi cuarto a cambiarme y me pongo el traje Zodai azul. El refrescador ha terminado su trabajo, y la tela está crujiente y fresca. Me lo pongo encima, y con los dedos recorro las lunas bordadas en la manga. Extraño a las hermanas.

Chequeo mi imagen en el espejo y trato de ponerme el maquillaje como lo hace Leyla. No estoy ni cerca de manejar todos los efectos que usa, pero al menos oscurezco las ojeras debajo de los ojos. Añado un poco de delineador y algo de labial. Después suelto mi cola de caballo y me rocío el cabello con una de esas lociones para suavizar los rulos que los alargan y los vuelven lustrosos.

Cuando regreso a la proa, Caasy sigue durmiendo, y descendemos ahora a toda velocidad hacia la burbuja más grande que está a la vista, la ciudad de Eolo. La esfera contiene aire respirable; resulta mucho más liviano que la densa atmósfera del planeta. Cada esfera está anclada al fondo con lastre para evitar que se dé vuelta, y hay varios niveles de pisos dentro de la esfera que están orientados hacia la superficie del planeta. El nivel más alto recibe la mayor cantidad de luz solar, y por ello alberga las granjas corporativas de la ciudad. Los niveles más bajos reciclan aire, agua y residuos.

—¿Les gusta? —pregunta Hysan—. Nuestra capital aérea es una de las Cuatro Maravillas del Zodíaco.

—Es increíble —digo—. ¿Está hecha de cristal?

—En realidad, es cerámica. —Se me acerca, y por primera vez le noto el aroma a cedro en el cabello—. Nanocarbono transparente fusionado con sílice: es extremadamente duro. Está diseñado para soportar nuestra atmósfera sulfurosa.

Mathias se coloca entre nosotros.

—Un globo de aire caliente. Muy conveniente.

Hysan parece estar a punto de decir algo, pero cuando advierte el gesto de incomodidad en mi rostro, se queda callado. Los propulsores del *Equinox* disparan, y planeamos a baja altura sobre la superficie de Eolo. De cerca, su membrana protectora es brillante como un espejo y está salpicada con miles de aberturas. Aeronaves de todos los tamaños y colores circulan, aterrizan y despegan. Hysan se inclina sobre mí y dice:

—La plataforma de aterrizaje está por ahí, y eso es...

—¿Por qué seguimos velados? —espeta Mathias—. ¿Acaso no eres bienvenido en tu propia casa?

Hysan le dirige una mirada condescendiente a Mathias.

—¿Crees que voy a atraer un ataque del Psi a mi mundo?

Me echan un vistazo y después apartan la mirada. El estómago me da un vuelco.

—Sí, ya sé. Soy un blanco andante.

Cuanto más bajo planeamos, más denso se vuelve el enjambre de tráfico, y el *Equinox* esquiva una maraña de vibrocópteros, naves planeadoras y pulsorreactores. La nave gira inclinándose para entrar en un embarcadero y se detiene, invisible para todas las miradas salvo para las nuestras. Despierto a Caasy, y nuevamente Hysan insiste en que nos pongamos nuestros collares antes de desembarcar.

Desde adentro de la translúcida piel de Eolo, las nubes que la rodean cobran un aspecto verde y lanudo. A esta distancia de la superficie del planeta, la gravedad se vuelve menos densa. Las paredes y los techos están hechos de una cerámica de vidrio lisa, y los pisos están cubiertos con suaves y acolchadas baldosas de plexiespuma. El efecto que produce todo el lugar es una sensación liviana, etérea —un maravilloso cambio comparado con la estrecha nave-bala. Los corredores, sin embargo, están poblados por librianos vestidos de todos los colores del plumaje de pájaros tropicales.

Hemos aterrizado cerca de una gran zona comercial, y los consumidores caminan de prisa con bolsas de malla y estrellas doradas en los ojos. Los muros retumban con vívidas proyecciones, para promocionar cestos que rebalsan con frutas, licores gourmet y productos horneados. Flechas luminosas señalan el camino hacia regalos para anfitrionas, proveedores de comida, floristas y planificadores de eventos; y anuncios holográficos revolotean entre la multitud, lanzando anuncios de nueva mercadería festiva sobre todo el mundo, minuto a minuto.

Hysan parece henchirse de orgullo al observar todo el movimiento.

—Olvidé que es viernes. Todo el mundo está planeando cenas para el fin de semana. Acá la hospitalidad es un deporte que llevamos en la sangre.

Caasy ojea una vidriera con sombreros de plumas.

—Supongo que no podremos probarnos nada…

—No hay tiempo —susurro, ya en movimiento.

Caasy se entretiene por un instante, acariciando los sombreros, y después se apura detrás de nosotros. La cola para entrar a los tubos transportadores, más que una fila ordenada, es una densa masa de cuerpos, pero como somos invisibles seguimos el ejemplo de Hysan y nos metemos a los empujones. Viendo cómo se mueve, empiezo a sospechar que no es la primera vez que entra en la ciudad sin ser visto.

Se abre camino a los codazos entre los compradores, y aunque va en contra de mi naturaleza, debo hacer lo mismo para alcanzarlo. Lo último que quiero es perderlo de vista en medio de esta muchedumbre. Mathias permanece justo atrás, pero me preocupa el pequeño Caasy… hasta que me acuerdo de que ha estado ocupándose de sí mismo por más de tres siglos.

Hysan nos lleva a un área cercada señalada como *Partidas*, donde un montón de personas están paradas, esperando tomar un Aleteador. Nos metemos apretujados entre ellas y miramos hacia arriba: una bandada de tubos transparentes, cada uno con un par de alas gigantes de insecto que aletean, desciende sobre nosotros.

Cuando un Aleteador se acerca lo suficiente, Hysan nos muestra cómo levantar los brazos y tomarnos de los aros de plexina sobre la cabeza. Caasy es demasiado bajo, así que se cuelga del cinturón de Mathias.

Como nadie nos puede ver, hay varios que intentan tomarse de nuestros aros. Cuando un hombre corpulento me pisa los pies, lo pellizco para que se mueva. Hysan me descubre y se descostilla de risa.

—Qué violenta eres…

—Por supuesto, así que cuídate —digo, sonriendo.

De pronto, los Aleteadores vuelven a ascender, y el miedo y la excitación se apoderan de mí al darme cuenta de que no hay suelo debajo de nosotros, tan solo aire. Siento una fría ráfaga de viento que nos pasa al lado zumbando, al tiempo que el tubo remonta vuelo hacia el centro de la ciudad. El Aleteador en sí apenas se ve, así que siento como si estuviéramos volando sobre un céfiro.

Al mirar a mi alrededor, me doy cuenta de que aquí todos son rubios, más allá de que sean naturales o no —rubio amarillo, rubio platinado, rubio de un gris plateado veteado con dorado. Los ojos les resplandecen en tonos de verde, gris y cuarzo, como los de Lord Neith, y una estrella dorada adorna el costado inferior de cada iris derecho. Llevan una variedad de modas, pero parecen preferir los colores primarios —los rojos, amarillos y azules.

Caasy tironea de la manga de Hysan para atraer su atención.

—Siempre he querido presenciar cómo lee las estrellas Lord Neith. Después de todo, las Casas Cardinales tienen Efemeris espectaculares, y como Libra representa el Aire, el suyo debe ser extraordinario. ¿Le pedirás que nos demuestre su gran habilidad?

Hysan frunce el ceño.

—No tendremos tiempo para eso.

Caasy parece realmente molesto.

Tres personas sueltan sus aros y descienden del cielo. Echo un alarido y me abalanzo para tratar de apresar al más cercano, pero Hysan me grita:

—¡No lo hagas… están bien, Rho!

Trato de preguntarle a dónde fueron, pero el aire que azota el tubo se ha vuelto muy ruidoso —y ahora estamos cruzando Eolo a una velocidad tremenda. En una zona residencial, pasamos torres de departamentos chatos y circulares, que se apilan unos sobre otros como platillos de porcelana. De repente, doblamos en una esquina, y después descendemos pasando un grueso deck de cerámica dentro de una zona industrial llena de tanques, caños y humo blanco de vapor. Al descender pasamos rápidamente por más capas: fábricas, distritos de oficinas, teatros, acueductos. Los tubos transparentes baten sus alas de insecto cruzando todas las zonas, llevando pasajeros apurados que descienden como ráfagas a sus destinos. La velocidad con que alternan los paisajes me marea un poco.

—Tu Centro te estabiliza —me susurra Mathias al oído.

Cierro los ojos y pienso en papá y en Stanton en Kalymnos, reconstruyendo nuestra cabaña de caracoles y arena. La imagen de ambos a salvo, uno al lado del otro, rodeados por el azul del mar de Cáncer, genera lo que Mathias dijo que provocaría. Salvo que, desde el ataque a nuestras lunas, mi muro protector ha empezado a fallar, y los malos pensamientos se cuelan junto con los buenos.

Veo una vez más el rostro atemorizado de Crius cuando tuvo que interrumpir la reunión con las Matriarcas para anunciar una emergencia. Después pienso en la advertencia urgente de la Casa de Piscis y en la sensación que tuve cuando me enfrenté a la Efemeris y sentí la proximidad de más tormentas… y de la guerra.

—¡Ya casi llegamos! —grita Hysan, y abro los ojos. Debajo de nosotros, la corte real de la Casa de Libra se encuentra al lado del parlamento en el corazón de la ciudad: un conjunto de torres puntiagudas que parecen dientes filosos.

—¡Suéltense ahora! —grita.

—¿*Qué?* —pregunto con estupor, mirando espantada cómo Hysan suelta el aro de plexina. Cuando veo que Mathias hace lo mismo, yo también lo suelto.

La caída empieza rápido, haciendo que mi estómago se me dispare hasta la garganta. A seis metros del suelo, empezamos a desacelerar, y abro los ojos. Los cuatro estamos cayendo despacio, los cuerpos se mecen como plumas. Aterrizamos en un área cercada, marcada con la palabra *Arribos*.

—Nuestra sede de gobierno —dice Hysan, señalando los grandes edificios a nuestro alrededor.

Debo apoyarme contra una pared para recuperar el aliento. El tubo atestado de gente me ha dejado una sensación revuelta, y uno de mis bolsillos del costado se ha roto por la mitad en la multitud. Por lo menos hay pocas personas en este centro de transporte.

La brisa susurra por entre los árboles de plexina con forma de helecho, y el agua cae goteando por una cascada curva de plexina. En el otro extremo, guardias Zodai en uniformes amarillo limón están parados, atentos, flanqueando un par de rejas altas y acanaladas que conducen a uno de los edificios de gobierno.

Se mueven ligeramente y entrecierran los ojos cuando pasamos, pero no pueden vernos cuando entramos en puntas de pie. La entrada arqueada tiene tres pisos de altura, y la antesala está atestada de cortesanos con barbas rubias, vestidos como Hysan, con prendas lujosas y elegantes.

—*Velos apagados* —murmura Hysan.

Nos materializamos como por arte de magia, pero los pocos cortesanos que nos ven no parecen impresionarse en absoluto. Comparados a estos cosmopolitas de pelo rubio platinado y trajes de corte sofisticado, Mathias y yo debemos de lucir como campesinos. No obstante, Hysan parece un pez volviendo a su cardumen de pertenencia —aun si es, por lejos, el cortesano más joven. Lo observo mientras entra a un puesto de información y le habla a una oficial que trabaja frente a una pantalla inteligente.

Regresa unos momentos después con una sonrisa radiante. La expresión de la oficial se avinagra cuando lo ve apretándome el brazo.

—Nos han concedido una audiencia.

19

Caasy patea el suelo furioso.

—¿Concedido? *Helios, por favor...* Cuando los Guardianes de dos Casas vienen a verte juntos el mismo día, más vale que tu delegado esté en la puerta de entrada para recibirnos.

Siempre diplomático, Hysan finge no oír.

—Por aquí. —Lo seguimos entre cortesanos apiñados que murmuran. Parece que se acaban de enterar de quiénes somos y nos miran fijo, así que me tapo el bolsillo roto.

Hysan nos conduce a través de una larga galería de porcelanas decorativas y vidrio soplado. Por encima, un mural con incrustaciones de piedras preciosas representa el Zodíaco de nuestra galaxia, y me inclino hacia atrás para ubicar la Cuarta Casa. El planeta Cáncer está diseñado como un mosaico de turmalina y lapislázuli, rodeado por cuatro lunas de ópalo. Cómo me gustaría seguir mirando, pero Hysan ya se encuentra prácticamente del otro lado del hall.

Al fin entramos en la última habitación del pasadizo. Se trata de un lugar oscuro y silencioso, y un grupo de dignatarios vestidos con suntuosas ropas se encuentran sentados en asientos de pana roja frente a un escenario sobre el que solo hay un enorme cubo blanco. El cubo tiene cerca de cinco metros de altura, y sus lados son lisos y brillantes. Tal vez sea algún tipo de pantalla de múltiples lados.

Hysan nos dirige a la primera fila, y a medida que pasamos oímos el susurro de las túnicas que portan los dignatarios. No aparto la mirada del cubo: se encuentra completamente inmóvil.

Hysan se inclina sobre mí y dice:

—Necesito presentar mi informe. No tardaré.

—¿Puedes enviar un mensaje a Cáncer? —susurro.

Sacude la cabeza.

—Sabes que no sería seguro enviar un mensaje público.

—Al menos, intenta conseguir las últimas noticias —digo.

—Claro. Solo demoraré un minuto. —Se inclina ante los otros cortesanos y sale rápido.

Pasan diez minutos. Luego otros diez. No puedo dejar de moverme en mi asiento, echando vistazos a mi alrededor, preguntándome cuánto falta para el próximo ataque. Esta demora es totalmente inoportuna. Tenemos que advertirle a Virgo.

—Esto es increíble —farfulla Caasy—. ¿Qué pasó con la famosa hospitalidad libriana? Yo estaba esperando pájaros que cantan y monos bailarines. ¡Un refrigerio de alondras fritas, al menos!

Jamás conocí a alguien que se pusiera tan de mal humor por saltearse el desayuno. Mathias cierra los ojos para meditar —una respuesta sensata ante la espera forzosa. Solo quisiera poder sentir esa calma. El cubo blanco me está comenzando a aburrir… tanto que comienzo a desvariar creyendo que se mueve…

Hasta que de verdad comienza a hacerlo.

Lo que creí que era vidrio blanco macizo parece ser un truco de la luz. Se agita y revela una trama jaspeada de colores iridiscentes, y ahora el cubo parece un bloque de líquido ondulante. Los dignatarios reaccionan al tiempo que las luces de la sala se disuelven y quedamos a oscuras. El cubo brilla más fuerte. A través del paño fluido que tiene delante sale una figura majestuosa, enfundada en una túnica blanca con capucha.

Es más alta que cualquier persona que haya conocido jamás, y cuando la capucha cae hacia atrás, tiene una piel dorada impoluta, enmarcada por cabello blanco corto. Detrás de él, el cubo cambia del dorado al violeta, al rojo, al cromo, al verde esmeralda y al azul cerúleo. La luz cambiante forma un halo prismático alrededor de Lord Neith.

Tengo que acordarme de cerrar la boca.

—Qué pomposo —susurra Mathias. Caasy suelta una risita divertida.

Neith levanta las manos para darnos la bienvenida. Su rostro permanece serio y sus pálidos ojos brillan.

—Distinguidos huéspedes, nos honran con su presencia. —El profundo y sonoro barítono de su voz me inquieta.

Caasy está de pie. Se inclina hacia delante balanceando el cuerpo.

—Lord Neith, es un placer volver a verlo.

—Y a ti también, gemelo Caaseum. ¿A qué estrellas debo agradecer esta grata visita?

Mientras Caasy conversa con Lord Neith, Mathias me da un empujoncito en la rodilla.

—Creo que todo esto es humo y espejismos. No nos están tomando en serio.

—Veré si puedo tocarlo —le susurro a mi vez.

Cuando Lord Neith vuelve finalmente su mirada a mí, me pongo de pie y me acerco, estirando el brazo para hacer el saludo de la mano.

—Honorable Guardián, soy Rho Grace, de Cáncer.

Solo tras una breve pausa, se inclina para rozar las puntas de los dedos contra los míos. Su mano está tibia, y las venas azules se traslucen bajo su piel. Cuando nos tocamos, sus ojos de cuarzo se suavizan apenas, y me pregunto si me he conectado de algún modo con este Guardián extranjero.

—¿Y? —me pregunta al oído Mathias cuando vuelvo a mi lugar.

—Carne y hueso.

Mathias no parece estar convencido.

—Sagrada Madre —dice Lord Neith con voz vibrante—, hemos contemplado las noticias de tu planeta con gran dolor. —Cuando hace una pausa, me sorprende el grado de sincera compasión que se advierte en su rostro, un contraste notable con su expresión severa—. Los habitantes de Libra se conduelen contigo.

Me levanto.

—Gracias, Lord Neith. —Comienzo con mi historia, para prevenirlo del antiguo líder de la Decimotercera Casa. Los dignatarios que están cerca de nosotros cambian de posición inquietos cuando me escuchan describir de qué manera la Materia Oscura ciñó a Virgo y Géminis—. Ya ha hecho pedazos nuestras lunas. Creo que también es el responsable de los desastres naturales del último año y volverá a atacar pronto. Deben prepararse para lo peor.

Cuando termino, Lord Neith se acerca a mí, y alcanzo a oler el fuerte tufillo a lociones perfumadas que se ponen todos los librianos que van y vienen por la ciudad. Protegen la piel de los rayos de Helios, que son más fuertes acá dados los pesados gases atmosféricos de Libra.

—Agradecemos tu preocupación, Madre Rho, pero contamos con nuestros propios Zodai, que no han visto motivo alguno de alarma. Y ahora, ¿me permites ofrecerte la hospitalidad de nuestra corte?

El modo agradable con que me rechaza me deja pasmada.

—Por favor, créanme —insisto—. Tienen que estar preparados. Sonríe.

—Tu colega ya ha compartido esta historia conmigo.

—¿Te refieres a Hysan?

Lord Neith se detiene un instante, y espero que no esté accediendo al Psi.

—Una adolescente llamado Nishiko ha enviado muchos mensajes. Es tu representante, ¿no es cierto?

Nishi. El sonido de su nombre es como una descarga de adrenalina, y siento que vuelvo a vivir con un propósito.

Nishi no se ha rendido. Está haciendo lo que le pedí. Ahora debo cumplir con mi parte: hacer lo que sea para convencer a los Guardianes de que me crean.

—Admiramos tus buenas intenciones —dice Neith—, pero el mito de Ofiucus es una hermosa obra de arte. Y acá, en Libra, lidiamos con hechos concretos.

Detrás de mí, los dignatarios suspiran, aparentemente aliviados, así que giro en mi asiento para quedar frente a ellos.

—Por favor, escuchen. El arma psi es real. Su propio enviado conoce la verdad. Hysan Dax: pregúntenle.

—Hysan Dax —repite Lord Neith, y los dignatarios se ríen nerviosos—. A Hysan le encanta gastar bromas. Es útil, pero muy inexperto.

Cuando las risitas se apagan, dos guardias Zodai entran por las puertas del fondo, y Lord Neith levanta las manos.

—Nuevamente, gracias por tu visita. Mis guardias te acompañarán al salón de banquetes, donde muchos miembros de mi corte están ansiosos por saludarte.

Aprieto los puños. ¿Eso es todo? ¿Vinimos hasta acá para que el pomposo de Lord Neith nos despachara así como así? ¿Y dónde está Hysan?

—No podemos quedarnos —digo—. Tenemos que prevenir a Virgo.

—Muy bien. Les ruego que vuelvan. —Con una reverencia, da un paso atrás e ingresa en el cubo, tras lo cual la líquida superficie se cierra sobre él.

Me vuelvo y salgo dando fuertes pisadas. Estoy demasiado enojada para mostrar buenos modales. Seguramente, he quebrado alguna regla grave del protocolo oficial, pero no me importa. Mathias y Caasy me siguen, flanqueados por los guardias. Caasy dice:

—No me importaría probar las alondras fritas. Es un plato típico de la Casa de Libra. ¿Las has probado alguna vez?

Mathias me toca la espalda.

—Vayamos al banquete.

—¿Lo dices en serio? No tenemos tiempo para una cena formal.

Me mira, apenas inclinando la cabeza, y tengo la impresión de que esto no tiene nada que ver con el protocolo. Se trae algo entre manos.

—Está bien —les digo a los guardias—. Supongo que, después de todo, sí tenemos hambre. Por favor condúzcanos al banquete.

20

Nuestras pisadas retumban al tiempo que seguimos al guardia libriano, escoltándonos por otro amplio corredor que brilla con baldosas de plexiespuma. Nos dirigimos al salón de banquetes, aunque no me puedo imaginar por qué. Mathias echa una mirada hacia atrás, y yo también. Los dignatarios no nos han seguido —estamos solos con Caasy y los dos guardias.

Cruzo la mirada con Mathias y noto que está sujetando su arma plateada. Me lanza una sutil señal con los ojos. Parece indicarme que me quede un poco atrás.

Aminoro el paso, y cuando ya he dejado un poco de distancia con los guardias, se mueve como un rayo. Le dispara a un guardia primero y después gira para dispararle al otro. Su arma descarga un arco de electricidad y me doy cuenta de que es un táser. Los guardias se desploman, inconscientes, y Caasy echa un alarido.

—¿Qué Helios has hecho? —pregunta.

—No están heridos. Se reanimarán pronto. —Mathias echa un vistazo alrededor y escucha con atención, pero cuando no aparece nadie, dice—: Aquí hay algo que no me huele bien, y quiero investigar un poco. Tú y Rho pueden ir a la cena.

Cuadro los hombros.

—Olvida la cena. Voy contigo.

Caasy se eleva en el aire con sus botas de levitación y balbucea:

—No voy a participar de esto. Estamos abusando de la hospitalidad de esta Casa.

—Entonces disfruta de tu comida, Guardián —dice Mathias—. Te buscaremos cuando sea hora de partir.

—¡Bah! —Caasy pivotea sobre su tacón levitado y se marcha como un niño indignado.

Mathias me toma la mano, y echamos a correr hacia el lado de donde acabamos de venir. Cuando oímos pisadas, me toma con fuerza y me acerca hacia él para meterme en un rincón.

—Nuestros collares —le digo—. ¿Deberíamos velarnos?

Mathias me presiona aún más adentro, hacia las sombras, y está tan cerca que puedo sentirle el latido del corazón a través de su túnica. O tal vez es el mío.

—Somos cancerianos —dice—. No usamos el engaño.

Esta distinción me resulta un poco irónica dado que nos estamos escabullendo por todos lados como un par de ladrones, pero no discuto. Estoy disfrutando demasiado de estar cerca de él.

Varios cortesanos pasan a nuestro lado sin notarlo, y después nos escurrimos por un pasillo e irrumpimos en la sala en la que habíamos estado antes. Ahora está desierta, la luz tenue. Sobre el escenario, el cubo blanco parece inerte, como un bloque de sal.

Mathias se lleva un dedo a los labios y después desprende de su cinto una antorcha láser del tamaño de un pulgar. El rayo de luz crea destellos sobre la superficie blanca del cubo. Las paredes parecen ser de vidrio sólido, pero cuando las tocamos, nuestras manos las traspasan.

Mathias se gira hacia mí con cejas arqueadas. Luego da un paso a través de la pared y desaparece. Veo cómo se propagan las ondas en la superficie por un segundo. Después lo sigo.

Adentro, el cubo es mucho más grande de lo que aparenta y está vacío. Mathias hace brillar su antorcha por las paredes vidriadas, lanzando pequeños arcoíris por todos lados. Roza los dedos sobre un lado del cubo, y sigo su ejemplo. Ahora parece sólido, y me pregunto cómo saldremos. Cuando lo golpeo con el nudillo, resuena como si fuera de vidrio. Mathias se inclina para examinar el suelo, y pregunto:

—¿Qué estamos buscando?

—Humo y espejismos —susurra, agachándose para deslizar la mano sobre una unión—. *Ja.*

Con su antorcha, ilumina un panel en el piso. Está tan bien escondido que yo nunca lo hubiera descubierto. Saca una especie de herramienta de su cinto, y cuando aprieta un botón, se despliegan una docena de cuchillas. Utiliza una para hacer palanca y abrir el panel. Un rayo de luz brillante se dispara hacia arriba desde abajo.

Escuchamos un sonido, y la luz se apaga. Mathias hace girar el panel para abrirlo más y desciende a la oscuridad. Yo me muevo con cuidado detrás de él y caigo sobre un piso duro y resbaladizo. Cuando me pongo de pie, Mathias ilumina el espacio con su antorcha láser, y a la primera persona que veo es a Lord Neith.

Está durmiendo debajo de una hilera de luces que ahora se encuentran apagadas. El cuerpo largo y dorado está estirado sobre una mesa que nos llega a la cintura, y hay algo extraño alrededor de la nariz. Nos paramos más cerca.

La nariz del Guardián está abierta hacia arriba como si se tratara de una tapa con bisagra. Revela un triángulo de plexina transparente por debajo, salpicada con pedacitos de un metal radiante.

—¿Qué...?

—Shh. Es una máquina.

Mathias baja la intensidad de su antorcha láser. Parece que hemos ingresado a una especie de taller. Hay un banco de pantallas inteligentes inactivas, estantes con dispositivos exóticos y una decena de pequeñas herramientas desperdigadas en toda superficie. La luz débil de la antorcha, que retoza sobre los muros de la sala, recoge el destello de dos ojos verdes.

—*Despierta.*

La sala de pronto se inunda de una luz suave, al tiempo que las pantallas empiezan a animarse con parpadeos y los dispositivos comienzan a zumbar. Hysan da un paso al frente.

—Así que han descubierto mi secreto.

Ha cambiado su traje de cortesano por un overol gris de trabajador que muestra los músculos de su esbelta figura, y sostiene algo que parece un estilete. Todo lo que hay en la habitación está hecho de acero inoxidable y está impecable, incluso las herramientas esparcidas por todos lados.

Mathias le toca la piel a Neith con la punta de los dedos, y la cara se le retuerce con asco.

—Kartex.

Hysan irradia orgullo.

—Bastante realista, ¿no les parece?

—¿Por qué un androide posa como el Guardián de Libra? —exige saber Mathias—. ¿Qué estás ocultando?

—Mathias, no tienes ningún derecho a interrogarme en mi propia Casa. —Hysan da un paso y se acerca aún más, los ojos le destellan con autoridad—. Pero como la querida Rho está aquí, te lo diré. No me gusta vivir en la corte, así que Neith ocupa mi lugar.

Mathias echa chispas por los ojos.

—¿Estás insinuando que *tú* eres el Guardián de Libra?

Hysan nos dedica una profunda reverencia.

—En carne y hueso. —Su mirada se dispara hacia mí—. Esta vez, literalmente.

21

Me quedo mirando fijo a Hysan. No tengo idea de cómo reaccionar.

Por algún motivo, lo primero que se me cruza por la cabeza es el Tabú. Ha estado en vigor desde el Eje Trinario, y es prácticamente la única regla que tienen que seguir los Guardianes. Se nos prohíbe tener citas —o amar, o casarnos, o siquiera besarnos— entre nosotros.

Sacudo la cabeza, como si temiera que alguien me leyera los pensamientos. Ni siquiera sé por qué estoy pensando en salir con un muchacho en este momento.

—Uso a Neith porque no puedo quedar atado a nada —dice Hysan, mirándome como si su explicación estuviera dirigida solo a mí—. Soy un viajero nato. Debo de haber tenido un ancestro sagitariano.

—Un espía nato —mascula Mathias—. Ese androide ni siquiera se parece a ti.

—Por supuesto que no. Tenía once años cuando me nombraron Guardián. ¿Crees que un niño podría hacerse respetar alguna vez?

Once años.

Yo he sido Guardiana apenas dos semanas, y parece que ya ha transcurrido un año de mi vida. Pero Hysan ha estado haciendo esto durante *seis años.* Mis ojos se encuentran con los suyos, e intercambiamos una mirada de soledad que nadie más en el Zodíaco podría comprender.

Nadie más es adolescente y Guardián a la vez.

—¿Cuántas personas saben de este embuste? —pregunta Mathias. Sigue dirigiéndose a él con un tono de voz autoritario, a pesar de que técnicamente estamos dirigiéndonos al Guardián de Libra en su propia casa.

—Cómo disfrutas interrogándome, canceriano.

Por segunda vez, vislumbro la contracara del buen humor de Hysan; la oscuridad debajo de su luz.

—¿Cómo lo lograste? —pregunto, para desviar la atención de Hysan del duelo de miradas que libra con Mathias.

—En Libra, nuestros Guardianes predicen sus propias muertes. Durante el último año de su vida, leen las estrellas para encontrar a su sucesor. La identidad del nuevo Guardián se mantiene en secreto hasta que el Guardián actual fallece.

Recuerdo esto de mis lecciones con mamá. La idea de saber el día de la propia muerte siempre me pareció una cuestión fría y antinatural. Ahora siento que la mía podría suceder en cualquier momento.

—Cuando mi predecesor, Lord Vaz, me eligió para sucederlo, comprendió que nadie confiaría en un niño. Por eso él y yo construimos a Neith en secreto. Cuando llegó el momento de nombrar al nuevo Guardián, anunció el nombre de Neith. En nuestro gobierno, todo el mundo me conoce como el enviado diplomático que, de casualidad, es un pariente lejano de Lord Neith.

Mathias hace un gesto de desprecio.

—Esto es un escándalo. Engañas a tu propia gente.

La expresión de Hysan se endurece cuando se vuelve a él:

—Mi gente es rica y está satisfecha. No se quejan.

—¿Por qué tu androide dijo que no me creía? —pregunto.

—Lo hice pensando en el jurado. —Al ver la confusión de Mathias, Hysan explica—: Las reuniones con nuestro Guardián exigen que esté presente un jurado de por lo menos una docena de asesores y de senadores de la ciudad, para que no tome decisiones apresuradas. —Se inclina sobre el robot y le vuelve a colocar la nariz en su lugar con suavidad—. Sabía que no darían su consentimiento, así que reprogramé a Neith para que comenzara a resguardar a mi pueblo de ataques del Psi. Activará los velos de nuestra Casa, para que protejan nuestras ciudades del Psi cada vez que nuestros sensores capten elevados indicios de psienergía.

—Así que por eso insististe en venir primero a Libra —dice Mathias.

—Por supuesto. Mi prioridad es mi pueblo. Jamás bromeo acerca de ello. —Hysan cruza la habitación y abre una puerta secreta—. Rho, déjame que te muestre algo.

Mathias se interpone entre nosotros, pero lo esquivo para echar un vistazo dentro de una habitación secreta. Lo que veo me deja estupefacta.

Se trata de un espacio hexagonal, y las seis paredes están cubiertas por ojos artificiales de vidrio de diferentes formas y tamaños; cada uno tiene iris de cuarzo como Neith. Da la sensación de que están vivos por la intensidad con que rastrillan la mirada de un lado a otro. Todos miran fijo una enorme Efemeris holográfica, que rota lentamente en el centro de la habitación.

—¡Apágala! —grito, retrayéndome hacia atrás.

Hysan susurra un código, y la Efemeris desaparece al instante.

—No está conectada —explica.

Todos los ojos se vuelven hacia mí. Es una de las cosas más escalofriantes que he visto en la vida. Mathias aparece a mi lado; luce tan espantado como me siento yo.

—Esta es mi sala de lectura —dice Hysan—. Mi talento para leer las estrellas no es igual al tuyo, Rho. Dependo de la tecnología.

A pesar de todos los ojos que me observan, jamás he sentido los ojos verdes de Hysan con tanta intensidad.

—Haré lo que sea para defender mi Casa.

Habiendo conocido por fin al verdadero Hysan, no lo dudo ni un instante. Doy un paso para entrar en la habitación hexagonal, y los enormes iris vidriosos me siguen.

—Esto es bastante extraño —admito—. ¿Cómo funciona?

Esboza su sonrisa torcida y luego se inclina para ajustar con ternura uno de los ojos.

—Cada uno de estos *oculi* es un cibercerebro. Recopilan y analizan datos de las estrellas, y luego transmiten la información a cada una de nuestras ciudades. También están comunicados con los cerebros de Neith y *Nox*. —Hace un ademán para abarcar toda la habitación—. Tres mil seiscientos cerebros que trabajan sin descanso. Procesamiento paralelo a gran escala. Sus hallazgos son mucho más objetivos y exhaustivos que los de una subjetiva mente humana.

Por el entusiasmo en su voz, tengo la impresión de que la tecnología debe ser su hábitat natural. Podría ser tan escorpio como libriano.

Por otro lado, siempre me pareció que las líneas divisorias entre nosotros eran borrosas, incluso de niña. Por ejemplo, los librianos valoran la justicia y la buscan a través de la educación, que es, básicamente, la difusión de conocimiento. El conocimiento es un valor capricorniano, y sin embargo los librianos han hecho que el conocimiento sea necesario para alcanzar la justicia. Hysan solo está yendo un poco más allá empleando la tecnología para acumular información.

—¿Un astrólogo artificial? —pregunto. Me parece genial—. ¿Lo inventaste tú mismo?

Él se encoge de hombros. Es la primera vez que no se muestra ávido de un elogio.

—Se me ocurrió el concepto general cuando tenía nueve años y lo presenté en el Simposio Anual de Búsqueda de la Justicia. Es cuando todos los ciudadanos librianos, de cualquier edad, pueden presentar una nueva idea —un sistema, una invención, un procedimiento— que promueva o mejore nuestra búsqueda de la justicia. Es el motivo por el cual me eligió Lord Vaz.

Nos dirige otra risita rápida y se vuelven a ver sus hoyuelos.

—Eso y, por supuesto, mi consumada naturaleza libriana.

—¿Pudo este invento haber previsto la tragedia en nuestra Casa? —pregunta Mathias—. ¿Anticipó el ataque a tu nave?

La alegría de Hysan se desvanece.

—No... no lo hizo. No sé bien por qué.

—Entonces, después de todo, no es tan preciso. —Mathias frunce el ceño y sale a grandes zancadas del cuarto hexagonal.

—Tal vez no pueda ver a través de la Materia Oscura —sugiero.

Hysan mira fijo los globos oculares, como si estuviera absorto en sus pensamientos. Su cuerpo se queda tan quieto y su expresión tan intensa que casi puedo sentir cómo su mente brillante revisa las hipótesis y los cálculos. Me acerco a él.

—Hysan, nos tienes que contar sobre tu escudo psi. ¿Puedes proteger a las otras Casas?

—Ven. —Me conduce de regreso a su taller, donde levanta un vaso de precipitación con un líquido azulado. Con un par de tenazas, raspa unos pedazos de sedimento rugoso del fondo y los deja caer en un platillo poco profundo—. Te estoy haciendo un regalo, Rho. Lamento no haberlo terminado aún.

Me muestra el contenido del platillo: alrededor de media docena de diminutas cuentas redondas. Al inclinar el platillo, brillan con la luz del arcoíris.

—Son cuentas de cristobalita. Aún siguen creciendo.

—¿Qué son? —pregunto.

—Todavía, nada… pero pronto, tal vez una pulsera, o lo que tú quieras.

—¿Estás hablando en serio? —Lo miro con el ceño fruncido—. ¿Qué te parece una máquina del tiempo?

Sacude la cabeza con tristeza.

—Te lo explicaré después. Primero tenemos que aprender más sobre el arma psi. Cuando lleguemos a Virgo, consultaremos a la emperatriz Moira, y luego te prometo que haré mi parte.

—De acuerdo. Entonces vamos ahora.

Se inclina.

—Como desees, miladi.

***

El vuelo a Virgo lleva todo un día a hipervelocidad, y se respira la tensión dentro de la nave. Mathias y Hysan están atrapados en una guerra fría, y Caasy, que ya se aburrió de mí porque no le quise mostrar el ópalo negro, lo único que hace es provocarlos.

Cuando estábamos en Libra, intenté convencer a Caasy de que fuera a Géminis y protegiera a su Casa, pero seguía sin creer que hubiera un motivo para entrar en pánico. Cuando descubrió que no podía usar su Efemeris en la nave, se puso furioso. Ahora, su único pasatiempo es interferir con los muchachos.

Y cocinar. Resulta que es un buen chef. Me gustaría tener más hambre, pero no puedo dejar de preocuparme. Chequeamos las noticias antes de dejar la corte de Hysan, pero los comentadores solo hablaban de un nuevo ataque de piratas en el espacio. Asaltantes armados secuestraron una flota de fragatas taurinas y raptaron a todos los miembros de la tripulación. Nadie conoce el motivo.

La única buena noticia es que Hysan bajó el holograma que Nishi les envió a todas las Casas. Estoy sentada a la mesa de la cocina, sola, proyectando el mensaje desde un pequeño dispositivo que Hysan me ha dado.

El comienzo parece una grabación de los Diamantes Ahogados, cuando interpretamos nuestra canción más popular en el campus, *A través del Zodíaco*. Pero después de escuchar algunos segundos, tengo que rebobinarlo para estar segura de lo que estoy oyendo.

Las imágenes provienen, sin duda, de una presentación que dimos hace unos meses en la Universidad. Fue nuestro primer concierto pago… Dos instructores Zodai se estaban casando y nos contrataron para tocar. Pero la letra de la canción no es la misma.

Cuando el Zodíaco era nuevo
Había una decimotercera estrella
El primero entre nosotros lo sabía
Pero con el tiempo nos fuimos olvidando

Ahora la serpiente ha retornado
Y debemos encontrar un modo
De alejar su presencia fuera
O permanecerá por siempre entre nosotros

Cuando llega al coro, Nishi canta a todo pulmón mi nombre, y me tapo la cara con las manos, aunque no haya nadie más conmigo.

Confíen en la Guardiana Rho
Es nuestra mayor esperanza
Hará que Ocus se vaya
Se olvidará de sus planes

No puedo creer lo que ha hecho Nishi.

Como siempre, es audaz y brillante. Solo me hubiera gustado que no le dijera al Zodíaco que soy su mejor esperanza. Lo único que he hecho es enviar una señal de alarma. Eso no ha conseguido que Ocus se fuera… Solo está ocasionando un montón de ruido.

Observo la proyección un par de veces más. La nueva letra de la canción es bastante pegadiza. Después de un rato, me siento reanimada, y entro en el Tomo de la nave. Debe de haber algo acá sobre Ofiucus, tal vez en los archivos más antiguos.

Una hora más tarde, casi todo lo que encuentro dice lo mismo. Que nuestros primeros ancestros creían que el núcleo del sol contenía un portal a un universo espejo, al que llamaban Empíreo. Según los rollos antiguos, el portal al Empíreo estaba maldito. Si alguno intentaba pasar por él, los dos universos colapsarían y se aniquilarían mutuamente.

Para evitar un colapso catastrófico, los Guardianes originales sellaron el portal después de que hubieran pasado las últimas personas de la tierra. Hay evidencia de que nuestros ancestros colonizaron Aries primero, antes de extenderse a las otras once Casas. A lo largo del milenio, el portal pasó a formar parte de la nebulosa de la leyenda, y de ahí viene la tradición canceriana de enterrar a los muertos lanzando ceremonialmente el cuerpo al sol.

No hay mención alguna de la Decimotercera Casa. Paso velozmente por otro texto sobre los conflictos en el Zodíaco. En su mayor parte, es la misma vieja historia sobre el Eje Trinario. Un milenio atrás tres Casas formaron una conspiración y desencadenaron una guerra de cien años que afectó a toda la galaxia. Se perpetraron atrocidades despiadadas en uno y otro lado, demasiado horribles para ser imaginadas.

Desde entonces, el Zodíaco ha vivido en paz, y cada Casa ha desarrollado sus propios sistemas y tradiciones. En lugar de proteger un portal mítico, nuestros Guardianes ahora se concentran en leer las estrellas para mejorar la gestión de sus mundos y promover el comercio. Regreso a la cocina y vuelvo a escuchar la canción.

Cuando Caasy entra para picar algo, aprieto el botón de apagado con tanta fuerza que golpeo el dispositivo sobre la mesa, como si estuviera matando una mosca.

Invento una excusa para irme, y al marcharme, oigo claramente a Caasy canturrear.

—*Confíen en la Guardiana Rho... Es nuestra mayor esperanza...*

No vuelvo a poner la canción.

***

A la mañana siguiente, me despierto ansiosa por conocer a Moira. Mientras me pongo mi traje Zodai y me arreglo el pelo, trato de pensar en un modo más convincente de transmitir mi aviso. Hasta ahora, he tenido poco éxito.

Moira es emperatriz además de Guardiana. Gobierna todo Virgo. Me resulta antinatural, porque nosotros los cancerianos le damos gran valor al consenso, pero es amada en Virgo e incluso entre las otras Casas. Es una de las Zodai más venerables del Zodíaco.

La dictadura de Moira es benévola. Es una monarca pasiva, que permite a su pueblo vigilarse a sí mismo y solo interfiere cuando se le presentan casos para su consideración.

Dadas sus naturalezas controladoras, los virginianos hallan imposible someterse a la autoridad de otra persona. Así que Moira asegura que todo hogar tenga acceso a comida, agua, vivienda y educación, pero permite que su pueblo tome sus propias decisiones sobre todos los demás aspectos de sus vidas. Solo tiene dos mandatos: todo el mundo debe contribuir en cierta medida a cultivar cereales, y ningún virginiano interferirá con la búsqueda de felicidad de otro.

Estoy parada en frente del espejo, ajustando el bolsillo roto de mi traje para que no se vea, cuando alguien toca a la puerta de mi compartimiento.

—Su gentilhombre de compañía, miladi.

Una sonrisa me curva las comisuras de la boca, y al extender la mano hacia la puerta, alcanzo a ver mi expresión en el espejo. Me sorprendo tanto por el rubor repentino en mis mejillas y el brillo de mis ojos que hago una pausa… Me resulta extraño que una persona que acabo de conocer me pueda cambiar tanto, desde mi estado anímico hasta mi aspecto físico.

Cuando abro la puerta, Hysan me mira de arriba abajo, y el capullo dorado en el ojo lanza un destello de luz.

—¿Me sacaste una foto recién?

—Un recuerdo de tu belleza —dice al tiempo que entra en el camarote.

Por dentro, me burbujean emociones encontradas. Los sentimientos se entrechocan como ciudades librianas, rebotando a través de mi cuerpo y confundiendo mis pensamientos. Me doy vuelta para mirarlo:

—A veces haces que me cueste mucho verte como un Guardián.

Se para más cerca que lo habitual, y me doy cuenta de que así, en un sencillo mameluco gris, es como más me gusta. Lo distingue de los miembros estirados de su corte.

—Pero soy el perfecto libriano—dice, contando cada palabra con los dedos—: cordial, elegante, no violento, y, por supuesto, dotado de una enorme… *inteligencia*.

Ambos estallamos en carcajadas por la vergüenza y apartamos la mirada. Jamás he conocido a nadie como él. Tal vez sea una afirmación estúpida, porque jamás he conocido a otro libriano… pero tengo la sensación de que no son todos como él. La prueba está en que lo hayan hecho Guardián a los once años.

—¿Qué hacen tus padres? —pregunto.

—Soy huérfano. Jamás conocí a mis padres.

Tardo un instante en reaccionar a la noticia. En Cáncer las Matriarcas se aseguran de que todos los niños tengan un hogar. Crecer sin padres sería terrible, pero haber sido nombrado Guardián a los once años y obligado al mismo tiempo a ocultarse detrás de un androide, todo sin apoyo familiar... Ni siquiera puedo imaginar qué tipo de niñez pudo haber sido.

—Lo siento —murmuro, y extiendo la mano instintivamente para tocarle el brazo. En el instante en que nuestra piel entra en contacto, me sacude una corriente eléctrica y aparto la mano rápidamente.

—Qué dulce eres, miladi. —Hysan se inclina unos grados microscópicos más—. Realmente no fue tan deprimente como parece. Me crió el robot de nuestra casa, Miss Trii.

Como siempre, no estoy segura del grado de seriedad de lo que me dice.

—¿Miss Trii?

Su mirada se desenfoca, como si estuviera contemplando los recuerdos a la distancia.

—Me causaba un pavor terrible... hasta que descubrí cómo desarmarla. Una vez que realicé la ingeniería inversa de su procesador central, la vida se tornó muy apacible.

Reprimo la risa.

—*Nox*, Neith, Miss Trii... ¿Has tenido alguna vez amigos humanos?

Baja la voz y se pone serio.

—Solo tú.

El deseo de reírme desaparece al tiempo que un impulso aún más fuerte sofoca nuestra conversación. Sus ojos recorren mi rostro, y carraspeo.

—¿So...somos amigos?

—Espero que sí —dice con suavidad, mirando mis labios—. Me odiaría si hubiera hecho algo para alejarte de mí.

Está tan cerca que sus ojos color verde hoja alternativamente se arremolinan como el aire y se endurecen como piedras. Todavía no sé qué pensar de él.

—Dime por qué realmente viniste a mi ceremonia de investidura.

Sus ojos dejan mi boca y suben para encontrarse con los míos.

—Supongo que quería una amiga —dice. Adquiere una expresión diferente, una que no reconozco—. Es difícil ser empujado a cumplir un rol que te define antes que hayas tenido la oportunidad de definirte a ti mismo. Creí que me entenderías.

Solo ahora me doy cuenta de que he estado evitando estar a solas con él. La última vez que hablamos a solas como ahora fue camino a Géminis, cuando tenía la mirada tan vulnerable como ahora. Me gusta tanto ahora como antes.

—¿Por qué huyes de mí? —susurra.

A los librianos les gusta ser queridos, y tienen la habilidad de leer los rostros —después de todo, todo intérprete desea un público que disfrute de su espectáculo. Pero Hysan es tan perceptivo que por momentos parece un adivino.

—No estoy huyendo, es solo que…

—¿El Tabú? —Por primera vez, el rostro de Hysan parece completamente expuesto. No se ve la sonrisa de centauro ni la expresión altanera detrás de las cuales se puede ocultar. Es… vulnerable. En voz más baja pregunta—: ¿O Mathias?

Sacudo la cabeza.

—Soy… *yo.* —Ni siquiera estoy segura de lo que quiero decir. Algunos días me levanto pensando que puedo hacer esto…, pero otros días, aún me considero aquella niña solitaria en el solárium. —Hysan me levanta el mentón con la mano, inclinándome la cabeza para que me encuentre con su mirada.

En ese mismo instante, Mathias aparece a mi puerta. Cuando ve a Hysan tocándome, empalidece en el acto, y se aleja a grandes zancadas.

Caasy asoma la cabeza justo después.

—¿Alguien quiere desayuno? —Nos mira a Hysan y a mí, y una sonrisa maliciosa se extiende en su rostro.

—¡Mathias, espera! —Me aparto de Caasy con fuerza para entrar en el corredor—. No estábamos haciendo nada.

Mathias se da vuelta rápido. Su rostro es una máscara blanca de furia, y doy un paso hacia atrás.

—¿Te has olvidado del Tabú? —vocifera—. Eres una Guardiana. El sexo entre Guardianes está prohibido.

Al oír la palabra "sexo" arrojada así por Mathias, siento vergüenza. No me gusta que dé por sentado que puede inmiscuirse en todos los aspectos de mi vida, y odio sentirme constantemente juzgada por él.

—No estábamos... No tiene nada que ver con lo que te imaginas.

Me mira furioso.

—Recuerda quién eres.

Quién soy. Hace una semana era una acólita de la Academia, y la única variable de mi futuro era que me confirmaran si sería admitida en la Universidad del Zodai.

Mathias fue hecho para esto. Ser Zodai le corre en la sangre. Invirtió tanto esfuerzo en su entrenamiento que se graduó primero de su clase en la universidad. Fue reclutado para la Guardia Real a los veintiuno. Sabe *quién* es.

Pero yo me siento como Hysan. Antes de tener siquiera la oportunidad de conocerme y de saber quién soy, las estrellas lo hicieron por mí. Mi vida avanza como una locomotora a toda velocidad, y yo estoy constantemente corriendo atrás para alcanzarla.

—No estoy segura de quién soy, Mathias —digo por fin.

—Entonces déjame ayudarte. —Sus ojos azul medianoche se endurecen como el acero—. *Él* está prohibido, y *yo* te llevo demasiados años.

22

Nos estamos acercando a Virgo y sigo encerrada en mi camarote, mortificada. No veo cómo podré volver a mirar a la cara a Mathias o a Hysan.

Es solo cuando me recuerdo a mí misma que mi pueblo acaba de sufrir el peor desastre en la historia del Zodíaco y que otra Casa podría ser atacada en cualquier momento que me despierto de mi mal humor autocomplaciente y salgo de la habitación. Sea justo o injusto, no me toca ser la chica que se lamenta por muchachos.

Cuando me acerco al frente de la nave, Mathias y Hysan se están gritando desde los lados opuestos de la proa, mientras que Caasy está echado en el medio, succionando un refrigerio color uva que sale de un tubo a presión; sus ojos, dos túneles, están en trance. Al entrar, hacen silencio.

—Ahí estás, *oh divinidad,* —Caasy me mira de arriba abajo, imitando exageradamente a un niño enamorado—. Tu esplendor celestial me ciega, tu sacralidad magnífica y maternal.

Hysan y Mathias se mantienen ocupados frente a distintas pantallas. Aterrizan la nave en un extremo del ajetreado puerto espacial de Virgo, y como estamos velados nadie nos molesta.

Hysan se cambió y ahora lleva un discreto traje negro de corte.

—Es hora de desmaterializarse —dice, tocando su collar.

Mathias frunce el ceño.

—¿Por qué necesitamos velos aquí?

—¿Funcionan como escudos psi? —le pregunto a Hysan, esperanzada.

—Desafortunadamente, no. —Levanta un hombro—. Estos collares refractan la luz. Solo nos hacen invisibles.

—En ese caso, no necesitaré el mío. —Mathias se arranca el collar de un tirón y lo deja caer sobre la consola.

Apoyo el mío también. En parte porque no me gustan los secretos, pero más que nada para reconciliarme con Mathias. Hysan solo arquea una ceja y deja su collar junto al mío.

Caasy farfulla:

—Debo ajustar el puntaje de la competencia entre estos dos.

Le lanzo una mirada glacial para que acabe con el tema antes de encontrarnos con Moira. Sonríe como un penitente, fingiendo captar el mensaje.

El planeta más grande de la Casa de Virgo es Tetis, una enorme esfera verde y marrón, que ejerce una gravedad mucho más fuerte de la que estoy acostumbrada. Ya solo caminar por la plataforma de lanzamiento me resulta arduo. Siento como si estuviera cargando a otra persona en la espalda. Si la atmósfera no tuviera una concentración tan alta de oxígeno, ya estaría jadeando, sin aliento.

Apenas nos anunciamos a los guardias y transmiten el mensaje, Moira nos envía un vehículo aerodeslizante no tripulado para llevarnos a su ciudad capital. El coche, de un lustroso oro radiante y con el símbolo de peridotita verde de la Casa de Virgo, es más espectacular que cualquier vehículo que haya visto jamás en Cáncer.

Cuando nos estamos subiendo, Hysan dice:

—Moira ha destinado cada uno de sus planetas menores y sus lunas para la agricultura. Todas las Casas de la galaxia le compran cereales a Virgo.

—Hablando de comida —acota Caasy—, nos estamos quedando sin provisiones. Ustedes sigan. Yo me quedo aquí y veo qué puedo encontrar en los negocios del puerto espacial.

—¿No quieres visitar a Moira? —pregunto, sorprendida.

—Un buen chef prefiere elegir sus propios ingredientes. —Me dedica una sonrisa ladina—. Sigan adelante, por favor. Moira y yo no somos lo que se dice mejores amigos.

Simula una venia militar y se aleja caminando con dificultad. Parece tan inocente, un querubín rubio con bucles saltarines. Me pregunto qué se trae entre manos.

Los demás nos subimos. Mathias escanea el interior del vehículo para chequear si hay dispositivos de vigilancia. Hysan lanza una mueca burlona.

—No tienes que hacer eso, de verdad.

Mathias no le presta atención.

—Centra tu mente, Rho. Repite tu mantra de meditación.

—Ya déjala. Estará perfecta.

Hysan cruza los brazos y sigue sonriendo.

Nuestro vehículo nos conduce a toda prisa del puerto espacial hacia extensos campos verdes. Nunca he visto hierba tan alta en mi vida. Tanta tierra firme. No parece real. El vehículo aerodeslizante sobrevuela al ras de la vegetación, y me giro para mirar alrededor. Los campos se extienden por los cuatro lados hacia el horizonte.

—¿Dónde está la ciudad? —pregunto.

Mathias también estira el cuello y rastrea con la mirada.

—No está lejos —dice Hysan—. Ya casi llegamos.

Más adelante, se ve un destello de luz en el cielo, que luego desaparece. Qué extraño. Fijo la mirada en esa dirección y veo otro destello.

—¿Eso fue una aeronave?

Justo delante de nosotros, una amplia franja de cielo empieza a destellar y soltar chispas desde el suelo hasta las nubes. Y acto seguido, nuestro vehículo se sumerge directo a su interior.

Por un momento, parecemos estar deslizándonos por el corazón de un diamante.

Hysan sonríe ante nuestras reacciones.

—La muralla de la ciudad. Su tecnología de espejismo mantiene la capital de Moira oculta de todo visitante que se presente sin invitación. Sin la clave adecuada es impenetrable.

La muralla de espejismo me recuerda a los collares velo de Hysan, y me pregunto si le habrá pedido prestada la tecnología a Moira.

Mientras cruzamos hacia el otro lado, Mathias da vueltas en su asiento para seguir escaneando la muralla, pero yo tengo los ojos puestos en la ciudad. Está construida como una aguja que se eleva hacia el cielo.

—Parece plata esterlina —digo.

—Se trata de la aleación osmium-iridium —dice Hysan—. Es uno de los metales más duraderos de la galaxia. Moira diseña sus ciudades para dejar la máxima superficie libre para el cultivo de cereales.

Con un silbido, nuestro vehículo comienza a elevarse por la cara lateral de la aguja, y los tres nos corremos al lado derecho para no perdernos la vista. La aguja es tan grande que ocupa toda la ventana.

Una serie de amplias plataformas voladizas, que emergen como hojas, pasan por delante de nosotros mientras ascendemos. Son playas de estacionamiento para vehículos aerodeslizantes. Pero no nos detenemos. Seguimos subiendo, y cuando miro hacia abajo, la distancia me provoca un escalofrío. Aquí arriba, la aguja se estrecha para acabar en una punta. En la cumbre misma advierto el remate de oro brillante, coronado por el símbolo de peridotita verde de Virgo, un emblema de líneas conectadas que representan la Triple Virgen.

Echamos vuelo hacia el último nivel, justo debajo del remate, donde un puerto circular balizado se descorre. No ha venido nadie a recibirnos, pero Hysan abre la puerta del vehículo de todos modos.

—Esta es nuestra parada. Este puerto privado nos conduce directamente al complejo de Moira.

Apenas nos bajamos, dispositivos de monitoreo rotan desde los aleros para escanearnos. De nuevo, esta gravedad más intensa me tira para abajo mientras caminamos fatigosamente a través de un par de puertas corredizas de metal y entramos en un vestíbulo. Focos de luz ultravioleta nos recorren los cuerpos.

—Descontaminación —nos explica Hysan—. Moira hace todo lo que puede para proteger su trigo genéticamente modificado.

—Ducha gratis y lavado de ropa todo en uno —digo, con una risa nerviosa.

Una vez que estamos debidamente desinfectados, entramos en un largo y angosto pasillo revestido de pantallas gigantes que cubren toda la pared. Proyecciones holográficas se desprenden de las paredes como globos y llenan el pasillo con colores suaves y parpadeantes; las voces en *off* compiten entre sí y se mezclan como el murmullo del agua. El efecto general es relajante.

Aplastada por mi propio peso, camino a través de las burbujas de luz en movimiento, mirando reportajes sobre el clima, los seguros de cosecha, las mejoras para el suelo y las pestes de otros mundos. Hysan cruza rápidamente el siguiente par de puertas, pero yo me quedo mirando la imagen de un brote de trigo insuflado en cámara lenta. Sus hilos finos y sedosos ondean como antenas.

Justo cuando paso por la última pantalla gigante, veo mi propio rostro en las noticias y casi me tropiezo. Mi foto está flotando al lado del clásico retrato capricorniano de un Ofiucus famélico atrapado en la gruesa espiral de una serpiente.

La imagen corta a una multitud de adolescentes en uniformes de acólito levantando carteles, participando de algún tipo de protesta. Antes de que pueda entender lo que sucede, el noticiero pasa a mostrar una revuelta de trabajadores inmigrantes de Escorpio en una luna sagitariana.

Mathias y Hysan están esperando un poco más adelante, así que intento olvidar la imagen y me apuro por alcanzarlos. Independientemente de que el mensaje de Nishi se esté tomando en serio o no, al menos está llamando la atención sobre nuestra causa. A Ofiucus no le debe de gustar ser el foco de atención, aun cuando el foco no lo ha encontrado oficialmente.

Juntos, los tres entramos a una antesala bañada en oro, donde veinte cortesanos de cabello gris están parados en una fila de recepción formal.

—Tu comité de bienvenida —dice Hysan.

—No dejes que te intimiden —me susurra Mathias—. Has nacido para esto, Rho.

Lo miro fijo, sorprendida de descubrir en el azul profundo de sus ojos que realmente habla en serio. Animada por la confianza de Mathias, doy un paso al frente. De cerca, los adustos cortesanos parecen ejecutivos comunes y corrientes con sus túnicas negras y birretes borlados. Tienen la piel color oliva, el pelo gris marfil, y los ojos color musgo. Los bigotes de los tres hombres están encerados para formar florituras exageradas en las puntas, y una de las mujeres tiene pecas verde amarillentas. Llevan cuantiosos anillos en los dedos, las orejas e incluso las cejas.

Cuando nos acercamos hacen una reverencia, tocándose los corazones: una señal virginiana de amistad. Mis amigos y yo les devolvemos la reverencia con el mismo grado de inclinación, pero este homenaje ceremonial me resulta artificial. Solo quiero tocarles las manos y pasar a lo siguiente.

—Sagrada Madre Rhoma, nuestro más profundo pésame por tus penas.

El cortesano con la borla más grande sobre el birrete hace un gesto complicado, revoleando las mangas anchas de su túnica antes de ofrecerme el saludo de mano.

—La emperatriz Moira ha previsto tu llegada. Por favor, sé breve cuando hables con ella. Hoy tiene poco tiempo.

Asiento con la cabeza, más nerviosa que nunca. El aro que cuelga de la ceja del hombre destella una luz verde.

—La emperatriz te recibirá ahora. Tus compañeros pueden esperarte aquí.

—Pero… son mis Asesores. Quiero que vengan conmigo.

El cortesano principal hace otra reverencia.

—¿Cuál es la necesidad de tener Asesores cuando dos Guardianes se encuentran como amigos?

Hysan me toca el brazo y me da un empujoncito para alentarme, al tiempo que susurra:

—Aquí Moira pone las reglas.

Mathias se apura hacia delante.

—No te dejaré.

Una puerta corrediza se abre y una asistente me hace señas para que la acompañe. Me tiemblan las rodillas. Miro a uno y otro, al alegre Hysan y al taciturno Mathias. Luego le sonrío a Mathias.

—Dijiste que había nacido para esto.

Frunciendo el ceño ligeramente, da un paso hacia atrás, y sigo a la asistente a los aposentos de Moira. La corte de Virgo no es precisamente el palacio opulento que esperaba encontrar. Es más como la oficina central de una gran corporación.

La encargada me conduce a una sala de conferencias triangular que contiene una pequeña mesa negra y seis sillas verdes. Una de las paredes está hecha de vidrio sólido, y cuando miro hacia fuera, el paisaje de Moira se despliega como un océano de cereales.

—Supongo que no has venido por la vista.

Me giro para ver quién habla.

La mujer que ha entrado detrás de mí se entretiene con un Perfeccionario que lleva en las manos, sin dirigirme la mirada. Está usando una túnica sencilla y gris, y no luce ningún adorno salvo los prendedores de esmeralda que lleva en el pelo. Es aún más baja que yo, y se la ve decrépita.

—¿Tú eres la emperatriz Moira?

—Mi agenda está bastante cargada, así que por favor explica cuál es el motivo de tu visita.

Nunca he visto una piel tan arrugada: parece disecada.

Le ofrezco la mano para el saludo, pero no levanta la mirada de su Perfeccionario —la Onda de Virgo. Los virginianos son extremadamente organizados, diligentes y obsesivos. Todos llevan un dispositivo digital con forma de libro a todas partes y rara vez se desprenden de él —contiene sus agendas, notas, fotografías, entradas de diario, todo lo que pueda tener valor para ellos. Incluso tiene una abertura para insertar muestras de suelo, semillas, fertilizantes y otros elementos útiles para la siembra, con el fin de analizarlos.

—Soy la Guardiana Rho, de Cáncer.

—Obviamente.

No gasta palabras ni expresiones faciales.

—Emperatriz Moira, he venido a advertirte. Nuestra colisión de lunas… alguien la ha desatado deliberadamente usando un arma psi. Tu Casa puede ser la próxima.

Finalmente levanta la mirada. Me escudriña de cerca con los ojos mientras intercambiamos el saludo de mano. Después se sienta a la mesa y sigue navegando su Perfeccionario.

—Continúa.

Yo también me siento y le empiezo a contar mi teoría respecto de que todos los desastres recientes han sido desencadenados por los ataques del Psi de Ofiucus.

Aunque no lo crea posible, Moira luce aún más impasible.

—Hablas de mitos. El Zodíaco solo contiene doce Casas.

—Bueno, eso es lo que yo pensaba también.

Una vez más, narro mi relato de Ofiucus, y hasta yo puedo ver cuán escasa suena la evidencia que tengo. Le describo cómo la Materia Oscura se hizo más espesa rodeando a Virgo, cómo toda la región entera de su Casa se volvió negra, pero todo lo que tengo son palabras, palabras comunes y corrientes. Si solo pudiera hacer que Moira sintiera el terror que me sacudió los huesos cuando Ocus apareció en mi Efemeris.

—Intentó matarme. Me quiere silenciar.

Estoy prácticamente estrujándome las manos.

Moira sigue manteniendo la mirada fija en su Perfeccionario. Cuando termino mi relato, dice:

—Hemos visto en las noticias las advertencias de perdición proclamadas por tu camarada sagitariana. Ese tipo de cháchara alarmista puede atraer a los jóvenes, pero no a mí. Pero cuando escuché que Hysan Dax era quien te escoltaba hasta aquí, pensé que tal vez habría algo más en tu relato: él generalmente tiene más sentido común como para andar metido en algo así.

Pestañeo una vez. ¿Cháchara alarmista?

Tipea en su Perfeccionario.

—¿Algún otro Zodai ha confirmado tus visiones de esta supuesta Materia Oscura que se encuentra más allá de la Duodécima Casa?

Bajo la cabeza levemente.

—No que yo sepa.

—¿Y acaso existe algún registro en la historia de alguien que haya evidenciado un ataque psi como el que estás describiendo? ¿O que haya visto a Ofiucus?

—Yo... no estoy segura.

—Decididamente, no —me frunce el ceño y se da vuelta—. ¿Cuántos años tienes?

—Tengo dieciséis años, según los estándares de la galaxia. Cumpliré diecisiete en pocos... días.

Me había acostumbrado a decir *semanas*.

—¿Y cuánto tiempo has estado entrenando?

—No mucho —admito.

Moira resopla y me mira fijo.

—La Madre Orígene fue mi amiga más querida. Me duele todo lo que ha sufrido tu Casa. Por estas razones, te dedicaré un momento para mostrarte que no hay ningún monstruo en el Psi. Después de eso, espero que regreses a tu hogar para conducir a tu pueblo.

Lanza una serie de órdenes rápidas para oscurecer la pared de vidrio y atenuar las luces. Un pequeño dispositivo baja del techo. Parece una araña metálica. Cuando comprendo lo que es, lanzo un grito ahogado: está transformando toda la sala de conferencias en una Efemeris.

—¡No! —grito.

Apenas la sala se inunda de estrellas, la Materia Negra empieza a palpitar desde el corazón de Virgo, y escucho un sonido chirriante, como el chillido que salía de mi ópalo negro. Por un momento, me quedo mirando fijo, petrificada.

Moira se pone de pie y mira alrededor. Su mirada se arruga, como si pudiera percibir el disturbio psíquico, pero no la domina como a mí.

—El Psi ha estado inestable desde el desastre en la Casa de Cáncer —murmura, y se lo dice más a sí misma que a mí.

Apunta a la constelación de la Triple Virgen.

—En Virgo, como seguramente sabes, tenemos nuestra propia versión del mito de Ofiucus. Aquí es representado como una serpiente que tienta a Aeroth y Evandria, una pareja virginiana virtuosa, que se aleja del sendero puro del jardín. Él los conduce a la tentación. Sin embargo, en todos mis años como Guardiana, nunca he visto ni una pizca de evidencia que pruebe que Ofiucus sea real o que lo haya sido alguna vez. Ahora muéstrame esta Decimotercera Casa si puedes.

—¡Nos verá! —grito, una vez que he recuperado mi voz—. ¡Por favor, apágala!

Me pongo de pie de un salto y trato de alcanzar el proyector, pero está muy alto.

—Te estás comportando de un modo absurdo.

Se aleja como si yo pudiera infectarla con mi locura.

—Emperatriz Moira, confía en mí. No te conviene llamar su atención. Él es…

Moira no me está escuchando. Está mirando fijo dentro de su Efemeris, transfigurada.

Empiezo a gritar:

—¡Apágala!

Pero antes una voz huracanada me explota en la mente.

Ahí estás, emperatriz Moira. Hace mucho tiempo que he estado saboreando la posibilidad de que llegara este día.

23

El espectro entra como una masa nebulosa en la sala, un demonio de viento con forma humana, que derrumba las sillas y azota la ropa de Moira. Mitad tempestad, mitad escarcha glacial, gira alrededor de Moira y prácticamente la levanta del suelo.

Desde todos los rincones del salón se oyen susurros; las palabras flotan cruzando el aire que respiramos.

—*Emperatriz Virgen… maestra del Psi de primer orden… tan meticulosa con todas tus transacciones.*

—¿Qué eres? —Moira intenta empujarlo a un lado, pero él la constriñe oprimiéndola con una fuerza asfixiante.

—*Te he preparado algo de entretenimiento, Emperatriz. Hoy observarás a tu Casa fracturarse y desaparecer… como yo observé la mía.*

Ella se retuerce y se sacude con fuerza. Su rostro se vuelve gris por el shock.

—*No luches tanto* —la provoca Ocus—. *Quiero que estés bien viva para ver mi pequeño show.*

—¡Suéltala! —grito.

El rostro tormentoso de Ocus se vuelve hacia mí, y sus rasgos se endurecen hasta transformarse en hielo incandescente.

—*Todavía no te toca a ti.*

Los labios de Moira están azules.

—¡Déjala en paz! —grito.

Con una sonrisa malévola, suelta a Moira y avanza hacia mí.

—*Niña idiota, crees que eres valiente.*

Lentamente, camino hacia atrás, pero él es demasiado veloz. Sus manos gélidas avanzan sobre mi cuello.

—Aléjate —gimo, dando golpes a uno y otro lado.

—*Confía solo en lo que puedas tocar, acólita* —me atormenta, apretándome la garganta—. ¿Me puedes sentir? ¿Puedes confiar en esto?

Las vías respiratorias se me cierran, y la visión se me va haciendo borrosa por la falta de oxígeno en el cerebro. Estoy desesperada por sacármelo de encima, desesperada por defender a Virgo, desesperada por salvar a este pueblo de lo que le pasó al mío.

Pensar en mi Casa me hace concentrarme en el Psi, aquietando el caos de mi mente. El dolor físico se vuelve más presente, como si me estuviera acercando aún más a su verdadera fuente. Cuando estoy lo suficientemente quieta, la adrenalina y el instinto de supervivencia me fuerzan a lanzar un golpe.

Por fin, mi puño da con algo sólido y de una implacable gelidez. Empujo contra eso, la fuerza mental tensada al máximo. Su piel glacial me quema los dedos.

—*Esta vez estás más fuerte*—sus palabras repican como granizo.

La mano se me comienza a poner negra, pero alcanzo a soltar otro puñetazo, y una grieta desciende por su rostro de hielo. Su áspera risa me daña los oídos.

—*Fuerte, sí, pero aún inmadura. Y sin embargo la batalla de hoy no es sobre el agua, sino sobre la tierra.*

Su forma se disuelve y se aleja encogiéndose, batiéndose en retirada dentro de la Efemeris, hasta que desaparece a la región que está más allá de Piscis. Caigo al suelo. La piel me sigue ardiendo y la sala queda en silencio.

Moira sigue mirando con los ojos desorbitados el lugar en donde Ocus acaba de estar, su cabello le cae suelto. Me observo las manos doloridas, pero están ilesas. El dolor no era real... fue solo una ilusión.

Cuando vuelvo a mirar a Moira, me dirige una mirada larga y penetrante. Justo cuando parece que hablará, nos interrumpe un trueno ensordecedor.

—¡Ventanas encendidas! —ordena, incorporándose—. No he pronosticado ninguna tormenta para hoy.

Apenas se despeja el vidrio, vemos un relámpago que cae y quema un prado cercano, seguido por otro rayo, y luego otro. Pronto, los relámpagos caen tronchando todo fragmento visible de cielo.

Un escabroso nubarrón echa espuma justo encima de nosotros, lanzando horribles llamaradas violetas y rojas. Se extiende aún más, oscureciendo el suelo, y luego caer una lluvia ácida que achicharra el verdor y los cereales como si fuera fuego.

Moira se vuelve a mí aterrada.

—¿Un arma psi? ¿Cómo se me ha podido escapar una cosa así?

—Materia Oscura —respondo—. Por algún motivo, está empleando psienergía para manipularla...

Un trueno estalla justo encima de nosotros, y el suelo bascula. Ha debido caer un rayo sobre el remate. Un aplique se cae de la pared, y una silla se da vuelta. En algún lugar, oímos gritos. Luego una grieta astilla la ventana y Moira se arroja para empujarme bajo la mesa, milésimas de segundos antes de que el vidrio entero se haga añicos.

Con un fulminante rugido, un millón de trozos de vidrio vuelan hacia dentro, triturando las paredes, la mesa, las sillas y la piel de mi brazo. Miro alrededor y veo a Moira tendida de espaldas, sangrando.

Corro a revisar sus heridas. Se estruja el pecho con el brazo, apretando los dientes de dolor. En un costado del cuerpo se le han incrustado enormes trozos de vidrio dentado.

—¡Socorro! —grito con todas mis fuerzas—. ¡Aquí adentro! ¡Necesitamos un médico!

Moira intenta empujarme a un lado. Con voz quebrada, dice:

—He sido ciega ante las estrellas. Miré, pero no vi...

Un estruendo se desata como mil bombas, y resuenan los cuernos de la alarma. El lugarteniente de los cortesanos irrumpe en la habitación, y cuando ve a Moira, se arrodilla y trata de ayudarla a pararse.

—Talein —le dice—, vuelve a tu puesto.

Gruñendo y haciendo muecas de dolor, nos aparta empujándonos y se levanta sin ayuda. Cuando se para, su postura altiva la hace parecer aún más alta que antes. Se arranca de un tirón un trozo de vidrio incrustado en la cadera y luego camina tambaleándose hasta el boquete abierto en la ventana. Afuera los relámpagos crepitan contra un cielo lastimado y ardiente, y una ráfaga de cenizas prende fuego a los campos de cereales. Las llamas se extienden rápidamente en la atmósfera densa de oxígeno. Moira se dobla hacia delante y suelta un chillido, como si esto le estuviera arrancando el alma.

Se toma del marco de la ventana para no caerse, y su cortesano y yo corremos a atajarla. Levantamos una silla caída y la ayudamos a sentarse. Tiene los ojos cerrados con fuerza, y la sangre le chorrea de un lado de la cara.

—Querida Emperatriz. —El cortesano de cabello gris llora al lado de ella.

—Talein. —Le da una palmadita débil en la mano—. Esperaba vivir mis últimos años en paz...

Otro relámpago se enciende en el cielo, y un temblor sacude la aguja y nos arroja a un lado y otro. Cuando acaba, Moira levanta la mirada a su cortesano con una tristeza que me estruja el corazón.

—Talein, llama al resto de mis ministros. Convoca a nuestra flota. Tenemos que evacuar.

—Sí, su Majestad. —El anciano se inclina con una profunda reverencia y luego sale atropelladamente.

Los restantes cortesanos han estado aguardando al lado de la puerta, y cuando intentan entrar, Moira les hace un gesto para que retrocedan.

—Vuelvan a sus puestos. Lancen nuestro plan de emergencia.

—Su cirujano está viniendo, su Majestad. Déjenos ayudarla —suplica una de las mujeres.

—Ayuden a la gente —dice resoplando—. Pónganla a salvo. La muchacha canceriana esperará conmigo hasta que llegue el cirujano.

Cuando se marchan, empleo mi manga para quitar la sangre que le chorrea hacia dentro del ojo. Ella se desliza fuera de la silla, así que pateo a un lado los trozos de vidrio rotos y la ayudo a recostarse sobre la alfombra. Gotas de sangre le caen de las heridas en el costado del cuerpo. ¿Dónde está Mathias con su entrenamiento de médico de campaña? ¿Y Hysan? ¿Y si están heridos?

No puedo pensar en ellos ahora. Están bien, tienen que estarlo. Pero Moira puede estar muriéndose. Mientras limpio sus heridas, me dirige una mirada huraña.

—Déjalo ya. Tenemos poco tiempo y nos urge hablar. Sentí a Ofiucus.

El cuerpo entero se me afloja, aliviado ante sus palabras.

—Entonces, no estoy loca.

—No tengo manera de... juzgar eso. —Su voz se vuelve más débil—. Pero tenías razón respecto del ataque psi. Tienes un don potente para... para una persona tan joven.

Le sostengo la cabeza entre los brazos.

—Déjame ayudarte con la evacuación. Dime lo que tengo que hacer.

—No... tú tienes una tarea más difícil. Debes... marcharte rápidamente. —Sus palabras suenan como un ronco carraspeo, y me pregunto si el vidrio le perforó un pulmón—. Al principio... no te reconocí. Te he estado... esperando hace mucho tiempo.

—¿A mí?

—Debes ir a Aries... y advertirle al... Pleno Planetario.

Hablar la ha agotado. Con suavidad, le apoyo la cabeza sobre el cojín de una silla para acunarla, y luego camino a tropezones hacia la puerta y busco un doctor. El lugar parece desierto. Las paredes han sido arrancadas a jirones, los muebles están esparcidos por todos lados, y el suelo está sembrado de trozos de vidrio roto. Se oye otro fuerte estallido, y una lluvia de azulejos de cerámica se precipita desde el cielorraso.

—¿Mathias? —grito— ¿Hysan?

¿Dónde están?

No puedo abandonar a Moira. El brazo acribillado de astillas me arde, y regreso tambaleando a través del vidrio crujiente. Me siento a su lado en el instante en que otro rayo golpea la aguja en algún lugar más abajo. El humo de los cereales quemados se eleva en columnas, y el aire comienza a recalentarse con fuerza. En pocos minutos, la atmósfera estará demasiado caliente para ser respirable.

Moira intenta hablar una vez más, así que me acerco a ella:

—Les hablaré a los demás Guardianes… apenas pueda…

—Conserva tus fuerzas.

En ese momento, un hombre y una mujer jóvenes entran rápidamente con una camilla con ruedas. Me hago a un lado para que puedan curar las heridas de Moira, y luego corro a buscar a mis amigos.

Hysan está acostado en la antecámara con un profundo tajo en el muslo, y Mathias está inclinado encima de él, apretando la herida con ambas manos para detener la hemorragia.

Cuando me ve acercándome, la cara se le ilumina.

—¡Rho! Dijeron que habías salido ilesa y estabas ocupándote de Moira. Habría ido por ti, pero Hysan se hubiera desangrado.

Le oculto el brazo herido.

—No te preocupes por mí. ¿Qué le pasó a Hysan?

—Un trozo de metal le atravesó la pierna. Necesitamos hacerle un torniquete.

La pierna del pantalón de Hysan está empapada de sangre oscura. Me arrodillo y le acarició la frente húmeda.

—El *Equinox* tiene un equipo de reanimación —gime.

—Quédate quieto. Te sangra una arteria. —Mathias aprieta aún más fuerte hacia abajo—. No lograrás llegar a la nave a no ser que logremos detener la sangre.

Hysan aprieta los dientes, así que me pongo de pie de un salto y salgo a buscar ayuda.

—No hay nadie —resopla Hysan—. Se han marchado todos.

Mathias aprieta la herida con todas sus fuerzas.

—Busca algo como una cuerda, un pañuelo, lo que sea para atarle alrededor de la pierna. Comienzo a desabrocharme el cinturón, pero Mathias dice:

—Nuestros cinturones son demasiado gruesos. Necesitamos algo delgado y lo suficientemente flexible como para doblarlo.

Miro a mi alrededor para hallar algo más adecuado, pero la antecámara está casi vacía. Solo se me ocurre una cosa: me arrodillo y deslizo el puñal ceremonial de Hysan fuera de su vaina. Ninguno de los muchachos se da cuenta.

El aire chisporrotea con tal ardor que cada vez que respiro me quema la garganta. Me pongo de espaldas y me quito la túnica del uniforme, levantando las capas de tela del brazo derecho que sangra. Me desnudo hasta la cintura, pero eso no importa ahora. Muerdo una punta de la manga izquierda con los dientes, luego estiro la tela con fuerza y la corto a la altura del hombro.

Al volverme, le ofrezco la manga a Mathias con el brazo sano e intento usar el brazo herido para taparme el corpiño.

Espasmos de dolor me recorren por dentro, y suelto el brazo herido. Mathias levanta la mirada y queda completamente impresionado. Hysan también se queda mirando, y digo:

—Toma la maldita manga.

Sonrojándose, Mathias evita mirarme.

—N-no puedo levantar las manos. Tendrás que hacerlo tú.

Me doy vuelta y me vuelvo a poner de un tirón la túnica con una sola manga, raspando el brazo herido con la tela, sin reparar en el dolor. Aún se ve parte de mi corpiño, pero no puedo remediarlo.

Me arrodillo sobre el suelo, que a estas alturas está caliente como un horno, y Mathias me da instrucciones paso a paso.

—Ata la manga alrededor de su pierna, alrededor de cinco centímetros sobre la herida. —Mientras deslizo la manga bajo la piel de Hysan, levanta la cabeza para mirarme. A pesar del dolor que se advierte en sus rasgos, intenta sonreír.

Corto otro pequeño trozo del ruedo de mi túnica para hacer una almohadilla. Tomo los dos extremos de las mangas para unirlos sobre la almohadilla y hago un medio nudo. Luego lo apoyo la empuñadura enjoyada del puñal de Hysan, y termino de hacer el resto del nudo. Giro el puñal ceremonial hasta que el torniquete fabricado con las mangas se tensa alrededor de la pierna de Hysan lo suficiente como para frenar la hemorragia. Finalmente, aseguro los extremos deshilachados de la manga para que el torniquete no se suelte.

—Buen trabajo —dice Mathias—. Serías una buena médica de campaña.

La piel de Hysan luce cenicienta.

—D-doctora Rho.

—Tendremos que cargarlo —dice Mathias—. ¿Podrás con el peso?

—Sí. —Tocar la batería me ejercita los brazos, así que soy fuerte para alguien de mi tamaño. Tomo los tobillos de Hysan y lo levanto.

El puerto de estacionamiento está tan lleno de humo que tenemos que agacharnos bien abajo para respirar, y la pesada gravedad no ayuda. Por milagro, nuestro vehículo aerodeslizante sigue estacionado donde lo dejamos.

Con algunas torpes sacudidas, logramos meter a Hysan dentro y recostarlo sobre el suelo. Todo está caliente al tacto, pero cuando sellamos la puerta y activamos el sistema refrigerante del vehículo se nos hace más fácil respirar.

—¿Cómo programamos esta cosa para que nos lleve de regreso al puerto espacial? —pregunta Mathias.

Hysan trata de incorporarse sobre un codo, pero se cae hacia atrás.

—El panel. —Señala un cuadrado de metal pequeño metido dentro de la pared—. Códigos de colores. Funciona al tacto.

Me siento rápido y aprieto el cuadrado, que me quema el dedo. Una matriz de diodos se ilumina, y brillan docenas de colores diferentes.

—¿Ahora qué?

Cierra los ojos.

—El regreso es… Aprieta el magenta tres veces.

Frunzo el ceño al mirar los diodos de colores.

—Magenta es igual a violeta, ¿verdad?

Hysan no responde. Ha perdido el conocimiento.

La punta del dedo hace círculos sobre las luces violáceas. Lavanda, fucsia, borgoña, hasta que finalmente elijo una. Cuando el vehículo planeador despega para salir del puerto y desciende navegando por el costado de la aguja, nos envuelve una nube de humo oscura. Mathias se pone los prismáticos. Al escudriñar la escena, sus hombros cuadrados se hunden. Después de un instante, se quita los lentes.

—¿Puedo ver? —pregunto.

—Tal vez no quieras hacerlo.

Me pongo los prismáticos. Su alta definición revela un cielo transformado en una caldera ardiente. Los campos verdes de Moira han quedado reducidos a carbón, y la ciudad aguja escora hacia un lado.

—Se va a caer —susurro.

—Sí —dice Mathias—. ¿Cómo sucedió esto?

—Moira encendió su Efemeris y Ofiucus nos ubicó.

Mathias no tiene respuesta.

Pasamos a toda velocidad por encima de los campos, abriendo un camino entre la densa ceniza que flota en el aire. Aparentemente, elegí el color correcto de magenta porque estamos regresando por el mismo camino por el que vinimos. A la distancia, las naves se elevan desde el puerto espacial. Todo el mundo intenta escapar. Me pregunto qué sucederá cuando todos atravesemos la atmósfera ardiente que está por encima de todo.

Caasy.

Justo cuando me vuelvo para preguntarle a Mathias dónde está, veo la ciudad aguja colapsando. Cae en línea recta sobre la tierra. Un enorme hongo de humo y polvo se abre desde la base. Suelto un fuerte sollozo.

Mathias toma las lentes y observa. Escudriña el paisaje un largo rato, pero yo no quiero ver más. Lo único que me sale es llorar.

—Ocus me siguió hasta acá. Moira lo vio justo antes de la tormenta. No lo imaginé. Hizo estallar la ciudad de Moira usando psienergía.

—No sabemos quién está detrás de esto —dice Mathias—, pero tenías razón sobre el ataque a Virgo. Tenías razón sobre el presagio.

Me froto la cara.

—No quiero tener razón —mascullo, levantando la mirada al cielo oscuro—. Moira me dijo que fuera al Pleno.

Arruga la frente.

—No creo que sea seguro para ti. Por lo que me cuentan mis padres, el lugar está lleno de delincuentes y espías, y los Guardianes intentan mantenerse alejados de allí.

Nuestro vehículo esquiva el pesado tráfico. Su sistema refrigerante de a bordo no puede responder al calor que va en aumento. La cabeza de Hysan se mueve de un lado a otro.

—Entonces tendremos que cuidarnos las espaldas.

Mathias baja la cabeza.

—Tenemos que dar por sentado que este enemigo tratará de asesinarte otra vez. Tendrás que tomar mejores medidas de seguridad en Aries… física y metafísicamente.

El tráfico se vuelve aún más denso, y comenzamos a traquetear hasta quedar completamente detenidos, planeando por encima de los rescoldos color carbón que una vez fueron tallos de trigo. Parece como si estuviéramos cocinándonos a fuego lento.

No puedo mirar a Hysan. Me preocupa que haya perdido demasiada sangre. Cada segundo que pasa parece quitarle algo. Una respiración menos, un latido de corazón menos, una sonrisa menos.

Mathias le controla la herida a cada rato, aflojando el torniquete un poco, luego volviendo a ajustarlo. Delante de nosotros, se lanzan más naves.

—Deberíamos ayudar a esta gente —digo.

—Lo haremos. —Se enjuga el sudor de la frente—. El *Equinox* tiene suficiente aire como para alrededor de diez pasajeros más.

Cuando llegamos al puerto espacial y encontramos la nave de Hysan, el olor afuera es nauseabundo. No hay nadie a la vista en este extremo de la pista, así que vamos a tener que ir a la terminal principal para encontrar a nuestros diez pasajeros. La pregunta que ninguno de los dos se hace es cómo se supone que ayudaremos solo a diez cuando hay tantos que no lograrán salir.

Los cuerpos que flotaban en Elara se me aparecen ante los ojos. Solo que esta vez, son niños de Virgo los que han sido atacados.

Ofiucus es una plaga y no dejará de avanzar. Nuestra única oportunidad para sobrevivir es que las Casas del Zodíaco se unan. Tengo que defender mi causa ante el Pleno. Después de lo que sucedió acá, los demás Guardianes tendrán que creerme.

Cuando llevamos el cuerpo inconsciente de Hysan del vehículo a la nave, sentimos la plataforma de lanzamiento caliente como una plancha. Al menos el aire en el *Equinox* es más fresco.

—¡Caasy! —grito al entrar, pero no responde.

—Trataré de ubicarlo llamándolo al Tatuaje una vez que tengamos el control de la nave —dice Mathias.

Acostamos a Hysan sobre la cubierta, y Mathias corre a la galera para buscar el kit de primeros auxilios. Yo me ocupo de revisar el torniquete. La piel de Hysan ha perdido su color dorado. Le acomodo la cabeza sobre el regazo y acaricio su mejilla.

—Por favor, aguanta, Hysan…

Cuando Mathias regresa, pregunto:

—¿Dónde está la cápsula de reanimación?

—La buscaremos después —dice, revolviendo dentro del kit—. Primero, tenemos que despertar a tu libriano y conseguir que destrabe su nave.

Mathias abre una ampolla de vapor despertador y la coloca bajo las fosas nasales de Hysan, pero no se despierta. Por fuera, oímos otra explosión atronadora. Acomodo la cabeza de Hysan, y salgo corriendo a la proa de vidrio para ver lo que sucede.

—¡El vehículo en el que veníamos acaba de prenderse fuego! —grito—. ¡La pista de lanzamiento se está derritiendo!

Mathias arranca la tapa de una segunda ampolla, y Hysan abre los ojos con un gemido.

—Desbloquea tu nave —dice Mathias.

Hysan entorna los ojos y parpadea. Parece estar en una nebulosa, así que me arrodillo al lado de él y le tomo la mano.

—Por favor, Hysan. Por favor desbloquea los controles del *Equinox*.

—Despierta, *Nox*.

Las pantallas de navegación de la nave se prenden con un destello.

—Es toda tuya —dice Hysan con un resoplido—. Cuídala... Rho. —Los ojos se le ponen en blanco y se cierran.

—¡Hysan! —Lo sacudo mientras Mathias se abalanza al timón y activa el sistema de alta resolución para ver a través del humo.

Desciendo la cabeza y presiono la oreja contra el pecho de Hysan para ver si oigo un latido. De costado, advierto una pequeña figura que sale apurada del extremo más lejano de la nave.

Levanto la cabeza asustada. Caasy está abriendo una de las cápsulas de escape de la nave.

—¡Caasy! —le grito.

Se vuelve, pero hay algo extraño en su expresión. No corre a ayudarme con Hysan. En cambio, grita:

—¡Buen vuelo, querida Madre! ¡Regreso a Géminis!

Estamos evacuando una Casa que acaba de ser atacada, el cuerpo inerte de Hysan se encuentra tumbado en el suelo, y aún así lo más surreal de este momento es que Caasy nos abandone.

—¡Por favor! ¡Ayúdame a moverlo! —grito.

Caasy aprieta algunos botones sobre la pantalla al lado de la cápsula, y cuando se abre la puerta, se agacha para salir. Recién ahora advierto sus manos. Tiene algo oscuro y alargado entre los dedos.

—¡*Caasy, no lo hagas!*

La puerta se cierra tras él. Se oye el silbido del engranaje, y la cápsula se desacopla de la nave y sale lanzada hacia el espacio.

Nos hemos quedado sin la piedra de la Madre Orígene.

24

Mathias me llama desde la parte delantera de la nave.

—¡Veo gente en el techo de la terminal! Apenas aterricemos, abre la escotilla y ayuda a diez personas a subir a bordo.

Debo sacarme a Caasy y la piedra de la cabeza si pretendo dar una mano.

Y a Hysan también.

La nave despega virando hacia el edificio de la terminal.

—¡Lista! —grito, agarrando la palanca de la escotilla, en posición para actuar rápido.

Escucho un choque fuerte y ruidoso, seguido de una descarga de pequeñas explosiones. En lugar de aminorar la marcha, Mathias levanta vuelo y acelera.

—¿Qué estás haciendo? —grito.

Se gira hacia mí despacio, incrédulo.

—Un carguero en llamas acaba de chocar contra el edificio de la terminal. —Su voz tiembla—. No encontraremos ningún pasajero allí.

Cierro los ojos, incapaz de digerirlo.

Nunca he debido venir aquí.

***

Abandonamos Virgo.

Nos marchamos sin salvar a nadie.

Los escaneos del *Equinox* muestran un mundo en llamas. Densos nubarrones negros se derraman sobre el hemisferio oeste, bloqueando el paisaje que yace debajo, y llamaradas naranjas disparan como géiseres. El planeta Tetis brilla cómo el azufre.

El casco de nuestra nave ha probado ser inmune a la atmósfera calcinante, pero no puedo decir lo mismo de otras. Hemos visto al menos veinte navíos explotar y desplomarse. En dos oportunidades, Mathias intentó atracar junto a una nave en llamas para rescatar pasajeros, pero nuestros intentos fallaron. El ardiente oxígeno está demasiado caliente.

Primero Cáncer. Ahora Virgo. Ofiucus está exterminando el Zodíaco, dé a una Casa por vez. El horror es incomprensible, pero lo peor es la culpa, carcomiéndome por dentro como insaciables Maws. Me estaba persiguiendo a *mí* —así fue cómo la encontró a ella. Debo de haber traído a Moira, de alguna manera, al plano en el que Ofiucus se comunica.

¿Cuánto falta hasta que ataque Géminis? ¿Me tomará en serio Caasy después de lo que atestiguó en Virgo? ¿Por eso corría?

Pero ¿por qué se habrá llevado mi ópalo negro? Todo este tiempo, yo sabía que él estaba detrás de otra cosa, que tenía un motivo ulterior para unirse a nosotros. Debí haber protegido más la piedra.

Quiero preguntarle a Hysan lo que opina —después de todo, fue él quien no me dejó deshacerme de ella después del primer ataque de Ocus. Pero tendré que esperar a que despierte. Todavía está descansando dentro de su cápsula de reanimación para sanarse la pierna.

Cuando revisamos sus aposentos para buscar la cápsula de reanimación, descubrimos un buen número de objetos interesantes: una provisión de armas, un chaleco antibalas, un estuche de microcámaras, chips rastreadores y codificadores y, por supuesto, la caja fuerte protegida del Psi, en la que habíamos guardado nuestros dispositivos, con su puerta abierta. Deduciendo por las marcas, está claro que Caasy forzó la cerradura. Por lo visto, solo está faltando mi ópalo negro.

Ahora estamos volando derecho al Pleno Planetario, a pesar de las preocupaciones de Mathias. Volamos a hipervelocidad con la esperanza de que nuestro combustible no se nos acabe antes de llegar. Mathias ha calculado el efecto de la relatividad sobre el espacio-tiempo, y dice que si todo va bien estaremos llegando dos días antes de que se acabe la sesión anual del Pleno.

El Pleno rota de Casa en Casa todos los años, y ahora se lleva a cabo en Aries, la primera y más antigua de las Casas. La civilización ariana se ha levantado y caído muchas veces, y estos días, las noticias muestran a su planeta principal, Faetonis, como un lugar salvaje y revoltoso, gobernado por una junta de caudillos militares. Mientras se lleva a cabo el Pleno, los embajadores deben ser protegidos por el ejército ariano, que está integrado por soldados, pero no Zodai.

Allí prospera el mercado negro, y las milicias locales pelean por el control del territorio. La corrupción generalizada y los índices elevados de criminalidad ayudan a explicar por qué Aries es la Casa más militarizada del Zodíaco —y la más empobrecida.

Aries es una Casa Cardinal y representa el Fuego. La constelación del Carnero tiene un sol pequeño y tres planetas poblados, pero solo el planeta Faetonis presenta una atmósfera respirable, con una baja concentración de oxígeno. Los faetonitas viven bajo domos, aunque se puede caminar sobre la superficie con la ayuda de una máscara de aire. El planeta es poroso, por lo que su gravedad es débil, pero al menos volveremos a tener peso.

Mathias y yo estamos trabajando sobre mi discurso para el Pleno cuando el *Equinox* nos informa que la cápsula de reanimación ha terminado de curar la pierna de Hysan.

—Iré a ver cómo está —digo, parándome.

Mathias también se pone de pie.

—Iremos los dos.

El camarote de Hysan es más grande y cómodo que nuestros espartanos camarotes de invitados. La tapa de su cápsula con forma de ataúd ya se ha abierto, y está adentro en calzoncillos. Aparentemente, todavía duerme. Sus cabellos dorados le abanican la frente, y la piel prácticamente le brilla. Su pierna está completamente sanada.

Mathias arroja una manta sobre Hysan, tapándolo hasta el cuello.

—El libriano está fuera de peligro. Deberías usar esta cápsula para curarte el brazo.

—Sí, tal vez después.

Me he limpiado los cortes para sacarles todo el vidrio, pero todavía me arden. Hasta el uniforme de felpa amarillo que llevo puesto parece papel de lija cuando me roza las heridas.

Pero no quiero engañar el dolor. Quiero sentirlo. Necesito hacerlo.

Mathias ha dispuesto las armas de Hysan a lo largo de su tocador para preguntarle acerca de ellas. Cuatro pistolas de láser de plexina, un revólver de rayos de partículas, media docena de tásers, un paquete con doce granadas nucleares. Todo un arsenal para un solo Guardián viajero. Junto con las minicámaras y micrófonos rastreadores, ya no me caben dudas de que a nuestro simpático libriano le gusta jugar a los espías.

Hysan abre los ojos, y cuando encuentran los míos, veo cómo me va reconociendo por la sonrisa que se le dibuja en la boca. Se incorpora y se saca la manta. Con impaciencia, Mathias le alcanza un par de overoles grises acomodados sobre una silla.

Cuando Hysan sale de la cápsula y empieza a ponerse la ropa, repara en las armas. Mira directo a Mathias.

—Veo que no tienes ningún respeto por la propiedad privada. Ni siquiera por la de un Guardián.

Mathias le devuelve una mirada fulminante.

—Por lo menos te salvé la vida.

—Gracias —dice Hysan, como si le costara pronunciar la palabra—. Pero debiste haber hecho lo que te pedí y rescatar a Rho. Se ha herido el brazo, podría haber sido peor...

—Cállense, los dos. —Lo miro a Hysan—. Caasy se eyectó a sí mismo en una cápsula de escape. —Sus cejas se disparan hacia arriba, como divertido—. Justo después de forzar tu caja fuerte y llevarse mi ópalo negro.

Entonces se espabila. Mira alrededor ansiosamente buscando la caja, y cuando ve que ha sido forzada, toda su conducta cambia. Tiene un aire... profesional.

—Rho. Debemos hablar. A solas.

—Estás soñando —dice Mathias.

—¿Qué sucede? —pregunto.

—Es... un asunto que incumbe a los Guardianes. —Mira a Mathias—. Ya sé lo que estás pensando, pero te equivocas. Como Rho no tuvo la oportunidad de conocer a su antecesora, no le han transmitido aquellas cosas que todo Guardián debe conocer. Eso es todo.

Mathias permanece impasible.

—Yo formaba parte de la Corte Real de la Madre Orígene. Le he contado a Rho todo lo que sé.

—Sí, pero hay cosas que incluso los Asesores no conocen. —Un destello cruza los ojos de Hysan, como si se le acabara de ocurrir una nueva idea—. El mayor secreto de las Casas es transmitido de Guardián a Guardián. Nadie más lo puede saber. Esta es una verdad que solo se confía a una persona de cada Casa.

—Eso es ridículo. Los Guardianes de Cáncer solo se nombran después de que muere el Guardián reinante —le discute Mathias.

—Eso es lo que todos los de cada Casa *creen*, pero no es cierto. —Hysan lanza un suspiro de frustración—. Los Guardianes están tan en sintonía con el Psi que pueden percibir cuando su muerte se aproxima y preparan a sus sucesores antes que se haga pública. Si la Madre Orígene hubiera visto la Materia Oscura, habría previsto su muerte. También dejamos mensajes ocultos en nuestros aposentos, mensajes que solo el nuevo Guardián puede encontrar, como una medida de salvaguardia. Si Rho hubiese podido acceder a la residencia de Orígene en el planeta de Cáncer, hubiese encontrado esa información.

Dirijo la mirada de un muchacho a otro. Puedo ver por qué a Mathias le está costando creerle a Hysan: esto suena tan extraño que podría ser una excusa engañosa para conseguir que los dos nos quedemos a solas.

El problema es que no creo que me molestaría quedarme sola con Hysan. Y por eso tengo que insistir en que Mathias se quede.

—Hysan, lo entiendo. Y te creo, pero a estas alturas ya no sabemos en quién podemos confiar… incluidos los Guardianes. De hecho, uno de ellos me acaba de robar mi piedra. Las únicas personas de las que no podemos dudar somos nosotros tres. Ya hemos estado confiándonos mutuamente nuestras vidas todo este tiempo. Ahora vivamos esa confianza abiertamente.

Cuando he terminado de hablar, Hysan me dirige una mirada que expresa justo lo opuesto a la mirada de aprobación de Mathias. Después mira a Mathias con recelo.

—No puedes hablarle ni una palabra de esto a nadie. *A nadie.*

—Conozco mis deberes hacia mi Guardiana, libriano —gruñe Mathias.

Hysan suspira. Se sienta al borde de su cama, y por primera vez noto que no ha recuperado por completo el tono dorado de su tez. No está completamente curado. Ha perdido mucha sangre y todavía parece estar un poco débil. Me acomodo al lado de él, así no tiene que seguir mirando hacia arriba. Mathias está apoyado contra la pared.

—Cuando los Guardianes originales cayeron al mundo mortal, trajeron un objeto: un talismán. Cada uno de estos talismanes contiene conocimientos sobre un aspecto de la humanidad y le provee a cada Casa una fuerza diferente.

—Los cancerianos son por naturaleza cuidadores de vida—digo, haciendo mi aporte—. Los librianos son justos. Los acuarianos, filósofos. Los capricornianos, sabios…

Asiente con la cabeza.

—Cada Casa sobresale en un campo diferente porque cada Guardián atesora conocimiento sobre una verdad universal en particular. Esto asegura que siempre seamos iguales y dependamos unos de otros para sobrevivir. De esta manera, ninguna Casa puede amasar más poder que otra.

—Solo que el talismán es simbólico —digo, para acelerar la cosa. Cada Casa tiene su propia teoría de por qué hemos evolucionado con valores diferentes, pero la idea de un objeto mágico es bastante popular, especialmente en Géminis y Sagitario, cuyos habitantes están más inclinados a creer en lo increíble si la evidencia encaja—. Es solo una manera de explicar nuestras diferencias.

Hysan niega con la cabeza.

—Es real.

Tiene un aspecto demasiado cansado y turbado como para estar inventando cosas.

—¿*Cómo*? —pregunta Mathias—. ¿Cómo podría un *objeto* contener un concepto como la crianza o la curiosidad?

—El secreto guardado en el talismán puede ser obtenido de la misma forma en que nos conectamos con el Psi. Pero no contiene simples palabras, diagramas o proyecciones. Se trata de un conocimiento de la cosa en sí. Se parece al modo en que la mente comunal crea un sentido cuando responde a una consulta.

Hysan me mira y empieza a hablar despacio, como si se acercara a nuestro primer gran escollo.

—Como están hechos de psienergía, los talismanes se duplican en otro dispositivo.

Ya sé lo que sigue. No lo dice, pero lo advierto en su gesto.

Me levanto y camino a la otra punta de la habitación, donde la caja fuerte yace abierta y derrotada. Miro con desazón su interior vacío.

Acabo de dejar que el Guardián de Géminis se robe el talismán de la Casa de Cáncer.

25

—¿Qué información has obtenido del tuyo? —Por algún motivo, susurro la pregunta, como si supiera por algún motivo que no corresponde hacerla.

—No te lo puedo decir.

—Pero tiene que ver con tu escudo psi.

Me mira un instante antes de asentir.

—El talismán... no da respuestas. Solo aclara conceptos. Basándonos en lo que me reveló sobre la psienergía, Neith y yo fuimos capaces de concebir el escudo. Cuando estábamos en Libra, estuve a punto de terminar de sintetizar las cuentas de cristobalita que deberán servir para ocultar a las personas del Psi. Serán escudos individuales.

Me doy cuenta de que ese era el regalo que me estaba haciendo.

—Gracias —digo.

Asiente.

—Lord Vaz y yo instalamos el talismán libriano en esta nave. Activa el cerebro del *Equinox* y proyecta la Efemeris que observaste en mi sala de lectura, en casa.

—Y ahora el talismán de Cáncer ha desaparecido antes de que yo haya podido descubrir su función. —Me golpeo la frente contra la pared y siento el fracaso en lo que va de mi ejercicio como Guardiana—. Todo esto es culpa mía.

—¿Por qué no descansas un rato en la cápsula de reanimación? —sugiere Mathias, y en su voz solo advierto ternura—. Repara tu brazo.

—La cápsula es toda tuya, miladi —dice Hysan, poniéndose de pie y saliendo detrás de Mathias por la puerta—. Y no te preocupes por tu talismán. Lo recuperaremos. Sabemos dónde vive Caaseum.

***

La nave está siendo propulsada con gases.

Estamos lo suficientemente cerca como para llegar a la Casa de Aries sin que se nos acabe el combustible, pero nos queda poco tiempo.

El traje Zodai que me fabricaron Lola y Leyla está arruinado; voy a tener que usar el uniforme libriano. Para evitar que Mathias se enoje, rescaté las cuatro lunas plateadas del traje azul y las cosí sobre el pictograma de la túnica amarilla. Será mejor que le avise ahora, antes de aterrizar, para que no haya ningún desacuerdo al desembarcar.

Cuando llego a la puerta de Mathias, está entornada, y él no está allí. Pero Hysan sí.

—¿Qué haces? —pregunto.

Levanta bruscamente la mirada desde su lugar detrás del escritorio y deja de hurgar en el cinturón de herramientas de Mathias.

—Inspección de cargamento…

Me cruzo de brazos. Echa una rápida mirada al cubículo del baño, donde vibra una ducha ultravioleta. Se sonroja un poco, pero no se lo ve mayormente afectado por haber sido pillado haciendo algo indebido.

—No se lo dirás, ¿no es cierto?

—Hysan, estas son las cosas de Mathias. La guerra que se ha desatado entre los dos…

—¿Qué me dices de él? Me revisó todas mis armas…

—Sí, y eso tampoco estuvo bien. Pero tú has estado guardando un montón de secretos.

Hysan se acerca a mí y baja la voz.

—También acabo de revelar mi mayor secreto a un completo desconocido, miladi, y ahora me gustaría saber exactamente quién es él.

—En realidad, dos desconocidos. ¿Qué me dices de mí?

Se vuelve hacia el escritorio y reemplaza las cosas de Mathias donde las halló.

—Rho, tú eres una Guardiana. Tienes tan poca culpa de que Orígene no te haya podido enseñar como yo de que mis padres no hayan podido criarme. Pero sigues teniendo derecho a saber.

Se oye un ruido del baño, y ambos nos quedamos helados... pero la luz ultravioleta sigue vibrando.

—Escucha, sé que lo que hice estuvo mal y no volveré a meterme en las cosas de otros —dice Hysan, rodeando el escritorio—. Pero, por favor, mantengamos esto secreto. No quiero enfurecerlo justo cuando estamos por llegar.

Trago con dificultad.

—No me gustan los secretos.

—No se trata de eso. —Sus ojos se vuelven aún más verdes—. Rho, esa verdad debía protegerla yo, y juré jamás hablar de ella con ningún otro que no fuera el próximo Guardián de Libra. Quebré mi juramento sagrado, y no lo hice por Mathias, o siquiera por la Casa de Cáncer. Lo hice por *ti*.

Hysan sale de la habitación y me deja sola con sus secretos y mi sentimiento de culpa.

Cuando la ducha se apaga, huyo del camarote, cerrando la puerta sin hacer ruido. Odio ocultarle cosas a Mathias, pero no quiero darle más motivos para que deteste a Hysan. Vamos a tener que trabajar juntos en Aries, y eso no puede suceder si los muchachos se están matando.

Jamás me sentí tan lejos de casa.

***

Anochece cuando llegamos a Faetonis. El atardecer le da a la ciudad capital de Marson, salpicada de cúpulas, una pátina color ámbar.

El *Equinox* vuela en círculos a baja altura sobre el puerto espacial que se encuentra justo fuera del domo de la ciudad. El lugar es una fortaleza, repleta de cañones láser, drones planeadores y radares de vigilancia. Además está cercado por una elevada valla de tela metálica.

—Esto no me gusta, pero necesitamos combustible —dice Hysan—. No podemos seguir.

—¿Hay alguna otra estación de servicio? —pregunta Mathias.

—No cerca de la ciudad. —Hysan vuelve a volar en círculos, observando en las pantallas el paisaje con alta definición—. Descenderé lo más cerca posible a los surtidores de combustible en el borde del puerto.

Un vibrocóptero se encuentra sobre la plataforma al lado de los surtidores, y dos soldados armados caminan a su alrededor, vigilándolo. Llevan cascos polvorientos y máscaras de aire. Los observamos a través de la proa vidriada del *Equinox*, mientras descendemos sobre el terreno que está justo al lado de la plataforma, tan silenciosos e invisibles como un soplo de aire.

Los soldados se dan vuelta rápidamente y apuntan sus pistolas hacia nosotros.

—Salgan y bajen las armas —ordenan.

Me tapo la boca para detener mi grito. ¿Cómo pueden ver la nave si somos invisibles?

Mathias y yo miramos a Hysan con pánico, pero él no parece verse afectado por las pistolas que apuntan a nuestras cabezas.

—*Duerme* —susurra, y un halo de neblina gaseosa blanca sale como un chorro del casco del *Equinox* y rocía a los soldados. Al instante, caen como muñecos de trapo.

Suelto un grito, pero Hysan se ríe.

—Solo están echándose una siesta. El calor de nuestros motores debió delatarnos.

Cuando nos ofrece nuestros collares velo, Mathias dice:

—Basta de engaños.

—Estás loco —dice Hysan—. No conoces este mundo. Tú mismo le dijiste a Rho que está lleno de delincuentes y de espías.

—Lo haremos a la manera de Mathias —digo. La culpa de guardar el secreto de Hysan me sigue carcomiendo por dentro.

Hysan guarda los collares velo.

Antes de abandonar la nave, nos ponemos máscaras de aire livianas. Mientras me paro para observar, Hysan y Mathias corren a los surtidores, toman las mangueras y cargan el vientre vacío del *Equinox* con plasma fluido ultrafrío. Me resulta extraño que los muchachos se lleven tan bien cuando están haciendo trabajo físico.

Hysan deja caer unas monedas de oro galácticas al lado de los surtidores y luego se roba las llaves de la verja de uno de los soldados inconscientes. Nos lanzamos entonces a correr, agachándonos para esquivar naves de pasajeros, ocultándonos detrás de espantosos vehículos todoterreno, con neumáticos del tamaño de pequeñas lunas, y pasando furtivamente alrededor de filas de soldados que blanden lanzadores de granadas y rifles.

El crepúsculo está bien avanzado. La menor fuerza de gravedad nos permite correr más rápido, pero este puerto espacial parece estar sitiado. Quemaduras de láser cubren algunas de las paredes del hangar, y los brotes tiznados de incendios recientes manchan la plataforma de lanzamiento. Los focos de reflectores recorren la pista, y la elevada cerca de tela metálica está coronada por alambre de púa.

Mathias me sigue de cerca, con un táser en mano, dándose vuelta continuamente para echar una mirada con sus prismáticos. Hysan se vale de las llaves robadas para salir del puerto espacial —cercado por una verja de mantenimiento— y nos apuramos por salir... hasta que vemos lo que hay del otro lado del cerco.

La ciudad capital histórica de la Casa de Aries está rodeada por una gigantesca villa miseria. Había visto fotos de la villa en las materias que cursábamos como acólitos, pero las imágenes holográficas no transmitían la sensación putrefacta de muerte que impregna el aire. Las casuchas se inclinan de lado sobre montañas de basura podrida, y los valles entre ellas son cloacas a cielo abierto. Incluso con la máscara de aire, el hedor me descompone.

A través de las puertas abiertas de las casillas, vemos la silueta de ancianos, delineados por la luz que proviene de antorchas, que se encuentran cosiendo, martillando, ensamblando dispositivos electrónicos, afilando cuchillos. Por encima, modernos trenes a pulso salen disparados del puerto espacial al centro de la ciudad, saltando por encima de la villa.

—Tenemos que tomarnos un tren —dice Hysan—. Demoraremos demasiado cruzando a pie en la oscuridad.

Mathias señala una de las enormes columnas que sostienen las vías del tren elevado.

—Tal vez podamos treparnos.

Hysan asiente, y corremos hacia la columna, salpicándonos con el fango. Mis pantalones amarillos se ensucian y se llenan de barro. La columna tiene una escalera atornillada a su cara norte, y los peldaños están cubiertos de limo y algas azul verdoso. Hysan sube primero, luego yo, seguida de Mathias. Las suelas de mis botas siguen combadas tras el calor de Tetis, y me resbalo al subir.

Cuando estamos por llegar arriba, siento un tirón en el costado. Por encima de mí, el escaneador de Hysan dispara un rayo dorado, y el panel de acceso que se encuentra sellado se abre al instante.

Trepamos a la estructura entramada de acero, sobre la cual se apoyan las vías del tren. La acumulación de electricidad estática hace que prácticamente se me estiren los rulos.

—La estación más cercana es por allá —señala Hysan—. Es solo un tren a pulso. Funciona con una corriente de magnetismo oscilante. Vamos a tener que reptar por este entramado para alcanzarlo.

Mathias me da agua de su cantimplora, y me bajo la máscara de aire para beber.

—¿A qué distancia está? —pregunto.

Hysan se enjuga el sudor de los ojos.

—A un kilómetro o dos.

No hay suficiente espacio para pararse sobre el entramado, así que avanzamos en cuatro patas sobre el armazón remachado. Cada pocos minutos, un tren pasa a toda velocidad por encima de nosotros con un estruendo ensordecedor. Para cuando llegamos a la estación, nuestras cantimploras de agua están casi vacías, tengo los tímpanos lacerados por el ruido del tren, y las manos lastimadas por los remaches. Estamos todos cubiertos de fango.

Hysan desenfunda su puñal y emplea la cuchilla como espejo para asomarse al borde de la escasamente iluminada plataforma de la estación. Cuando nos da el visto bueno, nos apresuramos por subir a la plataforma. Es un alivio estar de pie.

Hysan se mira el traje mugriento.

—Jamás nos dejarán subir al tren con este aspecto.

Mathias se limpia las suelas de las botas con el cuchillo, pero tenemos tanto barro encima que resulta inútil. Hysan saca algo del bolsillo: nuestros collares velo.

—Es tu decisión, Rho. ¿Quieres llegar al Pleno o no?

Mathias y yo nos miramos dudando. Sin decir una palabra, cada uno toma el suyo. Nadie parece advertir cuando desaparecemos de la vista de todos.

Entramos furtivamente en el primer tren que se detiene, y nos acurrucamos en el pasillo, tratando de no tropezarnos con nadie. El tren tiene un suministro de aire, así que guardamos las máscaras, que ya están grises y húmedas. Solo espero que los velos también enmascaren nuestros olores.

Algunos pasajeros arianos a nuestro alrededor se encuentran encapuchados y ocultan lo que evidentemente son armas. Parecen ladrones, aunque están demasiado limpios para provenir del barrio marginal. El color de sus pieles va de los tonos rosado oscuro al vino, y tienen todos el físico de soldados. Los arianos son las personas que tienen mejor estado físico de toda nuestra galaxia.

Nadie habla ni se mira en el tren. La mayoría de las personas se inclina hacia la derecha, subyugadas por sus Audífonos: un pequeño dispositivo que se les introduce a los arianos en la oreja derecha cuando cumplen diecisiete años, edad en la que todos deben cumplir dos años en el ejército.

El Audífono funciona como una Onda, solo que sus imágenes no se proyectan como hologramas. Aparecen dentro de la mente de la persona, donde nadie más las puede ver. Los arianos son maestros en el arte de la guerra, y las tropas necesitan comunicarse discretamente entre sí en el campo de batalla.

Mathias me entrega un diminuto tubo a presión y luego le pasa otro a Hysan.

—Es un antiviral —dice. Levanta uno con cuidado de un extremo, le quita la punta de un mordisco, y se lo lleva a la boca succionándolo. Hysan y yo hacemos lo mismo. El jarabe sabe a cerezas de mar.

Es tarde cuando llegamos al centro de la ciudad, pero no tengo sueño. Mi reloj interno debe de estar fuera de servicio. La enorme estación central de trenes está atiborrada de pasajeros y soldados, todos fuertemente armados. Hasta ahora, no he visto ninguna pantalla donde podamos ver noticias de casa.

Nos abrimos paso zigzagueando por la laberíntica estación cuando Hysan dice:

—Encontraremos refugio en la Aldea Internacional. Toda Casa tiene una embajada allí.

—Vayamos a la de Cáncer —digo. La idea de ver a mi gente me renueva las fuerzas.

El centro de la ciudad de Marson está cobijado bajo un domo de tela de alta tensión, que se mantiene en alto con presión de aire, como una gigantesca pelota de playa inflable. Los edificios son chatos como bunkers, especialmente el macizo hipódromo, donde se reúne el Pleno. Soldados en vehículos blindados pasan a toda velocidad sobre las estrechas callejuelas oscuras, soltando humo. Se detienen y acosan a las personas al azar, como si buscaran provocar una pelea. Hysan tenía razón: me alegro de que estemos velados.

Cuando llegamos más cerca del hipódromo, comienza a reducirse la multitud de arianos que nos rodea. Personas de todo el Zodíaco han venido para observar las sesiones del Pleno. Veo Místicos de Piscis envueltos en tejidos de plata; sagitarianos de cabello oscuro en trajes de levlan que me recuerdan a Nishi; virginianos de tez aceitunada, como también librianos rubios y pequeños pares de geminianos. En todas las esquinas de las calles, soldados arianos enfundados en trajes rojos montan guardia.

El hipódromo ha sido bloqueado. A nuestro alrededor, las personas hablan de una amenaza de bomba. Los embajadores y sus asistentes han sido trasladados a un refugio subterráneo mientras los escuadrones de explosivos registran el edificio buscando bombas.

Todo el mundo parece tomarse esta situación con más cinismo que miedo, como si este tipo de ataques ocurriera a menudo en el Pleno. De pronto, me acuerdo de algo que me contó mamá sobre estas sesiones. Dijo que las reuniones del Pleno eran una pérdida de tiempo porque los embajadores no sabían trabajar juntos. Aseguraba que el sistema se había corrompido: luchas territoriales, peleas partidarias, sobornos impagos.

Aparentemente, las cosas han empeorado durante la década que pasó desde nuestras lecciones.

—Veo muchos soldados, pero ¿dónde está la Guardia Zodai local? —le pregunto a Hysan.

—Los Zodai arianos fueron marginados cuando la junta tomó el poder. Incluso el general Eurek no es más que un títere, que vive bajo prisión domiciliaria. Los militares emplean sus propios astrólogos, del mismo modo que las milicias enfrentadas.

—¿Podemos visitar al Guardián Eurek?

Hysan le susurra algo a su Escáner, y un pequeño holograma flota delante de sus ojos. Es una figura en miniatura de un hombre rechoncho que viste una túnica extravagante, ribeteada con piel de cordero. Parece como si alguna vez hubiera sido un fisicoculturista, cuyos músculos se han desinflado hasta ser pliegues de piel por la falta de uso. Hysan gira el holograma para que yo pueda ver el rostro del hombre.

—Este es Albor Echus, el embajador ariano. Su papel es más el de un vocero para los generales. Puedes conocerlo, pero el general Eurek no recibe a nadie.

El día en que Stanton cumplió diez años, el mismo año que se marchó, mamá me dio un collar. Fue el único regalo que me dio que no fue también de parte de papá. Sobre una hebra de caballo de mar plateada, había ensartado doce perlas de nar-mejas, cada una portando el símbolo sagrado de una Casa del Zodíaco.

—*Compartimos el mismo universo, pero vivimos en mundos diferentes* —solía recordarme a menudo.

Pero a pesar de que me insistiera en las diferencias entre las Casas, jamás consideré el Zodíaco como una colección de perlas multicolores reunidas en la misma órbita del collar; sentía que éramos *un solo collar*. Cada perla tiene su propósito, pero no hay ninguna que sea más importante que otra, y cada perla es esencial para la belleza del todo y para que siquiera podamos llamarnos un collar.

Me avergüenza haber tenido que hacer este viaje para darme cuenta de lo ingenuo que sonaba aquello. Mamá tenía razón: cada Casa que he visitado funciona como su propio mundo, separado de los demás; hasta Cáncer opera de esta manera, solo que jamás lo pensé así. No solemos andar por la vida pensándonos como un elemento dentro de un conjunto más grande.

Pero ahora tengo que dirigirme a todas las Casas y encontrar una manera de convencerlas de que *somos* un collar. Cada perla importa. Lo que le suceda a una estrella en nuestro universo puede afectar y *realmente afecta* a todas las demás.

Esa es la ventaja que Ofiucus mantiene sobre nosotros: mientras sigamos desconfiando el uno del otro, somos más fáciles de atrapar, una perla por vez.

26

Cuando llegamos a la Aldea, debemos quitarnos nuestros collares. La comunidad está cercada por una sólida reja negra, y los guardias obstruyen la única entrada con una barricada, por lo que no podemos escabullirnos sin alertarlos.

Nos piden inmediatamente una prueba de identificación. Un soldado ariano levanta una pequeña pantalla para tomar nuestras huellas dactilares. Sus colegas hacen una mueca al ver el fango que salpica nuestra ropa.

Apenas Hysan suspende el dedo sobre la pantalla se despliega un holograma de su cara, y debajo aparecen las palabras *Hysan Dax, Casa de Libra, Enviado diplomático*, además de toda una serie de datos, como su huella astrológica, fecha de nacimiento, formación académica y otra información que no puedo ver. Mathias le sigue. *Polaris Mathias Thais, Casa de Cáncer, Asesor Real*. Después me toca a mí. *Madre Rhoma Grace, Casa de Cáncer, Guardiana*.

Los soldados me miran con curiosidad.

—Gracias —dice Hysan, haciendo un gesto para chocar puños con cada uno de ellos. Espío destellos dorados en las manos de los soldados cuando las apartan, y cada uno desliza lo que parecen ser monedas de oro galáctico en sus bolsillos. Después Hysan me toma la mano y me hace pasar rápido por la entrada. Mathias nos sigue de cerca por detrás.

Del otro lado de la muralla, la Aldea Internacional parece una versión más pequeña de nuestro sistema solar: es redonda, como un reloj, y está dividida en doce embajadas. En el centro hay un mercado internacional, con comida y servicios provenientes de todos los lugares del Zodíaco.

El aspecto, estilo y funcionamiento de cada Casa es tan distinta que el efecto general marea. Solo puedo compararlo con un parque de diversiones, donde cada sección tiene una temática diferente. Las embajadas son consideradas terreno soberano, por lo que no caen bajo la ley ariana.

Entramos por el lado libriano. Su edificio es una fortaleza armada de paredes lisas, rodeada por cámaras de vigilancia y Zodai de su Guardia Real. A nuestro costado está Virgo. La embajada, redonda y dorada, parece una colmena de abejas, y su entrada empotrada da lugar a un colorido jardín con frutas y verduras en su patio delantero.

Mathias corre por delante, y yo me lanzo a correr detrás de él. Los dos sentimos el llamado del mar de Cáncer.

Nos apresuramos más allá de Leo, un teatro elevado con leones vivos merodeando el frente —un par está despedazando un trozo de carne cruda— y después vemos la Cuarta Casa. La embajada canceriana parece una residencia isleña. En lugar de un edificio tenemos cuatro cabañas de varios niveles, cada uno adornado con cortinas etéreas, y las estructuras están construidas con caracoles y arena.

Como nuestra casa en Kalymnos, pienso con un suspiro.

Entretejiéndose entre las cuatro cabañas y formando una barrera protectora alrededor de toda la embajada, serpentea un ancho arroyo con agua del mar de Cáncer. Una borda que sirve de puente para pasar sobre el arroyo, pero dos miembros de nuestra Guardia Real la están retirando para que no quede fuera de noche. Reconozco sus rostros de Oceón 6. Los envié aquí la noche que tomé mi juramento como Guardiana.

—¡Westky! ¡Bromston! —Mathias les grita a los Polaris, y dejan de hacer lo que estaban haciendo.

—¡Polaris Thais! —uno le responde con un grito, reconociendo a Mathias—. ¿Estás aquí con la Sagrada Madre?

—Lo está —digo yo, corriendo detrás de Mathias, algo falta de aliento. Una sonrisa empieza a dibujarse en mi cara. Por fin en casa... de alguna manera.

Los Polaris reponen la borda, y los tres cruzamos el arroyo. La planta baja de la primera cabaña es el único sitio con luces encendidas, así que entramos por ahí —lo cual resulta sencillo dado que no tiene puertas. A primera vista, ninguno de las cuatro cabañas parece ofrecer mucha privacidad en sus primeros pisos. Solo en los pisos más altos hay paredes y puertas.

La recepción a la que llegamos está diseñada como una sala de espera. La mitad de la sala está cubierta con hamacas y sillas mecedoras, cada una equipada con una Onda de la embajada para chequear noticias y enviar mensajes. La segunda mitad está ocupada por una piscina de agua de mar para nadar.

La única persona presente es un hombre sentado detrás un escritorio, que parece un oficial. Cuando nos acercamos, me doy cuenta de que se trata de un holograma.

—Soy el Polaris Mathias Thais —dice Mathias a medida que nos acercamos—. La Sagrada Madre está conmigo. Estamos buscando a Amanta y Egon Thais.

Los ojos del hombre holográfico se abren grandes. Se detienen por un instante sobre mí. Después se vuelven a Hysan.

—¿Quién es el libriano?

—Es...

—Hysan Dax, enviado diplomático —dice Hysan, interrumpiendo a Mathias en plena respuesta.

La explicación irrita a Mathias, porque aclara:

—Ha sido nuestro chofer durante el viaje. ¿Sabes dónde están mis padres?

El holograma asiente.

—Justo estaba apagando todo hasta mañana. Estoy transmitiendo desde la tercera cabaña. Tus padres están un piso más arriba. Les diré que estás aquí.

El holograma desaparece. Segundos después, dos personas corren hacia nosotros y envuelven a Mathias en un abrazo.

Hysan y yo nos apartamos para darles privacidad. De pronto, la ausencia de mi familia me golpea como un dolor físico real. Durante todo este viaje he tratado de permanecer fuerte, de enfocarme en mi misión, de poner a un lado mis necesidades... pero la verdad es que nunca me he sentido tan sola. Tal vez pueda intentar Ondear a papá y a Stanton desde aquí. Quizás ahora haya una forma de localizarlos.

Mathias trae a sus padres para presentármelos. Tienen los ojos rojos, pero sonríen y se inclinan juntos.

—Sagrada Madre.

—Por favor, no hace falta que hagan una reverencia —digo, extendiéndoles el brazo para hacer el saludo de mano—. Y por favor, llámenme Rho.

Está claro que Mathias ha heredado la mayor parte de sus rasgos de Amanta, su madre, que es alta, pálida y rubia. El pelo negro ondulado le viene de su padre, Egon. Parecen estar más felices que nunca de ver a su hijo... pero también hay una profunda tristeza, imposible de ignorar. Acaban de perder a su hija en el ataque.

Cuando sus ojos se posan sobre Hysan, él dice:

—Soy el chofer.

Tengo que girarme y mirarlo de frente para asegurarme de que es él quien está hablando. No está intentando seducir a nadie y no quedan rastros de su radiante personalidad.

Encuentra mi mirada e intenta recobrar un poco de su buen ánimo, pero parece forzado. Por primera vez, sus encantos le fallan.

—Es tarde, y debería encontrar alojamiento en la embajada libriana. Te veré mañana, miladi.

—Puedes quedarte...

—No debería.

Apenas deja la recepción, desaparece de nuestra vista. Debe de haberse puesto el collar.

Los padres de Mathias nos conducen a sus aposentos privados. Mientras Mathias los pone al día con los hitos principales de nuestro viaje, mi mente está con Hysan. Me pregunto quién lo habrá abrazado cuando tenía pesadillas de niño. Quién lo espera cuando regresa a casa después de sus viajes. Qué rostros ve cuando piensa en su gente.

Como cancerianos, cuidar a nuestros afectos es nuestra prioridad. Cuando mamá se fue, causó repercusiones que se propagaron por toda nuestra comunidad. Las familias deshechas son raras en Cáncer; las madres fugitivas, inexistentes. Al menos tuve a Stanton y a papá. No puedo imaginar lo que sería no tener a nadie.

—Mis padres están ayudando con el reasentamiento—me cuenta Mathias, después de que se hayan ido a dormir. Me estoy alojando en su cuarto de huéspedes, y Mathias va a dormir en el estudio, pero por ahora los dos estamos sentados en la hamaca de mi habitación, conversando.

—Están negociando con otras Casas para obtener comida y alojamiento temporarios. Mi papá está intentando crear un orfanato.

Un orfanato. ¿Allí fue criado Hysan por el robot Miss Trii? ¿Allí es donde generaciones de niños de Cáncer y de Virgo serán criados después de los ataques de Ocus?

—¿Rho?

La voz calma y profunda de Mathias me trae de nuevo a esta noche.

—Perdona —muestro una pequeña sonrisa—. La vida ha estado patas arriba durante tanto tiempo que ahora algo tan común como encontrarse con padres y dormir en una habitación parecen cosas extrañas.

—Entiendo lo que quieres decir —dice, y un bucle negro le cae sobre el ojo. Le ha crecido demasiado el pelo; ha perdido su corte estilo Zodai.

Amanta puso nuestra ropa en el refrescador y nos prestó atuendos para dormir. Estoy usando una de las viejas camisas de Egon; me llega un poco más arriba de las rodillas, y el cuello se me desliza sobre el hombro. Mathias tiene puesto un par de jogging, sin camisa. Cada vez que se mueve, las líneas de su pecho y de sus brazos se reajustan, y prácticamente puedo ver los músculos trabajando debajo de la piel.

Cuando el impulso de tocarlo se vuelve más fuerte que mis pensamientos, pregunto:

—¿Puedo pedirte prestada tu Onda?

La mía sigue guardada bajo seguro, por si Ofiucus consigue activar la versión tutorial de la Efemeris. Uso la Onda de Mathias para intentar contactarme con papá y Stanton, pero no puedo conseguirlo. Sé que lo más probable es que hayan perdido las suyas, pero sigo esperando verlos del otro lado de la línea.

—Mañana le pediré a la embajada que intente rastrearlos —dice Mathias, con un tono reconfortante.

—Gracias.

Acto seguido, envío una Onda al Rastreador de Nishi, pero no responde. Nadie me va a rescatar de estar a solas con Mathias, y con los músculos de Mathias, y con el silencio de Mathias.

Más temprano, nos duchamos por turnos, y fue increíble volver a sentir agua de verdad sobre la piel y el pelo. Cuando me sequé los rulos, Mathias limpió la mugre de sus botas, y ahora, pese a mis protestas, está haciendo lo mismo con las mías. Parece tan serio, entrecerrando sus cejas mientras trabaja sobre los trozos de lodo en las uniones. Los movimientos cuidadosos de sus manos me provocan una culpa angustiante.

Antes de llegar a Virgo, cuando nos descubrió a Hysan y a mí, me dijo que debía recordar quién era yo. Aunque sigo intentando averiguarlo, hay algunas cosas que ya sé. Como que no soy una mentirosa y que no me gustan los secretos.

No debí haber dejado que Hysan revisara las cosas de Mathias. No porque fuera tan grave —estoy segura de que Hysan no se llevó nada—, sino porque no es quien soy. Mathias tenía razón al rechazar los collares velo desde el comienzo del viaje. Tal vez debamos pelear, pero no podemos perder de vista la causa de esa lucha.

¿Cómo podremos salvar a Cáncer si estamos perdiendo nuestros valores cancerianos en el proceso?

—Rho, sobre tu discurso en el Pleno —dice Mathias, haciendo una pausa para limpiar la punta de mi bota, aunque ya esté limpia—. Tal vez no deberías mencionar a Ofiucus.

Me quedo completamente paralizada, incluidos mis pensamientos.

—¿Qué quieres decir?

Da vuelta la bota para inspeccionar el talón.

—Los embajadores serán difíciles de convencer. Creo que te irá mejor si te ciñes a los hechos comprobados, por ahora.

La habitación se oscurece, como si alguien hubiera atenuado las luces.

—No me crees. *Aún*. Después de Virgo, después de todo lo que has visto.

—Expón tu caso sobre el ataque psi —dice, con un tono de ruego en la voz—. Puedes probar eso con el registro de la nave, y Moira te respaldará. ¿Por qué usar un cuento infantil cuando no hace falta? Ya sabes que eso te hace perder credibilidad, y la gente deja de tomar en serio lo que dices.

No puedo creer que Mathias me esté pidiendo que mienta. Después de todo lo que ha dicho sobre Hysan, ahora me está diciendo que sea exactamente como él. Mentirle a mi pueblo por su propio bien.

Me acuerdo del día de la ceremonia de juramento, cuando Nishi me confrontó con su teoría sobre Ofiucus. Recuerdo que por un instante consideré no mencionar a Ocus ante mis Asesores para que no dejaran de tomarme en serio.

Después recuerdo las palabras de Leyla, la bendición de Agatha y el compromiso de Nishi. Me doy cuenta de por qué no puedo mentir: me traicionaría a mí misma.

—Háblame —susurra Mathias—. No puedes simplemente enojarte cuando no estás de acuerdo.

Quiero hablar, pero la ira me vuelve a subir por el pecho. *Mathias todavía no confía en mí*. No puede defender mi testimonio porque no vio las cosas que yo vi. Tampoco vio las advertencias a Teba ni a

Virgo, y aun así se probó que yo estaba en lo cierto... pero sigue negándose a ver que tengo razón sobre Ofiucus.

La ira me tapa la garganta con una furia impotente. No hay nada que pueda hacer para probarle a Mathias que tengo razón, nada que no sea abrir la Efemeris y llamar a Ocus aquí y ahora.

—Rho. —Mathias deja mis botas y se arrodilla en el suelo delante de mí—. Vivo para servirte. Tú lo *sabes*. Solo estoy intentando ayudarte para que tengas una defensa más sólida. Quiero que las Casas estén de nuestro lado.

—Gracias —digo, tomándole las manos y levantándolo—. Solo necesito dormir un poco.

—Claro, te dejo —dice, aunque parece un poco triste. Yo también siento la tristeza... y me doy cuenta de que en otras circunstancias esta noche podría haber terminado muy distinta.

—Estaré en el estudio por si necesitas algo.

Cuando Mathias se va, me quedo acostada en la oscuridad por un largo rato. Que no me crea no es su culpa. Sé que lo está intentando. Pero tomar algo tan extravagante por cierto va en contra de cada ápice de su naturaleza. Hasta ahora, su escepticismo me molestaba, pero me alcanzaba con su lealtad.

Ahora ya no.

Después de todo lo que ha sucedido, convencer a las Casas de que Ofiucus existe es lo único que me queda. Si no defiendo mi caso, el Zodíaco está condenado. Del mismo modo que Mathias no puede encontrar una forma de creer en mí, no estoy segura de que pueda encontrar una forma de perdonarlo.

Porque más allá de cuánto nos importemos el uno al otro o cuánto lo intentemos, permanecemos en bandos opuestos.

***

A la mañana siguiente, dejamos la Aldea y nos dirigimos al hipódromo, donde se reunirá el Pleno.

La ciudad es grande, y está abarrotada de gente y desorganizada. La amenaza de bomba de ayer inmovilizó todo e hizo que los embajadores pasaran la noche en un refugio, de modo que no pudimos conocer a la representante canceriana en la embajada. Vamos a encontrarnos con ella ahora.

Cuando llegamos, los padres de Mathias tienen que reportar sus tareas, pero acordamos buscarlos una vez que tengamos novedades. Pasamos una hora discutiendo con los secretarios de la recepción que controlan la agenda del Pleno, intentando convencerlos de que me den un hueco en el cronograma de hoy. Primero, insisten en que no hay forma de ajustarlo porque está a tope. Una vez que los hemos persuadido de que nuestro motivo es urgente, insisten con que necesitan una serie de permisos, y les está llevando una eternidad conseguir cada uno.

A nuestro alrededor los soldados caminan entre la multitud, inspeccionando a cada persona u objeto sospechoso. La amenaza de bomba de ayer dejó a todos inquietos.

—¿Hay algo que pueda hacer por ti, miladi?

Me giro al escuchar la voz de Hysan y sonrío. Es el amanecer en persona.

Inmediatamente toma el mando de la situación. Aunque solo tenga diecisiete años, tiene todas las habilidades de un diplomático experimentado. Mientras negocia con los secretarios, empiezo a reparar en el hipódromo. Es un cubo que contiene una esfera enorme de acero brillante suspendida en el centro. Parece un pequeño planeta de metal que ha sido escondido en una caja de hormigón.

Nos encontramos en la sala de recepción de la planta baja del cubo, y cuando miro hacia arriba, veo la gigantesca parte inferior de la esfera, que se hincha sobre nosotros. A su alrededor, un caño translúcido hecho con lo que parece cristal de rubí asciende de forma espiralada hasta perderse en las alturas, trasladando a personas en una escalera móvil a los distintos niveles de la esfera.

—¿Qué hay dentro de la esfera? —le susurro a Mathias.

—La arenósfera. Cuando no se usa para el Pleno, los locales lo usan como sede de torneos holográficos de lucha libre. Es bastante importante aquí.

Lo he visto con mi Onda alguna vez. Los competidores alteran sus hologramas para transformarse en bestias imaginarias: caballos voladores, gárgolas, perros de tres cabezas. Es una tecnología similar a aquella que emplea el Imaginarium de Géminis.

Hay un noticiero holográfico cerca de nosotros, y Mathias y yo nos escapamos para escucharlo. El material que proyecta cuenta de luchas terrestres sobre la luna sagitariana, donde los inmigrantes de Escorpio se han rebelado en contra de sus empleadores sagitarianos, exigiendo el derecho a practicar rituales religiosos en el lugar de trabajo. Los sagitarianos son un pueblo extremadamente tolerante, lo que me hace preguntarme por los tipos de rituales que quieren practicar los de Escorpio.

Sagitario es una constelación muy grande con muchos planetas habitables, y espero que Nishi y su familia estén lejos de estas peleas. No hay noticias sobre Cáncer, pero hay un reportaje sobre el páramo carbonizado de Tetis en la Casa de Virgo. Donde una vez se erigía la ciudad aguja, ahora un cráter se abre como una herida oscura, rodeada por escombros humeantes.

Se ha logrado contener el fuego, pero el cielo está lleno de ceniza, lo que ensombrece la luz del sol; además, gran parte del oxígeno ha sido quemado. Los Zodai pronostican un invierno implacable sobre la superficie del planeta. Años de cosechas de cereales se perderán, y causarán escasez de alimentos en todo el universo. Todos los sobrevivientes han sido evacuados a los planetas menores de Virgo, donde el problema es ahora la superpoblación. La emperatriz Moira aún permanece en cuidados intensivos.

Los gritos de Virgo todavía me resuenan en la cabeza cuando volvemos a la recepción para ver en qué anda Hysan.

—Finalmente han aceptado contactarse con tu representante. La embajadora Sirna está en camino. —Me mira entrecerrando los ojos verdes—. ¿Qué pasa?

—¿Qué *no* pasa?

—Si podemos quejarnos es porque seguimos estando vivos, miladi. —Sus labios se fruncen en una sonrisa torcida—. Algo es algo.

No importa cuán oscuras las circunstancias, Hysan siempre puede encontrar la luz. De entre todas las cosas que lo definen, esa es mi favorita.

Cuando llega Sirna, ver su rostro canceriano me enternece, como si fuera un abrazo. Debe de tener treinta y pico, tiene pelo oscuro, piel marfil y ojos del color del mar, y lleva puesto el atuendo formal de Cáncer: una falda larga con vuelo, combinada con un saco que luce las cuatro lunas sagradas de plata. Pero ahora que la veo de cerca, me doy cuenta de que no está sonriendo.

— Honorable Guardiana, nos conocemos finalmente.

Intercambiamos saludos de mano, y después de que presento a mis amigos, me dice:

—Tu largo silencio nos ha dejado perplejos. No entendemos tu presencia aquí cuando nuestro pueblo te necesita tan desesperadamente en casa.

Abro la boca, pero Mathias interrumpe:

—Embajadora, no hay lugar en el universo donde más le gustaría estar a nuestra Sagrada Madre que en nuestro hogar. Pero ha venido aquí con un mensaje urgente para todas las Casas.

—¿El mismo mensaje que ha estado divulgando tu compañera de curso ? —Los ojos de Sirna se afinan—. Hemos visto el video que envió a todos los medios de noticias. Sabemos que tu banda está haciendo una gira por los campus de distintos colegios y usando sus presentaciones como una forma encubierta de extender rumores sobre el monstruo infantil Ocus y para ganarte más adeptos. ¿Intentas incitar a la histeria colectiva? Con todo lo que ha sufrido nuestra Casa, ¿usarías nuestra tragedia para promocionar el culto a tu persona?

Estoy tan pasmada por la acusación que apenas puedo tomar aliento, mucho menos formular una respuesta. Hysan interrumpe, con una voz profunda, llena de autoridad:

—Embajadora, tu Guardiana hará un discurso ante el Pleno. Por favor, coordínalo ahora mismo.

—Sí, por favor —digo, con voz débil—. Es vital.

Por mucho que Sirna quiera, como embajadora no puede rechazar una orden directa de su Guardiana. Sirna se dirige a los secretarios y de alguna forma logran meterme en el cronograma de hoy. Me toca hablar en menos de dos horas. Aunque hayamos ganado una pequeña victoria, no lo parece.

Una vez que los preparativos han sido resueltos, Hysan dice:

—Tengo que encontrarme con el representante libriano. Te veré en el Pleno, miladi.

Hace una reverencia y se marcha, y no logro entender si el hecho de que no me haya mirado es intencional o si solo está preocupado.

Sirna nos escolta a su oficina en un nivel inferior, debajo de la esfera gigante.

—Pueden esperar aquí —dice—. Tengo otras tareas.

—¿Cuáles son las últimas noticias de Cáncer? —pregunto.

—Cada día está peor.

Con un adiós seco, Sirna se dirige a la próxima reunión de comité, dejándome parada ahí, todavía boquiabierta ante sus palabras y su indiferente crueldad.

Su oficina bajo tierra es fría y estéril, con pocos muebles. Hay dos bancos, un escritorio y un acuario de agua salada. Dos soldados están haciendo guardia en la puerta. Mathias sondea el lugar buscando tecnología de vigilancia.

—Este lugar no es seguro —susurra—. Hay al menos una decena de diferentes tipos de dispositivos de espionaje solo en esta habitación.

—Entonces no hablaremos. —Miro los caballitos de mar en miniatura en el acuario, después me siento sobre uno de los duros bancos de acero de Sirna—. Voy a pensar en las palabras que le dirigiré al Pleno. Tú deberías encontrar a tus padres y hacerles saber dónde estamos.

Frunce el ceño. Mathias dejó de reírse hace tiempo.

—Preferiría no dejarte sola.

—Anda —digo—. Les dijimos que les avisaríamos. Esperaré a que vuelvas para meterme en problemas.

Con una mueca reacia, se va, prometiendo volver enseguida. Un poco más tarde, y sin hacer el menor ruido, la puerta se abre despacio, y entra Sirna, haciendo señas de mantener el silencio antes de que yo pueda decir algo.

Toca un prendedor azul con forma de almeja, justo en la base de su garganta, y cuando destella me doy cuenta de que se trata de su Onda. A continuación, toma una bola plateada de su manga y la lanza al aire. La bola despliega alas y vuela alrededor de la habitación, chillando como una pulga de mar.

—Mi oficina siempre está bajo vigilancia —susurra—. Pero este emisor de interferencias puede cegar ojos fisgones por algunos minutos.

Mira el pequeño emisor de interferencias que zumba por todo el cuarto. Acto seguido, los veloces ojos azules se vuelven hacia mí.

—¿Por qué has desertado tu Casa, Guardiana?

Su pregunta es como una cachetada, y su expresión feroz me hace sentir como una niña pequeña de nuevo.

—Deberías tener una respuesta preparada —dice—, porque muchos de los que están aquí hoy te lo van a preguntar.

Trato de infundir autoridad a mis palabras, como hizo Hysan cuando le habló hace un rato.

—Sabes por qué he venido.

—Sé que el anillo de escombros lunares ha cambiado nuestras mareas —dice Sirna, casi siseándome las palabras—. Hemos visto dislocaciones masivas. La cadena alimenticia marina está descomponiéndose a cada nivel. Hubo incluso más desplazamientos en el núcleo del planeta. Más tsunamis. Hemos tenido que empezar evacuando... a nivel planetario.

Sus últimas palabras se destacan por sobre el vacío oceánico de mi mente.

A nivel planetario.

Dejé Cáncer para salvar el Zodíaco... y ahora mi hogar se está muriendo.

—Únicamente las ciudades más grandes están todavía sobre el nivel del mar. Nuestras islas y comunidades que se encuentran en niveles más bajos se han sumergido.

—¿Q-qué pasó con mi familia?

—¿*Tu* familia? Espero que te estés refiriendo a la población entera, Sagrada Madre. Como Guardiana, eres Madre de *todos* los cancerianos, ¿o acaso lo has olvidado?

Exhala ruidosamente y fija la mirada en el emisor de interferencias, frunciendo los labios.

El latido de mi corazón se suspende en su silencio.

Con una voz más suave, dice:

—Tu padre y hermano han desaparecido. Lo siento, Guardiana.

27

¿Desaparecido?

Los acababa de recuperar. Ni siquiera llegué a verlos cuando los encontraron… ¿Cómo pudieron haberse perdido otra vez?

Mi corazón parece haber duplicado su tamaño y apenas me cabe en las costillas. Cierro los ojos con fuerza para mantener las lágrimas a raya; no quiero darle más motivos a Sirna para que me desprecie. Pero mi principal motivación para viajar fue el hecho de que papá y Stanton estuvieran vivos. No podría haber hallado la fuerza para marcharme de Cáncer, para alejar a Ocus, si no hubiera visto con mis propios ojos que mi familia estaba viva.

¿Cómo podrá mi hogar ser justamente un hogar sin ellos?

Me siento como aquella primera noche en Oceón 6: despojada de todo, sin Centro, sola. Como si una vez más me estuvieran pidiendo que entregara más de lo que me queda. Solo que esta vez no es solo Cáncer lo que está en juego. Es el Zodíaco entero.

—Tenemos un problema aún mayor —dice Sirna, como si mi familia fuera apenas un punto más en una larga serie de ítems—. ¿Te informó Crius de los deberes que ejerzo acá?

Parpadeo un par de veces, permitiendo que el dolor me colme por dentro un rato más, y las palabras de Nishi vuelven a mí: *Está bien sentir tu dolor antes de taparlo.*

Pensar en ella casi me devuelve una sonrisa y me recuerda que ella no se ha dado por vencida. No ha regresado a su casa a ver a su familia, aunque ahora Sagitario también esté convulsionado. Sigue allá, sigue luchando por mí. Por nuestra causa. Por nuestro mundo.

No me puedo derrumbar ahora.

—Eres nuestra embajadora —digo, enderezándome en mi asiento, con la voz firme y enérgica. Jamás me escuché hablar así—. Representas nuestros intereses en el Pleno.

Sirna parece considerar el cambio que advierte en mí antes de volver a hablar.

—Entonces Crius no te contó. —Se cruza los brazos y frunce el ceño—. Tendré que ilustrarte yo misma. Pero, primero, jurarás *por la vida de tu madre* no revelar jamás lo que estoy a punto de decir.

—Lo juro.

Se arrima hacia mí y me susurra:

—Estoy a cargo de un grupo de agentes del Servicio Secreto Canceriano. Mis agentes han descubierto información sobre un ejército clandestino que se está reuniendo en el planeta ariano Fobos.

La idea de que haya espías cancerianos me resulta más graciosa que interesante, y no tengo tiempo para preocuparme por una pandilla de seres humanos que cuchichean de manera furtiva mientras existe un Guardián inmortal que está decidido a destruirnos.

—No estoy enterada de la existencia de un ejército. Mi objetivo es advertirle al Pleno sobre Ofiucus.

—¡Oh, déjate de chiquilinadas! —grita, poniéndose de pie de un salto. Yo también me incorporo y nos quedamos mirándonos la cara, furiosas—. Hallarás que un ejército puede ser mucho más destructivo que un monstruo sacado de un libro infantil —gruñe.

—Entonces, Embajadora, espero que nunca te tengas que encontrar con el monstruo cara a cara.

Salgo como una tromba de la habitación y cierro de un portazo.

***

Nuestro mar está convulsionado. Nuestro pueblo está exiliado. Mi hermano y mi padre no pueden ser hallados. Aturdida, deambulo debajo del colosal globo de acero de la arenósfera, tropezándome con personas y puestos de información.

Decenas de acólitos arianos me pasan corriendo, llevando a cabo los trámites urgentes del Pleno, pero para mí son solo sombras.

Mathias me estaría aconsejando que no me encierre en mi propio dolor y, sin embargo, por extraño que parezca, estoy pensando en mi madre.

La siento más presente hoy de lo que la he sentido en años. Después de todo, es la persona que me enseñó a creer en mis temores. Jamás le he contado a nadie, pero cuando mamá se fue, no me sentí triste. Me sentí *liberada*.

Para papá, el cambio fue de un día para el otro. Era una persona taciturna por naturaleza, pero después de eso apenas volvió a decir una palabra. Para mí, la tristeza comenzó después. Primero, rechacé todo lo que me hacía acordar a ella: el yarrot, Centrarme, leer las estrellas. Después me aferré a todo ello como si me la pudieran devolver.

Stanton fue quien más la extrañó. Ella solía ser diferente con él. Conmigo era más instructora que madre, pero con Stanton era una amiga. Le pedía que la acompañara a hacer los mandados, y lo hacía participar de las discusiones con papá, como si Stanton fuera un adulto que pudiera hacer de árbitro entre los dos. Cuando llegaba a ese punto, papá generalmente la dejaba ganar.

Después que se marchó, Stanton comenzó a contarme historias de ella, que yo no había escuchado antes. Su favorita era la del huracán Hebe.

Mamá lo había anticipado en su Efemeris, así que le advirtió a nuestros vecinos y llenó nuestro sótano con bolsas de agua fresca, algas marinas disecadas y medicamentos. Pero Hebe no azotó a nuestro atolón. Solo tiró abajo algunos árboles y dio vuelta las nar-mejas. Papá se burló todo el día de ella por su reacción desmedida.

Mamá no necesitó defenderse. En ese momento estaba embarazada de siete meses, conmigo en la panza. Mientras papá rescataba sus nar-mejas, ella cargó nuestro velero con las provisiones que había reservado. El mar estaba agitado por olas de seis metros de alto, y cuando puso al pequeño Stanton en el asiento delantero del velero, papá se lo recriminó y trató de evitar que mi hermano se fuera con ella.

—Stanton tiene que venir —dijo—. Está predestinado que así sea.

Así que partieron hacia Naxos, la segunda isla más cercana, a dieciocho kilómetros de distancia. Las estrellas le habían dicho que Naxos sufriría el impacto directo, y así fue. Durante cinco días, ella y el pequeño Stanton ayudaron a las familias de Naxos a escarbar entre las ruinas para hallar sobrevivientes; el quinto día, Stanton bajó escurriéndose por un agujero diminuto a un sótano que había colapsado y halló a un bebé todavía vivo.

Si no le hubiera ocurrido a mi propio hermano, jamás lo habría creído.

¿Conducirá el destino a alguien para rescatar a Stanton y a papá si están ahora en problemas? ¿O debo abandonar lo que estoy haciendo y ser yo quien va a buscarlos? Si solo pudiera volver a usar una Efemeris…

A través de la neblina de mis pensamientos, aparece con claridad una figura reconocible que camina hacia mí. Casi no doy crédito a mis ojos.

—¿Doctor Eusta?

—Honorable Guardiana. Qué alegría haberte encontrado a tiempo. —No parece contento. Sus ojos desviados me miran furiosos.

—¿Qué hace acá? —Cuando le ofrezco un saludo de mano, esta lo atraviesa de lado a lado. Sigue siendo un holograma.

—La embajadora Sirna nos ha informado de tu plan de hablar en el Pleno. No debes hacerlo. Deshonrarás a nuestra Casa.

—Pero, doctor, yo…

—Cáncer será el hazmerreír de la galaxia. ¿Merece nuestro pueblo atormentado semejante castigo?

—Y las demás Casas, ¿acaso no merecen algo? —pregunto, y la sangre me sube a las mejillas—. No me puedo quedar a un lado sin hablar.

El rostro de Eusta se deforma de ira.

—Tu propia Casa sufre gravemente, y el almirante Crius te ordena que regreses. Me envió aquí para llevarte a casa.

Cuando me muestra la orden escrita de Crius, entrecierro los ojos ante el documento virtual, confundida. Crius no tiene la autoridad para darme órdenes. Es mi Asesor Militar, así que solo puede invalidar mis decisiones en tiempos de guerra, y solo si él y la mayoría de mis Asesores votan que mi vida corre peligro. Pero... me da la impresión de que acá hay algo raro.

El doctor Eusta echa una mirada al costado.

—Otra emergencia. Debo marcharme. Pero escúchame bien, Guardiana. No hables en el Pleno.

El holograma del doctor desaparece con un chispazo, y parpadeo como si despertara de un sueño. Mathias está parado delante de mí, sacudiéndome el brazo con suavidad.

—Rho, te he estado buscando por todos lados. La sesión está por comenzar. Tenemos que entrar.

—Claro —digo, aún aturdida—. ¿Encontraste a tus padres?

—Sí. Hablaremos después. Apurémonos.

Entramos en el tubo de la escalera color rubí, y sus paredes lo colorean todo de un rojo sangre. Me siento shockeada por el encuentro con Sirna, y la visita del doctor no ha hecho nada por devolverme la confianza en mí misma, como tampoco el consejo de Mathias anoche. Todavía no tengo ni idea de lo que diré. Me siento más insegura que nunca.

Mathias me guía fuera del tubo en el primer nivel, donde una puerta redonda se abre para nosotros. La enorme arenósfera, que actúa como una caja de resonancia, es una esfera hueca revestida con una tela negra acolchada. Parece un joyero. Hileras de modernos asientos de cromo rodean sus paredes curvas, y pantallas virtuales se mueven a través del aire, como ventanas de colores parpadeantes.

La esfera se encuentra casi vacía cuando entramos, y se respira un aire viciado y consumido. Toda la mitad superior es un enorme receptor de hologramas. Solo algunos holofantasmas lánguidos, que andan a la deriva debajo del cielorraso, observan la sesión como nubes pasajeras. Y mientras los miro, caigo en la cuenta de lo que me resultaba extraño del doctor Eusta: *no era un fantasma.*

¿Cómo logró proyectar su holograma desde Cáncer sin un desfase temporal? Me hablaba como si su señal estuviera viniendo desde muy cerca.

Mathias me tira de la mano, y tengo que apurarme para seguirle los pasos, que nos conducen hasta el interior de la arenósfera. Para la sesión del Pleno, los arianos han levantado una plataforma temporaria sobre la base de la esfera. Un escenario con forma de medialuna enfrenta un arco de asientos dorados elevados, que están reservados para los embajadores. Cuando entro en el escenario, tres microcámaras voladoras me zumban alrededor como mosquitos.

No entiendo qué le puede gustar a Nishi de ser el centro de atención. Al observar la amplia arena desde el escenario, lo único que me impide perder la cordura es pensar en la meta. Si puedo lograr convencer aunque sea a unas pocas Casas del peligro en el que estamos, tendremos aliados. Entonces habrá otros, además de nosotros, que se ocupen del asunto.

Me froto las palmas sudorosas sobre el traje amarillo con el símbolo de las cuatro lunas. Me imagino la impresión que debo de causar: una niña casi demasiado baja para ver por encima del podio, con un uniforme en el que ninguna prenda combina con la otra. Tengo que pararme en puntas de pie para enfrentar a mi escaso público, compuesto tan solo de siete embajadores dormidos y su séquito de adjuntos, acólitos y asistentes. Es el final del día, y lucen como si lo último que quieren hacer es escuchar otro discurso.

Albor Echus, vestido de rojo ladrillo, se sienta en el centro, representando a Aries. Su opulenta túnica de piel no puede ocultar su doble papada ni su vientre protuberante. A su lado hay un hombre de una delgadez extrema; su rostro parece una lámina de cuchillo. El nombre de su placa señala que es el embajador Caronte, de Escorpio.

Ubico a Sirna. Está recostada hacia atrás con los brazos cruzados sobre el pecho, con un gesto hosco. Debería haber establecido un vínculo con ella cuando me hicieron Guardiana. Hay tantas cosas que debería haber hecho.

Crius tiene razón en ordenarme que regrese a casa. La Madre Orígene se ganó la devoción de su pueblo por medio de sus acciones. Yo no he hecho otra cosa que desaparecer.

Mathias está en posición de firme, vestido en su uniforme azul canceriano, al lado de la puerta principal. Justo cuando estoy por comenzar, Hysan hace su aparición, chocando los puños y dándose palmadas en la espalda con personas de todas las Casas. Luce espléndido en su traje de corte color gris oscuro. Me guiña el ojo, y el estómago me da un vuelco.

Se sienta detrás de su propio embajador libriano, un elegante hombre rubio con barba, cuya placa lleva el nombre de embajador Frey. Inclinándose hacia delante, Hysan le susurra algunas palabras a Frey, y sonríen como si estuvieran compartiendo una broma entre ambos.

Respiro hondo y tartamudeo el saludo formal que me enseñó Mathias.

—Salve, Excelencias, las Más Honorables del Zodíaco. Gracias por escuchar lo que tengo para decirles hoy.

Los rostros de Sirna, el doctor Eusta y Mathias parecen confundirse en mi cabeza; sus palabras me hacen dudar.

¿Estoy equivocada en insistir con la honorabilidad cuando estamos lidiando con un enemigo que no posee ninguna? Ofiucus está manipulando personas, fingiendo que no existe... ¿Sería tan terrible si yo también manipulara, culpara al ejército de Sirna o a algún otro cuco por el derramamiento de sangre? ¿No es acaso esa la función que tiene el monstruo del cuento infantil después de todo: ser un chivo expiatorio para un mal mayor?

Lo que necesito es que el Zodíaco se una. Al margen del nombre que le dé, sigue habiendo alguien allí fuera que busca perjudicarnos, y al menos el registro de la nave que documenta un ataque del Psi lo prueba. Cuando Moira se despierte, les podrá decir que es Ofiucus, y yo le daré mi apoyo.

—He venido a darles una advertencia —digo, y la voz me tiembla ligeramente. Carraspeo y pronuncio las palabras con más fuerza—. Todas las Casas del Zodíaco están en peligro.

El público se mueve inquieto, y echo una mirada hacia arriba, esperando que Ocus ataque. Cuando no sucede nada, endurezco las rodillas que me tiemblan, y comienzo mi historia, contando acerca de todos los recientes desastres naturales en las noticias y compartiendo mi opinión de que son parte de un patrón. Luego insisto en que han sido desencadenados por alguien que está manipulando la psienergía para controlar la Materia Oscura.

Entonces, el murmullo de protestas comienza a elevarse. Al observar los rostros de las personas, cualquier alusión a la Decimotercera Casa se me queda atrapada en la garganta.

Luego vuelvo a recordar el *Tranco* y las burbujas que rompen la superficie del mar. Veo la luz gris de Teba que parpadea en la Efemeris. Si no tengo el valor para hablar ahora, seré como uno de los Guardianes de la historia de Ocus de mamá: demasiado temerosa de creer en mis miedos.

Vuelvo a recordar la bendición de Agatha: *Que siempre brille tu luz interior y que nos guíe a través de las noches más oscuras.*

Creo que este es exactamente el momento al que se refería. La oscuridad que envuelve nuestra galaxia se está volviendo tan espesa que se está poniendo difícil distinguir lo que es cierto de lo que es falso, incluso para nuestros líderes. Agatha me aconsejó que me mantuviera fiel a mis valores cancerianos, incluso —o especialmente— cuando sintiera una mayor tentación de hacer lo que era fácil en lugar de lo que era correcto.

—Algunos de ustedes no querrán creer en mí, pero les ruego que mantengan una mente abierta. Todo lo que estoy a punto de contarles puede ser confirmado por la emperatriz Moira apenas se recupere. Hay una parte de nuestra galaxia que ha estado oculta para nosotros. No sé cómo o durante cuánto tiempo. La Decimotercera Casa no es solo una fábula que les contamos a nuestros niños: es una constelación real, que se encuentra un poco más allá de Piscis. Una Casa llamada Ofiucus.

El público se agita como si fuera un nido de arañas de mar, y los embajadores susurran entre ellos. Pero aún no he terminado:

—Su Guardián original fue exiliado, condenado a la inmortalidad en los límites exteriores del espacio. Y ahora ha regresado al Zodíaco para cobrarse venganza.

Comienzo a describir la solidez con la que lo sentí en el Psi, y tengo que levantar la voz para hablar por encima del público. Golpeo el púlpito con los nudillos, pero nadie parece escucharme. Finalmente, Hysan se pone de pie y grita:

—¡Silencio! Déjenla hablar.

Cruzamos miradas y asiento en señal de agradecimiento. Me sonríe, y por un instante veo al mismo adolescente que estaba en el océano de representantes que acudieron a mi ceremonia de investidura. En ese momento no me conocía, pero aun así me dio su apoyo.

Cuando el público se tranquiliza, digo:

—Hay que detener a Ofiucus. Solo es posible hacerlo si dejamos de discutir entre nosotros y nos unimos para bosquejar un plan.

Más personas están entrando en la arenósfera, personas de todos los rincones del Zodíaco. Los asientos se comienzan a llenar, y sube el nivel de ruido. Una decena más de diminutas cámaras pequeñas zumban a mi alrededor. Ya se debe de haber corrido la voz de mi discurso, así que sigo hablando, tan fuerte como me lo permiten los pulmones.

—Si este enemigo puede perjudicar una Casa tan rica y poderosa como Virgo, nadie está exento. Nuestra única oportunidad es organizarnos en bandos.

—¡Rho! ¡Rho! ¡Confíen en la Guardiana Rho!

Una decena de personas alborotadas se abren paso a los empujones para entrar. Parecen estudiantes universitarios, y uno agita una bandera holográfica con una foto en la que estoy sentada frente a la batería. Comienzan a marchar por el pasillo, gritando mi nombre.

El alma se me cae al suelo. Sé que el voto juvenil solo me hará daño con estos embajadores.

Albor Echus llama al orden, y un par de soldados obliga a los estudiantes revoltosos a retirarse. Cuando la arenósfera vuelve a estar en silencio, me lleva un minuto recuperar la compostura.

El hombre con rostro afilado, Caronte, de Escorpio, levanta la larga vara de orador que lleva en sus manos, indicando que quiere hacer uso de la palabra. Al levantarse, un profundo silencio desciende sobre el público. Irradia una especie de magnetismo que incluso yo puedo sentir.

—Mi querida Rhoma. —Su voz tiene un espesor grasiento—. Qué dulce que hayas venido hasta acá para contarnos cuentos, cuando tu pueblo seguramente te esté necesitando en casa. ¿Hace cuánto que estás en el cargo? ¿Una semana?

—Casi tres, Embajador. Pero hemos estado viajando a hipervelocidad, así que se me confunden un poco las fechas.

—¿Y cuándo exactamente completaste tu entrenamiento Zodai?

—En los intervalos de los ataques de Ofiucus, bajo el entrenamiento de mi Guía y Asesor, el Polaris Mathias Thais. —Le sonrío—. ¿Algo más?

—Sí, querida niña, hay algo más. Soy viejo y un poco duro de oído, así que debes disculparme, pero ¿es posible que hayas dedicado media hora a contarnos que tu Casa fue atacada por el hombre de la bolsa?

El público estalla en carcajadas, y los delgados labios de Caronte se curvan en una sonrisa. Su mirada está lejos de ser cordial.

—Me parece que dije "Ofiucus".

—Mi querida jovencita, nos condolemos ante el dolor de tu mundo devastado. Qué confuso debe de ser para alguien tan inexperimentado. Ahora me explico por qué estás imaginando monstruos debajo de la cama.

Hace una señal a un acólito, que se pone de pie y apunta a mi cabeza, como si me fuera a disparar con el dedo índice. En cambio, una proyección se transmite desde su Pincel, un dispositivo similar a una Onda, que se lleva en la punta del dedo y que los escorpios utilizan para diseñar planos holográficos de sus últimos inventos.

La proyección muestra a Cáncer la noche del Cuadrante Lunar. La imagen tiene el aspecto grisáceo y granulado de material que ha sido grabado a través del lente de un telescopio de largo alcance, pero la visión de nuestras cuatro lunas blancas como perlas me parte el alma.

—Por favor, nótese —Caronte dirige una luz desde su propio Pincel para indicar nuestra luna más pequeña, Teba— que antes del horrible incidente, los científicos de esta luna canceriana estaban experimentando con un nuevo tipo de reactor de fusión cuántica. Pasemos el video en cámara rápida. Presten mucha atención, Excelencias.

Me armo de valor para lo que viene. Primero, una inmensa explosión sacude Teba y la desvía de su rumbo. Luego Teba choca contra Galene, que golpea a Orión, que explota contra Elara. El cielo entero se llena de escombros. En supercámara rápida, los restos se arremolinan alrededor de Cáncer, formando un anillo rocoso, al tiempo que una veintena de trozos más grandes caen en llamas a través de la atmósfera, se despeñan con un estruendo en nuestro océano y ponen en marcha la destrucción en cadena. Cuando el video llega a su fin, las lágrimas me humedecen las mejillas.

Caronte se vuelve hacia el público:

—Ahora les mostraré lo que ocasionó este desastre.

La siguiente proyección de su acólito muestra una estrella detonando en el borde de nuestra galaxia, más allá de Piscis. Brilla como mil soles, proyectando agudos rayos de escombros y gases incandescentes.

—Esta es una hipernova masiva en las Nubes Sufiánicas. Nuestros datos prueban que los rayos cósmicos de ese fenómeno desencadenaron una sobrecarga crítica en el reactor cuántico de Cáncer, ubicado en la luna Teba. En suma, este terrible acontecimiento fue causado por un accidente anómalo.

¿Los rayos cósmicos de las Nubes Sufiánicas? ¿Ha sido ese el presagio durante todo este tiempo? ¿Tenía Caasy razón al decir que me estaban engañando?

Caronte señala la pantalla con la mano.

—La Casa de Escorpio siguió este acontecimiento con nuestros telescopios. Tu predecesora, la honorable Sagrada Madre Orígene, debió de estar durmiendo para no preverlo.

—Cómo se atreve —resoplo a través de los dientes apretados.

La sonrisa de Caronte es como el filo de una cuchilla.

—Niña, nadie te echa la culpa de que fantasees con monstruos. Estás sufriendo de estrés postraumático. Después de pasar por todo lo que pasaste, ¿quién no lo estaría sufriendo?

—¿Y qué me dice de Virgo? —le pregunto furiosa—. ¿Quién incendió la atmósfera de su planeta?

La sonrisa que se dibuja en los delgados labios de Caronte torna más gélido el aire.

—Virgo también estaba experimentando con fusión cuántica. Por desgracia, la hipernova descargó radiación durante muchos días.

El acólito que se encuentra sentado entre el público proyecta otro video, que muestra un satélite explotando por encima de Tetis y prendiendo fuego la atmósfera superior.

—Ese satélite albergaba el reactor cuántico de Virgo —dice Caronte—. El resultado fue una tormenta de lluvia ácida que se derramó sobre el planeta. La emperatriz Moira podría confirmar este dato si pudiera hablar. Desafortunadamente, está en coma, pero tengo declaraciones juradas de sus propios científicos.

Después de que muestra estos documentos, no sé ya qué decir. Si no hubiera estado en la sala donde Moira se enfrentó a Ofiucus, yo también estaría dudando de todo.

¿Quién me creerá si Moira no recupera la conciencia pronto y les señala que están errados?

—Así que, como ves —dice Caronte—, estos tristes sucesos tienen explicación racional. No hay ninguna conspiración en ciernes, solo la naturaleza y el azar.

Cuando Caronte concluye su presentación, Albor Echus se pone de pie.

—Gracias a la Octava Casa por este informe. Creo que ya hemos escuchado lo suficiente.

28

Comienzo a objetar, pero Hysan hace una seña para que espere. Le susurra al Embajador Frey, quien se pone de pie y toma el bastón de orador.

—Excelencias, esto requiere más discusión, pero se hace tarde. Propongo postergar este ítem hasta mañana.

Nos está comprando tiempo. El zumbido del público aumenta hasta volverse un estruendo de queja, y Albor Echus dice:

—¿Realmente debemos seguir con estos disparates adolescentes?

Encuentro los ojos de Sirna y asiento, señalándole que se pare y hable. Entorna los ojos para mirarme, desafiante, y mostrando su obvia reticencia, se para y dice:

—Excelencias, estoy de acuerdo con el embajador Frey. Convoquemos otra reunión para mañana.

Otro embajador levanta una mano blanca y grácil, buscando atención. Es el delegado de la Casa de Acuario. Se pone de pie para hablar, aunque no toma la vara de orador.

Una placa indica su nombre: embajador Morscerta. No me había fijado en él hasta ahora. Sus rasgos de alabastro son angostos y alargados, y su larga cabellera cae en una nube de ondas plateadas, pero aun así no me da la impresión de que sea un hombre viejo.

De hecho, no consigo descifrar su edad. Tiene una frente alta y lisa, el labio inferior le sobresale, y sus pequeños ojos grises arden como una combustión nuclear. Incluso está rodeado por una especie de sombra, un aura apenas perceptible que se desplaza de lo visible a lo invisible cuando él se mueve. ¿Podría tratarse de un holograma?

Cuando habla, tengo que revaluar todo. Su tono soprano sedoso tiene un sonido demasiado femenino para ser la voz de un hombre. No es afeminada ni es la voz de una mujer, es simplemente distinta de cualquier voz que haya escuchado.

—Me gustaría escuchar más sobre este relato inusual —ronronea Morscerta—. Madre Rhoma, ¿acordarás encontrarte con nosotros mañana para continuarlo?

—Puedo estar aquí al amanecer.

***

Para cuando me reúno con Mathias y sus padres, Hysan ha desaparecido. Sirna accede a reunirse con nosotros en la embajada más tarde.

Ha sido un día largo, pero estoy contenta de estar con los Thais, regresando a sus aposentos. Extraño estar cerca de una familia.

Mientras caminamos por las calles de la ciudad hacia la Aldea, el cielo hecho de tela de alta tensión brilla con un gris plomizo a la hora del ocaso. El barrio que rodea el Pleno está tranquilo, gracias a los nuevos bloqueos de seguridad. La escena es casi pacífica, pese a los soldados patrullando en vehículos blindados.

Amanta tiene puesta una hermosa capa azul que le cuelga de los hombros, y su esposo, más bajo, usa un traje de negocios convencional y un casquete. A simple vista, Amanta y Egon parecen una pareja despareja; pero cuanto más conversan, más me doy cuenta de que comparten la misma apacible sensibilidad y capacidad empática que todos los cancerianos valoramos.

—Mathias me dice que están ayudando en el reasentamiento —digo—. ¿Están trabajando junto al Almirante Crius?

Amanta me mira con el ceño fruncido.

—Crius murió en el terremoto. Ahora estamos trabajando con Agatha y las Matriarcas.

Me tropiezo con mis palabras.

—Pero… el almirante Crius me ha ordenado a casa justo esta mañana. Envió al doctor Eusta por medio de un holograma para decírmelo.

—Debes de estar equivocada —dice, negando con la cabeza—. Crius murió hace ya varios días. Lo siento, Rho.

Casi me llevo puesto un poste de luz. ¿Acaso alguien estaba haciéndose pasar por el doctor Eusta? Si fuera así, *¿quién?* Mathias me mira intrigado, pero niego con la cabeza: *ahora no.*

Mientras seguimos caminando, de tanto en tanto Mathias escanea los techos y callejones cercanos con sus prismáticos, al tiempo que Egon habla pausada y tranquilamente sobre el éxodo canceriano.

—La mayoría de los sobrevivientes han emigrado al planeta minero de Géminis, Hydragyr, nuestro vecino más cercano.

Al menos han encontrado refugio, pero la imagen de mi pueblo de amantes de agua enterrado en las minas secas y calientes de berilio de la Casa de Géminis me revuelve el estómago. Estoy por preguntar cómo les está yendo allí, cuando Mathias me empuja al pavimento.

La mano y la rodilla se me raspan contra el suelo con fuerza, y todo lo que siento es el peso de Mathias sobre mí, protegiéndome el cuerpo con el suyo. A través de una hendija, alcanzo a ver un rayo de partículas haciendo un tajo chisporroteante sobre la pared que está encima de nosotros.

—¡El callejón! —les grita a sus padres —¡Cúbranse!

Me ayuda a ponerme de pie, y los cuatro nos echamos a correr por un hueco angosto y oscuro entre dos edificios. El corazón me martillea en el pecho cuando más rayos empiezan a sisear a nuestro alrededor. Mathias saca su arma.

—¿Qué está sucediendo? —pregunta Egon—. ¿Por qué disparan?

Amanta dirige el brillo de una antorcha láser a las profundidades del pasadizo, y vemos que es un callejón sin salida.

—Manténganse al ras del suelo —dice, y noto que también está sujetando un arma en la mano.

Fístulas ardientes golpean las paredes y despiden esquirlas de granito. Esos rayos feroces están dirigidos a mí... Ocus debe de haber visto mi discurso en el Pleno y ahora está cumpliendo con su amenaza.

Mathias echa un vistazo a los techos más cercanos. Estamos atrapados. Sin pensarlo, empiezo a acercarme sigilosamente a la calle. Sé que con solo mostrarme, Mathias y sus padres podrán escapar.

Nunca he debido arrastrar a Mathias en todo esto. Nunca he debido permitirle sumarse a lo que siempre ha sido una misión suicida. No dejaré que él —ni su familia— muera por mí.

—¡Quédate quieta! —Mathias se arroja hacia mí, me rodea con el brazo y me aprieta contra la pared—. Veo al francotirador.

Rayos de partículas cruzan efervescentes nuestro callejón, trazando el pavimento con llamas, por lo que debemos retroceder aún más hacia atrás. Mathias sigue escaneando el edificio del otro lado de la calle, y lo mismo hace Amanta, quien también está usando prismáticos.

—Parece que son dos hombres, como mínimo —dice.

Tanto ella como Mathias apuntan hacia una ventana superior, pero lo único que alcanzo a ver es un cristal de vidrio oscuro. ¿Estará Ocus escondiéndose detrás del vidrio, mirándome en este preciso momento?

Podría terminar con esto ahora mismo. Parece una solución fácil si solo Mathias me soltara.

—No puedo apuntar bien desde acá —susurra, girando hacia Amanta—. Madre, por favor mantén a Rho a salvo.

—Mathias… —Extiendo un brazo hacia él, pero Amanta me sostiene firme del brazo. Tiene puños de hierro.

—Lo haré —le dice—. Haz lo que tengas que hacer.

—Mathias, ¡no lo hagas! —grito.

Pero ya se encuentra escalando la pared del callejón. Es hormigón sólido y las uniones que encuentra para meter los dedos y los pies son apenas visibles. Se mueve tan rápido que parece nadar.

Tres pisos más arriba, Mathias dispara su láser, y la ventana del otro lado de la calle se hace añicos. Contraatacan con rayos de partículas, dejando cráteres en la pared sobre nuestras cabezas. Mathias se agacha detrás de una cornisa al tiempo que el hormigón explota a su alrededor.

Parpadeo en medio de la nube de polvo, intentando ver si está bien.

—¡Mathias!

Amanta inhala intensamente.

—Egon, sujétala —dice, pasándome a su esposo como si yo fuera una bolsa de nar-mejas.

Luego se acerca hacia la calle y comienza a disparar su propio láser hacia la ventana. Una descarga de chispas chisporrotea a uno y otro lado, y el olor a hormigón quemado flota en el aire. Egon me sujeta la cabeza contra el pecho, evitando que yo pueda ver.

El ruido espantoso sigue aumentando hasta que se acaba. Y lo que sigue, el silencio, es peor que el ruido.

—Están en retirada.

Cuando reconozco la voz barítona de Mathias, me suelto y echo a correr hacia él. Se arroja desde la pared al suelo del callejón, y veo que tiene una fea quemadura en el brazo.

—Estás herido…

Me acerca a él de un tirón para darme un abrazo y me planta un fuerte beso en la frente.

—No importa. Tú estás a salvo.

Siento un aleteo por encima, y levanto la cabeza para ver las sombras tenues de tres grandes criaturas con forma de pájaro, que se delinean sobre el cielo de tela. Mathias apunta el láser, pero su madre le dice:

—Está bien. Son amigos.

Los dispositivos con forma de ave se deslizan a través de la calle y entran por la ventana rota, fundiéndose con la oscuridad. Sean lo que sean, parecen absorber todo fotón de luz.

—El Servicio Secreto Canceriano. La embajadora Sirna los envió. —Amanta abre su capa, y en la penumbra veo que debajo está usando un chaleco antibalas. Saca un nuevo cartucho láser de su cinto, abre su arma y la recarga.

—La Sagrada Madre se ha hecho enemigos aquí —dice—. Temíamos que habría problemas.

—Fue Ofiucus —digo.

—Rastrearemos a los tiradores. Confía en mí, vamos a averiguar quién hizo esto.

Mathias se acerca a ella, y entrechocan el dorso de sus manos derechas. Es un gesto tan simple y ordinario, y aun así puedo sentir la corriente de emociones que fluye con el contacto.

—Podrían haber otros tiradores. —Amanta da un paso hacia fuera para inspeccionar la calle y luego nos hace un gesto para que la sigamos—. Manténganse en las sombras. Esta noche vamos a tener que esconder a la Sagrada Madre en un refugio.

***

Amanta nos guía al refugio de Sirna.

Apenas ingresamos por una puerta lateral, pasamos a través de los pálidos rayos azules de un escaneo biométrico de seguridad. Después Amanta nos conduce hacia abajo por unas escaleras, a través de una reja de acero, y descendemos por un ascensor a un profundo subsótano. Después de otro escaneo biométrico, abre un par de puertas gruesas y pesadas, y entramos a un aposento que se asemeja a una bóveda. Es extraño ver cancerianos usando tanta tecnología secreta. No se condice con nuestro estilo.

La sala común tiene una pantalla que cubre toda la pared, un par de sillones gastados, una cocina pequeña y un baño en el fondo. Las puertas de cada lado llevan a pequeños cuartos con literas, y en el centro de la sala Sirna nos está esperando.

—Qué bueno verte a salvo, Guardiana.

—Necesito que todos mantengan sus Efemeris fuera de este lugar —anuncio en voz alta. Ahora que estoy casi segura de que Ocus sabe que estoy en Aries, siento que tal vez pueda rastrearme a través de las personas a mi alrededor que usan el Psi.

—Mathias ya nos ha informado que cualquier sitio al que entres debe estar liberado de dispositivos conectados al Psi —dice Sirna—. Dijo que quienes están detrás de los ataques han estado usando psienergía en contra de ti, y por eso no has podido hacer tus lecturas.

Miro a Mathias. Su padre le está curando el brazo. Es difícil atenerme a cualquier decisión que haya tomado acerca de él. Justo cuando pienso que no podré perdonarlo por no creer en mí, va y me salva la vida.

—Sobre las tropas reuniéndose en Fobos…. —dice Sirna, continuando con las novedades que me intentó dar más temprano antes que abandonara intempestivamente su oficina. No quería escucharla antes, pero a medida que comparte más detalles, empiezo a entender sus implicancias a gran escala—. Mis agentes han infiltrado su campamento subterráneo. Se hacen llamar el Marad, y son financiados por alguien con mucho dinero.

—Son ellos quienes han estado detrás de las revueltas de trabajadores en la luna sagitariana —agrega Amanta—, y bien podrían estar detrás de… otros ataques terroristas.

Está claro que se refiere a lo que sucedió en nuestras lunas y en Virgo, pero no quiere contradecirme públicamente.

—Creemos que han establecido células en cada Casa —dice Sirna.

—¿Quiénes son? —pregunta Mathias—. ¿Qué quieren?

—No conocemos su objetivo aún. Los reclutas son, en su mayoría, adolescentes. Escorpios desempleados y sin educación. Niños obreros de las minas geminianas. Habitantes pobres de las villas de emergencia de Faetonis. Levantados de todas las Casas. —Sirna se toca el prendedor azul y adquiere una mirada distante, como si estuviera escuchando un mensaje privado.

Un Levantado es toda persona nacida en la Casa equivocada. Se trata de una modificación que ocurre cuando el aspecto exterior de una persona entra en tal conflicto con la identidad interior que empiezan a desarrollar una personalidad y unos rasgos fisiológicos más propios de otra Casa. Y puede suceder a cualquier edad.

La mayor parte de las personas lo manejan bien y pueden elegir tanto quedarse en el planeta que los vio nacer y seguir viviendo sus vidas, o mudarse a la Casa que refleja su personalidad en desarrollo. Hay casos excepcionales en los que el cambio no se maneja bien, y el Levantado puede presentar una proporción desequilibrada de rasgos de personalidad de su Casa nueva y de la vieja. A veces eso los deforma. A veces los transforma en monstruos.

—¿Les están lavando el cerebro? —pregunto.

Deja caer la mano y me mira a los ojos.

—Están siendo alimentados, vestidos e integrados a un grupo por primera vez en sus vidas. Supongo que podrías llamar eso un lavado de cerebro.

Amanta se quita su pesado chaleco blindado.

—Hemos contado no más de cien mil tropas hasta ahora, pero los nuevos reclutas arriban diariamente.

—El costo de alojar y entrenarlos debe ser considerable —dice Mathias, con la voz distante, como si estuviera perdido en sus pensamientos—. ¿No saben quién está financiando esto?

Después de una pausa, Sirna dice:

—Estamos intentando rastrear el flujo de dinero. Ningún individuo podría afrontar esto solo. Sospechamos que se trata de una conspiración más grande.

Egon termina de vendar el brazo de su hijo. Ha estado en silencio durante toda la discusión, pero ahora pregunta:

—¿Creen que algunas de las Casas podrían estar aliadas, como el Eje Trinario de antaño?

—Eso es lo que más tememos —susurra Sirna.

Todos se quedan en silencio. Nadie quiere creer que eso pueda volver a suceder.

Amanta suelta su abultado cinto de herramientas en el suelo.

—Por favor, por ahora mantengan esta información en secreto. No podemos exponer a nuestros agentes encubiertos en el campo de acción.

Asiento con la cabeza y aparto la mirada, preguntándome cómo se vincula Ofiucus con todo esto. ¿Podría estar financiando un ejército?

Después de un rato, Egon enciende la pared pantalla, y mientras todos miran las noticias sobre el conflicto sagitariano en escalada, Sirna entra en la pequeña cocina para poner a hervir una pava para el té. La sigo y me inclino sobre el refrigerador.

—¿Por qué no me crees?

Con una cuchara, pone unas hojas de té en una cacerola de hierro fundido.

—Como el choque de las lunas tomó a todos desprevenidos, mis agentes han estado investigando día y noche buscando algún motivo que lo explique. Los mensajes de tu compañera de curso nos condujeron a Ofiucus. Hemos investigado tu relato.

—¿Y?

—Y nada. Esa pista no lleva a ningún lado.

Aprieto los dedos con fuerza.

—Quieres decir que no lo pueden ver.

—Guardiana, usa la cabeza. —Sirna apoya la cuchara y me mira de frente—. El ejército secreto de Fobos es nuestra verdadera preocupación. El que lo esté financiando seguramente ha contratado a los francotiradores de esta noche. Ellos son tu verdadero enemigo, y no ese *malvado feroz* que sale de un cuento para niños.

Tengo que esforzarme para quedarme quieta. Su sarcasmo, como la duda de Mathias, me pone demasiado furiosa para decir algo coherente.

—Perdóname, Guardiana —dice, disponiendo en hilera unas tazas de té—. El deber me obliga a hablarte con la verdad. Y el deber puede ser un maestro implacable.

—Entonces sigue buscando a Ofiucus. Esa es una orden.

—Como desees, Sagrada Madre —me dirige una reverencia seca—. Volveré a fijarme.

Empiezo a dirigirme a la salida. Después, a regañadientes, me giro.

—Gracias por ayudarnos esta noche.

Sirve el agua hirviendo.

—Yo vivo para servir a Cáncer.

***

El reloj del refugio dice que es temprano por la mañana en la capital ariana, dos horas antes de que el Pleno se reúna. Mathias y su padre han subido al nivel de la calle para ver si hay francotiradores.

Ahora, por primera vez en semanas, me encuentro en exclusiva compañía de las mujeres. Después de haber vivido tanto tiempo con un par de hombres espoleados por la testosterona, casi había olvidado cómo se sentía estar en un ambiente femenino. La embajadora Sirna y yo no somos precisamente como dos gotas de agua, pero al menos en la superficie estamos en paz.

Amanta tararea suavemente mientras lustra mis maltratadas botas, al tiempo que Sirna lima los bordes asimétricos de mis uñas. Me gustaría que no lo hicieran, que me dejaran ocuparme de mí misma, pero insisten en mantener viva la tradición, aun en tiempos como estos. Creo que para ellas abandonar estas pequeñas cosas sería como darnos por vencidos respecto de las más grandes.

Esta mañana Sirna parece estar levemente menos hostil conmigo. Piensa que algunos de los embajadores planean traicionarme en el Pleno y, más allá de lo que piense de mí en lo personal, no tolerará ningún agravio a nuestra Casa.

—Caronte de Escorpio está sembrando cizaña, pero él es apenas un vocero. Alguien le está escribiendo el libreto. No sabemos quién.

—¿Por qué no puedo hablar primero? Ofiucus podría atacar de nuevo en cualquier minuto.

—Yo no fijo la agenda. —Sirna guarda su alicate. Me ha traído un traje entallado de color azul y una simple diadema con el símbolo canceriano bordado en plata. Ha mandado a hacer esta diadema anoche, y sé que en realidad no es para mí. Es para honrar nuestra Casa. Dice que la Guardiana de Cáncer debe lucir como tal.

Quisiera replicarle que no podrían importarme menos los atuendos en este momento —hasta que recuerdo que ya no me represento *a mí misma*. Ahora represento a todos los cancerianos. Así que me quedo quieta y dejo que me vistan como quieran.

Las puertas de la bóveda se abren de par en par, y entran los hombres, con caras serias.

—Hemos hablado con la unidad del ejército local —dice Mathias—. Nos están enviando una escolta.

—¿Has hecho apuntes para tu próximo discurso? —me pregunta Amanta—. Podrías ensayar con nosotros si quieres.

Niego con la cabeza.

—Gracias, pero no creo que haya alguien aquí que lo quiera escuchar.

Sirna aprieta los labios.

—Debo hablarte con la verdad, Guardiana. Sería sabio de tu parte retractarte en algunos puntos que parecen... poco razonables. Puedes decir que te has equivocado. Mantenlo simple.

—Quieres decir lo de Ocus.

Las mejillas color ébano se le suavizan.

—Guardiana, eres tan joven. Apenas has tenido un poco de entrenamiento. ¿Puedes decir con honestidad que estás tan segura de lo que viste que arriesgarías la reputación de la Casa de Cáncer y dejarías escapar esta oportunidad para unir al Zodíaco?

Un fogonazo de calor me trepa por el cuello, abrasándome las mejillas, la nariz y los ojos, y siento la rabia, el estallido de lágrimas, el ataque de furia al que deseo dar rienda suelta ante la interminable injusticia de todo esto.

Hice lo que me pidieron. Leí las estrellas y juré siempre actuar sirviendo el interés superior de Cáncer. Aquel juramento me ha llevado a sacrificar todo lo que más me gustaría estar haciendo —buscar a mi familia, ayudar a reconstruir mi casa— y me ha enviado por toda la galaxia en una alocada travesía que me ha convertido en el hazmerreír del Zodíaco.

Y ahora mi propio pueblo quiere que me convierta en alguien que no soy.

Sabía que cuando aceptara ser Guardiana iba a tener que dejarlo todo. Pero hay algunas cosas que no puedo soltar, aunque más no sea para cumplir con mis deberes en este puesto. La integridad es una de ellas.

—Estoy segura, Sirna.

29

Nos subimos al vehículo blindado de Sirna, flanqueados por soldados que andan en monopatines aerodeslizantes. Cuando veo que Hysan ya nos está esperando en el hipódromo, siento un gran alivio.

Tiene el cabello recién cortado, y jamás lo vi tan elegante. Su traje de corte tiene una tonalidad morada tan oscura que parece negro. Sonríe al ver la diadema que llevo sobre el cabello.

—Preciosa. —Luego me observa más detenidamente—. No has dormido bien.

—Anoche unos francotiradores le tendieron una emboscada —dice Mathias.

Hysan abre los ojos asombrado.

—¿Estás bien? ¿Qué sucedió?

Asiento con la cabeza, y Mathias comienza a describir el ataque, pero se detiene bruscamente. En el otro extremo del hall, hay un grupo de estudiantes que agita pancartas y canta mi nombre. Hay por lo menos cincuenta.

—¡Rho! ¡Rho! ¡Rho! —Vienen corriendo hacia mí, al tiempo que me sacan fotos con sus Ondas e intentan tocarme, hasta que Mathias interviene y me hace entrar en el tubo de escaleras color rubí.

Una vez dentro de la arenósfera, cientos de hologramas sobrevuelan encima de nosotros, un circo de colores pixelados. Más abajo, las gradas están llenas. Decenas de microcámaras revolotean a nuestro alrededor, y las apartamos a un lado con la mano mientras nos abrimos paso entre la muchedumbre de espectadores hacia el escenario. Como siempre, Mathias va primero, despejando el camino.

Cuando Mathias nos da la espalda, la mano de Hysan se cierra alrededor de mi muñeca, y me aparta de un tirón hacia un rincón apartado de la arena.

En una salida de emergencia se da vuelta para mirarme. No hay nadie cerca para oírnos. Miro a la muchedumbre de soslayo: cuando se dé cuenta de que no estoy, Mathias se preocupará.

—Rho, lo he estado pensando y hoy voy a dirigirme al Pleno —dice Hysan, hablando fuerte por encima del ruido de la arena—. Mi embajador ya está consiguiendo que me asignen un espacio. Revelaré mi verdadera identidad.

Siento que los ojos me ocupan todo el rostro.

—¿Que harás *qué*?

—Le contaré a todo el mundo sobre el ataque que sufrió nuestra nave, así ya no queda ninguna duda sobre el arma psi. Luego les diré que creo en ti, que Ofiucus es real, y que la Casa de Libra apoya a la Casa de Cáncer.

En ese momento, hago una especie de salto volador y me arrojo sobre él para abrazarlo. Su risa ronca me hace cosquillas en la oreja. Cuando nos separamos, digo:

—Hysan, esto tendrá muchas repercusiones. Me refiero a las que habrá entre tu propia gente una vez que reveles la verdad. Lo dijiste tú mismo el otro día: has quebrado tu juramento de Guardián por mí, no quiero pedirte que hagas más.

—De eso se trata, justamente. No tienes que pedírmelo. —Me aparta un rulo de la cara, dejando un rastro de calor sobre mi piel—. Sé que no te gustan los secretos, pero es lo único que he conocido en mi vida. Jamás tuve a alguien que me sirviera de ejemplo como tú, para enseñarme una mejor forma de hacer las cosas. —Profundos hoyuelos se le aparecen en las mejillas.

Aunque jamás lo hubiera creído posible, yo también me estoy sonriendo.

—Te debo una.

—No, Rho. Soy yo quien te debo una a ti. —Su expresión se torna seria como pocas veces, pero sus ojos retienen toda su calidez—.

El embajador Frey me contó que una masa de psienergía sondeó cuatro de nuestras ciudades voladoras anoche a última hora. Si tú no me hubieras advertido, no habría estado preparado para protegerlas con un escudo.

Me lleva un instante digerir lo que acaba de decir.

—Entonces… sí hicimos alguno bueno —farfullo—. Esto, todo lo que hemos hecho, no ha sido en vano.

Antes de poder aclarar mis ideas, él lo confunde todo aún más acercándose a mí y posando dos besos suaves sobre cada una de mis mejillas. El roce de sus labios contra mi piel me hace zumbar el cerebro.

—Esas ciudades albergan a doce millones de personas —susurra, con la boca cerca de mi oreja—. Le diré a todo el mundo lo que hiciste. Siempre tendrás el más profundo agradecimiento de la Casa de Libra.

—¡Rho!

Oigo la voz de Mathias que me llama cerca, pero aún no nos ha encontrado.

—¡Está acá! —grita Hysan, llevándome a Mathias, mientras la cabeza me echa andar a la velocidad de mi pulso. Justo cuando nos encontramos los tres, una niña se acerca y me pellizca el brazo. Me vuelvo para mirar y me quedo impactada por su belleza inocente que parece provenir de otro mundo.

Tiene la piel tan pálida como el interior de un melón y el cabello cobrizo enrulado; es exactamente igual al ladronzuelo de su hermano gemelo.

—¿*Rubidum?*

—¿Qué le has hecho a Caasy? —pregunta. Sus ojos como túneles se expanden—. Está tan obsesionado con ese ópalo negro tuyo que ni siquiera sale a jugar.

—¿Dónde está? —digo bruscamente—. ¡Necesito que me lo devuelva!

—Entonces las estrellas debieron ponerte en mi camino. —Saca la piedra de su bolsillo.

Suelto un jadeo. No sé si tomarla o arrojarla lejos. Podría ser usado por Ocus.

Hysan ve lo que está sucediendo y se la arrebata de la mano.

—Traje algo conmigo —dice, sacando un morral de terciopelo—. Está velado para el Psi —me explica antes de deslizar la piedra dentro.

—Gracias —digo asombrada, al tiempo que me entrega el morral. Luego miro a Rubidum—. ¿Por qué se la apropió?

—Creyó que te habías embarcado en una misión suicida —dice, encogiendo los hombros, como si fuera una misión en la que cualquiera se embarcaría—. Sabía lo que era realmente la piedra y le preocupaba que tú no, así que se la llevó. Para proteger a Cáncer. Y para jugar con ella, por supuesto. —Sonríe alegre—. Pero más que nada para que no se perdiera con sus cadáveres.

No estoy tan convencida como para creer que haya sucedido así, pero de cualquier manera me alegra que Rubidum haya tenido el buen tino de traerme la piedra de regreso.

—¿Dónde está él? —gruño.

Inclina la cabeza a un lado y hace un mohín:

—Caasy no quiso venir conmigo. Tuve que responder a la citación sola.

Parpadeo.

—¿Citación?

—Sí. ¡Vaya trastorno! Hace días que estoy viajando. Más vale que este carnaval valga la pena. —Me da un codazo con una sonrisa irónica—. Tu canción ha causado sensación en Géminis. ¡No sabía que eras baterista! Deberíamos comenzar una banda intergaláctica... ¡Me han dicho que Lord Neith tiene oído absoluto!

Sirna me toma del codo y me guía hacia delante.

—Es hora —Mathias se pone en fila detrás de nosotros.

Al pasar por delante de los asientos con forma de trono de los embajadores, veo a Morscerta susurrando con sus asistentes, y me vuelvo a preguntar si es un holograma. Así que aprovecho la oportunidad para rozarle la manga.

El roce me da un ligero shock estático, y él debe de sentirlo también porque se vuelve frunciendo el entrecejo, indignado, lo que rápidamente se transforma en una sonrisa complaciente.

—Miladi Rhoma.

—Disculpe, sir. Este lugar está lleno de gente —digo, apurándome para seguir adelante.

No es un holograma. Su aura oscura debe de ser una especie de campo energético para protegerse personalmente u ocultar su apariencia. No lo sé.

Echo una mirada entre la audiencia, preguntándome cuántos de los otros visitantes son realmente quienes parecen ser.

De nuevo, subo el corto tramo de escaleras y me paro sola sobre el escenario con forma de medialuna, enfrentando a mis interrogadores. Solo que, esta vez, la arena está llena al tope. Los latidos del corazón me sacuden todo el cuerpo, como si tuviera hipo.

Aparto a un lado las cámaras voladoras e intento aclarar mi garganta. Otros se han unido a los embajadores sobre el estrado principal, y se han añadido más asientos dorados. Una recién llegada es la pequeña y radiante Rubidum. Otro recién llegado me deja pasmada: *Lord Neith.*

Incluso sentado, su figura majestuosa se impone por sobre todos. Lleva un traje de corte dorado, y sobre su corto cabello blanco tiene puesta una mitra que representa un alto cargo eclesiástico, con el símbolo libriano, la balanza de la justicia. Sus ojos blancos como el cuarzo son agudos e increíblemente humanos. Hysan se sienta directamente detrás de él, y cuando lo interrogo con la mirada, apenas levanta las cejas y sacude la cabeza.

El embajador Caronte le está susurrando al oído a un anciano con una enorme corona holográfica sobre la cabeza, que parece increíblemente real y tiene grabada un escorpión. De hecho, los seis recién llegados tienen tocados en la cabeza adornados con símbolos reales. Veo al arquero de Sagitario, al león de Leo, al pez de Piscis. ¿Por qué hay tantos de los otros Guardianes en el Pleno de hoy?

Deben de haber comenzado sus viajes hace muchos días para recorrer semejantes distancias, y nadie sabía que yo me dirigiría al Pleno antes de ayer. *¿O sí?*

La multitud hace silencio, y alguien se pone de pie para hablar. Se trata de Morscerta. A su lado hay un muchacho de mirada hastiada, de unos cinco o seis años, con la corona real acuariana que es el doble de su cabeza. Morscerta le da una palmadita al niño Guardián con cariño (aunque si es genuina o solo para impresionar a los demás, no lo sé). Luego habla con su voz extraña y melodiosa.

—Bienvenida, Honorable Rhoma. ¿Puedo preguntar el motivo por el cual mi joven Guardián Supremo ha sido convocado a tu presencia?

Un horrible temor me paraliza… al comprender, de pronto, por qué estamos todos acá.

Me agarro con fuerza del podio, y sin pensar, grito:

—¡Es una emboscada!

La multitud estalla en gritos furiosos, y por primera vez advierto que muchos de los asientos están ocupados por escorpios enjutos que portan anteojos oscuros. Parecen más malhumorados que el resto, y de pronto se me viene a la cabeza el conflicto en Sagitario.

Miro alrededor para ver quién más está entre la audiencia. Ninguno de los estudiantes ha venido, y no veo ni uno solo de los cancerianos que advertí en el lobby. Alguien planeó todo esto.

Trato de hablar por encima del ruido.

—Hay demasiados Guardianes reunidos en un solo lugar. Somos un blanco fácil. ¡Hay que separarnos y dispersarnos!

A mi lado, Caronte levanta el báculo para tomar la palabra y golpea con fuerza la vara contra el suelo. Todas las voces hacen silencio, y deja que la tensión se acumule. Es evidente que sabe cómo controlar una muchedumbre. Para una Casa tan secular, últimamente los escorpios están pareciendo demasiado como fanáticos.

Cuando se vuelve hacia mí, está sonriendo, pero su rostro parece más que nunca una cuchilla.

—Guardiana, aceptaste someterte a más preguntas. ¿Tienes miedo de que expongamos tu engaño?

Golpeo el atril, y la corona se me tuerce de lado.

—Tienen que escuchar. Esto mismo sucedió en Cáncer. Ofiucus nos atacó cuando casi todos nuestros guardias Zodai estaban juntos en un solo lugar.

—Basta de fantasías, niña —Caronte levanta su báculo en alto—. Ahora. Primera pregunta: ¿Es cierto que te marchaste de tu Casa en medio de la noche sin informarles a tus Matriarcas?

Me encuentro temblando de frustración.

—Sí, pero…

—Un sí o un no son suficientes. —Caronte dirige su sonrisa grasienta a los espectadores, y luego se vuelve hacia mí—. ¿Es cierto que tú y tu amante se robaron una nave que le pertenecía a otra Casa?

Me quedo mirando fijo, con la boca abierta, mortificada, pero Hysan se levanta de un salto y dice:

—Yo mismo le ofrecí a la dama llevarla. No es ninguna ladrona.

Caronte gira rápidamente y señala con su báculo a Hysan:

—Guardias, saquen a esta presencia molesta fuera del Pleno.

—Aguarden un instante —comienza a decir Hysan… pero cuatro soldados aparecen entre la multitud y lo paralizan con un táser. Mi grito de horror queda ahogado por los silbidos y aplausos de todos los escorpios en la audiencia.

—¡Basta! —grito en tanto los soldados levantan el cuerpo inerte de Hysan y lo llevan a la salida. Vuelvo la mirada hacia Sirna para que me ayude, pero su asiento está vacío. Mathias también parece haber desaparecido, y Lord Neith está sentado tan inmóvil que me pregunto si lo han apagado. Sirna tenía razón: los embajadores nos pillaron por sorpresa. He metido a todos en una trampa.

Caronte lee de una pantalla que flota delante de él:

—El almirante Crius informó a tus compatriotas que estabas recaudando fondos de ayuda para los desastres. ¿Lograste recaudar una sola moneda para ayudar a tu Casa?

Inclino la cabeza.

—No.

—Más fuerte, por favor.

—*No, no lo hice.*

—¿Es cierto —dice Caronte— que entraste a hurtadillas en la Casa de Géminis encubierta por un velo de ocultación?

—Yo puedo dar testimonio de eso. —Rubidum se pone de pie de un salto—. Rho se materializó dentro de nuestra sala de juegos como una hechicera. Qué entrada tan teatral. Es una verdadera actriz de melodrama.

Después de la traición de su hermano, no debería sorprenderme que contribuya a humillarme. Creí que como me había traído la piedra habría cambiado de opinión. Pero me equivoqué.

Su tiara de Guardiana emite destellos dorados al tiempo que se trepa sobre su silla para mirar al público.

—Rho no es una persona maliciosa, excelentísimos compatriotas. Está simplemente cegada por la furia con motivo de la muerte de sus amigos. Le previne que la venganza es un cuento de nunca acabar.

—Un cuento de nunca acabar —repite la audiencia, como si esa frase lo explicara todo.

Vuelve a sentarse, y Caronte se inclina ante ella.

—Nuestro agradecimiento por tu testimonio, Honorable Rubidum. —Mira ahora a la hilera de asientos donde Hysan acaba de estar sentado—. Y Lord Neith, ¿acaso esta muchacha no empleó el mismo velo artero para invadir también su Casa?

Luego de una mínima demora, Neith levanta el mentón.

—Datos insuficientes.

Contengo la respiración mientras el corazón cuenta los segundos de silencio que siguen a la declaración de Neith. Tengo que hacer algo: no puedo dejar que expongan así el secreto de Hysan…

—Pareciera que el Guardián de Libra ha estado durmiendo la siesta —Caronte se vuelve hacia la audiencia con una mueca burlona.

Retengo el aire hasta que la multitud estalla en carcajadas, y la amenaza pasa de largo.

Le lleva un minuto a Caronte calmarlos a todos, y no dejo de echar miradas al cielorraso, imaginando maneras en que Ocus nos podría atacar. La Materia Oscura ya ha desencadenado explosiones, quemado la atmósfera con lluvia ácida... ¿Qué más puede hacer con ella?

Busco una vez más a Mathias, pero no lo veo por ningún lado.

—Pregunta final —vocifera Caronte haciéndome saltar de susto—. Sabemos por testigos que estabas visitando a la emperatriz Moira cuando explotó su laboratorio en órbita. ¿Es verdad que huiste en tu nave robada sin ofrecerle socorro a un solo hombre, mujer o niño?

Siento que los pies se me entumecen, seguidos por las piernas, el estómago, el pecho, hasta que todo mi ser queda paralizado. Es como si incluso mi cuerpo estuviera dándose a la fuga y me estuviera abandonando. Dejé que esas personas se murieran. Atraje a Ofiucus hacia ellos y luego no fui capaz de salvar a absolutamente nadie.

—Es cierto.

Ahora el ruido de la multitud se eleva hasta transformarse en un clamor, y siento que se me llenan los ojos de lágrimas. Una vez más, Morscerta se pone de pie y toma el báculo para hablar. Debajo de sus modales corteses, tiene la autoridad para captar la atención de todos, y la arenósfera se queda súbitamente en silencio. Me oigo respirar.

—Guardianes, Excelencias, este episodio menor ciertamente nos ha deleitado. —De nuevo, la sedosa voz acuariana me sorprende—. Pero en este último día de nuestra sesión, calmémonos y volvamos nuestra atención a asuntos más serios antes de cerrar.

Cuando los otros prestan su consentimiento, Morscerta me habla con un tono de voz dulce, casi tierno:

—Rhoma Grace, gracias por tus fascinantes comentarios. Puedes retirarte.

Golpea con fuerza el báculo sobre el suelo, y el asunto queda cerrado.

30

Mis amigos están en la calle, esperando detrás de una barricada: Hysan, Sirna y los tres Thais. Hysan sigue un poco mareado por el pinchazo del táser, y Egon lo mantiene estable. Corro hacia él.

—¿Estás bien?

—Nunca antes me habían paralizado con un táser —dice, sonriendo perezosamente—. Fue *electrizante*.

Todos hemos sido expulsados del Pleno, y los soldados están flanqueando la entrada para asegurarse de que no entremos. No hay rastro de los estudiantes que me habían dado la bienvenida hace un rato. Me saco la diadema y se la devuelvo a Sirna.

—Mantén esto a salvo.

La acepta asintiendo solemnemente con la cabeza, y mientras Mathias escanea los edificios cercanos con sus prismáticos, ella le susurra a su prendedor para llamar al vehículo.

—Perdona que no estuve allí, Rho —dice Mathias, regresando a mi lado—. Me engañaron diciendo que tenía un llamado urgente de Agatha y después no me dejaron volver a entrar.

—Está bien.

Ocus parece estar haciendo todo lo que puede para aislarme.

Las personas de la audiencia empiezan a salir. Son todos escorpios, y de pronto uno de ellos me localiza.

—*Ahí está.*

Hysan saca una pistola, y Mathias se para delante de mí en tanto los escorpios me gritan insultos. Cuando se mueven hacia nosotros,

Mathias dispara con su táser una descarga de electricidad albiazul que dibuja un arco en el aire.

Los hombres se quedan unos pasos atrás, fuera de su alcance, pero no se van. Hysan saca mi collar velo de su túnica y me lo ajusta alrededor del cuello. Cuando lo activa, desaparezco.

Los escorpios nos rodean. Mathias y Hysan disparan con sus armas para mantener a la muchedumbre atrás. Ambas armas están configuradas para paralizar al agresor. Después de dos minutos de tensión, llega el vehículo de Sirna y nos metemos dentro.

—Guardiana, es posible que nuestro refugio ya no sea seguro —dice apenas nos metemos todos dentro y me he quitado el collar—. Tendremos que encontrar un nuevo sitio.

—Puede quedarse en la embajada libriana —ofrece Hysan—. Ni se les ocurrirá buscarla allí.

—Gracias —digo.

Mathias se gira rápidamente.

—No. No sabemos en quién se puede confiar...

—Rho puede confiar en la Casa de Libra —dice Hysan, con una mirada fulminante.

Ante mi sorpresa, Sirna dice:

—La Guardiana ya ha tomado una decisión. Cada cual cumple con su deber.

Observo el rostro inescrutable de Sirna. ¿Está poniéndose de mi lado? ¿O está deseando tacharme de su lista de molestias?

Cuando llegamos a la Aldea, nos agrupamos juntos fuera de la embajada libriana.

—Me aseguraré de que tengan acceso para visitar a Rho en cualquier momento —dice Hysan, sus ojos puestos sobre Mathias—. Tú estás invitado a pasar la noche aquí también.

Mathias parece sorprenderse por la generosidad de Hysan. Pero en lugar de responderle, se gira para mirarme.

—Voy a ayudar a la Guardia Real mientras tú te pones cómoda. Me pasaré por aquí en un rato.

Sirna me dirige una profunda reverencia, aunque todavía no puedo leer su expresión.

—El Pleno ha insultado a nuestra Casa. Este agravio será reparado.

—Espero que así sea —digo.

Tanto ella como los Thais esperan a que Hysan y yo entremos a la embajada libriana para marcharse. Dado el grado de tecnología de la vigilancia y los Zodai armados que rodean el rascaestrellas, una vez adentro espero encontrar una serie de puertas de metal y escaneos biométricos de todo el cuerpo. En lugar de eso, entramos a una sala de audiencias de madera destartalada.

Un juez con peluca blanca se erige sobre nosotros en un banquillo, con la Balanza de la Justicia sobre la cabeza. A su lado hay un desvencijado estrado para testigos, y en el extremo izquierdo hay doce adolescentes, revolviéndose en asientos chillones y estirando los cuellos en nuestra dirección.

En Cáncer los juicios a nivel de la Casa exigen un miembro del jurado de cada una de las Doce Matriarcados. En el Zodíaco, los casos que se juzgan a nivel galáctico exigen un miembro del jurado de cada Casa. Los adolescentes que conforman este jurado parecen acólitos de la Academia Libriana.

—Expón tu caso —dice el juez, con la voz baja y grave, alargando cada sílaba.

—Hysan Dax, su Señoría, enviado diplomático, en representación de la Sagrada Madre Rhoma Grace, Guardiana de la Cuarta Casa de Cáncer. Ella está siendo perseguida por agresores desconocidos y ha venido aquí buscando refugio. Me gustaría otorgarle a miladi nuestro santuario libriano.

Fijo la mirada en Hysan, perpleja. Sonríe y retuerce sus cejas hacia atrás.

—Eso suena bastante razonable —dice el juez. Se gira hacia el jurado—. ¿Qué dicen ustedes?

Los doce adolescentes —que han estado mirándome fijo con ojos bien abiertos— ahora se miran entre sí y forman un círculo; discuten entre susurros. Casi inmediatamente, una pregunta holográfica se emite por encima de la tribuna del jurado:

—¿*Por qué hay agresores que persiguen a la Guardiana de Cáncer?*

—Porque dice la verdad sobre un monstruo en el que el Zodíaco no quiere creer —dice Hysan, guiñándome el ojo—. Son incapaces de juzgarla con justicia porque ellos no aceptan la verosimilitud de su relato. Como sabemos nosotros los librianos, aquellos que solo piensan en términos lineales son incapaces de ver del otro lado de una curva.

Un instante después, los adolescentes se separan y vuelven a sentarse de frente.

—¿Han alcanzado su veredicto? —pregunta el juez, quien parece aburrido.

—Sí, su Señoría —dice el acólito que se encuentra más cerca del banquillo alto—. Creemos que la Guardiana de Cáncer debería recibir santuario hasta que sus pares sean capaces de admitir una cosmovisión más amplia. Aunque nos gustaría recordarle a Lady Rho que cuando abrimos demasiado la mente, corremos el riesgo de cerrarla.

—Muy bien. —El juez golpea su martillo—. ¡El siguiente!

Hysan me lleva por una pequeña puerta lateral, y entramos a una sala bien iluminada. Todo el tiempo, lo estoy mirando con asombro.

—¿*Ese* es tu sistema de seguridad de última generación? ¿Estaré a salvo porque tu jurado de jóvenes fallará en contra de mis potenciales asesinos?

—Si ves toda la seguridad que hay afuera, ¿de verdad te atreverías a franquear este lugar? —Se ríe cuando ve la expresión en mi rostro—. Si te hace sentir mejor, fuiste escaneada en el segundo que entraste por la puerta. Toda tu información —nombre, huella astrológica, Casa, registros— todo fue procesado. Y los Caballeros parados afuera son auténticos Zodai.

Caballero es el término con el que los librianos nombran a los Polaris.

—¿Entonces para qué ha sido el juicio? —pregunto, a medida que nos acercamos a un par de puertas dobles al final del pasadizo.

Se detiene justo antes de abrirlas y me mira consternado.

—*Para divertirnos*, miladi. Aunque estoy empezando a preguntarme seriamente si los cancerianos están familiarizados con ese concepto.

Cuando nuestros ojos se cruzan, percibo algo más que diversión detrás de la sonrisa de centauro. Hay una especie de serenidad que emerge en su mirada, como si estuviera muy cerca de aquello que lo ancla —de su Centro.

Un tribunal simboliza la misión sagrada para Hysan y su pueblo: la búsqueda de la justicia. Los librianos sacan su fuerza de esta búsqueda de la misma manera en que los cancerianos toman su fortaleza del mar de Cáncer, la madre criadora que nutre toda forma de vida sobre nuestro planeta.

Estar en este lugar junto a él me hace comprender por qué la dedicación de Hysan a nuestra misión no ha fluctuado, aun cuando no esté bajo ninguna obligación de acompañarnos. Más allá de creer que Ofiucus es real, Hysan comparte mi necesidad de *justicia*.

—Divertirse suena divertido —apenas digo las palabras, me avergüenzo por lo estúpido que suenan.

Suelta una risa por lo bajo. Su mano está sobre la manilla, pero todavía no ha abierto la puerta. Ninguno de los dos se mueve, y el espacio entre los dos parece encogerse.

Siento su mirada verde y su resplandor dorado que me entibian la piel, y al abrir las puertas dobles me doy cuenta de que se está disipando mi mal humor, consumiéndose con su luz radiante.

—Bienvenida a tu santuario libriano.

Doy un paso sobre el umbral, y el libriano me ha dejado otra vez boquiabierta. Su embajada es un lujoso hotel dicromático. Las paredes de mármol son blancas y el piso es negro. Hay botones (en negro) y valets (en blanco) por dondequiera que mire. Los oficiales librianos de alto rango están vestidos de amarillo, así que son fáciles de ubicar. La recepción es una amplia sala redonda que abarca la altura del edificio, y los pisos más altos forman una espiral hacia arriba. A nuestro alrededor, mostradores de información trazan el perímetro de la sala.

Probablemente sea la embajada más alta de la Aldea, salvo por la acuariana. Los apartamentos superiores se extienden como anillos hasta alcanzar los veinte pisos. Damos un paso dentro de un ascensor enorme, y Hysan le dice al operador:

—A la suite penthouse.

Inmediatamente, salimos disparados hasta el último piso, donde solo veo una puerta.

—¿Acaso necesitaré un mapa?

Un destello le cruza los ojos. Desliza una tarjeta de acceso, y la puerta se abre sola a un vasto... taller.

Mesas largas y chatas ocupan todo el suelo; sus superficies están cubiertas con todo tipo de herramientas y maquinaria. Gabinetes dispuestos por todas las paredes están atiborrados de artefactos y baratijas electrónicas, y brillantes hologramas con cientos de medidas y ecuaciones pueblan cada partícula de aire en la habitación.

—Como siempre estoy de viaje, me gusta mantener talleres en cada Casa... en caso de que Neith o *Nox* necesiten una puesta a punto. —Noto sus overoles grises colgando de un gancho cerca de la puerta—. El escudo está activado, así que nadie puede acceder al Psi desde acá.

—Gracias. —Doy un paso atravesando las palabras y los números flotantes—. ¿Dónde duermes?

Me lleva a una puerta al otro extremo del taller. Del otro lado hay una espléndida suite decorada al estilo dicromático de la recepción. El piso es un damero de mármol negro y blanco, los muebles están hechos con levlan negro, y las mesas son de cristal. Hay una amplia sala de estar, un cuarto de lecturas, una cocina, un comedor, una serie de cuartos y baños, y un balcón que envuelve todo el espacio.

—¿Hay algo que te pueda conseguir? —pregunta Hysan, abriendo ampliamente los brazos, como si el mundo entero estuviera a su alcance.

—Las noticias —digo, pensando en Ocus. Necesito saber si ha atacado de nuevo.

Hysan asiente. Enciende una pared pantalla y silencia el sonido. Espero a que se siente primero y después me acomodo en la otra punta del sillón, con cuidado de dejar un almohadón entre los dos. Miramos las imágenes de Sagitario por un rato. A continuación hay un reportaje breve sobre el alza en crímenes motivados por la discriminación contra los Levantados en Aries, Leo y Acuario. Históricamente, han sido estigmatizados, y son uno de los pocos grupos sociales que siguen enfrentando prejuicios en el Zodíaco, aun cuando es mal visto que una Casa adopte ese punto de vista.

No hay ninguna novedad sobre Cáncer. Ninguna bomba contra el Pleno. Ningún ataque sobre Géminis. Es una tortura estar ciegamente esperando el próximo movimiento de Ocus.

—¿Qué hacemos ahora, Hysan?

—Seguimos luchando, por supuesto —dice, pasando la mirada de la pantalla hacia mí.

—Mathias no me cree. —Sé que Hysan no es la persona ideal con quien discutir sobre Mathias, pero necesito hablarlo con alguien. Nunca he estado tan confundida… o sola.

—Lo lamento, Rho.

—Después de todo lo que dijo Caronte en el Pleno, y esas fotos y documentos que mostró… no lo puedo culpar. Ni a Sirna ni a nadie. Me gustaría que incluso *yo misma* pudiera no creerme a mí misma. Si pudiera mentirme o poner en duda mi memoria… pero mi memoria no me deja olvidar. —La última parte me sale con un tono amargo, así que aclaro la garganta y corro la mirada.

—Yo te creo.

Cuando me giro para encontrar su mirada, el sonido de mi inhalación suena como un soplo susurrado. Hysan se ha deslizado un poco más cerca, sobre el almohadón que nos separaba, pero no cruza la línea divisoria.

—¿Por qué? —pregunto, aunque sea tonto interrogar a uno de los pocos seguidores que se tiene.

—Confío en ti —dice, simplemente, y no veo señal alguna en su rostro de que se trate de una de sus bromas—. No tendré tu habilidad natural para leer las estrellas, pero soy un lector nato de personas. —Me toma la mano, y a medida que su calidez se me filtra por la piel, siento un destello de esperanza—. Perdona que no haya hablado hoy. Debí haber intentando hacerlo ayer.

—No te hubieran escuchado. Pero me gustaría al menos poder convencer a mis amigos. Después de todo lo que hemos atravesado los tres, ¿por qué Mathias no puede confiar en mí? ¿Por qué necesita pruebas?

Los ojos de Hysan se vuelven suaves con compasión, y la estrella dorada en el iris derecho brilla con más intensidad que nunca.

—¿Cito la frase sobre las personas que piensan de manera lineal o ya la has confiado a tu memoria infalible, miladi?

Quiero echarme a reír y darle un beso al mismo tiempo. Pero pensar siquiera en hacer cualquiera de los dos me hace querer ponerme de pie de un salto y salir corriendo.

Nunca me he sentido tan alejada de mí misma en mi vida —de mi casa, de mi familia, de la persona que era antes de que todo esto comenzara. Cuando Hysan empieza a inclinarse un poco más cerca, echo mano a un nuevo tema de conversación.

—¿Por qué no has estado tanto con nosotros estos días?

Los ojos expresivos se le vuelven oscuros, más presentes, como si cada átomo de su ser se estuviera volcando dentro de este instante.

—No quise abandonarte, miladi. —Su rostro parece estar acercándose cada vez más, hasta que sus rasgos se nublan delante de mí, y puedo prácticamente sentirle los labios rozándome los míos cuando formula sus próximas palabras—. Pero preferiría no decirlo.

Me aparto, herida.

—*Otro* secreto, ¿después de todo lo que me dijiste hoy en la arena?

El ceño dorado se le arruga, como si reflexionara acerca de mi observación, y después la expresión se le aclara.

—De acuerdo. —Se lanza sobre mi boca otra vez, y el aroma a cedro del cabello y la dulzura de su aliento me tientan a acercarme—. La verdad es que… no tengo ni idea de cómo sería presentarles la mujer de mis sueños a mis padres… pero no parecía justo arruinárselo a Mathias.

Los sentimientos por Hysan que he estado reprimiendo parecen brotarme a través del pecho, y aprieto mi boca contra la suya. El corazón me palpita tan fuerte que me preocupa que salga volando por la garganta y se me escape del cuerpo…

Entonces la puerta de la *suite* hace clic y se abre.

31

Con la aparición de Mathias, que entra caminando desde el taller, nos separamos a toda velocidad.

—Afuera todo está en silencio —anuncia cuando nos ve—. Creo que esta noche estaremos a salvo.

Hysan y yo estamos en extremos opuestos del sofá, fingiendo que hemos estado mirando las noticias. Cuando Mathias se sienta sobre el almohadón que nos separa, el pulso me retumba en la cabeza con tal fuerza que temo que me traicione.

—Gracias por dejarme una llave en la recepción —le dice a Hysan.

—No hay problema.

—Habría venido antes, pero tu jurado hizo que les relatara todo nuestro viaje. Son un grupo… interesante.

Coloca una bolsa de comida sobre la mesa, y su codo roza el mío, pero no puedo mirarlo a los ojos.

—Me dejaron entrar porque dijeron que cuando salvé tu vida en Virgo en lugar de ir en busca de Rho di muestras de que solo confío en lo que puedo tocar. Luego me aconsejaron que no viviera mi vida de manera tan literal.

Hysan sonríe, indulgente.

—Ah, son buenos muchachos —dice, llevando una jarra de agua y tres vasos que levanta de una mesa rinconera.

Mathias nos pasa a cada uno una caja de rolls cancerianos, seguramente del mercado de la Aldea, pero yo estoy concentrada en la advertencia que el jurado de Hysan me dirigió a mí.

—¿A qué se referían tus buenos muchachos cuando dijeron "Cuando abrimos la mente demasiado, corremos el riesgo de cerrarla"?

—Es un refrán libriano —dice Hysan, apoyando nuestras bebidas sobre la mesa de cristal—. Significa que incluso la gente que tiene una mente abierta puede volverse estrecha de miras si se niega a considerar otros argumentos.

Mathias le da un mordisco a un roll de sushi relleno de carne de cangrejo.

—He estado pensando en el lugar adonde deberíamos dirigirnos ahora. No deberíamos permanecer demasiado tiempo en Faetonis.

—Siento su mirada en el costado de mi cabeza, y de pronto, me muero de sed y bebo un sorbo de agua—. La colonia canceriana más grande está en la Casa de Géminis, que es donde la embajada cree que podría encontrarse tu familia.

La pantalla silenciada sobre la pared muestra imágenes del Pleno. Hay planos de mis seguidores cancerianos, de los escorpios que me importunaron, y luego aparezco yo misma. Parezco una niña sobre un gran escenario, actuando para un grupo de adultos decepcionados.

Ocus tenía razón. No represento una amenaza para él, tal como lo predijo durante nuestro primer encuentro. Después de todo, ¿quién mejor para leer las estrellas que una misma exestrella?

El reportero informa mi nombre completo, edad y estatus de acólita de la Academia. Resulta que soy una de las Guardianas más jóvenes en muchos siglos. El único menor que yo es el acuariano de seis años, pero su título es solo simbólico porque quien realiza el trabajo son sus regentes. En Acuario, ser Guardián es un derecho de nacimiento, así que el linaje está determinado por la sangre. A menudo, el mejor lector de estrellas de su Casa es en realidad el asesor principal del Guardián, y no el Guardián mismo. Evidentemente, el reportero no sabe de Hysan.

A continuación, el video muestra soldados arrojándome fuera del hipódromo. Miro furiosa la pantalla, y un nuevo pensamiento inquieta mi mente.

—Rubidum me dijo que fue convocada al Pleno hace unos días, incluso antes de que llegáramos.

—A Neith le pasó lo mismo. —Hysan atraviesa un bocado de cangrejo crudo con el palillo—. Parece ilógico.

—¿No sabías que tu androide estaría acá? —pregunta Mathias.

—Fue una sorpresa total. Neith creyó que había sido yo quien lo llamé. Es muy inteligente, pero puede ser ingenuo. No se le ocurrió consultarme antes de marcharse hacia Aries.

Mathias apoya sobre la mesa su caja vacía de sushi.

—¿Por qué convocar a tantos Guardianes al Pleno?

Parece algo que haría la misma persona que falsificó la aparición del doctor Eusta: *Ocus*. ¿Quién otro podría realizar un engaño de semejantes proporciones?

—Al principio, creí que quería destruirnos con un solo golpe —digo, siguiendo mi línea de pensamiento en voz alta—, pero eso no es lo que se propone.

—No, ya hubiera atacado —concuerda Hysan.

—Tal vez, Ocus quería que los Guardianes vieran la falsa evidencia de Caronte de primera mano —reflexiono, pensando en mi propia decisión de transmitir mi advertencia en persona y no mediante un holograma—. Para estar al mismo nivel que yo, ya sabes, para *realmente* arruinar mi credibilidad.

—Por supuesto —dice Hysan, asintiendo—, está haciendo que sus mentiras sean más creíbles. *Confía solo en lo que puedas tocar.*

Me froto la cabeza.

—Ocus debió prever que yo vendría al Pleno y quería desacreditarme. Lo único bueno de todo esto es que me sigue teniendo miedo, lo suficiente como para intentar someterme, así que debe de haber algo que todavía podemos hacer, algo que le sigue preocupando. Solo que aún no se nos ha ocurrido.

—Las preguntas que vas haciendo para abordar un problema son típicos de Sagitario —dice Hysan, siguiendo tan de cerca mi razonamiento que deja de comer.

Lo miro sonriendo.

—Mi mejor amiga debe de haberme contagiado. —De pronto, sintiendo hambre por primera vez en el día, le doy un mordisco a mi roll canceriano. Es asombroso cómo el sabor de cangrejo fresco me recuerda a Cáncer, y saboreo la cremosa suavidad de la carne en la boca, especialmente después de tantas comidas comprimidas en el espacio.

Mathias se pone de pie y cruza a la puerta abierta del balcón, para mirar los alrededores de la Aldea.

—Debemos marcharnos de acá. Ayudar a nuestra gente a regresar a nuestro hogar.

Trago con fuerza. De pronto, la comida ha perdido su sabor, y aparto lo que me queda en el plato.

—¿*Nuestro hogar*?

De solo pronunciar la palabra, me doy cuenta de que ningún lugar del Zodíaco ofrece una protección verdadera contra Ofiucus. Ya sea que vaya a atacar hoy o mañana, no hay duda de que pronto nos volverá a atacar para matarnos brutalmente.

—Mientras los Guardianes estén acá —digo—, yo me quedaré y seguiré tratando de convencerlos.

Mathias contraataca:

—Rho, no puedes estar hablando en serio. ¿Tienes deseos de morir?

—Juré proteger a Cáncer —digo y yo también me pongo de pie—. Estoy cumpliendo el juramento, lo entiendas o no.

Sacude la cabeza.

—Diste lo mejor de ti. Ya has dado lo suficiente.

—Gracias por tu ayuda, pero preparar discursos *no* es lo que mejor me sale. —Comienzo a caminar de un lado a otro de la sala para descargar la frustración que me provoca—. Lo que mejor me sale es leer la Efemeris, algo que no puedo hacer porque Ofiucus lo usará en mi contra. Así que estoy ciega y no puedo hacer nada, pero sigo siendo la única que conoce *la verdad*. No puedo desentenderme de eso.

—¿Cómo los convencerás, Rho? —pregunta Mathias, plantándose delante de mí para bloquearme el camino—. Ya lo intentaste dos veces, y ambas veces te callaron. No hay nada más que puedas decir o hacer, porque *no hay pruebas*...

—Entonces tengo que ir a la Decimotercera Casa. —Caigo en la cuenta de la solución al pronunciar las palabras. Evitando su mirada, digo—: Tengo que obtener pruebas de que Ofiucus es real.

—No —Mathias se queda mirándome con una expresión de alarmada incredulidad—. Rho, eres la Guardiana de Cáncer, tu pueblo te necesita.

Me vuelvo para mirar a Hysan, que nos está observando desde el sofá.

—Necesito otro favor enorme. —Su postura atenta y quieta me recuerda a los miembros del jurado que están abajo—. ¿Podrías programar a *Nox* para que me lleve a la Decimotercera Casa?

—No existe una Decimotercera Casa —interpone Mathias—. Es solo una leyenda.

—Como quieras —digo, sin quitarle los ojos a Hysan y negándome a mirar a Mathias—. Entonces, Hysan, ¿podrías tú programar tu nave para llevarme a las Nubes Sufiánicas?

Asiente con la cabeza:

—Yo mismo te llevaré allí.

—Rho, estás cansada —dice Mathias, suavizando el tono de voz e intentando una nueva estrategia ahora que somos dos contra uno—. Necesitas dormir. Mañana, todo será...

—Mathias, tienes tan poca fe en mí. —Camino alrededor de él y reinicio mi marcha de un lado a otro, demasiado agitada para detenerme—. Ocus es real y se está ocultando en algún lado, tal vez en su propia Casa. Lo encontraré o traeré evidencia de que la Decimotercera Casa existe, o daré con algo que corrobore mi historia, redima la reputación de Cáncer, y así poder reunir las fuerzas de la galaxia en su contra. Algo que las personas puedan *tocar*.

Hysan se pone de pie.

—Rho tiene razón. Esto ya no es solo un problema de Cáncer. Todas las personas del Zodíaco son un blanco mientras las Casas se nieguen a proteger a su gente de Ofiucus.

Mathias me extiende la mano para detenerme, pero consigo esquivarlo.

—Rho, por favor —dice, siguiéndome a la otra punta de la sala. Sus ojos azul medianoche brillan—. Solo te pido que seas razonable respecto de este asunto.

—Estoy harta de lo razonable —digo, mirándolo furiosa—. Ve a Géminis si lo deseas. Yo iré a buscar a Ocus.

El dolor agrieta los rasgos de Mathias, y susurra:

—Sabes que nunca te dejaré.

Alguien golpea con fuerza la puerta de la suite.

La adrenalina ahoga la culpa y la rabia que me retuercen por dentro. Mathias me hace una señal para que entre en una habitación y saca su arma. Sigue a Hysan al taller para ver quién está allí, y segundos después regresan con la embajadora Sirna.

—¿Dónde está la Madre Rho?

Salgo con cautela de la habitación y apenas me ve, dice:

—Hemos recibido un informe de que tu hermano está vivo. Herido pero vivo.

Stanton está a salvo. La sangre se me arremolina en el pecho, y me tengo que tomar del marco de la puerta para afirmarme; las emociones me sacuden como el oleaje del mar.

—La red se ha vuelto a apagar, pero te haré saber apenas podamos ponerlos en contacto —dice. Líneas de preocupación surcan su rostro.

Mi hermano ha sobrevivido. Apenas me puedo permitir creer en ello. Siento tanto alivio que tal vez finalmente pueda dormir esta noche… aunque no mencionó a papá. ¿Será porque no hay noticias recientes de él o será porque…?

—Tengo más noticias. Caronte fue sobornado para denunciarte, y lo puedo demostrar. —Se lleva la mano al prendedor, y comienzan a proyectarse hacia fuera pantallas holográficas de datos. Hysan cierra las cortinas, y los datos y números brillan aún más fuertes en la oscuridad—. Analizamos la supuesta evidencia científica de Caronte —dice a medida que más pantallas llenan la sala—. Sabíamos que la explosión en Teba se originó en el reactor cuántico, pero los rayos cósmicos que invoca son completamente falsos. —Los primeros hologramas se comienzan a propagar a otras salas de la suite.

—Entonces, ¿qué causó la explosión del reactor? —pregunta Mathias. Se encuentra analizando una imagen más alta que él mismo, que muestra nuestras cuatro lunas en el momento del ataque.

—Volví a repasar los registros de aquella noche. —Sirna señala una pantalla flotando cerca de la cocina, que muestra una hoja de cálculo de números, y me sonríe—. Me diste la orden de volver a revisarlos. Acabo de encontrar rastros inconfundibles de un ataque psi.

Hysan dirige la mirada a la hoja de cálculo de Sirna, y luego se vuelve hacia mí.

—Rho, con estas pruebas, más los registros de *Nox*, el Pleno tendrá que creer que en algún lugar del espacio hay un arma psi.

Tiene razón: aunque no crean que sea Ofiucus quien esté activando la Materia Oscura, sabrán que se trata de un Zodai poderoso que puede manipular la psienergía. Es un comienzo.

—¿Por qué nadie más se molestó en verificar los datos? —le pregunto a Sirna—. Debe de haber más datos.

Sacude la cabeza.

—Las fluctuaciones de psienergía pueden pasar fácilmente inadvertidas si no las estás buscando específicamente. Ningún sensor de fabricación humana las detecta de modo permanente, porque sus rastros en el Psi desaparecen demasiado rápido. Solo vemos los tenues rastros que dejan en la matriz del espacio-tiempo.

Echo una ojeada a Hysan, pero no menciona su escudo. Hasta ahora ha confiado en mí, así que permanezco callada y confío en su silencio. Mathias sigue analizando los datos, pasándose los dedos por el cabello ondulado.

Sé que esta novedad no cambia su postura. Él ya creía en un ataque psi, porque vio los registros de la nave. De lo que no puedo convencerlo —ni a nadie más— es del causante del ataque. Por lo menos la revelación del engaño de Caronte convencerá a los embajadores de que no confíen en él. Entonces, tal vez finalmente me puedan otorgar, como les dijo Hysan a los miembros del jurado abajo, una audiencia imparcial en el Pleno.

—¿Quién sobornó a Caronte para que mintiera? —pregunta Mathias.

—Seguimos investigando —dice Sirna, dando golpecitos sobre algunos hologramas para apagarlos y darle lugar a otros nuevos—. Creemos que pueden ser los mismos conspiradores que están financiando las tropas en Fobos. Hemos infiltrado una red de espías que se extiende a lo largo de toda la galaxia.

La Onda de Sirna proyecta una nueva pantalla. Se trata de los registros financieros de Caronte, y hay una serie de pagos anónimos de sumas fijas , fechados varias semanas atrás.

—Este plan ya lleva un tiempo gestándose —dice.

Tengo un presentimiento.

—¿Alguien tiene un calendario galáctico?

Sirna susurra, y un calendario holográfico con forma de rueda se une a los otros que planean a través de la suite. Lo giro con la punta del dedo, traduciendo mentalmente las fechas locales al patrón galáctico.

—¡Lo sabía! El primer soborno está fechado la misma noche que vi a Ocus.

Mathias verifica mis fechas.

—Rho tiene razón.

—Ocus previó mi viaje al Pleno ese mismo día —digo, horrorizada por lo que significa.

Hysan silba.

—Un adivino de primera categoría —dice, dándole palabras a mis temores—. Tu *cuco* tiene su talento.

—Está detrás de todo —digo, pensando en toda la violencia que aparece últimamente en los noticieros—. ¡El ejército, el malestar social, todo!

Mathias atraviesa el calendario con forma de rueda y me enfrenta:

—Rho, estás sacando conclusiones apresuradas.

—Entonces hallaré *las pruebas*...

—Nuestra primera prioridad —dice Hysan, acercándose a nosotros y esta vez actuando de mediador— es desacreditar las mentiras de Caronte. —Se vuelve a Sirna—. ¿Puedes presentar tus hallazgos mientras los Guardianes siguen aquí?

Ella sacude la cabeza.

—No los detalles sobre el ejército, no mientras nuestros agentes siguen trabajando de modo encubierto. Necesitamos reunir más información.

—Estoy de acuerdo —dice Hysan—, pero los sobornos y las artimañas de Caronte: ¿al menos estos sí los puedes dejar al descubierto?

—Sí, solo que... —Sirna dobla las manos y cruza un holograma azul—. Si lo hago, pondrá en evidencia nuestras operaciones encubiertas en el Pleno. Será otro quien lo tenga que hacer.

Hysan me mira:

—Tengo la impresión de que Lord Neith apoyará esta causa.

***

Sirna se queda despierta hasta tarde con nosotros, bebiendo té negro y hablando sobre el ejército secreto de Fobos. Nos reunimos en la sala de lectura, un ambiente de primera necesidad en las casas de Libra. Títulos de libros holográficos ocupan cada centímetro de la pared, decenas de almohadones suaves de diferentes colores se acumulan sobre el suelo en el medio de la habitación, y todos los textos, de ficción o no ficción, exploran el tema de la justicia. Para leer uno de ellos, Hysan solo tiene que recorrer con la mirada el título del libro y sus páginas holográficas se despliegan delante de él. El resto podemos hacer lo mismo con nuestras Ondas.

Los almohadones están dispuestos alrededor de una mesa de cristal empotrada en el suelo de mármol, donde Sirna ha apoyado una bandeja de té y un refrigerio. Me alivia que ella y yo finalmente seamos amigas, pero me paso toda la noche observando su rostro y preguntándome si sabe algo sobre papá.

Tanto ella como Mathias insisten en que me tome un tiempo para reconsiderar mi plan de volar a la Decimotercera Casa. Para convencerme, Sirna me muestra más documentos clasificados. Resulta que Ofiucus ya ha sido investigado, y no hace tanto tiempo.

—Hace setenta y siete años —dice, enderezándose en su almohadón que viene con masajeador incorporado—, la predecesora de nuestra Madre Orígene, la Madre Crae, vio un presagio inquietante en los alrededores de las Nubes Sufiánicas. Aunque Crae no lo describió con detalle, sí constituyó un panel de nuestros principales Zodai para reexaminar el folclore. En el proceso, un estudioso llamado Yosme viajó a la Casa de Aries para estudiar la primera versión del mito. Yosme desenterró otro manuscrito escrito en un lenguaje más antiguo y arcaico. Lo tradujo como *Las crónicas de Hebitsukai-Za, el portador de la serpiente.*

—Entonces, ¿eso significa que... Za y Ofiucus son la misma persona? —pregunto, acomodándome en mi pila de enormes almohadones mullidos.

—Las dos leyendas eran demasiado similares para ser una coincidencia. El manuscrito de *Hebitsukai-Za* fue un importante hallazgo científico.

—¿Por qué no ha oído nadie hablar de este *Hebitsukai-Za* antes? —pregunta Mathias. Está acostado de espaldas sobre el duro suelo de mármol. Dice que la firmeza ayuda para hacer yarrot.

—El informe estaba bien guardado —dice Sirna, tomando la taza de té con ambas manos. Hysan, que se encuentra en un rincón de la habitación revisando libros holográficos, se vuelve ahora hacia ella, completamente absorto en lo que está diciendo.

—La Madre Crae temía que ciertos detalles nuevos en el relato de Za resultaran demasiado alarmantes para hacerse públicos. Así que el informe de Yosme fue bien archivado, y después de que murió la Madre Crae, fue olvidado. Solo logramos hallarlo registrando los archivos históricos y buscando documentos que estuvieran especialmente encriptados, los que no aparecen en una búsqueda, salvo que se sepa exactamente lo que se está buscando. Tuvimos que infiltrarnos en nuestro propio sistema para acceder a la lista maestra, y fue allí que encontramos este informe.

—¿Y cuáles son esos nuevos detalles tan alarmantes? —pregunto, abrazándome las rodillas.

—Tienen que ver con el tiempo. —Sirna ondea el libro de Yosme sobre el mito de Hebitsukai-Za por encima de nuestras cabezas, y los cuatro nos echamos de espaldas y levantamos la vista para leer el texto y revisar sus imágenes.

El primer dibujo muestra a viajeros de otro universo pasando por un túnel del tiempo para colonizar nuestra galaxia zodíaca. Hebitsukai-Za fue el último del grupo en atravesar el túnel del tiempo, y cuando emergió, tenía el cuerpo enlazado en los anillos fibrosos de un enorme gusano que se estaba mordiendo la propia cola, devorándose a sí mismo al tiempo que crecía en longitud. Este gusano era el Tiempo.

Pasar por el túnel del tiempo había alterado las leyes de la física y creado una filtración inestable entre el antiguo universo y el nuestro. Los dos universos corrían peligro inminente de deslizarse juntos y de colapsar. Así que los aterrados viajeros sellaron el túnel del tiempo, pero solo después que Za hubiera hecho pasar al gusano del tiempo.

Las imágenes del libro me hipnotizan. Muestran cómo el gusano podía volver la cabeza hacia delante y hacia atrás, gobernando así la dirección del tiempo. Al reconocer el caos que podía provocar algo así, los viajeros intentaron matar al gusano, e involuntariamente mataron a golpes a Za. Pero el gusano necesitaba un huésped, así que volvió el tiempo atrás y resucitó a Za.

Cuando el libro termina, una nueva imagen rota en el aire.

—Este es el símbolo de la mítica Casa de Ofiucus —dice Sirna.

Observo el báculo familiar enroscado por dos serpientes, el emblema que llamamos el Caduceo o bastón del sanador.

—Ahora miren esta —dice. Un segundo emblema se materializa al lado del primero. Este muestra un contorno estilizado de un hombre atrapado en los anillos de un gusano gigantesco que se muerde su propia cola. Cuando Sirna superpone las dos imágenes, el parecido es demasiado fuerte para pasar por alto.

—Los mitos nos hablan a través de la metáfora —dice Hysan.

—No sé cuál es la importancia de todo esto —dice Sirna, apagando los hologramas—. Solo es pura leyenda.

—Tal vez nada —dice Mathias.

—O tal vez todo —mascullo. Las posibilidades bullen dentro de mí.

Llevada por un impulso repentino, me siento y digo:

—Sirna, ¿podrías traer *Cuídate de Ocus*?

Cuando el poema holográfico planea por encima de nosotros, lo leo en voz alta y me detengo en la línea *Una herida ni sanada por el Tiempo*. Todas estas referencias al tiempo… ¿son solo casualidad o podrían ser pistas?

Antes de que se vaya Sirna, encuentro una excusa para apartarla a solas en una habitación. Apenas entramos, ella baja la mirada, y me doy cuenta de que sabe lo que le voy a preguntar.

Y yo ya conozco su respuesta.

32

—No sabemos con absoluta certeza...

—Pero están bastante seguros —susurro, desplomándome sobre la cama y abrazándome el pecho. No dice nada, así que miro hacia arriba. Por su expresión, sé que papá ya no está.

Alejo la mirada y fijo los ojos en el piso aunque no pueda verlo.

No siento dolor.

No siento nada.

Aún.

—Perdona si he sido descortés contigo —dice Sirna con la voz constreñida—. Te he juzgado mal, Guardiana.

Saca algo pequeño y brillante de su bolsillo.

—La Madre Orígene me dio esto... ahora me gustaría que lo tuvieras tú. Por favor, úsalo siempre para honrar a nuestra Casa. —Abre la mano y una delgada cadena dorada se desprende de sus dedos. De la cadena, cuelga un pendiente sencillo que lleva incrustada una perla rosada de nar-meja.

Igual a los que estaban en el collar que me había hecho mamá... el que perdí en Elara.

Aquel día a Stanton lo había mordido una Maw, y acudimos corriendo a los sanadores, que hicieron todo lo que pudieron por él... pero nadie podía decir con certeza si se volvería a despertar. Stanton estuvo inconsciente cinco horas, y mamá y yo pasamos cada uno de esos trescientos minutos intentando descubrir su destino en la Efemeris.

Pero fue papá —y no las estrellas— quien mantuvo a Stanton a salvo. Succionó el veneno de su herida después del ataque, y mientras mamá y yo nos fuimos a predecir si mi hermano todavía tendría un futuro, papá cuidó de Stanton en el presente. Se sentó a su lado y le sostuvo la mano durante esas cinco horas.

Siempre que solía recordar aquella vez, mi madre se destacaba en mi memoria como la que había salvado el día. Ella fue quien mató a la serpiente marina. Entonces ¿por qué recién ahora veo al verdadero héroe, cuando ya es muy tarde?

—Por favor, prométeme que nunca te lo quitarás —dice Sirna, sacándome de las arenas movedizas de mi pasado y abrochándome la cadena dorada alrededor del cuello—. Que siempre te acerque a Cáncer adondequiera que te conduzcan tus viajes.

***

Le deseo a Sirna un sentido adiós, y después de que se marcha, Mathias le dice a Hysan que tiene que hablarme en privado. Apenas puedo hablar, pero él cree que es a causa de lo que sucedió en el Pleno y por el lugar al que planeo viajar mañana.

No puedo contarle ni a él ni a Hysan sobre papá. Lo volvería demasiado real.

—Por favor, Rho. —Ahora es Mathias quien está en la habitación conmigo en lugar de Sirna, pero sigo buscando el mismo punto sobre el suelo con los ojos, como si no pudiera dejar de revivir la noticia de la muerte de papá.

—Es mi deber poner objeciones. Solo estoy tratando de ayudarte a pensar con claridad.

—Ya sé —logro decir—. Solo estoy cansada.

Su voz barítona se vuelve más amable.

—Voy a hacer algunas exploraciones esta noche con mamá, a ver si puedo descubrir quién te persigue. Volveré por la mañana. Solo intenta descansar un poco… y pensar bien las cosas.

—Partiré mañana para encontrar a Ofiucus —digo, con un tono apagado.

Mathias se marcha sin decir nada.

Cuando quedo sola, me saco la ropa y me meto dentro de la ducha. Una vez que el agua está hirviendo, me siento sobre el piso de azulejos, acurrucada contra la pared, y dejo que el vapor pegajoso me llene con algo —con *cualquier cosa* menos esta horrible, gigante y mortal ausencia.

Froto la perla rosada de Sirna entre los dedos, pensando en papá. La última vez que nos vimos, yo estaba de vacaciones de la Academia, hace un año y medio.

Stanton también estaba en casa, y fue casi como regresar a la infancia, cuando los tres vivíamos juntos. El fantasma de mamá todavía embrujaba los rincones más oscuros de la cabaña, pero en gran medida ya no estaba, y los tres tuvimos un gran encuentro.

El último día de las vacaciones, lo ayudé a papá a lavar nuestro viejo velero. Le conté que estaba formando una banda con mis mejores amigos Nishi y Deke, e incluso charlamos acerca de mis planes una vez terminada la Academia. Fue lo más cerca que estuvimos de tener una conversación real en años.

Hay tantas cosas que me hubiese gustado contarle. De pronto, las lágrimas me inundan los ojos, y cae una por cada verdad, historia y sentimiento que debí compartir con él —todas las cosas no dichas que mantuve guardadas dentro de mi caparazón.

Debí haberle dicho por qué me fui de casa. Debí haberle preguntado cómo se sentía después de la partida de mamá. Debí haberle admitido que estaba enojada con ella, pero que también estaba enojada con él —por no haberme protegido de las manías de mamá.

Todo se derrama fuera de mí en un sollozo que me agita el pecho y me raspa la garganta, como si mis recuerdos y emociones estuvieran tratando de arañar un camino hacia la superficie.

Para cuando apago el grifo, siento los ojos disecados y mis dedos parecen marchitos. Me deslizo dentro de una bata blanca de algodón y me siento delante del espejo, pasándome un peine por el cabello húmedo, mirando fijo dentro de mis ojos opacos y apagados. Su verde pálido me recuerda a los microbios bioluminiscentes que brillan en lo profundo de la laguna interior, donde papá cuida sus bancos de nar-mejas.

Donde papá *cuidaba* sus bancos de nar-mejas.

La exhalación me queda atrapada en la garganta y no quiere salir. Al igual que el cerebro, que no quiere aceptar esta pesadilla como la nueva realidad. Papá no puede haberse ido.

De pronto, escucho un redoble de tambor a la distancia. No: son *golpes*. Suenan débiles y lejanos, como si me estuvieran llegando de algún lugar en la cabeza.

Entonces me doy cuenta de que hay alguien a mi puerta.

El rostro se vuelve a enfocar en el espejo. Ha pasado tanto tiempo que mi pelo se ha secado. Como he estado cepillándolo sin parar, está casi planchado. No tengo idea de cuánto tiempo he estado sentada aquí, pensando en papá. En nuestro hogar en Cáncer. En todo lo que he perdido ya.

Así que ¿cuál es el problema con hacer una apuesta más, un último viaje al espacio?

—¿Rho? ¿Estás bien?

La voz de Hysan me envuelve el alma como una manta, y puedo sentir cómo poco a poco me despierto de este estupor, asomándome fuera de mi caparazón. Esta fría soledad no es lo que necesito ahora. Necesito calidez.

—Entra —digo, metiendo el collar de perla dentro de mi bata y ciñendo la faja con fuerza.

—Te traje algo de ropa para dormir —dice, frenando en seco cuando me ve—. Tu pelo… me gusta.

—Gracias —digo, tomando la camisa de dormir y las calzas que me alcanza con la mano. Está usando sus overoles grises de nuevo, y hay un lápiz óptico en uno de sus bolsillos, como si hubiera estado trabajando.

—El servicio de habitación te traerá cualquier cosa que necesites —cepillo de dientes, comida, ropa. Solo pídele a la pared pantalla lo que quieras, cuando quieras. —Se queda en silencio por un instante y después se da vuelta para irse.

—¿Te quedarías conmigo por un rato o tienes que estar en algún lugar en especial?

Mi susurro flota sobre la habitación iluminada con luces tenues. Las palabras me han salido en un tono tan bajo que me preocupa que no las haya escuchado.

—Algún lugar en especial es donde estás tú, miladi.

Su voz es como una caricia; me roza suavemente la columna, hasta que cada uno de los nudos de nervios en mi interior empieza a aflojarse y disolverse. Hasta que lo único que quiere el cuerpo es por fin dejarse ir. Estoy agotada de aferrarme con tanta fuerza cuando ya todo se ha desmoronado.

—¿Puede el servicio de habitación traernos algo de absinta? —pregunto cuando ya está delante de mí otra vez—. ¿O esa droga geminiana? —Estoy bromeando, pero solo a medias.

Hysan frunce el ceño al notar la pesadumbre en mi mirada.

—¿Qué ha sucedido? Algo ha cambiado.

—Mi corazón dejó de latir —jadeo entre olas de emoción—, y ya no puedo sentir nada.

No le voy a contar que ahora soy una huérfana, igual que él. No le diré esas palabras, al menos no aún.

En lugar de eso, me acerco hacia él hasta que lo único que nos separa es el nudo tosco de mi bata, apretándome la cintura.

—Entonces tú puedes ser mi droga —le digo, perdiéndome dentro de esos ojos verdes—. Hazme sentir algo… mientras todavía podamos hacerlo.

—¿Estás segura? —susurra, y siento su respiración suave sobre la piel. Me peina el cabello con los dedos—. ¿No tienes miedo?

—¿De ti?

—De cruzar una línea. No quiero que hagas algo de lo que te arrepentirás. —Su mirada escruta mi rostro como un láser, y me pregunto si debo darle mi respuesta o si ya la ha encontrado.

—No me quedan muchas líneas por cruzar —susurro—. Y esta no parece estar ni cerca de ser la peor.

Mis amigos de Elara ya no están. Millones de cancerianos se han muerto desde entonces. Y también virginianos. Papá, la hermana de Mathias, las hermanas de Deke, los padres de Kai… no puedo impedir nada de eso. Ocus es demasiado poderoso para que lo pueda evitar, o vencer, y probablemente termine destruyéndome a mí también.

Después de todo, estoy primera en su lista de muerte. En cualquier momento me iré como todos los demás, y apenas he vivido. El eje de mi mundo está descentrado, y no puedo corregirlo.

Fuera de Nishi, nunca antes me había importado nada ni nadie que no fuera canceriano. Hysan es el hombre equivocado para mí por tantos motivos: el Tabú, las diferencias innatas entre los dos, el momento. Y por supuesto, por Mathias. Pero por todos esos motivos es que me doy cuenta de que esto es lo correcto. Porque no se trata de algo que *deba* o que *necesite* hacer —por primera vez desde que me he vuelto Guardiana, estoy haciendo algo que *quiero* hacer.

Los dedos me tiemblan al desatar torpemente el nudo de mi bata hasta que la faja blanca cae floja a un lado. El frente de la bata se abre ligeramente, y deja una leve porción de piel a la vista.

Hysan me planta sus manos en las caderas, pero no me quita la bata. En su lugar, se inclina sobre mí hasta que mis ojos se cierran instintivamente, y puedo sentir sus labios rozar los míos.

—Haré cualquier cosa que me pidas —susurra con voz ronca—. Tú fijas las reglas.

El corazón me late demasiado fuerte como para poder hablar de nuevo.

Qué manera más extraña de descubrir que sigo viva.

He tenido citas con muchachos en la Academia, pero nunca antes me habían besado así. Cuando la boca de Hysan encuentra la mía, siento que es como descubrir un nuevo sabor, algo foráneo y delicado, y él saborea el gusto. Sus labios son amables y curiosos pero experimentados, y cuanto más cuidadosamente me besa, más intenso se vuelve mi deseo por él.

Empiezo a temblar cuando las manos se le deslizan por debajo de mi bata y me recorre las caderas. Siento sus dedos livianos y sedosos sobre la piel, y se me entrecorta la respiración cuando empiezan a subir recorriéndome los costados, acariciando la curva de la cintura hasta rozar los lados de mis pechos. Cuando llega a los hombros, desliza las manos sobre mis brazos, quitándome la bata blanca por completo.

Cae con suavidad, amontonada sobre el piso, dejándome completamente desnuda, salvo por el collar que me regaló Sirna. Nunca antes había estado parada así delante de un varón. Siento que cada célula de mi ser se aprieta de vergüenza y miedo; la cara me arde de un color que debe ser un brillante rojo cangrejo, y me entran ganas de volver a taparme...

—Eres tan hermosa, Rho —susurra Hysan, tocando la perla de mi collar, cortándome el hilo de pensamiento. Me olvido de sentir vergüenza de mí misma cuando veo la franqueza en su mirada. Él también se siente vulnerable.

—Nunca he conocido a nadie como tú —me susurra contra el cuello—, y estoy loco por ti.

Una descarga de algo nuevo dispara por mi sangre. En este momento, no me siento ni una niña, ni una Guardiana, ni una adolescente, ni una acólita, ni cualquier otra persona que haya sido antes.

Por primera vez, me siento una mujer.

Ni siquiera sabía que existía una diferencia.

Hysan se quita los overoles grises, saca un envoltorio de su bolsillo, y después me acomoda sobre la cama. Al ver la protección, de pronto me doy cuenta de que esto está sucediendo de verdad.

Al acostarme, baja las manos a los costados de mi cuerpo, y los músculos de los brazos se le abultan cuando me aprieta el cuerpo contra el suyo. Soy muy consciente de que la única prenda de vestir que hay entre los dos son sus calzoncillos.

—Hysan...

Mira hacia mí, el pelo revuelto le cae sobre el rostro dorado y los ojos suaves.

—Rho, podemos parar aquí si quieres...

—No quiero parar —digo, acercándolo a mí—. Solo quiero que sepas que...—le respiro al oído— a mí también me gustas.

Pega las mejillas contras las mías. Y después chocamos las bocas otra vez, y por una noche me hace olvidar el hueco ardiente que llevo en el pecho.

33

Cuando me despierto a la mañana siguiente, inmediatamente me siento diferente. Para empezar, nunca en mi vida he dormido desnuda.

Y nunca antes me había despertado esperando ver a un hombre en mi cama. Pero cuando miro hacia el lado de Hysan, estoy sola.

Me quedo bajo las sábanas a medida que el aire se va aclarando; mis emociones son una maraña confusa. No sé cómo me debo sentir. Papá es como una herida que jamás sanará, y la devastación por su muerte me pesa como un manto que seguirá abrochado para siempre.

Pero cuando pienso en Hysan, siento el cuerpo sensible y liviano, y siguen reverberando las sensaciones nuevas que me hizo descubrir anoche. Hoy las curvas de mi cuerpo parecen nuevas. Experimentar el cuerpo a través de las manos y los labios de Hysan le dio a cada parte un nuevo sentido, y me siento más conectada que nunca conmigo misma.

Tal vez debería arrepentirme de lo de anoche, pero no quiero. La que yo solía ser no habría hecho esto, pero esa muchacha se ha marchado. También esa vida, aquella en la que consultaba la Efemeris a diario, esa donde las estrellas y yo compartíamos nuestros secretos.

Ocus me ha aislado de esa vida. De mi futuro. De mi familia. Y anoche, Hysan me regaló un buen recuerdo, uno que es todo mío, uno que me puedo llevar conmigo cuando cumpla con mi destino. Cuando me ponga en marcha para buscar a Ocus.

Por ahora ni siquiera puedo pensar en otra cosa, así que me pongo el piyama que me había traído Hysan y que quedó sin usar, y camino sin hacer ruido al comedor.

—Buenos días —dice Mathias.

Apenas lo veo, un ramalazo de culpa me sacude por dentro.

—¿Dormiste bien?

Su mirada escrutadora me hace volverme para ocultar el rostro.

—Sí, gracias. ¿Novedades?

—Te guardé un poco de desayuno —dice, aun mirándome. ¿Sospechará algo o es el Mathias de siempre?

Está limpiando su táser plateado y parece no haber dormido todavía. Tiene un pequeño corte en la hendidura de su mentón por afeitarse.

—¿Dónde está Hysan?

Mathias me sirve una taza de té, y me siento como una traidora.

—Tan solo eligiendo qué traje ponerse. Esta mañana irá a visitar a su androide.

—Yo también iré.

—No es una buena idea.

Tomo un panecillo del canasto a su lado para evitar darle una respuesta justo cuando Mathias saca algo del bolsillo y lo pone sobre la mesa delante de mí.

—Feliz cumpleaños, Rho.

Ver el pequeño paquete verde me llena de nostalgia. *Algas de mar azucaradas.*

—Papá y yo solíamos comer esto todo el tiempo en casa —susurro, ahogando una ola de tristeza para que Mathias no sepa el dolor que me causa su regalo.

—Es casi imposible encontrarlas fuera del planeta —dice—. Se me ocurrió que te gustaría recibir este recuerdo de Cáncer.

—Gracias —digo, atrayéndolo para abrazarlo, principalmente para ocultar el rostro. Pero la culpa me retuerce por dentro, y me aparto rápidamente. Cuando me desperté esta mañana, ni siquiera me di cuenta de que era mi cumpleaños, de que cumplía diecisiete años.

Dividimos la caja de algas de mar entre los dos en silencio, y luego él enciende el noticiero. Cuando Hysan entra, me alegra que esté usando los overoles grises otra vez.

Nos dirigimos un gesto tímido con la cabeza, y espero que Mathias esté demasiado distraído para advertir mi incómodo rubor.

—Buenos días, miladi. —Antes que Hysan pueda decir otra palabra, oímos la puerta de la suite abriéndose.

Mathias saca el arma y se desliza hacia el taller. Al instante, regresa con Lord Neith, cuyos severos ojos se suavizan afectuosos al ver a Hysan.

—Padre —dice, abriendo los brazos.

Observo fascinada a Hysan abrazándose con su androide monumental. Neith saca una moderna pantalla del bolsillo y busca unos datos para compartir con Hysan. La luz reflejada de los hologramas brilla a través de su perfecto rostro de kartex, y le iluminan el cabello blanco.

Mientras trabajan, salgo al balcón y observo por encima de la baranda. Mucho más abajo, vehículos blindados recorren las calles como diminutos escarabajos. La luz amortiguada del sol se filtra a través del cielo entelado del planeta, y el muro negro que rodea la Aldea proyecta sombras grises.

Mathias se para al lado mío:

—Qué desolador, ¿no es cierto? No veo la hora de irme de este planeta.

—¿Sigues planeando ir a Géminis para vivir en una mina subterránea?

—Nuestra gente se encuentra allí. —Sus apuestos rasgos atrapan los tenues rayos del sol, y quedo fascinada por su porte tranquilo, igual que como me sentí cuando lo vi por primera vez, hace cinco años, haciendo yarrot—. Sigo creyendo de corazón que Cáncer se recuperará.

Luego admito algo que no esperé que compartiría:

—Siempre he creído que tú serías un mejor Guardián.

Mathias me mira detenidamente durante unos instantes antes de hablar.

—Al principio, no podía entender por qué habían elegido a alguien tan joven y... poco preparado. —Inclina el amplio pecho contra la baranda, sin dejar de absorberme dentro de su mirada índigo—. Pero me estaba enfocando en algo errado. Tu talento es imperfecto, pero tienes más disciplina y determinación que cualquier otra persona que conozca. —Su voz musical cae un poco, como si tuviera vergüenza de estar hablando con tanta franqueza—. Eres una llama eterna que no puede ser apagada.

Solía preguntarme lo que él veía cuando me miraba: si una niña o una mujer adulta. Durante demasiado tiempo, me hizo sentir como lo primero. Y a lo sumo, como algo intermedio. Pero por primera vez, las palabras de Mathias me hacen sentir grande en lugar de pequeña.

—También eres la persona más valiente, amable y desinteresada que haya conocido jamás —dice. Su expresión se distiende. Cuando las líneas de su rostro se desvanecen, parece haberse quitado varios años de encima—. Eres una canceriana hasta la médula.

Incluso mientras sus palabras hacen que mi corazón cobre vuelo, la culpa me carcome por dentro. Justo cuando logro obtener el respeto de Mathias, ya no soy digna de él. Hysan ya no es el único que guarda secretos.

—Gracias, Mathias. —Siento demasiada culpa como para mirarlo—. Espero que eso signifique que no vas a tratar de impedirme que vaya a buscar a Ocus o las pruebas de su existencia.

Cuando echo una mirada de soslayo, las líneas de su rostro han vuelto a aparecer.

—Nadie ha vuelto jamás de las Nubes Sufiánicas, Rho. La persona detrás de todo esto —Ocus, según lo llamas tú— manipula la psienergía de modos en los que ningún Zodai lo ha logrado jamás o siquiera pueda imaginar hacerlo. Has tenido menos práctica que la mayoría y no conoces aún toda la fuerza que posees.

Es la primera vez que ha dicho el nombre Ocus en voz alta, y aunque no ha sido un apoyo explícito, al menos acepta la *posibilidad* de su existencia. Es una demostración de que lo está intentando. Quiere que yo también haga mi parte.

Solo que no puedo. Estoy comprometida con esta misión y tengo que llevarla a cabo.

—Iré de todos modos, Mathias. Solo te estoy pidiendo que no trates de impedírmelo.

—Entonces, al menos consultemos a expertos del Psi y aprendamos todo lo que podamos sobre el modo en que quienquiera que esté haciendo esto lo está haciendo... cómo podemos combatirlo antes de actuar...

—Esa es una buena idea —digo. Las piezas se unen en mi mente para formar un plan—. Mientras Hysan y yo obtenemos pruebas de que Ocus es real, tú, Sirna y los demás pueden comenzar a reunir información sobre cómo usar el Psi para derrotarlo. Así podemos apelar a los demás Guardianes una vez más, solo que esta vez tendremos una *prueba* y un *plan*.

Sacude la cabeza y se frota los ojos, como si yo fuera una criatura hiperactiva que pone a prueba su paciencia. Como si volviera a ser una niña pequeña.

—Rho, no creo que debas viajar hasta allá sin más información. Si insistes en ir, tendremos que consultar primero al resto de tus Asesores.

—Si realmente soy una llama eterna, ¿por qué continúas subestimándome?

Hysan suelta una risita detrás de nosotros.

—*Típico*.

—¿Qué? —gruñe Mathias.

—El prejuicio de los viejos contra los jóvenes.

Mathias parece debatirse entre expresar su furia verbalmente o usar los puños. Respira agitado y luego vuelve a entrar sin decir una palabra más.

A solas con Hysan, me siento de pronto nueva en el Zodíaco. Nos sonreímos y él se acerca a mí. Uno al lado del otro observamos la ciudad, enlazando los dedos sobre la baranda.

Las sirenas de la policía resuenan desde lejos, y a la distancia oímos los disparos de la artillería. Una luz grisácea y tenue se filtra a través del cielo de tela.

—Feliz cumpleaños, miladi —dice, entregándome una pequeña caja. La abro para encontrar un prendedor con forma de cangrejo realizado con cuentas de cristobalita color turquesa, el color del mar de Cáncer.

Es mi propio escudo psi.

—Gracias —digo, y lo prendo a mi camisa de dormir. El cangrejo brilla como un recordatorio de mi hogar—. ¿Cómo sabías que era hoy?

—Lo vi cuando los soldados escaneaban nuestras huellas digitales al llegar. —Admira cómo me queda el prendedor, y luego dice—: Neith convenció a los embajadores de que extendieran su sesión para que él pudiera hablar. Es muy persuasivo. Ya sabes: aprendió de su maestro.

—Uno muy humilde.

—Y se trata tan solo de *una* de mis cualidades admirables. —Hysan desliza el pulgar de arriba abajo de mi meñique.

—¿Cuánto demora el viaje a las Nubes Sufiánicas? —pregunto.

—Cuatro días, tal vez. Hay que permanecer invisibles todo el tiempo, porque Ofiucus podría tener ojos en todas partes.

Escudriño la gran cantidad de ventanas que dan a nuestro balcón y me recorre un escalofrío.

—Vamos adentro.

En la sala, Mathias se encuentra de pie, rígido y pálido, mirando fijo la pantalla gigante. Se vuelve a mí, con el rostro inexpresivo.

Por un momento, me da la impresión de que alcanzó a oírnos a Hysan y a mí, o que nos vio tomados de la mano. Luego echo un vistazo a la masacre en el noticiero.

—La capital de Géminis acaba de ser obliterada.

34

El planeta Argyr ha sido arrasado. En la pared pantalla se proyectan imágenes que muestran una devastación que nos deja mudos. Los edificios arcoíris demolidos a ras del suelo. El Imaginarium hecho añicos. Pequeños cadáveres geminianos calcinados y reducidos a cenizas.

Caasy no ha venido al Pleno. ¿Estaría en la Corte Real en que lo vimos por primera vez? ¿Habrá sobrevivido?

Estoy sentada en el sillón, entre Mathias y Hysan, mordiéndome las uñas mientras el noticiero se sigue explayando. Las imágenes son tan siniestras que quiero cubrirme el rostro, pero me fuerzo a seguir mirando. Detrás de nosotros, Neith está parado como una estatua.

La destrucción total de la ciudad ha sido confirmada. Un crucero que pasaba por la zona registró un hongo inmenso sobre la capital de Géminis, y las autoridades le echan la culpa a una planta nuclear por el accidente. Pero eso no explica por qué el planeta entero estaba tambaleando sobre su eje.

¿Chocará contra su vecino, Hydragyr, donde tantos de mi pueblo se han asentado?

—Ocus —siseo.

—Rho —dice Mathias, la palabra es insignificante comparada a la forma en que lo dice: es la voz de alguien que ha estado ciego.

Escuchamos golpes en la puerta, y Lord Neith echa una mirada en esa dirección.

—Un agente del Servicio Secreto Canceriano quiere reunirse con nosotros —le dice a Hysan—. ¿Se lo permito?

Hysan asiente, y cuando la puerta se abre, quien entra a la sala es Amanta Thais.

—Madre —dice Mathias y la atrae hacia sí para darle un abrazo—. ¿Has visto las noticias?

—Sí. Me envió Sirna —dice, desplazando la mirada de uno a otro y deteniéndose un instante sobre la cara del Guardián de Libra, sorprendida.

—Caronte denunciará que han sido más rayos cósmicos. —Siento cómo tiemblo ante la inestabilidad del Zodíaco. Cualquier planeta podría ser el próximo—. Vamos a tener que mudar a nuestro pueblo otra vez. ¿Hay alguien ocupándose de eso?

—La Asesora Agatha está a cargo —dice Amanta, hablando con una suave urgencia y alternando la mirada entre Lord Neith y yo—. Dos Guardianes muertos en un mes. Otra en coma. La gente está empezando a entrar en pánico.

—La sesión del Pleno se ha extendido —anuncia Neith—. Me dirigiré a ellos en una hora.

—Sirna quiere que Rho también esté presente —dice Amanta—. Esta vez, cree que los embajadores la escucharán.

—¿Les puedo contar sobre el ejército secreto? —pregunto.

—Todavía no —dice Amanta—, no hasta que sepamos quién los está reclutando.

A Amanta se la requiere en el hipódromo inmediatamente, así que acordamos encontrarnos con ella allí. Apenas Hysan y yo nos vestimos, partimos los cuatro. En la calle, Hysan se gira hacia Neith y le susurra una palabra. Abruptamente, el androide dorado dispara hacia el Pleno, corriendo mucho más rápido de lo que hubiera imaginado, dados sus modales refinados y su compostura real.

Hysan sonríe con orgullo.

—Es más rápido viajar solo que en grupo. Él sabe qué decir una vez que llegue al Pleno.

En caso de que mis manifestantes me estén esperando, usamos los collares velo y echamos a correr por la calle detrás de Neith, aunque él nos lleve mucha ventaja. Como siempre, la zona alrededor del hipódromo está atestada con visitantes de todas las Casas, incluidos los alborotados estudiantes con sus pancartas. Esta vez, han crecido en número.

Nos escabullimos pasando a los soldados, y cuando entramos en la arenósfera, los embajadores y Guardianes visitantes ya han tomado sus lugares en las butacas doradas. Pero hoy el público es otro.

Por arriba, hologramas de todos los colores atiborran la mitad superior de la esfera, y parpadean con destellos pixelados cuando se superponen. Miles de microcámaras suspendidas en el aire forman una nube densa. Debajo de nosotros, geminianos rubios han acaparado una sección completa de butacas, y también veo muchos más virginianos que antes, sumado a taurinos, leoninos, sagitarianos y hasta cancerianos. De hecho, todas las Casas están representadas por esta audiencia.

Muchos de ellos son jóvenes, tienen la edad de estudiantes. Esto se lo debo a Nishi, de seguro. Lord Neith está parado en el medio del escenario, sosteniendo el báculo de orador y repasando cuatro grandes pantallas holográficas para revisar los datos de Sirna que flotan por la esfera. Sin lugar a dudas, prueban que el cuento de los rayos cósmicos fue una mentira intencionada. Las cámaras se le posan sobre los brazos, pero no les presta atención.

No nos hemos quitado los velos, pero Neith nos percibe no bien llegamos y nos hace un gesto para que avancemos. Hysan me indica que vaya primero, y esta vez, en lugar de quedarse atrás para custodiar la puerta, Mathias viene conmigo.

Los tres nos subimos al escenario, pero Hysan nos susurra que no nos develemos.

—Espera a imploren por ti, Rho.

—¿Imploren por mí?

Con una mirada pícara, se dirige al público y mirándolo asiente con la cabeza. Después se inclina para susurrarme al oído:

—Alguien ha enviado los datos de Sirna a canales de noticias de toda la galaxia. No puedo imaginarme quién pudo haber sido. A propósito, ese es tu *segundo* regalo de cumpleaños, miladi.

Lo miro fijo con ojos grandes, sin poder creer lo que estoy escuchando.

—¿Y aun piensas contarle a las otras Casas sobre los escudos psi?

Irradia su sonrisa torcida.

—Paciencia. Ese es el número tres.

Estoy a punto de abrazarlo cuando Caronte se pone de pie de un salto y trata de quitarle el báculo a Neith. Los vemos forcejear, pero Neith gana fácilmente.

—No cederé el piso ante usted, sir.

Los estudiantes le arrojan restos de comida y basura a Caronte hasta que se ve obligado a tomar asiento. Los miembros de la Guardia Real de Escorpio lo apartan del debate, y estallan hurras entre el público.

—Creo que cederás ante mí, Lord Neith. —La solemne pequeña Rubidum se pone de pie—. Mi hermano ha sido exterminado. Eso me da todos los fundamentos que necesito para dirigirme a esta concurrencia.

Bajo nuestros velos, los tres intercambiamos miradas sombrías. Caasy se ha ido.

Recuerdo su advertencia respecto de que estaba siendo engañada. ¿Habría estado viendo las acciones de Caronte? ¿O estaría previendo su propio robo de mi ópalo negro, solo para jugar conmigo?

—¡*Rubi, Rubi, Rubi!*

Rubidum sonríe, aunque las lágrimas le cruzan la pálida piel iridiscente.

—Déjala hablar —susurro, y Hysan le asiente con la cabeza a Neith.

Neith se inclina y le hace un gesto para que ella tome la palabra. Se sube al escenario y pasa cerca de nosotros sin notarlo. El báculo de orador es demasiado largo para que ella pueda sostenerlo erguido, así que lo toma de la cabeza y deja que el otro extremo sobre el suelo.

—Compañeros Guardianes, ustedes me conocen. Durante trescientos años, mi hermano y yo hemos visto plagas, inundaciones, hambrunas, desastres de todo tipo. Los aludes de barro taurinos, las sequías en Piscis, los fuegos leoninos —hemos observado todo con corazones turbados. Y, sin embargo, hasta hoy siempre asumimos que esos eventos eran normales, cíclicos, fuera de todo control humano.

Hace una pausa para secar una lágrima, y el público murmura.

—Pero ahora, amigos, hemos visto atrocidades sin parangón. Tres Casas hechas escombros en un mes. Tres Guardianes derribados. Orígene está muerta, Moira está hecha un vegetal, y mi hermano... —inhala entrecortadamente y se seca otra lágrima.

Después apunta con el báculo al público y dispara una mirada cargada con sed de venganza.

—Debemos dejar de negar la verdad. Alguien está orquestando todo esto. ¿Cuál va a ser la próxima Casa? ¿La tuya? ¿La tuya?

La gente se encoge dentro de sus butacas cuando apunta.

—Ninguno de nosotros estará a salvo mientras ese monstruo siga con vida. Conocemos su nombre. ¿Cuál es?

—Ofiucus —grita un grupo geminiano. Y así de fácil, las personas de Géminis se vuelven creyentes.

—¡Sí, Ofiucus! —Rubidum se mueve por el escenario como una actriz de tragedia, arrastrando la cola del báculo—. Contemplen su obra.

Un geminiano, ubicado casi al frente del público, se para. Comienza a proyectar imágenes del Tatuaje en la palma de la mano a las pantallas virtuales: videos espantosos de las unidades de asistencia a quemados de Argyr, mostrando a heridos y moribundos. Su agonía silencia a todos.

Rubidum levanta la cabeza.

—La Madre Rhoma Grace nos advirtió a mi hermano y a mí sobre Ofiucus. Fui necia al no escucharla en ese momento, pero ahora digo que el carnicero debe morir.

—*¡Maten al carnicero! ¡Maten al carnicero!*

El cántico hace eco entre el grupo geminiano. Y después, para mi asombro, se propaga como fuego por todo el público.

No puedo creer lo rápido que cambia la opinión pública frente al horror. De pronto, todos creen en el hombre de la bolsa.

—¡Puede atacar en cualquier lado, en cualquier momento! —Rubidum grita sobre el ruido—. Nos destruirá a todos si no actuamos. No podemos quedarnos de brazos cruzados.

Cuando el frenesí alcanza su clímax, Rubidum suelta el báculo con un estrépito y levanta las dos manos al cielo.

—Amigos, nos hemos equivocado al expulsar a Rho Grace de este Pleno. Ella fue la única que previó este enemigo. La necesitamos de nuestro lado.

Los estudiantes empiezan a cantar mi nombre, y para mi sorpresa, más de la mitad del público se suma. Por arriba, los hologramas hacen eco del cántico chocando como címbalos.

—¡*Rho, Rho, Rho!*

Estaba dispuesta a sacrificar mi vida solo para convencer al Zodíaco de la existencia de Ofiucus. Ahora que creen, debería estar exaltada… pero no lo estoy. Hay algo en todo esto que no me huele bien.

No los ha convertido la razón, sino el fervor de la sala.

Albor Echus ruega para que haya orden, revoleando su túnica de piel, y Neith golpea el atril con el puño.

—¿Deberíamos volver a convocar a la Madre Rho?

—¡Sí! —truena la audiencia—. ¡Llámenla de nuevo! ¡Traigan a la Madre Rho!

—Ahora —susurra Hysan—. Develate.

Los tres apagamos los collares, y cuando saltamos a la vista, la reacción de la audiencia me deja aturdida.

Nuestro truco de magia los ha puesto a todos de pie para darnos una emocionante ovación, y por toda la arenósfera microcámaras vienen zumbando hacia mí. Los colores, las luces, los flashes, los gritos y los sonidos —es abrumador.

Unos brazos pequeños me envuelven. Miro hacia abajo y veo a Rubidum.

—Estamos poniendo nuestra fe en ti, Rho. Lleva a ese monstruo ante la justicia.

Ahora me doy cuenta del grave error que he cometido.

Dejé que esta gente creyera que soy más que una soplona —y que realmente tengo un plan para derrotar a alguien que puede hacer que nuestras propias partículas de aire se vuelvan en nuestra contra. No estoy en las fuerzas armadas. No soy una Zodai calificada. No puedo dirigir un ejército. A medida que los hurras se vuelven más fuertes, Neith me entrega el báculo de orador. Pero por primera vez, no tengo idea de qué decir.

Mis discursos hasta ahora no han sido más que ruegos para unificar a las Casas… y acaba de suceder. He cumplido con mi cometido: he sonado la alarma, aun cuando Ocus me amenazaba de muerte solo por intentar hacerlo. El objetivo de unir fuerzas con las otras Casas era para compartir con ellas la búsqueda de la justicia —no para *dirigirla*.

Ante mi silencio, Rubidum eleva la voz.

—La Casa de Géminis te otorgará cuarenta buques de guerra para destruir al carnicero. ¿Quién se une a mí?

Los vivas ensordecedores estallan entre la audiencia.

—¡Nosotros! —grita la Guardiana de ojos color ámbar de Sagitario. Recuerdo su rostro de verlo en los noticieros de hace dos años, cuando fue nombrada Guardiana a los veintiún años—. Enviaremos buques cisterna.

—Capricornio enviará arcas —anuncia su Embajador.

El Guardián Taurino grita:

—¡Nosotros proveeremos armas!

¿Buques de guerra? ¿Munición? ¿Es eso lo que necesitamos?

El frenesí de la guerra se va extendiendo y ya no hay quien lo frene. El líder de Leo —quien fue el más famoso galán de cine del Zodíaco hasta que las estrellas lo eligieron para gobernar— aprieta los puños en el aire.

—¡Nuestra casa enviará un crucero de guerra!

Cuando Lord Neith toma el báculo otra vez, dice:

—La Casa de Libra proveerá escudos psi para cada nave. El enemigo nunca nos verá venir.

Arrojando el brazo en alto, lanza un centenar de cuentas de cristobalita en el aire. Las personas del público se pelean entre sí para atraparlas. Neith lanza más y más, asegurándose de rociar a Guardianes y embajadores.

—Escudos personales. Contacten a la embajada libriana para obtener más —brama, lanzando otro manojo.

Así que esta es la manera como Hysan cumplió su promesa. Una cuenta me rebota en el hombro, y la levanto.

—Brillante —le digo. Los labios se le fruncen en una tenue sonrisa.

Neith vacía sus bolsillos y lanza el último manojo de cuentas en el aire.

—Estamos fabricando más, los suficientes para cada Casa.

Ahora todos los Guardianes, embajadores, y ayudantes de campo están moviendo los labios furiosamente, hablando a través del Psi. Si Ocus aún no lo ha notado, de seguro que escuchará este bullicio. Sabe que estamos en camino. Deberemos ser sigilosos en nuestro plan.

Antes de caer en la cuenta de lo que estoy haciendo, me dirijo al público.

—Compañeros Guardianes, toda Casa es un blanco. —Toda la arenósfera se sume en silencio—. Por favor, tomen estos escudos y vuelvan rápido a casa para defender sus planetas. Ordenen a sus Zodai que miren las estrellas. Revisen procedimientos de emergencia con sus habitantes. Y, sobre todo, abran las líneas de comunicación con las otras Casas.

Todos miran alrededor, como si recién estuvieran reconociendo a sus vecinos. La audiencia parece un mapa de población codificado por colores: la mayoría usa los colores de su Casa y se sienta junto a los suyos.

—Unirnos entre nosotros es la mejor arma que tenemos contra Ofiucus. Se ha esforzado mucho por mantenerse oculto y ha hecho todo lo posible para evitar que crean en mis palabras. Nos quiere divididos. Le ha funcionado antes. Quiero que lean algo, un tradicional cuento infantil de Cáncer. Se llama "Cuídate de Ocus".

Los cancerianos del público aplauden cuando recito de memoria:

Había una vez una estrella guardiana
Cuando el Zodíaco recién se formaba
Desde muy lejos reptó esta Serpiente
Que dio origen al peor inconveniente

Las Doce Casas cayeron en desgracia
Y en la Víbora pusieron su esperanza
Su promesa: poner fin al desacuerdo
Ocus, dijo, era su nombre verdadero

En él demasiado confiaron las Casas
Y así todas terminaron traicionadas
Ocus les robó su hechizo más intenso
Una herida ni sanada por el Tiempo

Aún en guardia esperamos su regreso
Porque antes de su fuga dijo su deseo
Ver al Zodíaco arder frente a sus ojos
Por eso les decimos: Cuídate de Ocus

Para cuando empezamos a recitar la segunda estrofa, versiones holográficas del poema llenan la arenósfera, y todos están leyendo en voz alta conmigo. Cuando llegamos al final, digo:

—Hacer que nos enfrentemos entre nosotros le ha funcionado en el pasado, pero ya no más.

Gritan voces de aprobación.

—Cada uno de nosotros sobresale con una habilidad diferente, lo que asegura la supervivencia de nuestro universo. La idea es que usemos nuestras habilidades juntos, como una unidad, no que desconfiemos el uno del otro y guardemos secretos. Ofiucus sabe cuán fuerte podemos ser cuando trabajamos juntos. Por eso hará cualquier cosa para mantenernos alejados. Demostrémosle que no se equivoca cuando le teme a un Zodíaco unido.

Una tormenta de aplausos empieza a crecer lentamente.

—Mostrémosle que juntos somos invencibles.

La multitud se ha puesto de pie y ya no hay nada que los calme. No sé de dónde me han venido las fuerzas. Fue como si mi propio instinto de crianza, el impulso de proteger mi hogar y mis seres queridos, se hubiera extendido a todo el Zodíaco.

Observándonos, me he dado cuenta de lo vulnerables que somos, cuán desconectados estamos, y vi que había algo que yo podía hacer para ayudar. Así que simplemente… actué.

Aun como Guardiana, nunca me he considerado una líder. Pensaba que para conducir, primero había que tener un plan. Pero a veces conducir se trata de mantener a la gente unida cuando no hay un plan. Cuando lo único que hay es la voluntad de sobrevivir frente a un mal invencible.

Hysan me atrae hacia sí para darme un abrazo fuerte.

—Rho Grace, Guardiana del Zodíaco —dice, besándome la mejilla disimuladamente—. Eres una estrella.

Mathias se vuelve a mí a continuación, pero justo en ese momento Rubidum me toma la mano y me hace girar para enfrentar a la audiencia de nuevo.

—¡*Confíen en la Guardiana Rho!* —corean.

Levanta un puñado de cuentas y grita sobre el estruendo.

—¡Nomino a Rho Grace para conducir a nuestra armada!

El público ruge aprobando. Alarmada, me aparto y agito la cabeza en señal de rechazo, incluso agito los brazos.

Pero nadie lo quiere ver. Ya han tomado una decisión.

—¡Elijamos a la Madre Rho por aclamación! —se une Neith.

Me giro y veo a Mathias detrás de mí.

—Mathias, haz que esto se detenga. No puedo conducir una *armada*. ¡Apenas sé lo que es!

Me ofrece el brazo, y me sostengo.

—Han entrado en pánico —dice—. No están pensando. —El bíceps se le endurece debajo de mi mano.

—¿De quién fue esta idea? —le pregunto a Hysan cuando se acerca.

—¿No ves lo que ha sucedido? Les has dado esperanzas a todos, Rho —dice, su rostro brillando de luz—. Has sido Guardiana de Cáncer tres semanas, y has hecho lo que no ha podido hacer nadie durante siglos: has reunido al Zodíaco.

Me envuelve la mano en las suyas, y del otro lado, Mathias se tensiona.

—Lo he sabido desde la primera vez que te vi, la noche de tu juramento, y lo he sentido estas últimas semanas en tu presencia, observando cómo interactúas con líderes de todas las Casas: tu luz resplandece con demasiado brillo como para contenerse en una sola constelación.

Los ojos nunca le han crecido tanto ni los había visto tan verdes.

—Estás destinada a ser una estrella guía no solo para un mundo, sino para todos. Si no tú, ¿*quién*?

Albor Echus se pone de pie y pide orden en la sala. Los embajadores deben de haber terminado su discusión.

—El Pleno ha votado. Nombramos a la Sagrada Madre Rhoma Grace de la Cuarta Casa para conducir nuestra flota unida.

Los rostros de la audiencia brillan con una luz estrellada. Mi respiración se acelera, la cabeza me da vueltas. Echo una mirada de reojo a Mathias. Somos las únicas personas sobre el escenario que no sonreímos.

Miro a la audiencia de nuevo. Estaba dispuesta a arriesgar mi vida para frenar a Ocus. No puedo dar marcha atrás ahora.

—Acepto.

35

Resulta que una armada es una flota de buques de guerra.

Tengo que aprender estas cosas rápidamente porque la planificación estratégica comienza inmediatamente después del voto, cuando el embajador Morscerta me baja del escenario a toda velocidad y me lleva a una reunión con todos los Guardianes y embajadores. Durante once horas seguidas, debaten, dividiendo las responsabilidades entre las Casas y nominando a los Zodai que conducirán los numerosos combates. Al igual que durante mis reuniones en Oceón 6, me paso el tiempo mayormente escuchando y respondiendo preguntas.

Los días que siguen son una sucesión veloz de estos encuentros: algunas veces, con todos en el hipódromo; otras, con los Polaris en la embajada; y otras, con embajadores diferentes en la Aldea. Sirna me trasladó a una de las cabañas, así que solo alcanzo a ver a Mathias y Hysan en contadas ocasiones: puede ser para comer algo a las apuradas o para una reunión conjunta, pero principalmente estamos cada uno trabajando en nuestras propias tareas. Hysan ha subcontratado la producción de escudos psi a una fábrica en Aries, y se está valiendo ahora de la amplia red de personas que ha conocido durante sus viajes por el sistema solar para recaudar fondos a toda velocidad. Mientras tanto, Mathias está entrenando a nuestros Polaris para el combate.

Es evidente desde el principio que mi función como líder de la armada es ser más mascota que estratega, pero no me quejo. Me alegra que haya personas mejor preparadas al mando de la empresa, pero me gustaría que los doce almirantes me invitaran a sus reuniones militares para hablar de la operación. Cada vez que pido asistir a una, insisten en que me concentre en la batalla metafísica —mi parte—, y les deje la física a ellos. Sé que seguramente tengan razón, pero solo quiero estar segura de que estamos preparados.

Ocus debe saber que tenemos un plan, y ya ha probado que es un vidente extraordinario. Incluso si estamos ocultos, quiero estar segura de que hemos pensado cuidadosamente en todas las posibilidades.

***

La noche antes de lanzar nuestra ofensiva, los embajadores planean una celebración universal en la Aldea. Es un *revival* del Festival del Halo de Helios.

El Festival es una vieja tradición del Zodíaco anterior al Eje Trinario. Las Casas solían reunirse para celebrar la estrella superior del Zodíaco, Helios, en el día del año en que se predecía que sus llamas brillarían con más intensidad. La celebración se realizaba de noche, bajo un sol fantasmagórico: la luz del día permanecía mucho después de la puesta de sol, formando un anillo fantasmal donde aquel había brillado, un efecto al que se denominó el Halo de Helios.

Nadie ha vuelto a ver el Halo de Helios desde el último Festival. Aunque es obvio por qué los Guardianes dejaron de celebrarlo, nadie sabe por qué el efecto en sí dejó de suceder, ni siquiera los científicos capricornianos. Los piscianos creen que Helios nos está castigando por el disenso que existe entre nosotros. Mientras me preparo para el evento, le pregunto a Sirna lo que piensa.

Interrumpe el maquillaje de mis labios un instante, y deja que su mirada azul marina se pierda en la distancia antes de decir:

—Creo que es porque no miramos hacia arriba tanto como lo solíamos hacer. —Reflexiono en el significado de sus palabras mientras ella y Amanta terminan de arreglarme a su gusto.

Para cuando consideran que estoy lista, el Festival ya ha comenzado hace una hora. Salgo afuera y veo las calles de la Aldea atestadas de personas y holofantasmas, que se reúnen frente a cada embajada, sentados ante mesas redondas, bailando, conversando, comiendo o interactuando con otros. El mercado interno en la plaza principal ha sido convertido en una zona de comida gratuita, y la fila de personas que esperan ser atendidas serpentea alrededor de toda la Aldea.

Me mantengo en la sombra de la cabaña y atravieso con la mirada el recinto cercado por muros negros, tratando de ubicar a Hysan o Mathias entre la muchedumbre. Espero que les cueste menos reconocerme a mí que yo a ellos.

Amanta me ha peinado con un recogido, dejando solo unos pocos rulos libres para darle un marco a mi rostro, y Sirna añadió la diadema de plata canceriana. El vestido que eligió para mí es una sábana de satén color zafiro que modela mis curvas como una cascada de agua. Cae unos pocos centímetros por encima de las rodillas, y el escote de la espalda se hunde hasta la cintura, revelando la curva de mi columna.

Confíen en la Guardiana Rho, de los Diamantes Ahogados, comienza a tocar a todo volumen desde una pantalla holográfica, y veo a algunos estudiantes universitarios, que dan palmaditas a los leones de Leo, comenzando a vitorear y cantar la letra a todo pulmón. Observar el video de mi banda tocando en el campus me recuerda el Cuadrante Lunar. Casi puedo recordar cuando bebíamos la absinta, armaba los tambores, bromeábamos con mis amigos... pero el recuerdo es borroso, como si estuviera bajo el agua, junto con todas las otras cosas que he perdido.

Siento que ahora la Rho de ese momento es inaccesible para mí.

Oigo pisadas suaves a mi espalda y me vuelvo para ver a Mathias. Sus ojos suben hasta los míos, y advierto que estaba observando el escote de mi espalda. La vergüenza le enrojece las mejillas y se extienden también a las mías.

—Luces como si fueras mi hogar —dice, ofreciéndome el brazo.

Cuando está cerca, alcanzo a oler un ligero aroma a licor dulzón en su aliento. Verlo con el cabello recién cortado y el traje azul marino me lleva de nuevo a ese momento antes de mi ceremonia de investidura, cuando el primer hombre del cual me enamoré finalmente se fijaba en mí. Es difícil recordar la inocencia de aquel sentimiento cuando ya no somos las mismas personas.

—Tú también —digo, enlazando el brazo con el suyo.

Este es el primer momento ajeno a la guerra que hemos tenido juntos, y el cuerpo ya me recuerda que aún no le he contado acerca de Hysan. Antes la preocupación por el combate logró mantener mi culpa a raya, pero ahora vuelven a aparecer los retortijones en el estómago.

Cruzamos la tabla para unirnos al resto del Festival, y escudriño los rostros, buscando el de Hysan. La multitud está cerca de alcanzar el millar de personas, y la gente sigue saliendo a raudales de cada embajada. Jamás en la historia reciente escuché que las Casas se reunieran de esta manera.

—Si las estrellas me hubieran mostrado esta postal hace una semana —señalo—, no les habría creído.

Mathias frunce el ceño mientras damos vueltas alrededor de la multitud.

—Por otro lado, si te mostraran un monstruo mítico inmortal decidido a destruir el Zodíaco…

Me rio, y después de los últimos días, el reflejo parece extraño.

—¿Acabas de hacer *una broma*? —pregunto asombrada. La sonrisa amplia que revela sus dientes le llena todo el rostro de luz, y ahora me detengo por completo—. Polaris Mathias Thais, ¿acaso eso es *una sonrisa*?

Los hombros se le curvan ligeramente —su postura severa es notablemente menos rígida esta noche—, y su aliento, dulcemente perfumado, me roza la piel.

—Si me agarraras en una semana en la que no estamos a punto de ser masacrados, tal vez te sorprendería.

Sus ojos azul índigo brillan más y están más cerca de mí que lo habitual. Ser amigable con Mathias debería resultar relajante no inquietante, y sin embargo mis sentimientos por él parecían más claros cuando discutíamos.

La multitud creciente nos empuja de un lado a otro, y Mathias me aleja de las pisadas y los codazos. La Aldea sigue llenándose con más personas, y como cuando sube la marea del mar de Cáncer, nos vemos obligados a buscar un terreno más elevado. Adondequiera que vamos, busco entre la multitud para hallar el rostro de Hysan.

La embajada pisciana se encuentra sobre una colina, así que subimos para unirnos a los grupos más dispersos que se reúnen en su jardín delantero. La embajada —un templo de cristal con esquinas curvas— está iluminada y repleta de personas por dentro. A través de sus paredes semitransparentes, sus cuerpos parecen sombras.

Ahora que tenemos una relativa privacidad, Mathias me suelta suavemente el brazo y se vuelve para mirarme.

—¿Podemos... hablar?

Un temblor sacude su pregunta; se trata de una nota que resulta discordante en su voz musical. El sonido le canta a algo bien profundo en mi interior, y me doy cuenta de que cualquiera sea el motivo por el que Mathias se siente abrumado, no puedo saberlo hasta no contarle todo sobre Hysan. No quiero mentirle, nunca más, y especialmente no acerca de esto.

—Creo que deberíamos hablar—digo rápido, antes de poder pensarlo demasiado—. Pero antes necesito contarte algo.

Una acólita pisciana enfundada en un velo plateado que le llega al suelo se acerca a nosotros con una bandeja de bebidas color rosa fuerte. Ni siquiera me mira cuando advierte a Mathias.

—¿Licor de frutos silvestres de mar? —le pregunta.

Él sacude la cabeza. En lugar de marcharse, ella se arrima a él y hace tintinear un bolsillo debajo de su velo. El tintineo que se oye suena al roce de botellas de vidrio.

—¿O tal vez prefieras un poco de kappa-opioide?

—¿Kappa *qué*? —pregunto, subiendo el volumen de mi voz para hacer notar que también estoy presente.

—¡*No esa porquería otra vez, Piscis!*

Una acólita taurina hosca, vestida en un uniforme de la Academia color verde oliva, se acerca furiosa y toma con fuerza el brazo de la muchacha. El licor rosado intenso se desliza por el costado de las copas aflautadas sobre la bandeja.

—¿Te das cuenta siquiera de a quién le estás ofreciendo drogas, Spacey?

—Me llamo *Lacey* —responde con brusquedad la muchacha de Piscis, soltando el brazo de un tirón—. ¡Te lo he dicho diez veces, taurina! Y no es una *droga*, es un camino a las estrellas...

—Pueden dejar de pelearse otra vez —dice una acólita acuariana con una bandeja vacía. Nos mira a Mathias y a mí, a punto de disculparse por sus compañeras, y en cambio lanza un chillido.

—¡*Madre Rho*!

Antes de siquiera poder reaccionar, me saca una foto con su Piedra Filosofal.

—Soy Mallie. Es un honor conocerte.

—El gusto de conocerte es mío...

—¡*Oh, mi Helios*! —grita Lacey, interrumpiéndome y acercándose para observar mis rasgos—. ¡Eres *tú*! ¡No puedo creer que te esté conociendo!

—Te lo *dije* —dice la taurina, poniendo los ojos en blanco. Se vuelve hacia mí y con un tono ejecutivo que iguala su mirada competitiva, dice—: Hola, Sagrada Madre. Soy Fraxel Finnigan, de la Casa de Tauro. —A continuación, mira a Mathias—. ¿Y *tú* quién eres?

—Bendito Empíreo, ¿son todos los taurinos tan maleducados como tú? —pregunta Lacey. Posa la bandeja de bebidas rosadas y mira a Fraxel, con las manos en las caderas.

—No somos maleducados, somos eficientes. Tal vez si ustedes sacaran la cabeza de las nubes y se interesaran realmente por el mundo tangible a su alrededor...

—¿Cómo fue enfrentarlo?

Los ojos grandes y vidriosos de Mallie reflejan el símbolo canceriano de mi corona. Aunque su voz es suave, su pregunta es lo suficientemente fuerte como para silenciar a las otras muchachas. Los tres rostros se vuelven hacia mí.

—Aterrador —admito, echando una mirada a Mathias, que me ha escuchado contar esta historia más veces que cualquier otro. Parece distraído, y me pregunto si está pensando en la conversación que quedó interrumpida—. Es como pelear contra una persona sólida que puede hacer uso del poder del viento, el hielo y el fuego, sin que uno se pueda defender, porque es imposible tocarlo.

Mallie se lleva la mano al pecho, haciendo girar la Piedra Filosofal en los dedos. El dispositivo está encastrado en un colgante de plomo que le cuelga de una cadena de plata alrededor del cuello, y su diseño varía según el clan. El colgante de Mallie tiene la forma de un búho.

—¿Cómo lograste sobrevivir? —susurra.

—Tuve suerte —admito, recordando cada una de las veces que enfrenté a Ocus. Si no hubiera podido cerrar el ópalo negro o arrancarme el anillo, o si Ocus no hubiera decidido que destruir a Virgo era más importante que destruirme a mí, no estaría aquí en este momento. Ser consciente de ello me colma de una sensación de catástrofe inminente, como la que presiento en la Efemeris cada vez que siento una oposición en las estrellas. No tengo *ni idea* de cómo sobrevivir a esto.

—¿Cómo te sentiste... pensando que ibas a morir?

La acuariana y la pisciana miran a Fraxel. Ella misma se siente sorprendida de oírse hacer una pregunta que pertenece más a las esferas espirituales y filosóficas.

—Sola —admito—. No en el momento en que lo estaba enfrentando: cuando estás peleando por tu vida, la adrenalina anestesia muchos de esos pensamientos. —Ahora siento toda la fuerza de la mirada de Mathias, pero no miro hacia atrás—. Ni siquiera es la muerte la que te hace sentir tan sola... Creo que es el hecho de sobrevivir. Porque después, te das cuenta de que sí moriste —la persona que solías ser se ha ido—, y mientras todas las personas que tienes a tu alrededor avanzan hacia delante, tú estás aprendiendo a volver a ser persona de nuevo.

Un par de capricornianos borrachos —uno alto, el otro bajo— se topan con Lacey. Ella se tropieza sobre el largo velo y echa por tierra las copas.

—¡*Sabía* que esto sucedería! —se lamenta Fraxel, agachándose para ayudar a Lacey a levantar los trozos rotos. Luego, con un tono más aplacado, dice—: Debo ir a ver lo que está ocurriendo en mi embajada, así que puedo devolver tu bandeja si lo deseas.

—Gracias —dice Lacey. Extiende la palma en alto para presionarla contra la de Fraxel justo cuando la taurina extiende el brazo para dar un apretón de manos.

—En Tauro, nos damos la mano —dice Fraxel, apretando la mano de Lacey para demostrarlo.

—Nosotros presionamos las palmas—dice Lacey, demostrándole como lo hacen.

Un vínculo misterioso parece unirlas a todas, y de pronto caigo en la cuenta de que si fueran tiempos normales jamás habrían tenido esta oportunidad para conocerse. Me entristece pensar en el precio que hemos pagado por este momento: los cancerianos, los virgos y los geminianos que tuvieron que dar sus vidas para que el Zodíaco se uniera.

Mientras Fraxel se abre camino hacia la embajada taurina, los movimientos ondulantes de la muchedumbre nos empujan aún más colina arriba. Los cuatro miramos la calle que está abajo buscando el origen del alboroto: los arianos han levantado un cuadrilátero para la lucha holográfica.

Un par de luchadores arianos entran en el cuadrilátero vestidos con uniformes rojos, equipo de protección personal y cascos. El cuerpo del primer hombre titila, como si se estuviera transformando de un ser humano a un holograma, y luego lanzo un grito de sorpresa al advertir su imagen mutando y expandiéndose hasta ser una criatura parecida a una serpiente de tres metros de altura, con los brazos bien marcados y gigantescos colmillos. El segundo hombre se transforma en un monstruo lagartija con garras y un aguijón letal en la cola. Ambos son versiones imaginarias de Ofiucus.

El referí toca el silbato, y comienza la pelea. Los avatares están proyectados por los cascos de los hombres y contenidos dentro del cuadrilátero, así que, si cualquiera de los dos luchadores sale del perímetro, automáticamente vuelve a su aspecto humano. El monstruo lagartija busca apuñalar la criatura serpiente con el aguijón. La serpiente se escurre por el suelo justo a tiempo y sorprende a la lagartija devolviendo el golpe de inmediato y hundiéndole los colmillos en la cola.

Una ola de aclamaciones ahoga el grito de agonía de la lagartija, y luego hay una nueva ronda de bramidos cuando la lagartija se desquita clavando las garras en el brazo de la serpiente.

—¡Levanta la cabeza! —grita Lacey.

Vuelvo la cabeza hacia el cielo nocturno y veo a Rubidum y un equipo de Ensoñadores —Zodai geminianos— parados en la cúpula de la embajada acuariana, en lo más alto de la Aldea. Están empleando sus Tatuajes para dibujar diseños en las estrellas increíblemente detallados.

Encima de mí brillan ahora, con sorprendente claridad, las cuatro lunas de Cáncer. Mathias y yo nos miramos pero no hablamos. Luego el dibujo se transforma en la ciudad aguja de Virgo, la capital de Géminis, Helios…

Jamás he visto algo parecido en mi vida: las Casas del Zodíaco divirtiéndose juntas, luciéndose para las demás, compartiendo sus saberes. Por primera vez, veo lo que podría ser un Zodíaco unido y finalmente comprendo el alcance total de lo que me propongo hacer.

Esto va más allá de detener a Ofiucus y de llevarlo ante la justicia. Tiene que ver con nuestro universo, y el tipo de lugar que queremos que sea. Somos la mejor versión de nosotros mismos cuando estamos junto a las otras Casas: gracias a Nishi, soy más curiosa respecto del mundo que me rodea, y Hysan me ha ayudado a recuperar la confianza en mí misma. Hay un motivo por el cual Helios une nuestras Casas: hemos sido creados para aprender los unos de los otros, no acerca de los otros; para hablar entre nosotros, no de los otros. No somos cancerianos, y librianos, y arianos, y escorpios, y geminianos, y piscianos, y capricornianos, y sagitarianos, y virginianos, y leoninos, y acuarianos, y taurinos: somos el Zodíaco.

Me duelen los tobillos por los tacos, así que me apoyo en el bíceps de Mathias, enlazando el brazo con el suyo. Él, Lacey y Mallie alternan entre observar el espectáculo que está arriba y la lucha que se despliega abajo, pero yo miro a la multitud, un arcoíris de colores que ya no se encuentran separados sino mezclados. Luego una voz familiar se acerca flotando desde un lugar cercano, y por fin mis ojos encuentran aquellos que buscaban.

Hysan está a seis metros de nosotros, hablando con un grupo de estudiantes universitarios de diferentes Casas; la mayoría, con un trago rosado en la mano. El grupo parece encandilado por él. Intento escuchar lo que les dice, pero no distingo las palabras.

Después de un minuto, los estudiantes estallan en carcajadas, y una de las muchachas, una libriana, le da una palmada en el brazo juguetonamente. Hysan dice otra cosa y esboza su sonrisa de centauro. Incluso desde la distancia en la que me encuentro, siento un hormigueo en la piel.

Los luchadores holográficos se toman un respiro, y ahora que la gente ha dejado de gritar, alcanzo a oír la voz de Hysan. Pareciera estar contando una broma.

—Después de crear al primer ser humano —dice Hysan, y sus ojos verdes danzan con cada persona del grupo—, Helios les dio a los Guardianes una oportunidad para modificarle algo al hombre: un deseo, que sería efectivo en el momento en que se hiciera. Aries fue el primero en ponerse de pie. Nos dio una fuerza descomunal. — Una muchacha ariana, enfundada en un vestido rojo ceñido al cuerpo, silba—. Tauro nos quitó la necesidad de dormir. Géminis nos infundió poderes mágicos. Cáncer se aseguró de que siempre fuéramos guiados por el amor. —Hace una pausa y echa una mirada a su alrededor rápidamente, y me pregunto si podría estar buscándome.

Cuando vuelve a comenzar, pasa revista rápidamente, y los estudiantes lo animan mientras sigue:

—Leo nos libró de nuestras inhibiciones —dos Leo se palmean las manos—, Virgo nos hizo perfectos, Escorpio nos dio control mental sobre la tecnología, Sagitario les dio a los seres humanos el poder de teletransportarse, Capricornio nos agrandó el cerebro, Acuario nos alargó la vida, y Piscis les dio a todos el don de un alma pura.

Cuando Hysan finalmente se toma un respiro, el grupo aplaude. La mirada de avidez en los rostros de algunas de las muchachas me inflama el estómago de celos. He estado observando a la muchacha de Libra, y ya rozó el brazo de Hysan demasiadas veces como para que no sea algo intencional.

—Solo quedaba el Guardián de Libra y, como deseo, pidió que las vidas humanas fueran *justas*. —La mitad del grupo estalla de risa—. Y es por eso que, en lugar de ser dioses, me están escuchando a mí contándoles esta divertida historia. —Ahora el resto del grupo también se ríe. Es la primera vez que veo a Hysan desenvolverse solo.

Observé con anhelo durante años a Mathias antes de que siquiera nos dirigiéramos la palabra, pero a Hysan solo lo he conocido como mío. No lo conozco cuando no está conmigo.

La muchacha libriana, que parece tener alrededor de veinte años y luce un sedoso cabello rubio, invita a los otros para que regresen a la embajada.

—Podemos pedir servicio de habitación —escucho que dice, y aunque sé que se está dirigiendo a todos, solo lo mira a Hysan.

El grupo acoge con entusiasmo su propuesta, ebrio de excitación, y siento que todos los órganos se me desmoronan hasta que solo me queda el caparazón. Ella es hermosa, más grande que yo, y sin duda más experimentada: por supuesto que Hysan está interesado.

Cuando se inclina hacia su oreja para susurrarle algo, las entrañas se me retuercen de desesperación. Acabo de aceptar la responsabilidad de conducir a nuestro universo a una guerra contra una Estrella inmortal, y ni siquiera puedo competir con esta muchacha mortal.

Pero luego Hysan se aparta, y la sonrisa de la muchacha desaparece.

Mientras observo, vuelve a mirar a su alrededor, y me doy cuenta de que sus modales son tan corteses que no había advertido que, en realidad, todo este tiempo ha estado buscando entre la multitud. Y esta vez, cuando busca, me ve.

Se disculpa para apartarse del grupo y corta camino para alcanzarme donde estoy parada. La mirada de la muchacha de Libra permanece fija en él; su expresión, fastidiada.

Mathias desciende la mirada de las imágenes de los Guardianes Orígene y Caaseum en el cielo. Alcanza a ver a Hysan acercándose, y el músculo del brazo se endurece bajo mi mano.

Cuando está a pocos metros, siento a Hysan contemplándome de pies a cabeza, aunque sus ojos nunca se apartan de los míos. Extiende la mano para tomar mi mano libre, y la sangre me bulle allí donde sus labios me tocan la piel.

—Te extrañé —dice, reteniéndome los dedos en la mano un largo instante.

—Te presento a Mallie y Lacey —dice Mathias en voz alta, obligando a Hysan a apartar la mirada de mí.

Después de presentarse, Mallie dice:

—Debemos reanudar nuestro servicio de bebidas. —Sus ojos vidriosos vuelven a reflejar mi diadema—. Buena suerte, Guardiana —dice, inclinándose—. Que nos conduzcas a la victoria contra la Decimotercera.

—Fue maravilloso conocerlos a todos —dice Lacey, también inclinándose. Parece a punto de decirle algo a Mathias antes de marcharse, pero Mallie le tira del codo y dice—: *Ese es el novio de Rho.*

—Luego nos vuelve a mirar a los tres y se despide con la mano en alto, arrastrando a Lacey, mortificada, con ella.

Hysan, Mathias y yo nos quedamos parados en silencio, y advierto demasiado tarde que debí haberla corregido.

—¿Te puedo traer algo, Rho? —pregunta Mathias. De pronto, está de mejor humor.

Hysan no me mira a los ojos. Caigo en la cuenta de que sigo del brazo de Mathias, y de que he estado tomada de él todo este tiempo.

—Creo que yo también me debo ir —dice Hysan. Su tono sigue siendo amistoso, pero su dicha radiante opacada—. Como nos vamos mañana, y hay tanto para…

—No, no te vayas —digo, temiendo perderlo una vez más entre esta multitud. Odio todos estos secretos y mensajes ambiguos, pero la oportunidad para hablar con franqueza con Mathias pasó de largo, así que tendré que hallar otro momento. De cualquier manera, ahora tengo que darle explicaciones a Hysan—. Creo que me tomaría un vaso de agua.

De inmediato, Mathias sale a buscarme uno, y apenas estoy a solas con Hysan, digo:

—Siento no haber tenido una oportunidad de contarle todavía y…

Hysan sacude la cabeza.

—No te quiero poner presión, Rho. Pero a veces no sé lo que sientes, y él puede ser tan posesivo contigo…

—¿Como la muchacha de Libra contigo? —Cuando escucho lo celosa que sueno, deseo no haber hablado, pero ahora que lo hice no me puedo detener—. Es solo que siento que hay tantas cosas que desconocemos del otro. Me refiero a que… ¿cómo sé que no tienes una novia en cada Casa?

Él se ríe, sorprendiéndome.

—Me puedes llamar tuyo si lo deseas. —Se toca la frente—. Tal vez, un tatuaje en la frente… ¿qué te parece "Propiedad de Rho Grace"? ¿Demasiado sutil?

Me río también, y luego me agito, atrapada en la corriente de mis emociones. Él enlaza los dedos con los míos.

—Si no sabes ya lo que siento por ti, estoy fracasando como comunicador.

Siento la calidez de su mano y exhalo con fuerza, soltando mis tensiones.

—No eres tú… es *todo* lo que está pasando.

—No me voy a ningún lado, Rho —dice, con voz ahora completamente seria—. Mientras me quieras aquí, estaré aquí. Si quieres esperar a decirle a Mathias hasta más adelante, cuando termine todo esto, sabré comprenderlo.

Me encantaría besarlo, pero Mathias está regresando. Me encantaría saber que habrá un "más adelante", que seguiremos vivos cuando termine todo esto.

Pero por primera vez en el Zodíaco, nadie sabe lo que sucederá mañana.

36

El Festival termina cerca del amanecer, cuando un par de leoninos revoltosos logran meter furtivamente a los leones de la embajada dentro del cuadrilátero de lucha libre y tratan de convertirlos en luchadores holográficos.

Unas horas más tarde, el Zodíaco entra en guerra.

Hysan, Mathias y yo estamos apostados sobre el crucero *Avefuego*, nuestra nave insignia. La flota acelera a través de la galaxia rumbo al punto donde se me aparecía la visión en la Efemeris. Estamos tomando una ruta enrevesada, conocida solo por unos pocos oficiales superiores, y toda nuestra armada está blindada por escudos, velada y en silencioso avance. Esperemos que esto sea suficiente para impedir que Ocus nos encuentre.

Aunque los tres estamos a bordo de la misma nave, apenas tenemos tiempo para hablar por todos los preparativos pendientes. Mathias está en la cubierta del hangar, enseñándoles a algunos cómo pilotear los esquifes; Hysan es uno de sus alumnos. Después de cuatro días de vuelo, estamos a pocas horas de la decimotercera constelación.

Como mantenemos silencio de radio, no podemos recibir noticias de casa, y estoy ansiosa. Lo último que escuchamos, antes de partir, fue que el planeta devastado de Géminis había evitado colisionar con su vecino, así que nuestro campo de refugiados está a salvo por ahora. Pero no tengo ni idea de si otro mundo ha sido arrasado o si el ejército oculto en Fobos ya ha hecho alguna movida.

—¿Has visto alguna vez una nave tan majestuosa? —El almirante Horacio Ignus, de Leo, abre los brazos y los despliega a lo ancho. Tanto él como yo estamos reviendo nuestra parte del plan, para que cuando llegue la hora todo corra sin complicaciones.

Es un hombre gritón, efusivo, con un ancho rostro leonino y una gruesa barba marrón. Cuando me subí a bordo por primera vez, le ordenó a su orquesta que tocara una fanfarria y me saludó con un beso en cada mejilla.

—Bienvenida, pequeña dama —dijo—. No debes temer mientras estés a bordo del *Avefuego*.

Como si fuera un crucero de placer y no un buque de guerra.

—Almirante, estaba esperando aprender más acerca de la estrategia de batalla...

—Tenemos eso suficientemente bajo control, cariño. Confía en mí, liquidaremos a ese asesino hijo de puta. —Es condescendiente, como la mayoría de los leoninos, pero tiene buen sentido del humor, así que es difícil no tenerle simpatía—. Solo mantén el ojo en las cosas metafísicas y deja el trabajo físico en nuestras manos.

Lo único que sé del plan de batalla es que está basado en lo que Ignus llama una *finta*. En deportes marítimos, es cuando se finge ir para un lado y, apenas se logra distraer al contrincante, los compañeros de equipo van para el otro. Pero como no hago deportes, no sé cuán a menudo funciona. Lo único que sé es que, sin los escudos de Hysan, no tendríamos ni la más remota posibilidad.

El *Avefuego* es un cilindro largo y negro que contiene falsa gravedad, como el *Equinox*. Detrás de nosotros, más de doscientos otros navíos siguen nuestro rastro por el cielo, pero a diferencia del *Avefuego* y *Nox*, muy pocos han sido diseñados para altas velocidades. Desgarbados buques de carga, yates ociosos, galeones lentos y arcas avanzan en fila: están alineados como si fueran corredores torpes que compiten en una maratón.

Las doce Casas han enviado naves espaciales para luchar contra Ofiucus. Incluso Cáncer ha logrado proveer una barcaza. Escorpio contribuyó con un escuadrón de balandras, a pesar de que Caronte está bajo investigación en el Pleno. La Casa de Virgo facilitó velos que crean espejismos para ocultar todas las naves de la vista. Sirna está apostada en el destructor ariano *Xitium*, que vuela justo atrás, sobre nuestro flanco de estribor, y Lord Neith está piloteando *Nox* por nuestro costado de babor. Rubidum está en algún lugar detrás de nosotros, maniobrando un zepelín de neutrones. Sobre Faetonis, los generales arianos han logrado transformar una planta química para producir escudos psi a gran escala, y ahora todas las naves de nuestra flota llevan una copia de tamaño real del velo de Hysan. Como estamos volando en silencio, la comunicación de nave a nave es complicada. A veces nos trasladamos de un lado a otro, pero la mayor parte de las veces empleamos reflectores que parpadean. El éxito de nuestra empresa depende exclusivamente de que sea un ataque sorpresa.

—Solo creo que, si estuviera más enterada —le digo a Ignus mientras caminamos juntos—, tal vez podría dar una mano, teniendo en cuenta lo que he aprendido en mis encuentros pasados con Ofiucus.

Me mira desde arriba, con la mirada de un abuelo paciente.

—Pequeña Madre, te preocupas demasiado.

Cuando Ignus se aleja en dirección al puente, me dirijo al observatorio delantero, repasando con mi mente lo que conozco del plan. Primero, vamos a zigzaguear a través del Cinturón de Kyros, una ancha banda de hielo ubicada en la constelación del Pez de la Casa de Piscis. El Cinturón de Kyros ocultará la parada que haremos en una estación espacial pisciana que orbita el planeta Ictus; allí cargaremos combustible. Necesitaremos mucho combustible para alcanzar la Decimotercera Casa.

Después, fuertemente velados, pasaremos a través del muro de la Materia Oscura de Ocus. Cuando estemos a una distancia que lo podamos ver, bajaremos nuestros escudos psi, y cada Zodai de nuestra flota leerá los patrones de las constelaciones para encontrarlo. Tendremos que ser increíblemente veloces, ya que al bajar los escudos seremos vulnerables ante un ataque de Ocus. Una vez que encontremos su base de operaciones, viene la finta.

Yo soy la finta.

Ignus me ha dado un Avispón de guerra con una Efemeris de alta resolución a bordo, y lo volaré lejos de la flota. Cuando encontremos a Ocus, bajaré mi escudo psi y abriré una Efemeris para atraerlo.

En el instante en que me ataque, mi escudo psi se encenderá y me mantendrá a salvo… al menos, eso espero. Y mientras Ocus esté distraído, la flota se moverá lo suficientemente cerca para destruir su base de operaciones. Luego, como dice Rubidum, "incineraremos al carnicero". Pero sé que, en el proceso, yo también podría ser incinerada.

Les envié mensajes encriptados a Nishi y a Deke antes de dejar la embajada. En el de Nishi, le agradecí un millón de veces por todo —sobre todo, por ser la mejor amiga que uno pudiera imaginar— e incluí una carta para Stanton. Le pedí que lo rastreara y se la diera en caso de que yo no volviera.

Mathias me encuentra en el observatorio de la parte delantera de la nave.

—El enemigo sabe que estamos en camino —dice, irrumpiendo de mal humor—. La armada es demasiado grande para mantenerla oculta.

Le recito los datos que me dio el almirante Ignus para aliviar mis propias preocupaciones.

—Somos invisibles, y cada pocas horas cambiamos nuestro rumbo. Es imposible que conozca nuestra ubicación exacta.

Mathias ajusta el lente del telescopio y mira a través de él. Se mantiene pegado al visor, así que no puedo verle la expresión. Sus pausas largas y silenciosas me enloquecen más que sus arranques de furia.

—Nuestros Zodai ya están buscando emboscadas —insisto—. Haremos un reconocimiento exhaustivo antes de atacar.

Sirna sigue preocupada por el ejército secreto en Fobos, pero eso no es lo que más me inquieta. Me preocupa que por haber estado en paz durante tanto tiempo, nuestras Casas ya hayan olvidado el arte de la guerra.

Salvo por los cinco destructores arianos, ninguna de nuestras naves está diseñada para cargar armas, y a excepción de las de Aries, nuestras tripulaciones no tienen ninguna experiencia en batallas. Para la gran mayoría de los que estamos aquí, *combate* es solo una palabra que encontramos en los archivos de historia. Los mayores, como Ignus, están casi excitados. No parecen entender que hay una gran posibilidad de que no regresemos.

Me desplomo sobre un banquito mientras Mathias recalibra la serie de lentes, y a medida que el telescopio se reenfoca los números vuelan por su pantalla de control. Trabaja más que cualquier otro, entrenando a los nuevos pilotos de esquife mientras vamos camino a nuestro destino y enseñándole artes marciales a la tripulación de la nave. Todos tenemos que estar listos ante cualquier eventualidad —nadie sabe qué hay detrás del muro de la Materia Oscura de Ocus.

Me paso los dedos entre los rulos, preguntándome qué factor crucial se me ha escapado. Por más veces que intente sacudírmelo de encima, no puedo luchar contra el mal presentimiento que me eriza los pelos de la nuca.

—Ofiucus es solo una Casa, y nosotros somos doce. Lo superamos en número. Todos creen que podemos lograrlo.

—Pues, bien, si todos lo creen, entonces definitivamente venceremos —dice, con tono seco.

Le clavo la mirada.

—¿Qué pasa?

Finalmente me mira de frente, y los ojos le brillan con más pasión de la que puede delatar su voz.

—Están pidiendo demasiado de ti, Rho. Te están usando como carnada.

Ahora soy yo la que aparto la mirada.

—Mathias, yo di la orden de partida para este viaje. Estas personas confían en mí. ¿Quieres que me dé la vuelta y regrese?

—Por supuesto que no. Ahora estamos comprometidos. —Se levanta de su lugar frente al telescopio y camina hacia mí—. Haré que blinden tu Onda.

—Gracias —digo, aunque los dos sabemos que un blindaje físico no impedirá un ataque psi.

—Estaré contigo a cada paso —susurra y me mira como queriendo decir algo más.

Él cree que va a pilotear mi Avispón, pero ya he decidido que no lo permitiré de ninguna manera. No voy a dejar que muera conmigo. Ya subió abordo del *Equinox* sin conocer todos los riesgos y pudo haber muerto incontables veces. Debo devolvérselo entero a Amanta y a Egon. Mathias tiene que volver a casa.

Asiento con la cabeza y trato de sonreír.

—El plan funcionará. Tiene que funcionar.

Me observa la frente, la boca, el mentón. No puedo descifrar su expresión.

—¿Cuándo fue la última vez que tuviste una comida decente?

—Comí algo al desayuno. —En realidad, me tomé un tubo con pasta de energía fortificada, pero igual cuenta—. Voy a alistarme para mi reunión con los expertos del Psi.

Con Mathias acordamos que, de camino, yo consultaría con los académicos del Psi más destacados de nuestra flota para ver si me podían ayudar a defenderme en el caso de que tuviera que luchar contra Ocus.

Uno de los tres notables es el Cronista Yuu, un capricorniano. La segunda es una mística pisciana, la Discípula Psámate, y el tercero es un virginiano que conocí durante nuestra visita: Talein, el cortesano de cabellos grises de Moira.

—Come un poco más —me grita Mathias cuando salgo.

37

Falta muy poco para que entremos en el Cinturón de Kyros. Nuestros escáneres muestran el campo de hielo brillando a la distancia como una tenue neblina.

Los reflectores parpadeantes no son la forma más rápida de comunicarse, especialmente cuando las señales tienen que ser transmitidas a través de la flota, de nave a nave, así que demorará más de una hora galáctica trasladar a Yuu, Psámate y Talein a bordo del *Avefuego* para nuestra reunión.

Mientras espero, repaso el curso de entrenamiento de piloto que me dio Ignus en mi Onda. Decidí traerla conmigo, ya que el escudo psi impedirá de cualquier modo que Ofiucus tenga acceso a la versión tutorial de la Efemeris.

Después de un tiempo, comienzo a distraerme y a observar a los mecánicos leoninos blindando mi Avispón de guerra. Se encuentran cubriendo las ventanas laterales y posteriores con gruesas placas de carburo de tungsteno; un hombre llamado Peero cuenta un chiste malo sobre un capricorniano que estaba leyendo un manual de instrucciones para aprender a perder su virginidad. Los leoninos siempre han sentido poco amor por los capricornianos.

Este curso de entrenamiento hace que conducir un Avispón parezca fácil, aunque me da claustrofobia de solo ver la nave.

—¿Te gustaría ayudar? —pregunta una muchacha llamada Cendia. Con solo verla, ya adoro su rostro amplio y afable. Tiene la gruesa melena de cabello marrón recogido en un rodete, y sus brazos están cubiertos con tatuajes artísticos—. Tú puedes sostener este panel mientras yo sueldo esta costura.

—Claro —digo, contenta de poder hacer algo.

Pasar un rato con los mecánicos me ayuda a relajarme. Son solo un par de años mayores que yo, y su tosco sentido del humor me recuerda el salón comedor de la Academia. Cuando Cendia y yo levantamos el panel para ponerlo en su lugar sobre la ventana, me inclino contra él para evitar que se deslice.

—Qué divertida eres, miladi —dice—. Todos los demás Guardianes parecen algo así como de la tercera edad.

—Estás arruinando la costura —dice un hombre bajo con una nariz pequeñita y un espacio entre los dientes delanteros. Es Foth, el mecánico jefe. Cuando arranca la soldadora de las manos de Cendia y comienza a resoldar su costura, ella pone los ojos en blanco—. Hay solo una manera correcta de soldar una costura segura en el carburo de tungsteno —dice él, estirando el cuello y tratando de hacer lo posible para dirigirnos una mirada de desprecio desde encima de su nariz regordeta.

Cendia vuelve a aplicarse a su costura, y cuando Foth se aleja para componer el trabajo de otro, susurra:

—Es tan mandón… pero sabe cómo soldar.

—A mí tu costura me parece que está muy bien.

—Sí, a diferencia de los desastres habituales que sueles hacer —dice Peero, uniéndose a nosotras.

—Cállate. —Le pega un codazo—. Nos harás quedar mal delante de la Sagrada Madre Rho.

Peero me sonríe. Los bigotes de su mentón están teñidos con franjas rojas, amarillas y azules.

—No nos despedirás, ¿no es cierto, Madre? Te estamos blindando contra Ocú.

—El hombre de la bolsa —explica Cendia, aunque yo ya lo sé—. Así lo llamamos en nuestra Casa. Viene en el solsticio de invierno con una bolsa sobre el hombro para secuestrar a los niños malos.

—Sí, y se los come. —Peero mueve las mandíbulas y finge morder a Cendia. Ella se ríe y le pega una palmada para alejarlo. Luego ella y yo colocamos el siguiente panel en su lugar.

Alguien viene desde atrás y me saca el peso de las manos.

—Hysan —digo. La sonrisa me brilla a través de las mejillas.

Se ha cortado el cabello rubio con un nuevo estilo militar y ha reemplazado sus trajes de corte por los simples overoles grises con los cuales está más cómodo.

—Tu perro guardián me dedicó un cumplido esta mañana —dice, ofreciéndome el brazo después de ayudar a Cendia en su tarea—. Dijo que saqué la mejor nota en mi test de piloto.

—Espero que no hayas hecho trampa —digo, enlazando la mano en la suya.

—¿Crees que obtendría algo de manera fraudulenta? —Finge una mirada dolida que me hace reír en voz alta. Luego se vuelve, besa la mano de Cendia y se inclina ceremoniosamente delante de los otros mecánicos—. Excelencias.

Cendia levanta la cabeza para mirarlo con devoción:

—Tu escudo psi es genial. No veo la hora de analizarlo cuando regresemos.

Hysan intenta no parecer demasiado encantado.

—No me puedo llevar todo el mérito, claro está. Me ayudó mi androide.

Apartando la mirada de Cendia, que luce confundida, tira de mí para que ingrese en el corredor y dice:

—Ignus te quiere en el puente de mando. Tu primer invitado ha llegado.

—Me da un poco de nervios esta reunión —digo mientras caminamos hacia el sector delantero—. ¿Me acompañas?

Inclina la cabeza.

—Vivo para servir, mi reina.

Comienzo a reírme otra vez cuando Hysan tira de mí para meterme en un retrete.

—¿Qué haces? —susurro al tiempo que pone la traba en la puerta. El lugar es tan pequeño que estamos apretujados.

—Sirviéndote —susurra, apretándome contra la pared—. No haremos esperar a tus expertos del Psi... demasiado. —Cuando sus labios se encuentran con los míos, me olvido de todo.

Incluso si tuviera una memoria perfecta, mis fantasías no podrían recrear la sensación real de besar a Hysan. Su boca avanza tan segura que lo dejo llevar la delantera, y cuando sus labios se vuelven más insistentes, todos los miembros de mi cuerpo se aflojan.

—Y una cosa más —dice Hysan después de apartarse. Toma un poco de fruta liofilizada del bolsillo—. No puedes derrotar a Ocus con el estómago vacío.

Mientras como, nos dirigimos caminando hacia la sección delantera de la nave, y Hysan me cuenta sobre el esquife que está aprendiendo a pilotear. Me encanta verlo tan animado.

—Se maneja como una extensión de mi mente. Cualquier cosa que quiero que haga, ya lo *sabe* de antemano. Solo me hubiera gustado haber sido yo quien lo inventara —dice apesadumbrado. Un ligero pliegue le arruga la frente—. Voy a construir uno igual cuando llegue a casa.

—*A casa...* —repito la palabra, sin saber bien qué significa.

—Ahora tu casa es la galaxia, Rho. —Me aprieta la mano—. Todas las casas te darán la bienvenida cuando regreses: la primera y principal, Libra.

Aunque ningún lugar reemplazará jamás a Cáncer, su optimismo es tan contagioso como las dudas de Mathias. Solo que el optimismo me levanta mucho más el ánimo.

Cuando Hysan y yo entramos a la sala de cartas náuticas, encontramos a una mujer pisciana que lleva un velo plateado hasta el suelo mirando lo que parece una Efemeris. Casi lanzo un chillido, hasta que me doy cuenta de que es un sencillo atlas 3D de nuestra galaxia, proyectado desde el cielorraso. Solo refleja visuales telescópicas y datos físicos, no psienergía.

La mujer se vuelve cuando nos acercamos y hace una profunda reverencia, inclinándose sobre una rodilla. El velo la cubre por completo y cae en fluidos pliegues color plata, delineando su esbelta figura.

—¿Discípula Psámate? —pregunto, imitando su reverencia—. Gracias por venir.

Le cuesta volver a levantarse, así que Hysan la ayuda. Su voz suena débil y anciana, como si tuviera que hacer un esfuerzo enorme con los pulmones para sacar el aire fuera.

—Las cadenas del destino nos sujetan a todos. —Extiende una palma a través de una hendidura oculta en su velo y nos tocamos—. Hace mucho tiempo que preveo esta reunión... y su resultado.

Hysan también le toca la palma.

—Confío que un buen resultado...

No responde a ello. Simplemente vuelve su atención al atlas galáctico.

Rodeo la mesa de cartas de navegación para enfrentarla.

—Si ya sabes cómo termina esto, madame, puedes ahorrarnos mucho tiempo.

—Los sucesos se desplegarán como está dictado —dice misteriosa.

Hysan y yo intercambiamos miradas sorprendidas, y él mueve la boca en silencio para decir:

—Qué miedo...

El almirante Ignus asoma la cabeza y dice:

—Dos invitados más para tu sesión.

El cortesano principal de Moira entra con dificultad a través de la escotilla. Parece mucho más anciano de lo que lo recordaba. Tiene el mismo cabello gris y la opaca piel aceituna, pero el rostro tiene una mirada derrotada y el cuerpo se encuentra encorvado. Detrás de Talein, un hombre pequeño y rubicundo entra con las manos en los bolsillos. El Cronista Yuu, de Capricornio, lleva una túnica negra básica, y alrededor del cuello cuelga una pesada cadena que porta un enorme medallón. Sus ojos cejijuntos son negros como la obsidiana.

—Ministro Talein, Cronista Yuu, bienvenidos. —Intercambiamos el saludo formal con la mano entre todos, y Hysan les ofrece té, invitación que todos declinan. Cuando nos reunimos alrededor de la mesa de cartas de navegación y nos enfrentamos a través del atlas parpadeante, siento una presencia ominosa que se instala por encima de nosotros.

Psámate descubre el velo para revelar un rostro tan gris y rugoso como un trozo de madera seca a la deriva. Levanta la mirada para escudriñar el atlas, así que sigo su derrotero visual hasta la diminuta mancha de luz que se encuentra detrás de Piscis, apenas un soplo de polvo refulgente, velado por la Materia Oscura: las Nubes Sufiánicas.

Están tan lejos que a menudo desaparecen tras un parpadeo durante un par de minutos, y en Cáncer nuestros telescopios no alcanzan a distinguirlas. La Casa de Piscis, en la constelación del Pez, orbita más cerca de la masa de nubes. Tal vez Psámate haya logrado ver algo más.

—¿Ha estado alguien en las Nubes Sufiánicas? —pregunto.

Psámate se aclara la garganta:

—Nuestra Casa ha enviado tres misiones tripuladas. Ninguna ha regresado.

No son las noticias más esperanzadoras.

—Capricornio ha enviado drones sin tripulación —dice Yuu—. Fuimos más prácticos.

Mientras Psámate tose, pregunto:

—¿Qué hallaron?

—Nada que tuviera valor.

—Lo que realmente necesitamos —señalo, sintiéndome cada vez más irritada— es un buen bosquejo físico de la constelación. ¿Conocen el tamaño? ¿Cuántos planetas y lunas hay? ¿Tienen algo que se le parezca?

La mística reacciona como si la hubiera ofendido:

—Esas minucias se las dejo a los astrónomos.

La sonrisa de Yuu es breve y socarrona.

—Parece que ellos tampoco han llegado a ninguna parte.

Talein extiende la mano hacia el atlas y desliza el dedo sobre las Nubes Sufiánicas, agrandando el área hasta que llena toda la superficie por encima de nuestras cabezas. Ni siquiera con el máximo aumento se vuelven más nítidas.

—Ofiucus está escondido detrás de la Materia Oscura —digo—.
Por eso, ningún otro Guardián lo puede ver. ¿Alguno de ustedes
sabe cómo se relaciona la Materia Oscura con la psienergía?

—La psienergía no alcanza a ser captada por el lenguaje —dice
Psámate.

Yuu lanza una carcajada seca.

—Las personas que hablan en clave a menudo ocultan la ignorancia.

Tengo ganas de gritar, pero reprimo las ganas. Para mi sorpresa, lo que me calma es algo que suele repetir el almirante Ignus:

—Escuchen, tenemos dos batallas por delante: una, en el mundo
físico, y los almirantes se harán cargo de ella. La otra se encuentra
en la esfera de lo metafísico, la esfera del Psi. Es ahí donde necesito
su ayuda.

Vuelvo a repasar la historia, sin obviar ningún detalle sobre el
hombre de hielo, esperando que a algunos de estos expertos se les
ocurra algo nuevo.

—Necesito que me aconsejen acerca de cómo manipular la psienergía, para poder defenderme en el Psi.

Espero para escuchar sus ideas. Pasan los segundos. Vibraciones
mecánicas hacen temblar la cubierta, y voces asordinadas llegan
flotando en el aire desde el puente de mando. Alguien está dando
golpecitos rápidos bajo la mesa. Soy yo.

—¿Algo? —Observo sus rostros—. ¿Aunque sea una intuición?

Hysan me dirige una mirada burlona.

—¿Tal vez deberíamos tomarnos de la mano y orarles a los espíritus?

Talein mantiene la cabeza inclinada y se manosea sus gemelos
bordados con cuentas.

—Pueden usar morfiniana —farfulla.

Psámate habla con un tono de desprecio:

—¿Siguen recurriendo los virginianos a la infusión de ese hechicero? La Casa de Piscis prefiere el elixir de las estrellas, el
kappa-opioide.

Yuu dice:

—Nosotros fumamos hierbas.

Hysan se pone de pie.

—Muy bien, bueno, muchas gracias.

—No, espera —digo, y comienzo a imaginar el espumoso tónico negro—. ¿Se refieren a algo así como la absinta?

Vuelvo a recordar el momento en que enfrenté a Ocus en Virgo. Era la primera vez que lograba tocarlo. Revivo el momento en la memoria, tratando de determinar qué fue lo que me dio renovadas fuerzas, las suficientes como para desafiar a Ocus aunque fuera por un momento.

Cáncer.

La imagen de mi hogar me ayudó a volverme más centrada. Lo que necesito para enfrentarme a Ocus en el Psi es centrarme lo más profundamente que pueda y permanecer en ese estado el tiempo suficiente como para proyectarme por completo en el plano astral e igualar sus fuerzas.

La absinta es la clave.

**

Hysan logra obtener un poco de absinta de un pasajero en una de las otras naves de nuestra flota. Tiene más fuerza cuando se lo toma por primera vez, así que voy a esperar para tomarlo apenas sienta la presencia de Ocus.

Mientras Hysan se traslada a la otra nave para obtener el tónico, me encuentro en el observatorio delantero mirando a través del telescopio. A mi lado, Mathias ajusta las lentes para que pueda ver con más nitidez. Estamos llegando ahora a la parada para repostar combustible en la estación espacial de Piscis. Tiene el aspecto de un copo de nieve hexagonal que flota a la deriva, como encaje delicado, por encima del planeta Ictus. El planeta brilla como vidrio pulido a través de un velo neblinoso de gases.

Ictus es un mundo de hielo, enfundado en glaciares congelados de amoníaco y metano. Es diecisiete veces más macizo que Cáncer, así que la gravedad de su superficie aplastaría a un ser humano hasta volverlo un montoncito de escarcha crujiente. La población pisciana utiliza drones para cosechar los escasos recursos del planeta, mientras vive sobre sus cinco planetoides de orden menor, practicando la devoción espiritual y buscando la tranquilidad.

Cuando me alejo de la pieza del ocular y estiro mi columna dolorida, Mathias me masajea los hombros.

—Estás llena de nudos, Rho. ¿Quieres tomarte un recreo y hacer un poco de yarrot?

Ha estado entrenándome para que fortalezca mi Centro. Los abdominales mantienen el cuerpo en su sitio, dice, para que el espíritu pueda liberarse. Mathias bien podría tener algo de acuariano: no me di cuenta de sus dotes de filósofo hasta que comencé a tomar su clase de artes marciales.

—Claro, repasemos algunas posturas —digo.

Nos recostamos de espaldas, uno al lado del otro, sobre la cubierta del observatorio. Estiramos los brazos por encima de la cabeza y nos tomamos del armazón del telescopio para afirmarnos. Luego realizamos cada una de las torsiones de las doce posturas hasta armonizarlas con fluidez y transformarlas en una única coreografía. Se trata del precalentamiento para las lecciones de artes marciales que Mathias me ha estado enseñando. Después de realizar toda la rutina tres veces, tan lenta y dolorosamente como es posible, nos desplomamos sobre el suelo y nos quedamos de espaldas, respirando agitados.

—Mathias —digo luego de un rato—, cuando llegue el momento para que conduzca el Avispón, no te opondrás a que lo haga, ¿no?

Sus labios se endurecen.

—Estaré justo a tu lado.

Siento que me tiembla el mentón.

—Tal vez después no lo parezca, pero en este momento sé que puedo hacerlo.

Se gira de costado y se inclina sobre mí. Levanto la mirada para ver su rostro pálido y terso, y me acuerdo de nuestra última lección sobre el Oceón 6, cuando me enseñó a usar el anillo. Me desmayé y él me atrapó para que no cayera al suelo.

Cierro los ojos y me sorprende sentir que me acaricia. Su mano me masajea la arruga de la frente, alisando el pliegue que ha estado allí durante varios días. Luego su dedo desciende deslizándose por mi nariz y sobre mi boca.

Se detiene sobre mi labio inferior y luego continua por mi mentón, cuello y sobre la parte central del pecho hasta detenerse en mi ombligo. El roce de su piel contra la mía hace que me ardan todas las terminaciones nerviosas.

—No debí decirte que yo era demasiado grande para ti—susurra, y abro los ojos para encontrarme con sus órbitas azul medianoche—. Durante todo este tiempo, he sido demasiado obtuso y no te di la confianza que ya sabía que merecías. Era más fácil poner excusas, buscar motivos y defectos que simplemente admitir la verdad lisa y llana.

Comienzo a incorporarme y él también. El pulso se me acelera, y no sé si quiero escuchar lo que viene o interrumpirlo ahora. Pero apenas estamos cara a cara, dice:

—Estoy enamorado de ti.

Luego hace lo que jamás esperé que hiciera.

Me besa.

Levanto las manos para detenerlo, pero cuando nuestras bocas se unen, me doy cuenta de lo mucho que he deseado esto y del tiempo que llevo deseándolo. El instante en que nuestros labios se tocan es explosivo. Los besos de Hysan se intensifican de modo progresivo, pero Mathias me besa con una desesperación apasionada que proviene de un lugar tan profundo que me quita el aliento.

En lugar de apartarlo, aprieto las manos contra su duro pecho, sintiendo la fuerza que he esperado tanto tiempo tocar.

Cuando nos separamos, respira de manera acelerada. A medida que el corazón se me aquieta, la mente entra en un estado de caos. Estoy demasiado abrumada por todo lo que sucede como para pensar: por Hysan, por el futuro, por lo que debo decir.

—Te pido perdón por tomarme la libertad —dice—. He querido hacer eso desde la época del solárium.

—Yo también —admito sin pensarlo. El corazón me late con fuerza, como si estuviera decidido a hacer que cada latido cobrara sentido. Mathias y Hysan son el día y la noche... y sin embargo me he enamorado de ambos.

Lo único que puedo hacer ahora es ser honesta. Extiendo la mano para tomar la de Mathias, y sus dedos se cierran sobre los míos.

—Mathias...

—Sé que has estado enojada conmigo, Rho, pero por favor no dudes jamás de la fe que tengo en ti. Eres una líder natural. Debí decírtelo hace tiempo. —Su voz es relajante y fecunda, y el azul en sus ojos transmite suavidad—. He cometido muchos errores durante las últimas semanas, pero debes creerme cuando te digo que lo único que he querido hacer todo este tiempo ha sido ayudarte. —Luego añade con una sonrisa anhelante—: Bueno, eso no es *lo único* que he querido hacer.

Un millón de emociones diferentes se me agolpan por dentro, y no sé cómo me siento respecto de Mathias o de Hysan. Lo único que sé es que necesito ser franca con ambos.

—Necesito decirte algo...

De pronto, salimos volando de la cubierta y nos estrellamos contra el armazón del telescopio por una explosión que golpea el costado de la nave. Hemos perdido nuestra gravedad.

Los gritos desgarran el aire. Todo y todos salen volando cuando la nave se sacude con violencia por el ataque.

Mathias extiende la mano para alcanzarme, pero estamos demasiado lejos el uno del otro. Hunde las uñas en las paredes, para conseguir acercarse a mí. Yo me sostengo del armazón del telescopio, estirando mi mano libre todo lo que puedo.

El instante en que nuestras manos se conectan, las luces se apagan y quedamos completamente a oscuras.

38

Durante diez segundos quedamos ciegos, hasta que la batería de repuesto del *Avefuego* se activa. Las luces de emergencia parpadean con un brillo opaco color verde.

—Tenemos que llegar al puente —dice Mathias, tirando de mí mientras avanza. Cuando otra explosión golpea nuestra nave, la cubierta se lanza hacia nosotros, y choco contra ella con los brazos extendidos para amortiguar el golpe. Mathias me agarra con fuerza, y nos arrastramos hacia el puente, una mano sobre la otra.

La turbulencia sacude el puente. Pantallas, gráficos, vasos vacíos y gotas salpicadas de té se propalan por el aire como misiles. El *Avefuego* no está equipado para soportar condiciones de gravedad cero. No tiene pasamanos ni rieles para los pies. Los hombres de la tripulación se aferran a lo que logran encontrar.

—Almirante, ¿qué está sucediendo? —grito a través del caos.

Ignus forcejea en su asiento con ambos brazos mientras las piernas se le disparan hacia arriba y se balancean fuera de control.

—Nuestro motor antimateria implosionó. No me preguntes cómo.

Lord Neith aparece en una de las pantallas, la más grande.

—Un ataque de psienergía —reporta.

Está llamando desde el *Equinox*, rompiendo el silencio de radio, pero ¿qué importa ya? Ocus nos ha encontrado.

—¿Qué ha sucedido con los escudos? —empiezo a preguntar, pero después me doy cuenta de que la pregunta es irrelevante. Tengo que conseguir mi Avispón y atraer la atención del monstruo lejos de la flota. Puede que ya sea demasiado tarde, pero debo intentarlo.

Mathias debe de estar pensando lo mismo, porque me toma de la cintura y me dirige hacia el tubo que lleva a la cubierta del hangar. Rebotando de una superficie a otra, debe empujarme a lo largo del camino, pateando las paredes. La nave da vueltas en una espiral que me provoca náuseas, y pronto voy a devolver la fruta que me dio Hysan. Me gustaría encontrarlo para saber si está bien. No quiero irme sin despedirme de él.

Todos los esquifes y buques de guerra están sujetados con cuerdas en el hangar. Herramientas de mano pasan zumbando a nuestro alrededor, chocando contra paredes de metal, destrozando parabrisas e incluso golpeando a la gente. Logramos esquivar y nadar a través del caos, pateando cualquier superficie que encontramos para hacernos camino.

Un cable enorme viene serpenteando hacia nosotros, y Mathias se abalanza hacia delante para protegerme. Después de sacarlo del camino, alcanzamos mi Avispón. Está cerca de la cámara de descompresión de la popa y parece estar intacto. Mathias me da un empujoncito.

—Entra. Ponte tu traje.

Salto como resorte para entrar en el Avispón y reboto contra la consola. No necesito un traje de compresión aquí dentro porque la cabina estará presurizada apenas despegue. Mathias está siendo excesivamente cauteloso. De todas maneras, hago como me dice y lucho con el traje ajustado mientras él va a abrir la esclusa de aire. Por fin, el *Avefuego* deja de dar tumbos, y nos estabilizamos. Pero seguimos sin energía y sin peso. Mathias tiene que torcer a mano la cámara de descompresión de la popa para poder abrirla, y noto que su uniforme está rasgado en la parte de adelante. El cable debe de haberle golpeado el pecho.

Me levanto y salgo para ver si está bien —y de pronto estoy parada de cabeza, colgando de la amarradura; todo objeto móvil sale volando contra el techo.

Nuestra nave entra en caída libre.

Me aferro con todas mis fuerzas, y Mathias hace lo mismo. Debemos de estar atrapados en el empuje gravitacional del planeta Ictus. Herramientas, vidrios rotos y cuerpos yacen pegados contra el techo del hangar, y aprieto la mandíbula para contener un grito: Cendia está allá arriba, trenzada entre los restos. Peero también. Parecen estar inconscientes o algo peor.

La nave se inclina en una caída en picada, y las herramientas hacen un estruendo aún mayor, rodando hacia arriba, hacia la popa. La cámara de compresión se encuentra ahora cuesta arriba para mí, y aun con los músculos de Mathias, no tenemos suficiente fuerza para empujar el Avispón tan lejos. Ni siquiera puedo deshacer la ligadura a riesgo de que se caiga y choque.

—¡Madre Rho! Usa el torno. Te lo puedo mostrar.

Es el mecánico jefe, Foth. Está sangrando por los cortes en el rostro y en los brazos, empujándose por la cubierta empinada con algo pesado que le cuelga del cinturón. Correas y garruchas: es un aparejo de poleas. Foth se sube a la cámara de compresión y engancha una de las poleas a un reborde, después enrolla y tira una correa hacia abajo, hacia mí, y Mathias y yo la amarramos a mi Avispón.

El Avefuego comienza a retumbar con un estrépito, sacudiéndose hacia atrás y hacia delante. Cada tornillo suelto está vibrando, y me castañean los dientes.

—Debemos de estar entrando a la atmósfera pisciana —grita Mathias—. Entra y quédate adentro. —Me levanta, empujándome para entrar en el Avispón, y por una vez no tengo ningún problema en seguir sus órdenes.

Por medio de la escotilla abierta del Avispón, veo a Foth cayéndose de la cámara de compresión y planeando hacia una gran bobina de acero con manivelas a ambos lados. Debe de ser el torno. Es tan alto como él y debe estrujarse para entrar y enganchar el otro extremo de la tira de la polea en el huso.

Cuando trata de girar la manivela, los movimientos de la nave lo tiran para atrás. Intenta otra vez, y Mathias se apura a ayudarlo. La nave tiembla más erráticamente, pero otro mecánico aparece en cuclillas desde las sombras. Se apuntalan entre los dos alrededor de las manijas de la manivela y hacen un esfuerzo por girarlas. Segundos después, los motores de propulsión de la nave se encienden, y disparamos hacia arriba. Ignus debe de haber recobrado el control del timón.

Cada objeto suelto cae a la cubierta. No puedo mirar los cuerpos de Cendia y Peero, temiendo lo peor.

Apenas se nivela nuestra trayectoria, Mathias se suma a la tripulación, y juntos tiran del Avispón y lo suben un metro por la cubierta. Sacudiéndose rítmicamente, el Avispón corcovea dentro de la cámara de compresión, conmigo adentro.

Ahora sé lo que tengo que hacer. Esta es mi tarea, mi riesgo. No dejaré que Mathias muera conmigo.

He explorado esta cámara de compresión y planeado cada paso en mi mente, aunque no imaginé que tendría que hacerlo sin electricidad. Pero tengo que actuar rápido de todos modos.

Mientras los otros están asegurando el torno, me propalo fuera del Avispón y tiro todo mi peso contra la puerta interior de la cámara de compresión, tratando de cerrarla. Cuando Mathias ve lo que estoy haciendo, lanza un bramido para que me detenga.

—¡Voy contigo, Rho! —Corre hacia mí, aullando mi nombre—. ¡No lo hagas! ¡Te lo suplico!

—¡Vuela tu esquife! —le grito como respuesta—. ¡Esta es tarea mía!

Vuelvo a tratar de cerrar la cámara de compresión justo cuando Mathias salta hacia mí; sus ojos me fulminan con urgencia. Salta sobre un tirante caído. Parece que está intentando decirme algo, pero no consigo escuchar a través del rugido.

Finalmente, la puerta de la cámara de compresión se desliza, y cierro la tapa de un golpe. Los puños de Mathias golpean contra la puerta y me hacen sentir terrible. Trato de desoír los sonidos mientras vuelvo a subirme al Avispón.

Temblando, me saco mis torpes guantes de compresión de un tirón para arrancar el motor y soltar el freno. Tecleo los controles en la secuencia apropiada, satisfecha de haberlo vuelto a repasar hoy. Entonces la voz de Mathias me llega por la radio.

—No te vayas sin mí. Por favor.

—Perdóname, Mathias. Yo también he cometido errores, enormes, pero traerte conmigo sería el peor, por lejos. —Tomo un aliento tembloroso—. Fue mi decisión pelear contra Ofiucus, no la tuya. Intenta recordar lo que me dijiste antes de entrar a ver a Moira… y vuelve a encontrar esa confianza en mí. Yo regresaré a ti.

Después disparo mi arma láser y hago estallar la puerta externa, expulsando el aire. Mi Avispón sale lanzado en espiral hacia las estrellas.

39

Una vez que el Avispón se estabiliza, es fácil ver los daños que ha sufrido el casco del *Avefuego*.

La nave se eleva sobre las cenicientas nubes que rodean a Ictus. La explosión le ha destruido tres secciones completas de su parte inferior. Parece una ballena destripada. Me sorprende que siquiera pueda seguir volando.

Ignus la está dirigiendo hacia la estación espacial que emerge justo encima del horizonte del planeta. Su hexágono giratorio reluce blanco como la nieve. El *Avefuego* solo tiene que mantenerse a esa altura el tiempo suficiente para atracar.

El destructor ariano *Xitium* vuela muy cerca, escoltándolo hacia la estación. La tripulación del *Avefuego* debe de necesitar ayuda, así que me alegra que tenga amigos al alcance de la mano.

El *Equinox* se desplaza zigzagueando alrededor de los dos buques más grandes como si fuera un mosquito, y por sus maniobras esquivas sé que sigue intentando eludir la psienergía. El ataque aún no ha terminado.

Estoy atenta a los esquifes. Deberían de estar a punto de ser lanzados. Nuestra flota se extiende decenas de miles de kilómetros a lo largo del cielo, así que uso el escáner óptico del Avispón para ubicar a las demás naves.

Al principio, no entiendo lo que aparece en la pantalla. Parece como si se hubieran sumado cientos de buques nuevos. No puede ser.

El cabello húmedo y caliente me tapa los ojos. Lo aparto con desesperación. Con las manos temblorosas, me pongo a probar los controles. Cuando obtengo una imagen nítida, me doy cuenta de que las señales no son buques, sino restos de un naufragio.

Entonces, como si fuera el disparo de un táser, comprendo al instante lo que ha sucedido: toda nuestra flota ha desaparecido. Ocus ya la ha destruido con la Materia Oscura.

Envío un mensaje por radio al puente del *Avefuego*. No hay respuesta. Intento una transmisión óptica, infrarroja o microonda. He dejado mi anillo hace rato, así que no me puedo fusionar con el Psi. Finalmente, envío un mensaje de radio al *Equinox*. Lord Neith atiende el llamado.

—Avispón W4A, identifique a su operador.

Con una explosión de luz, mi Avispón me escanea la retina y luego responde automáticamente:

—Rhoma Grace, Guardiana de la Cuarta Casa.

Fantástico. Apuesto a que ahora Ocus me puede ver. Me aferro a los apoyabrazos y trato de no soltar un improperio.

—Lord Neith, ¿qué sucedió con los escudos psi?

Una voz conocida se une a nuestra conversación.

—Habla la embajadora Sirna. La cuenta de cristobalita del *Xitium* se ha roto desde adentro. Sospechamos un acto de sabotaje.

—Parece que le faltara el aire, como si hubiera subido corriendo las escaleras.

Pero… ¿un acto de sabotaje? ¿Todos nuestros escudos? ¿Cómo pudo suceder algo así?

—Mi escudo funciona —informa Neith—. *Xitium*, sígueme de cerca.

Advierto que algo sale despedido del flanco de babor del *Avefuego*. ¿Restos de naufragio? ¿Cadáveres?

Apunto el escáner, y me alivia ver una decena de esquifes que vuelan a toda velocidad hacia mí. Hysan y Mathias lograron salir. Estarán bien. Es hora de salir ya de acá. Pongo proa directo a las Nubes Sufiánicas.

—Rho, más lento. Te escoltaré. —Se trata de Hysan. Me llama desde uno de los esquifes.

—Quédate y protege a la flota, Hysan. Por favor, no te apartes del plan. Confía en mí. —Apago la radio antes que Mathias también me pueda contactar.

El motor de hidrógeno de mi Avispón fue diseñado para volar a toda velocidad, y ningún esquife puede alcanzarme. Lo único que tengo que hacer es poner una distancia suficiente entre la flota y yo misma. Con diez minutos de hipervelocidad debería estar tranquila.

Volar hacia el exterior, hacia las afueras de la galaxia, me hace sentir una descarga de adrenalina. Este es mi destino. No soy una guerrera ni tampoco una inventora, pero en la Efemeris me vuelvo poderosa. Aunque signifique encontrarme con Ocus, hay una parte de mí que está fascinada por regresar al ámbito astral, donde me siento más cerca del alma del Zodíaco.

Mi Avispón pasa zumbando a la velocidad de un relámpago, y siento un hormigueo eléctrico en los dedos. Después de diez minutos, bajo mi escudo y prendo la Efemeris del Avispón. Veamos si, como yo creía, Ocus me considera un blanco lo suficientemente tentador.

La Efemeris que se encuentra a bordo está diseñada como una bola de cristal fijada sobre mi consola, pero algo sucede con ella. No se prende.

Activo el interruptor digital para prenderla y apagarla. No pasa nada. Le doy la orden al Avispón para que la prenda. Mi consola me responde:

—*Por favor, proporcione la clave de encriptación.*

El almirante Ignus no tuvo tiempo de desbloquearla. ¿Cómo se supone que distraiga ahora a Ocus?

Apunto el escáner óptico de nuevo hacia la flota. El *Avefuego* se está acercando a la estación espacial, pero planea a través de las nubes superiores del planeta y pierde altura a toda velocidad. *Xitium* está al lado de ella, y el *Equinox* gira alrededor de ambas, entrando y saliendo de la atmósfera para protegerlas. Más lejos, los esquifes vuelan en una formación escalonada, seguramente porque tienen pensado recobrar las cápsulas de escape si hace falta.

Me comunico por radio e intento llamar de nuevo a Ignus, y cuando eso no funciona, llamo a los esquifes.

—Mi Efemeris está bloqueada. ¿Alguien conoce la clave?

Hysan responde:

—Lo siento, Rho. Ignus no me confió sus secretos.

—¿Y Mathias? Está dirigiendo uno de los esquifes, ¿no?

—No, no está conmigo. No me he comunicado con él ni con nadie sobre el *Avefuego*. Sus transceptores están apagados.

¿Mathias sigue a bordo?

—Hysan, ¿puedes hacerles señales con tus luces de cruce?

—Lo intentaré.

Mi escáner muestra a uno de los esquifes abandonando la formación y lanzándose hacia abajo, hacia el buque insignia eviscerado. Se posicionará frente al puente, donde Ignus no podrá evitar ver sus luces parpadeantes. Me adelanto en mi asiento, observando la pantalla del escáner, esperando ver más esquifes abandonando el buque insignia.

Sirna vuelve a comunicarse por la radio:

—Madre Rho, ¿dónde está tu anillo? Mathias está intentando hablarte a través del Psi.

Me retuerzo el dedo sin anillo.

—No lo tengo. Nunca llegué a sacarlo de la caja fuerte. ¿Qué está diciendo?

Hysan sigue a veinte kilómetros de distancia cuando el vientre eviscerado del *Avefuego* comienza a lanzar chispas. Está tocando las nubes de metano más densas que tiene el planeta, acumulando fricción en el proceso. Me tapo la boca al advertir lo que está sucediendo: la nave se está partiendo en dos.

Sirna vuelve a aparecer por la radio:

—Dice... *Naciste para esto. Debí decírtelo todos los días.*

Quiero apartar la mirada de la nave ardiente, pero no puedo. La parte de proa apunta hacia arriba, rebota y gira; luego estalla en llamas. El fuego se apaga casi de inmediato, pero los escombros vuelan hacia *Xitium* y la obligan a desviarse de su rumbo.

El *Equinox* sale despedido lejos, y también el esquife de Hysan, justo cuando la parte de popa de la nave salta y comienza a girar, lanzando filamentos de combustible ardiente. Las llamas la engullen. Cuando me fui, Mathias estaba cerca de la popa.

Estoy temblando. Agarro el micrófono de la radio.

—Hysan, ¿ves algún otro esquife? ¿O cápsulas de escape?

—No, Rho. —Su voz se silencia—. Lo siento.

La popa se parte en mil pedazos, y los rastros ardientes descienden a gran velocidad a través de las nubes. En pocos segundos, los incendios se apagan. La atmósfera pisciana tiene muy poco oxígeno para mantener las llamas vivas.

—¡Vuelve a mirar, Hysan! —le grito al micrófono de la radio.

Mathias no puede estar muerto.

Al principio, no responde nadie. Lo único que puedo oír es una ráfaga de ruido que late rítmicamente… luego me doy cuenta que estoy hiperventilando.

—¡Alguien haga algo! —grito.

Lord Neith responde:

—El escáner no muestra sobrevivientes.

Sirna añade con un susurro sombrío:

—Sus voces han dejado de oírse en el Psi.

40

Mathias.

Agarro la pantalla de monitoreo con tanta fuerza que el armazón de plexina chirría.

Por un instante, considero dar la vuelta con mi Avispón y zambullirme dentro de esas nubes de metano para encontrarlo. Casi lo hago.

Tengo las manos sobre el timón, listas para hacer el giro.

—Mathias —susurro, cerrando los ojos. Yo también tenía miedo. Era más fácil enfocarme en las cosas que nos separaban —sus dudas, nuestros desacuerdos, la diferencia de edad— que explorar lo que de verdad sentía por él.

Lo amé toda mi adolescencia.

Lo sigo amando.

Sirna me llama desde el destructor ariano.

—Guardiana, mantén el rumbo. Estoy intentando encontrar la clave de encriptación que necesitas.

¿El rumbo?

¿Qué rumbo?

Las manos se me deslizan del timón, y dejo que el cuerpo me cuelgue, suelto, sin peso, sobre el cinturón de seguridad. Los colores pierden su brillo. Si ahora mismo perdiera la conciencia, sería un alivio.

—Alerta —anuncia Lord Neith—. Un ataque de psienergía en camino. *Xitium*, eres el blanco.

No.

No a Sirna también.

Vislumbro la nave ariana a través de mi escáner y veo un estallido de escombros elevándose sobre el despliegue de armas montado sobre su casco. Los motores del destructor se encienden.

Está implementando una táctica evasiva, y el *Equinox* la rodea como si fuera una minúscula araña que envuelve un escarabajo gordo en la seda. El *Xitium* es veloz; tienen una oportunidad. Están entrando en órbita, probablemente para ganar velocidad. A medida que se hunden detrás del planeta, los pierdo de vista.

Inhalo bruscamente.

—Hysan, quédate con ellos —susurro.

—Lo haré —dice, y su voz se vuelve baja y grave—. ¿Estás bien?

¿Si estoy bien?

La voz barítona de Mathias me respira en la memoria. Sus palabras me advierten que sea precavida, que repase mis planes con detenimiento, que recabe más información antes de seguir adelante.

—He sido tan ciega.

El momento que lo digo, recuerdo que esas fueron las mismas palabras que usó Moira cuando nos atacó Ocus. Solo que en mi caso no erré en la lectura de las estrellas, sino en la de los corazones. El mío y el de Mathias.

Fuimos demasiado tercos para darnos una oportunidad, y ahora nunca sabré lo que ese beso realmente significó… para ninguno de los dos.

Golpeo la consola del Avispón con el puño.

—Llévame a las Nubes Sufiánicas. Máxima velocidad.

La aceleración me arroja de nuevo sobre el asiento y me propala fuera del Cinturón de Kyros hacia la Decimotercera Casa. ¿Cuál es mi plan ahora? ¿Dispararle a Ocus con mi láser? ¿Bombardearlo en picada como un piloto suicida?

Lo que me mueve ahora es la adrenalina temeraria, no la lógica —hasta que otro recuerdo me hace girar la cabeza hacia atrás.

Mi Onda.

Me bajo el cierre del traje de compresión y la saco de mi bolsillo. Convoco la versión tutorial de la Efemeris. El mapa estelar se despliega por fuera de la pantalla que tiene el tamaño de la palma de mi mano. Es pequeño y de baja resolución.

—¡Enfréntame, cobarde! —le grito al pequeño y parpadeante orbe que brilla con luz de estrellas—. ¡Vamos!

Todo lo que veo es la almeja en mi mano, el mapa girando, el caos de patrones que se encuentran superpuestos y semiocultos por la Materia Oscura. En un ataque de ira, lanzo la Onda contra el costado del Avispón, fisurando su caparazón dorada.

De cualquier modo, no tenía ninguna posibilidad. Nunca llegué a recibir la abisinta de Hysan.

Un hormigueo comienza a treparme detrás del cráneo, y ya sé lo que está sucediendo antes de oírlo. Ocus me está llamando.

Extiendo el brazo hacia atrás para recuperar mi Onda. Inflándose desde la pantalla quebrada, el pequeño mapa holográfico tartamudea como un reloj desbalanceado. Mi ataque de cólera lo rompió.

Una risa viciosa me chirría en los oídos.

—*Qué gracioso. Debes luchar con las habilidades más básicas. Me pregunto, ¿alguna vez comprenderás tu propio don?*

Ahí está, se proyecta hacia fuera, abultándose desde la Efemeris agrietada. Parece diferente, granuloso, como un vendaval de granizo helado.

—*Hazme tus preguntas, niña pequeña. Sé que te mueres por hacerlo.* "¿Cómo se gobierna la Materia Oscura con psienergía?". *Pregúntame.*

Le abofeteo los ojos.

—¡*Esto es por Mathias!*

Se aparta a un lado con facilidad.

—*Sigue intentándolo. Todo es psienergía. El universo es un producto de la imaginación. Y yo soy el ilusionista supremo.*

Si voy a unirme a él en el mismo plano, debo centrarme. Fijo la mirada en las luces tenues de la Efemeris e inmediatamente encuentro la que estoy buscando. El lugar que me da paz y poder, el hogar que siempre será mi alma.

Me abro para recibir la psienergía de Cáncer, solo que en lugar de usarla para leer las estrellas, me sirvo de ella para alimentar mi presencia en el plano astral. Y a medida que el mapa de las estrellas se extiende, siento que cambia mi entorno hasta que ya no estoy atrapada en mi cuerpo, en el Avispón. En cambio, estoy de frente a Ocus en el túnel de viento donde lo vi por primera vez, el surco donde se ha estado ocultando en el espacio.

—*Así es, pequeña cangreja... gatea fuera de tu caparazón* —se burla—. *Veamos cuán fuerte es esa llama interior.*

Me planto más firmemente en mi Centro —respirando profundo, sintiendo a Cáncer, accediendo a mi voz más íntima. La forma helada de Ocus se agranda delante de mí, e intento recurrir a mi provisión de psienergía. Esta vez, cuando ataco, las manos se ciñen alrededor de algo sólido.

Se siente como un hueso helado y me congela la piel. Las palmas de la mano se me ampollan y se vuelven negras, pero sé que el dolor no es real. Ocus intenta apartarse, pero aprieto los dientes y me aferro con más fuerza. Lo tengo.

Luego, el hueso se me derrite en las manos, y de pronto estoy sujetando aire.

—*Detrás de ti* —dice, mofándose—. *No te des por vencida todavía. Estás haciéndolo tan bien. Pero vas a tener que ser más fuerte.*

El esfuerzo de Centrarme me deja más débil que antes. Lo veo elevándose sobre mí, una espantosa carcasa de hielo, y pregunto:

—*¿Por qué haces esto?*

—*Una vez fui un sanador. Yo devolvía la vida con estas manos.* —Los puños se le agrandan al tamaño de pequeñas lunas—. *Era amado... y después fui castigado por eso.*

Me lanza uno de los puños gélidos, y cierro los ojos, estabilizándome en mi centro, hasta que siento el control de la psienergía que me rodea. Cuando miro otra vez, el tiempo se ha alargado entre los dos, y estira su golpe de tal forma que el puño todavía está a centímetros de mi cara.

Esquivándolo, le digo:

—¿*Entonces ahora, a cambio, castigas a personas inocentes?*

Trastabilla cuando el puño no conecta con nada y me lanza una mirada fulminante. Los puños se le encogen de nuevo.

—*Tú me has hecho lo que soy. Tú y todos los Guardianes. Han convertido mi milagro en una servidumbre eterna.* —Los ojos primordiales me queman a través del hielo—. *No puedes concebir la tortura que he tenido que padecer, la soledad insoportable de mi exilio, una desolación sin fin.*

El cuerpo se le retuerce y se deforma mientras se mueve, y para mi sorpresa, parece que realmente está sufriendo.

—*Eres la más fuerte de los doce, pero ni siquiera tú puedes matarme. Cada vez que nos encontramos, tengo esperanzas.*

—¿*Tienes esperanzas?* —pregunto—. ¿De q*ue te mate?*

—*De que des fin a mi tormento, sí.* —Se desintegra al hablar, y su forma helada se evapora. Por un instante, casi siento pena por él. Después se materializa una vez más y con un siseo burlón dice:

—*Te* desafío.

Los ojos lanzan un destello más oscuro que el espacio puro —como si él mismo fuera Materia Oscura. Se hincha hasta ser un espectro gigante de hielo, y reflejados en su mirada vidriosa están los rostros de las víctimas. Mathias. Mi padre. Mis amigos. Hago un esfuerzo por quedarme quieta.

—¡*Lucha contra mí!* —ruge.

Lo único que quiero es apalear su cadáver disecado con cada fibra que poseo. Pero el instinto me advierte que es inútil, y me mantengo firme. Necesito recuperar mis fuerzas en el Psi, así que le sigo el juego psicológico.

Además, mientras esté conmigo, no está enviando ataques de psienergía al resto de la armada. No voy a sobrevivir a esto, pero tal vez les pueda comprar a Hysan y a Sirna una oportunidad para que escapen.

—*Ofiucus, quiero liberarte.*

—¿*De verdad? Qué amable eres.* —Se transforma en un estallido de granizo tan filoso como una aguja, y me corta el rostro. Me giro a un lado, dejando como rastro un rocío de gotas rojas. El pinchazo es pura agonía, y aprieto los músculos con fuerza, luchando por mantener la cordura pese al dolor.

Y entonces lo oigo toser. Miro hacia él, y ahora está agachado y demacrado, un hombre viejo y quebrado, roído a medias por el tiempo.

Aunque lo odie, aunque su sed de matanza me revuelva el estómago, la tos húmeda y la columna vencida apelan a mi sentido de compasión. Y por un instante fugaz puedo sentir la agonía visceral de su interminable muerte en vida.

—¿*Cuántos años tienes?*

—*Ah, ahora empiezas a entender.* —Los ojos se le vuelven opacos, y el brazo largo y huesudo se le estira para apuntar hacia Helios—. *Pregúntale al Señor de la Luz cuántos eones he soportado.*

Los cortes en el rostro me laten, y una película de sangre gira en el aire sobre mi cabeza. Ocus se termina de marchitar y después se vuelve a formar.

—*De joven, era fresco e idealista como tú lo eres ahora. Fui un alquimista, esforzándome por sanar a los enfermos y encontrar una cura a la muerte. Soñé con una galaxia eterna, como la más alta bendición que la humanidad hubiera podido alcanzar.* —Se acomoda en una nueva posición, haciendo una mueca como si el cuerpo atormentado se le fuera a romper—. *Ahora ya lo sé. La inmortalidad es el infierno.*

—*Entonces déjame ayudarte a morir* —ofrezco, demasiado ansiosa.

—*Detente.*

No me puedo mover. Me ha atrapado en una capa de hielo. Su risa me estalla a través de los huesos congelados, y después dice:

—¿*Crees que esto es real? Cuán fácilmente caes presa de mi astucia. ¡No tengo ningún deseo de morir, mortal!*

Cuando vuelve a mutar a la figura de un hombre, lo veo más grande, más fuerte y más musculoso en el hielo esculpido. No puedo creer que intenté ayudarlo.

Paralizada, el odio regresa embravecido. Me esfuerzo por liberarme y atacarlo, pero su témpano de psienergía me mantiene paralizada.

—*¿Estás cómoda, pequeña niña? Luces preciosa con la piel nueva y radiante.* —Su risa brama y me vibra en los oídos—. ¿Por qué desearía morir cuando la gloria de mi Casa pronto estará restablecida? Has leído el presagio escrito en las estrellas. Soportaré cualquier tormento para alcanzar lo que se me ha prometido.

Tiro y me retuerzo, pero no puedo escapar. Ni siquiera puedo hablar.

—*Me has entretenido lo suficiente, niña. Terminemos esta batalla.*

Ahora me va a matar. Cuando levanta la mano para el golpe mortal, fijo la mirada en él desde el cristal de mi sangre helada. Veo la sed de muerte en su mirada.

Cáncer te sostiene. Las palabras de Mathias me susurran en la mente, y me hundo en mi centro. Una vez allí, intento extraer la psienergía de Cáncer con todas mis fuerzas hasta que el tiempo se vuelve a alargar, solo que ahora se mueve tan lento que prácticamente se ha detenido.

Las ondas de luz se doblan, y el espacio se enrosca sobre sí mismo. Las milésimas de segundos se estiran hacia el infinito, y mi respiración se aquieta. Los músculos se me relajan. Nunca antes había experimentado la vida así —como si el tiempo fuera una banda elástica que se está estirando al límite— y estoy viendo todas las partículas que componen cada instante de nuestra existencia.

De alguna manera, se transforma en mi propia línea de tiempo, y pienso en lo extraña que ha sido mi vida. Cuando estaba creciendo, lo único que sabía con certeza era que amaba a Cáncer —y que lo había abandonado. La única persona en la que nunca quise convertirme fue en mamá, y después le seguí los pasos y abandoné a papá y a Stanton. El primer muchacho del que me enamoré fue un estudiante universitario, a quien observaba silenciosamente por años, a quien amé silenciosamente por semanas y a quien dejé morir en silencio, sin darnos a ninguno de los dos ni siquiera la oportunidad de despedirnos. Estaba demasiado apurada por alcanzar mi propia muerte.

Todo empieza a conectarse en el aire a mi alrededor, como si una nueva Efemeris se estuviera desplegando, solo que es un mapa de mi vida y muestra cómo me ha conducido a este momento, a mi muerte.

El tiempo es tridimensional y forma su propia galaxia de luces y conectores, pero no como la música de las estrellas, sino más bien como la red de neuronas del cerebro. Solo que es interminable y está en constante expansión como nuestro universo. Al rotar dando vueltas y vueltas, se me viene a la mente la imagen de un gusano engulléndose a sí mismo.

Todo está conectado, es cíclico, es eterno. El tiempo, el espacio, Ofiucus. Y de alguna manera entiendo cuál es el elemento integral que aportó la Decimotercera Casa al Zodíaco. Lo que hoy está faltando en nuestra galaxia.

La unidad.

En el Halo de Helios, sentí algo eléctrico en el aire, algo que nunca había sentido antes. Ofiucus no solo nos ha robado la confianza —nos quitó algo aún más poderoso, algo que atisbamos por un minuto aquella noche, cuando estábamos todos juntos.

Es la esperanza.

Y en un universo de personas que pasan sus *hoy* buscando *mañanas*, la esperanza es el arma más poderosa que uno pueda tener.

Se suponía que Ofiucus lograría unir nuestro sistema solar. Su defección nos dejó desequilibrados y fracturados. Luchar contra él va a requerir una fuerza de almas que no solo provengan de la Casa de Cáncer.

Necesitaré fusionarme con la psienergía que provenga de todo el Zodíaco.

41

Por algún motivo, el brazo de Ocus sigue moviéndose. Me hundo aún más en mi Centro, mirando fijo las luces parpadeantes de las doce constelaciones hasta que me fusiono con la psienergía que fluye desde todo el sistema solar.

Al tomar prestada la energía psíquica de personas de todas partes, como lo hace Ocus, el esfuerzo de arrancársela a otros le merma su propia reserva de psienergía, y su puño termina desplomándose.

—*¿Qué sucede?* —pregunta furioso—. ¡No puedes hacer esto!

Luchamos para arrancarnos el poder, obteniendo y perdiendo fuerza física en el intento. A Ocus le cuesta menos mantener el dominio de esta dimensión, y yo no cuento con la absinta o siquiera mi anillo para obtener más fuerza. Solo me tengo a mí misma… menos mal que soy una *llama eterna*.

Sigo resistiendo, consciente de que es solo una cuestión de tiempo hasta que el cambio gradual —el peso del tiempo— se apodere de Ocus y envejezca. Cuando finalmente se enrosca sobre sí y regresa a su figura encorvada, me suelta. En ese estado no me puede derrotar.

—*Así que… has ganado esta ronda. Tal vez, con el correr del tiempo, incluso te conviertas en una oponente digna de mí.* —Su cuerpo se vuelve cada vez menos visible, pero sus ojos, como dos agujeros negros, permanecen oscuros, girando a toda velocidad en el aire.

—*Este juego no termina nunca, pero te has ganado una tregua. La Casa de Cáncer no tiene ya nada que temer de mí.*

Le lanzo una mirada de odio.

—*Ya la has destruido. ¿Qué sucederá con las otras Casas?*

—*Escúchame bien, niña. Este juego no termina jamás. Sirvo a un amo que les tiene deparadas más sorpresas.*

Su risa se va apagando con un resuello. Luego me sopla un beso. Un beso incandescente y filoso de pura psienergía.

Me agacho, pero el dardo venenoso me roza el cuello quemándolo, marcándolo como si fuera ácido.

Acuérdate de mí, dice, y desaparece.

Siento que caigo hacia abajo, a través de los gases y el polvo ardientes. Agito los brazos desesperada y luego me transformo en una masa sólida de dolor. La cabeza me golpea sobre la cubierta del Avispón y me llevo la mano a la herida que palpita en el cuello.

Apenas levanto la mirada, la voz mecánica de mi Avispón gorjea:

—*Peligro. Escape de hidrógeno.*

Miro a mi alrededor. Estoy sola en el espacio.

—*Los pasajeros deben eyectar* —dice la voz—. *Deben eyectar urgentemente.*

La consola vibra con llamadas de emergencia. El motor de mi Avispón está a punto de romperse.

Desplazándome en piloto automático, me levanto el cierre del traje y me vuelvo a poner el casco, estremeciéndome por el dolor en las manos. Luego me ajusto el cinturón con fuerza y doy la última orden.

Rajándose con un estallido, la cápsula de mi cabina se separa del engranaje de los motores y se lanza dando vueltas. Enseguida el destello color naranja del motor en pedazos pasa girando por mi portilla como un sol furioso. La cápsula no tiene navegación así que no puedo dirigirla. Tan solo doy vueltas y vueltas interminables hasta que…

Clanc.

Quedo atrapada en las garras de un brazo atenazador que apareció de la nada. Ya no giro, así que observo el brazo que se estira para alcanzarme, conteniendo la respiración, sin saber quién me tiene atrapada.

Y luego una nave mucho más pequeña aparece deslizándose ante mí. Un esquife; sus luces parpadean intermitentes.

Los ojos se me llenan de lágrimas. Es Hysan.

***

Apenas meto mi cápsula dentro del muelle de atraque del *Xitium*, el esquife de Hysan se desliza dentro y atraca. Sirna me abre la escotilla. Cuando me ve la cara, apoya su casco contra el mío y oigo su voz:

—Alabado sea Helios, estás viva.

Hysan salta de su esquife y me levanta de la cápsula, tomándome en sus brazos. Las puertas exteriores del muelle de atraque se cierran, y los tres nos desplazamos girando las piernas en el aire para pasar por la cámara de compresión al interior de la nave. Nos arrancamos los cascos de la cabeza.

—¿Cómo me encontraste?

Sirna me toca un punto en el medio del pecho:

—He seguido todos tus movimientos, Guardiana. La perla que te di es un localizador.

¿Un equipamiento espía? ¿Acaso me ha mentido? Levanto la cabeza para mirarla. La furia se acumula en mi pecho… y cuando veo la expresión de agotamiento y determinación en su rostro, me doy cuenta de que debería estarle agradecida. Me salvó la vida.

—Gracias.

Hemos entrado en lo que parece ser un taller metálico. Engrampadas contra la pared hay tijeras, rodillos, perforadoras y taladros, y dos soldados uniformados manejan una cortadora de plasma para seccionar una lámina de acero. El aire huele a ozono.

—Están reparando la nave —dice Sirna—. Quitémonos de en medio.

Me saco los guantes que me aprietan, haciendo un gesto de dolor.

—Rho, tus manos —dice Hysan, sosteniéndome las muñecas con cuidado para observar el daño sin lastimarme aún más. Luego me observa el resto—. También tu cuello.

—Es el congelamiento —digo—. Ofiucus. Me hirió con psienergía.

—¿Cómo es posible hacer algo así? —pregunta Sirna.

Hysan me vuelve a envolver en los brazos.

—Estoy tan aliviado de que estés bien —dice, con la voz ronca—. Tenemos que meterte en una cápsula de reanimación y curarte las manos.

Nos abrimos paso por un estrecho pasadizo abarrotado con cajas de comida, agua y equipos amarrados contra las paredes. El *Xitium* es una nave grande, pero el propulsor de neutrones y sus armas ocupan casi todo su volumen, y las zonas que quedan disponibles para los seres humanos son oscuras y estrechas.

Una vez en el puente, saludo al capitán ariano Marq, un hombre oscuro y curtido que tiene la contextura de un peñasco. Al comienzo de esta misión, Marq parecía vibrar de entusiasmo, pero ahora, cuando le agradezco que me haya rescatado, me observa con los ojos inyectados en sangre.

—Guardiana —gruñe, haciendo que parezca que mi cargo suene como un insulto—, los escudos que tu colega nos proveyó fueron inútiles. Nuestras naves se están rompiendo de adentro hacia fuera. Colapsan los reactores, se incendian las áreas de municiones y se quiebra el casco sin explicación aparente. Nos estamos retirando en todo el frente.

—Los escudos fueron obviamente saboteados —dice Hysan, con un tono helado de voz. Fulmina al capitán con la mirada—. Rho no tuvo nada que ver con eso.

Las mejillas color granate del capitán se enrojecen aún más.

—Ve con tu embajadora, *Guardiana*. Ya tenemos bastante que hacer acá.

Sirna me aleja rápido de la vista del capitán Marq.

—Los arianos han perdido a muchos camaradas —susurra.

—No me quieren abordo, ¿no es cierto?

Sirna suspira.

—Marq me ha asignado un camarote de lujo. Te puedes alojar conmigo. —Nos escabullimos del puente, y cuando los soldados se topan con nosotros en el pasadizo, nos dirigen una mirada de odio.

—¿Dónde está Rubi?

El rostro de Sirna se descompone.

—Perdimos contacto.

—Rho, voy a ver cómo andan las cosas con Neith y luego vendré a buscarte —dice Hysan. Me besa la mejilla antes de salir apurado por el corredor.

El camarote de lujo de Sirna es estrecho y está vacío. Me ofrece un tubo a presión de huevecillos de salmón.

—Proteína —dice—. Come todo lo que puedas. Vas a necesitar estar fuerte.

Activa su Onda e invoca una vista escaneada de la flota. Luego mejora la imagen con colores falsos para hacer que las naves sean más fáciles de identificar. Más de la mitad de nuestras naves han sido destruidas. Sirna aumenta el tamaño de un yate de recreación despedazado, y me muerdo el labio hasta que siento el sabor a metal.

—Esas partículas que flotan, ¿son... cadáveres?

Sirna asiente y cierra los ojos.

—Los capricornianos estaban asistiendo a un buque de carga inutilizado cuando dejó de funcionarles la dirección. Fue un choque frontal.

Me dice que nuestras naves se han esparcido por todo el cielo, y todas las naves que siguen funcionando están regresando como pueden a su mundo. Solo dos de los cinco destructores arianos sobrevivieron. Cuando Sirna me muestra las últimas cifras de víctimas, el aire que tengo en los pulmones se transforma en arena.

Suelto una tos atragantada, cierro los ojos con fuerza y veo a Mathias parado delante de mí, completamente erecto con su uniforme azul oscuro, fuerte y sereno, y con solo veintidós años.

¿Cómo es posible que yo siga viva? No debía terminar así.

—Rho —Sirna me toma las manos heridas en las suyas. Su rostro luce sobrio, agotado—. Hay algo más que debes saber. El Marad ha salido de su escondite. Mientras estábamos ausentes, se unieron al conflicto en la luna sagitariana. Están armando a los Levantados, amenazando con invadir el planeta más abajo. Creemos que tienen bombas de hadrones. Parece que lo que el ejército estaba esperando era que... nos fuéramos.

—¿Te refieres a que... esto fue una distracción? —digo sin pensarlo—. ¿*Ocus* empleó una finta?

Sirna suspira:

—Todavía no lo sabemos todo, Rho. Pero ahora mismo iremos directo a Faetonis. Has sido convocada.

***

Ahora mismo es un término relativo en los viajes espaciales. La velocidad de la luz y la relatividad, los túneles de tiempo, los agujeros de gusano: el juego de Ocus es mucho más complejo de lo que me imaginé. No solo manipuló la psienergía: nos manipuló a *nosotros*.

Usó nuestra propia táctica y la volvió contra nosotros.

La advertencia de Caasy me resuena en la cabeza. Tenía razón: fui engañada. Tal vez continúe siéndolo.

Ahora el tiempo es mi enemigo. Necesitaremos cuatro días galácticos para llegar a Faetonis, y esperar es una tortura. Me han obligado a pasar las primeras dieciocho horas encerrada en una cápsula de reanimación para sanarme las manos. Aparentemente, demora más curarse las heridas del Psi que las heridas corrientes.

Pero el tiempo también puede ser mi aliado. Mis largas horas a solas en la cápsula de reanimación me han dado la oportunidad de reflexionar sobre todo lo que ha sucedido. En especial, sobre algo que dijo Ocus: ¿Por qué desearía la muerte cuando pronto será restaurada la gloria de mi Casa? Has leído la predicción escrita en las estrellas.

Vuelvo a recordar la visión que estuve observando en la Efemeris durante todo este tiempo, en el punto que está más allá de la Duodécima Casa. La masa incandescente donde solía estar la constelación de Ofiucus.

No solo se me estaba apareciendo a mí, su función iba más allá: estaba deformando a las otras constelaciones como para hacerle lugar a otra cosa.

La Decimotercera Casa está regresando.

***

Ya es tarde cuando salgo de la cápsula. La nave acaba de hacer sonar doce campanadas, y se han bajado las luces interiores. Sirna está trabajando un turno extra.

En su habitación me dedico a investigar sobre una de las pantallas de la nave, buscando pistas sobre la Materia Oscura. Todavía no comprendo cómo pudo Ofiucus destruir nuestros planetas con psienergía, o cómo logró destruir la mayoría de nuestra flota.

Resulta que nuestra propia Sagrada Madre Orígene pronunció una conferencia sobre el tiempo metafísico, especulando que podía ser reversible, asegurando que el tiempo no es otra cosa que una estructura mental que creamos para entender el mundo físico. En teoría, deberíamos poder viajar a través del tiempo en todas las direcciones, incluso de lado. Ella se encontraba justamente realizando pruebas para confirmar esta teoría cuando se murió.

La emperatriz Moira, que sigue en coma, también estaba trabajando sobre el tiempo metafísico. Ella creía que, dado que el tiempo no tiene ni comienzo ni fin, debe de estar unido en un círculo continuo sin cortes. En ese caso, probablemente viajemos constantemente por los mismos puntos en el tiempo.

Pienso en la visión del tiempo que vi en la Efemeris. Encaja en ambas teorías.

Pero si tanto Orígene como Moira se hallaban realizando experimentos activos sobre el tiempo metafísico, debe de ser ese el motivo por el cual ambas construyeron los reactores de fusión cuántica. Estaban trabajando en colaboración. ¿Se hallarían sobre la pista del agujero de gusano? ¿Fue por eso que despertó Ocus?

Suena un golpe en la puerta.

—¿Miladi?

—Adelante.

Cuando Hysan entra, lo primero que quiero es sentir que me rodee con sus brazos y cubra mi boca con la suya, ser acogida por su calor y su luz. Pero apenas se manifiesta el impulso, surge otro que rivaliza con él. Una facción de disenso: la parte mía que no puede soltar a Mathias.

Gracias a la penetrante capacidad para entender a las personas que tiene Hysan, es difícil sorprenderlo.

—¿Qué sucede? —pregunta, parado al pie del capullo en el que estoy sentada.

Desciendo la mirada a la pantalla en el regazo y la apago.

—No puedo.

Hysan se sienta al borde de la cama, dejando un espacio entre ambos.

—Lamento que se haya ido, Rho. Se merecía algo mejor.

Las lágrimas me comienzan a rodar por las mejillas, y no puedo evitar que caigan.

—Yo… yo le cerré la puerta de la cámara de compresión para que no pudiera entrar —digo a través de los sollozos, sollozos que me sacuden las costillas, me rompen los huesos y me apuñalan el alma—. No permití que viniera conmigo… lo dejé afuera… yo… yo lo maté.

Hysan me estruja contra su pecho, y allí me desmorono, temblando y gritando enajenada. No puedo parar. Luego comienzo a preocuparme por que nunca vaya a parar.

Las lágrimas no se acaban nunca. Papá y Mathias han desaparecido. Cáncer apenas ha logrado sobrevivir. Y por algún motivo, yo sigo acá.

—Lo estabas protegiendo. —Hysan me besa el cabello y me acaricia la espalda—. Tenía una manera de escapar, Rho. Contaba con un esquife y era el mejor piloto de todos. Si no se marchó, fue porque estaba ayudando a otros y no quería abandonarlos. Como tú, eligió hacer lo que consideraba honorable. No le quites eso.

Realmente me encanta la imparcialidad de la mirada libriana. O tal vez sea solo Hysan. Su manera especial de ver el mundo me hace querer experimentar la vida a través de sus ojos.

Nuestro pasado y nuestras personalidades no pueden ser más diferentes y, sin embargo, todo lo que está relacionado con él me resuena en lo más profundo del alma. Estuve segura de que me gustaba Mathias desde que tenía doce años..., pero Hysan fue una sorpresa completa. Incluso ahora, siento la misma descarga química que experimento cada vez que estoy a su lado. Cada vez que estamos en la misma habitación, siento una atracción magnética entre los dos. Mi cuerpo busca sus caricias como si se trataran de absinta. Siempre me hacen vibrar, como si él mismo fuera una droga real.

—Hay algo más —digo, apartándome de sus brazos y obligándome a poner más distancia entre ambos—. Antes del ataque, Mathias y yo... nos besamos.

Hysan no reacciona. No se aparta ni se enoja, solo se queda mirándome en silencio.

—Y me di cuenta de que sentía algo por ambos. Siempre ha sido así. Y ahora... no puedo seguir así. Contigo.

Asiente. Aunque no manifiesta emoción alguna, sé que está dolido porque parece alejarse. Sus ojos se opacan y se vuelven ligeros como el aire, hasta que se termina abstrayendo tanto de este momento que lo único visible de su iris derecho es la estrella dorada.

Me toma la mano y se la lleva a los labios. Presiona la boca sobre mi piel y susurra:

—A tu servicio, miladi.

Cuando llega a la puerta, dice:

—Mi esquife ha sido reparado. Me marcho para ayudar con el rescate. Cuídate, Rho.

Sin esperar una respuesta, sale de la habitación.

42

Cuando aterrizamos en Faetonis, una caravana militar entera nos escolta a la ciudad desde la estación espacial. El capitán Marq viene con nosotros.

Estaba esperando que me llevaran al hipódromo, así que me sorprende que nos dirijamos hacia la Aldea Internacional. Hoy está completamente vacía de gente, y vasos usados y chucherías del festival siguen esparcidos por el suelo. El pecho me duele de solo pensar en la noche del Halo de Helios, cuando teníamos un mañana por el cual luchar, cuando las Casas eran amigas, cuando Mathias me sonreía.

Una sesión especial ha sido convocada para escuchar mi informe sobre lo que sucedió en el Avispón, y ya he memorizado lo que voy a decir. Voy a contarles que Ofiucus tiene un amo —como predijo Caasy— y les contaré sobre su plan de volver a instaurar la Decimotercera Casa.

Cruzo la tabla para entrar a la embajada canceriana, seguida por Sirna. Me alivia no tener que estar en la arenósfera enfrentándome al Pleno para este informe. Después de todo lo que ha sucedido, el único lugar donde quiero estar es en casa.

Sirna camina por delante y me conduce a la segunda cabaña, el único que todavía no he visitado. La recepción es un arenero abierto, lleno de hamacas y Ondas de la embajada para los huéspedes. El techo es un acuario que hospeda distintas variedades de peces, caballitos de mar, cangrejos, culebras marinas e incluso tiburones.

Sirna y yo nos dirigimos al piso más alto —un amplio salón de baile al aire libre.

El suelo debajo de nosotros es el mismo acuario, y me doy cuenta de que debe de abarcar toda la altura de la cabaña. El pesado cielo entelado de Fateonis cuelga sobre nosotras. Mientras Sirna se aleja caminando a su asiento en la larga mesa que está frente a mí, me quedo sola, mirando a los Guardianes y embajadores de las doce casas.

No hay público hoy. No hay soldados, ni cámaras, ni holofantasmas. Solo han venido los representantes que quedan vivos.

Todos me echan miradas fulminantes. Poso los ojos en el rostro filoso de Caronte, quien se pone de pie. Pensé que había sido suspendido.

Le echo una mirada perpleja a Sirna, pero baja los ojos. ¿Qué está sucediendo?

—Rhoma Grace. —La voz de Caronte truena en la quietud, y me encojo—. Has sido acusada de cobardía. ¿Cómo te declaras?

Cobardía. La palabra me hace eco en los oídos, como una burla, de la misma forma que lo hizo la palabra *traición,* cuando el almirante Crius acusó a mamá. Nada de esto tiene sentido. ¿Me están sometiendo a juicio? Pensé que había venido para dar un informe sobre Ofiucus.

Alcanzo a ver a Sirna mirándome, así que levanto el mentón, determinada a actuar con honor.

—Ofiucus nos superó en astucia, pero...

Caronte golpea el puño en la mesa. La sala queda sumida en un silencio reverberante.

—¿Culpable... o no culpable?

Abro la boca, pero no sé cómo responder. Fue mi advertencia la que lanzó la ofensiva de la armada. Confiaron en mí. Yo los conduje.

Pero fue Ocus quien provocó la matanza.

Ocus.

Cuando no consigo responder, Caronte golpea los puños otra vez.

—¿Acaso no nos aseguraste que tus escudos psi protegerían a nuestras naves de tu cuco?

—Los escudos funcionaron, pero fueron sabotea...

—¡Sí o no! —grita Caronte—. ¿Acaso no condujiste a nuestra flota deliberadamente hacia el peligroso Cinturón de Kyros, la zona más peligrosa del espacio zodíaco, un campo de hielo que sabías que se cobraría la mayor parte de nuestras naves?

—¡No! Eso no fue lo que sucedió. El almirante Ignus hizo una excelente labor conduciéndonos a través del hielo.

Un murmullo de disenso se extiende por la mesa, y Caronte dice:

—Tal vez el almirante podría testificar.

Mira alrededor de la habitación, petulante y confiado. Estoy segura de que sabe lo que le sucedió a Ignus. Sirna me dijo que cayó con su nave.

—El almirante Ignus murió como un héroe —digo—. Tanto él como todos los otros. Alguien nos traicionó.

—Sí. Alguien lo hizo. Tú —Caronte me apunta al pecho—. Tú quebraste nuestra confianza, Rhoma. No estabas lista para ser una líder; eras una niña buscando fama. Por eso es que lo primero que hiciste después de que tomaste tu juramento fue huir. No es que fuera completamente culpa tuya... Tu madre canceriana no te dio el mejor ejemplo. Después le ordenaste a tu compañera de banda —una sagitariana que no es súbdita tuya— que siguiera divulgando tus rumores y te ganara más adeptos. Mientras tanto, tú y tu amante se robaron una nave de la Casa de Libra —que tampoco cae bajo jurisdicción canceriana— y poco más tarde lograste hacerte camino para llegar a nosotros. Luego manipulaste al Pleno para que te siguiera en una misión peligrosa y fatal, a la que siempre estabas planeando sobrevivir *sola*. No éramos más que un peldaño en tu camino hacia la fama en el Zodíaco, y nunca te importó dañar a nadie, ¿verdad? Ni siquiera a tu guía, el Polaris Mathias Thais.

Escuchar el nombre de Mathias me paraliza. Después de la acusación de Caronte, se hace un silencio de muerte, y siento que irradia de mi interior. Ni siquiera escucho los latidos de mi corazón ni mis inhalaciones. Donde antes había vida, ahora solo queda un vacío.

—Soy canceriana —digo, con la voz baja y temblorosa—, una persona que *cuida como propios* a los demás. Lo que estás sugiriendo no pertenece a mi alma.

—¿Acaso no es cierto que el plan original de Mathias era pilotear tu Avispón? —pregunta Caronte, y echo un grito ahogado—. Y, sin embargo, fuiste al almirante Ignus, a sus espaldas, para que te diera un programa instructivo y pudieras volarlo tú sola. Todo este tiempo, estabas planeando abandonarlo. —Su voz ya no es ni fuerte ni apasionada, simplemente constata hechos. Ya sabe que ha ganado.

—¿Por qué... perjudicaría a Mathias? —pregunto, ya casi sin voz.

—Porque si hubiese ido contigo, habría conocido la verdad: que no existe tal Ofiucus. *Admite tu traición, niña.*

—Objeción. —Sirna se pone de pie—. Esta chica está acusada de cobardía, no de traición.

Aunque me esté defendiendo, Sirna aún no me mira.

—Bien —dice Caronte—. Ya hemos escuchado lo suficiente. La acusada ha admitido su culpa. Excelencias, ¿qué dicen ustedes?

—No, no he admi...

—Nosotros, los de Aries, encontramos culpable a la acusada.

Caronte asiente con la cabeza.

—¿Qué declara la Segunda Casa?

—Culpable —retumba el taurino.

—¿Qué declara la Tercera Casa?

La diminuta embajadora de Géminis da un brinco sobre su silla, y me recuerda a la pobre y perdida Rubidum.

—La Tercera Casa la declara culpable.

Caronte llama a la Cuarta Casa a votar, y ahora le toca a Sirna. Al menos ella permanecerá leal. Se para, y su voz sale baja pero clara.

—La Casa de Cáncer vota culpable.

Me quedo helada, estupefacta, mientras el resto de las Casas siguen votando. Es unánime. Albor Echus lee mi sentencia.

—Rhoma Grace, has sido hallada culpable y expulsada de este Pleno para siempre.

Nada de esto tiene sentido. Me pidieron que liderara la armada —ni siquiera se me permitió participar de las reuniones de estrategia—, ¿y ahora soy la única culpable?

Fijo la mirada en el vidrio bajo mis pies, y por un momento deseo que se rompa para poder simplemente regresar al mar y dejar de respirar. Después pienso en Mathias, y aparto ese deseo a un lado.

Sirna se para y se dirige a mí, solemnemente. Por un momento pienso que finalmente va a explicarme lo que está sucediendo, pero en lugar de eso me quita la diadema de Cáncer, la que ella misma me puso en el cabeza esta mañana. La miro con pasmada confusión, y de pronto mi cerebro se despierta y empiezo a entender lo que está sucediendo.

Una Guardiana solo puede ser investida en el suelo de su propia Casa —por eso hubo agua salada en mi ceremonia— y lo mismo sucede cuando se le quita el poder. No podían hacerlo en el hipódromo... tenía que hacerse en la embajada.

Sirna se aclara la garganta y le habla fuerte y claro a la sala sin techo.

—Por la presente, quedas destituida de tu título de Guardiana de la Cuarta Casa.

43

Los mismos Polaris que envié aquí ahora me sacan a empujones de la embajada, sola, y me acompañan a cruzar la borda. Luego me sueltan en las calles de la Aldea.

No sé adónde ir. Por primera vez, estoy sola. No tengo ni protector fiel, ni refugio seguro, ni embajada a la cual acudir. Ni siquiera sé cómo lograré salir de este planeta.

Camino dando vueltas, aturdida, como si estuviera en un profundo estado de estupor. Después de las últimas semanas en las que hemos viajado a una velocidad vertiginosa, ya está. Nadie más requiere de mis servicios.

Observo el mundo a mi alrededor como si no fuera parte de él. Ya no me siento parte de nada.

Me engañaron después de todo. Mathias me advirtió que bajara la velocidad y pensara bien las cosas, pero no pude ver más allá de mi propia obsesión. Y ahora lo he perdido tanto a él como a Hysan, como también el respeto de todo el sistema solar.

De pronto me doy cuenta de que han comenzado a salir personas de las embajadas. En su mayoría son acólitos y estudiantes universitarios —aquellos que no partieron con la armada. Cuando me ven, me señalan con el dedo y se acercan.

Un objeto húmedo me estalla en la cabeza, y al instante una lluvia de verduras comienza a volar hacia mí. La multitud se apiña en torno de mí, lanzándome improperios que se agolpan unos sobre otros. ¡Traidora! ¡Asesina! ¡Cobarde!

Me arrojan también a sus muertos: *Mi esposo, mi padre, mi hermana, mi amigo, mi hija...* todo el mundo perdió a alguien. Y como en el Pleno, también ellos necesitan tener a alguien a quien culpar. La guerra deja todo tipo de daños.

Reconozco a uno de los rostros entre ellos: Lacey, la pisciana del Halo de Helios. Tiene el rostro manchado y húmedo de lágrimas.

—Se suponía que ibas a salvarnos —dice entre sollozos.

Una copa aflautada sale arrojada, se hace añicos y me hace un tajo en la mejilla. Intento contener las lágrimas y cubrirme el rostro, y caigo de rodillas a medida que el círculo se cierra a mi alrededor. Me pregunto si las mismas personas que hace unos días proclamaron mi nombre para que fuera yo quien los guiara son las mismas que me harán pedazos ahora.

De pronto, resuena una bocina de aire.

—Apártense —dice una voz de hombre—. Despejen el área.

Levanto la cabeza. Mis atacantes emprenden la retirada, pero no hay soldados a la vista.

La gente retrocede a los tropiezos, protegiéndose los rostros, y unos pocos caen al suelo. Oigo cachetazos y golpes, pero no alcanzo a entender lo que sucede… hasta que una mano invisible me toma con fuerza la parte superior del brazo y me pone de pie.

—Tu velo, miladi.

Un collar se desliza sobre mi cuello, y una figura dorada aparece ante mis ojos.

Hysan ha regresado.

—Ahora somos invisibles. Huyamos de acá.

Me toma la mano y me conduce a toda prisa por entre la multitud, apartando la gente a un lado. Apenas salimos de la Aldea, corremos hacia la estación de trenes.

A mi alrededor, la ciudad bulle de energía, pero no puedo acceder a ella. Siento como si estuviera observando y oyéndolo todo a través de un muro de cristal, sin poder cruzar al otro lado para ser parte de lo real. Solo cuando estamos sentados dentro del vagón de tren es que consigo recuperar el aliento.

—Gracias —digo, demasiado débil para decir otra cosa.

Él frunce el ceño y me acaricia la mejilla.

—Estás lastimada.

El corte me duele, pero no es grave.

—¿Por qué estás acá, Hysan?

Dos pequeños hoyuelos marcan levemente sus mejillas, como si hubiera recuperado su sonrisa a medias.

—No eres una muchacha fácil de olvidar. —Me envuelve la mano en la suya—. Además, eres mi única amiga humana real.

Algunas veces, me cuesta mucho no dejarlo todo y besarlo.

—¿Cómo llegaste tan rápido?

—El *Equinox*. —Los ojos le brillan—. Hemos estado viajando a hipervelocidad desde que el embajador Frey nos contactó.

—Frey votó para expulsarme.

—No tuvo otra opción. Él y Sirna llegaron a un acuerdo para impedir que fueras a la cárcel.

Nos deslizamos en silencio dentro del puerto espacial, y como antes, el *Equinox* está estacionado oculto en la otra punta de la plataforma de vibrocópteros. Hysan me asegura que el escudo psi del *Equinox* está intacto gracias a su talismán.

Cuando subimos a bordo de la nave, dos personas nos aguardan: o, más bien, una persona y un androide.

Lord Neith está sentado al timón, jugando al mah-jong digital con *Nox*, mientras una niña pequeña observa y sugiere jugadas. Es *Rubidum*.

—¡Rubi! ¡Estás a salvo!

Cuando me abalanzo para abrazarla, ella me esquiva.

—Uf. ¿Qué es eso tan asqueroso que tienes en la ropa?

Doy un paso hacia atrás para no enchastrarla.

—¿Tu zepelín se salvó?

Retuerce la nariz ante el olor.

—No. Nuestros tanques de combustible explotaron, pero el honorable Lord Neith me salvó. Quienquiera que haya diseñado mi cápsula de escape necesita un trasplante de cerebro. —Arranca algunas cuentas de cristobalita de su túnica y las arroja a la pared—. Lo peor es que caímos en una trampa concebida por nosotros mismos.

—Ustedes fueron quienes confiaron en alguien de diecisiete años —digo.

Hysan infla las mejillas.

—Mis escudos psi eran perfectos. Los probé yo mismo.

—Hysan, no me refería a ti. La primera vez que lo vi, Ocus me advirtió que la gente no creería en mí. Y todo lo que he hecho para probar que él estaba errado solo lo ha beneficiado. Ahora todo el Zodíaco cree que soy una cobarde. De hecho, están convencidos de que mi intención era que todo saliera como salió.

—No puedes cargar con toda la culpa, Rho. —Rubidum se arranca otra cuenta—. Todos dejamos que la ira nos cegara.

—Supongo que en el futuro puedo descartar dedicarme a la política.

Ella y yo nos reímos débilmente, pero Hysan me mira fijo; su mirada radiante me atrapa en sus rayos luminosos.

—Fueron las estrellas quienes te eligieron, Rho. Los seres humanos, en su infinita injusticia, te han agraviado, pero volverás a encontrar tu lugar legítimo. Tu luz brilla con demasiada intensidad como para que no seas una guía para los demás.

***

Me dirijo a mi camarote habitual para asearme. Con Hysan cerca, siento que es casi posible salir adelante... pero la culpa hace que sea difícil estar demasiado tiempo en presencia de él.

Apenas estoy sola, todas las palabras que Caronte me lanzó en la embajada parecen llenar la habitación. Me hago un ovillo en el suelo, tratando de escapar a ellas. Pero tal vez sea una cobarde.

No le conté a Mathias sobre la amenaza de muerte de Ocus antes de salir de Oceón 6. No le conté sobre Hysan. Ni siquiera le expresé lo que sentía ni escuché lo que le pasaba a él.

Tan solo le cerré la puerta en la cara. Abandoné a Mathias. Como abandoné a papá y a Stanton. Y a la gente de Virgo. No entiendo qué luz habrán percibido en mí Hysan y Agatha, cuando todo lo que parece que les traigo a las personas es oscuridad.

Cuando finalmente me levanto para arrojar mi traje dentro del refrescador, sacudo los bolsillos. El astralador de Mathias cae al suelo.

Lo levanto y recorro con los dedos la superficie escurridiza de nácar. Esto le pertenece a sus padres, no a mí.

Pobres Amanta y Egon. Como Hysan y yo, son huérfanos, pero de un modo diferente y mucho peor.

Me quedo un largo rato bajo la ducha ultravioleta, dejando que la luz me queme todo rastro de suciedad. La herida en la mejilla me arde, así que acerco la cara al chorro de UV para esterilizar los gérmenes. Cuando salgo de la ducha, Sirna me está esperando.

—Rho, me hubiera gustado ocupar tu lugar allá arriba. —Me extiende un uniforme canceriano limpio, confeccionado en mi tamaño—. Perdóname por no haberte alertado. Fue parte del acuerdo que hicimos con Caronte.

Tomo sus manos extendidas.

—El deber es un amo implacable —digo, repitiendo sus palabras—. Pero no soy una Polaris. No tengo derecho a ponérmelo.

—Por ahora, habrá que arreglárselas con él. —Me ayuda a ponérmelo—. Los hechos tuvieron que desencadenarse así. Si hubiéramos resistido demasiado, Caronte hubiera dispuesto algo peor que la expulsión. Trata de comprender.

Me toco el símbolo de la Guardia Real en el bolsillo, las tres estrellas doradas. Como el que tiene el traje de Mathias.

—No me rendiré, Sirna. Es solo que… necesito tiempo para pensar y prepararme.

—Rho, ya hiciste lo suficiente.

Contemplo los ojos azul marinos de Sirna.

—Agatha será Guardiana interina hasta que se elija a una nueva. Es la Asesora de más antigüedad. Vela por ella.

Sirna asiente solemnemente.

—Por supuesto que lo haremos. Debo regresar a la embajada, pero antes quería despedirme de ti. Cuídate.

—Tú también. —Nos abrazamos y se vuelve para irse, pero luego me acuerdo del astralador—. Espera, Sirna. ¿Podrías devolverles algo a los Thais?

Su mirada se nubla de tristeza cuando ve el astralador que le extiendo.

—Era de Mathias... y antes de eso de su hermana.

Lo mira, pero no lo acepta.

—No debemos interferir con los deseos de quienes han partido. Mathias quería que tú lo tuvieras. Sus padres tienen otros objetos para recordarlo... Este es tuyo.

***

Cuando Sirna se marcha para retomar sus funciones en el Pleno, Rubidum se niega a ir, y me alegra. Es doscientos ochenta años mayor que yo, pero parece mi hermanita menor, y ahora ambas nos hemos quedado sin hogar.

Neith y Hysan están al mando, y a medida que el *Equinox* despega y asciende alejándose de la Casa de Aries, observo el planeta Faetonis desapareciendo sin sentir ningún pesar. A lo lejos, en el cielo, estrellas desconocidas giran alrededor de nuestra galaxia, dispersándose hacia afuera sin fin.

No me imagino la infinitud. Los telescopios solo alcanzan para ver a cierta distancia, e incluso la Efemeris no revela más que nuestro universo visible. Ninguna nave viajará jamás lo suficientemente rápido como para llegar al límite del espacio. Allí puede haber cualquier cosa merodeando. Cualquier cosa es posible.

Incluso el Empíreo.

Rubidum se acerca:

—¿Ves algo?

—Solo estoy pensando.

Presiona la frente contra el vidrio.

—Los científicos dicen que en algún lugar del universo, todos los hechos bajo el sol se repiten en un número infinito de veces, en todas las variantes posibles.

—Me gusta eso. —¿Podría ser que en algún lugar, fuera de nuestro campo de visión, Mathias siga vivo, y otra Rho Grace, una mejorada, siga nadando en un mar de zafiro?

Rubidum me codea el brazo.

—Tus fans te transformarán en mártir. Serás más famosa que nunca. Eso es lo que preveo.

—¿Lo viste en las estrellas?

—Sí. No por nada soy Guardiana. Hysan tiene razón, ¿sabes? *Tú* eres la verdadera Madre de Cáncer. Las estrellas no han señalado a ninguna otra.

La miro con el ceño fruncido.

—¿A qué te refieres?

—Tus Polaris no han detectado nuevas huellas digitales astrológicas como candidatos potenciales que te puedan reemplazar.

Comienzo a concebir una teoría mucho más terrible: tal vez Cáncer no tenga una nueva Guardiana porque Cáncer haya desaparecido para siempre.

Pero no puedo pensar así.

—Necesito más entrenamiento, Rubi. —Me abrazo las rodillas contra el pecho—. Tengo un millón de cosas para aprender. —Incluso mientras hablo, siento un escozor en los ojos al recordar el consejo de Mathias.

Hysan aparece detrás de nosotros.

—Entonces, ¿dónde vamos?

—Las lunas de Acuario tienen centros estelares de esquí—dice Rubidum—. O podríamos intentar hacer surf solar en el planeta Leo.

—Me gustaría buscar a mi hermano —digo, aunque sé que estoy siendo egoísta—. Debe de estar en el campo de refugiados de Hydragyr.

—La Casa de Géminis. —Rubidum se vuelve hacia el vidrio y entrecierra los ojos en dirección a su mundo. Sus ojos enrojecidos me recuerdan a las personas en su corte, tan alegres y creativas, que ahora han sido incineradas—. He estado temiendo verla, pero… sí, creo que es hora de regresar.

—¿Géminis? —Hysan tuerce los labios como si estuviera probando vinagre—. Neith, mi señor, las damas han decidido. Fija el rumbo hacia la Tercera Casa.

44

La Casa de Géminis está del otro lado de la eclíptica de Aries, así que el *Equinox* va a catapultarse otra vez alrededor del sol para cobrar impulso y aumentar nuestra velocidad. Estamos en camino, y yo estoy en mi camarote, pensando en Mathias.

—¿Rho? ¿Estás despierta? —Rubidum me está llamando del otro lado de la puerta—. Hay algo que a Hysan y a mí nos gustaría que vieras.

La proa del *Equinox* ya se ha oscurecido y está polarizada cuando entro, y mis compañeros se encuentran cerca del vidrio curvo, admirando nuestro sol. Me detengo entre los dos, y cuando me choco levemente con el hombro de Hysan, él sonríe.

—Que la luz del sol esté contigo —dice, un saludo extrañamente anticuado.

—Y contigo —le contesto del mismo modo.

Nos giramos hacia el fuego dorado, que está casi fuera de nuestro alcance.

—Ahora mira a la derecha. —Hysan apunta a una joya azul en el cielo.

Abro grandes los ojos. Es Cáncer.

Brilla con un azul más intenso que nunca, anillado ahora por un collar de piedras lunares. Me recuerda al collar de perlas que me dio mamá, que unía a cada uno de los símbolos sagrados de la Casa.

Unidad. Ofiucus. *Qué ironía.*

Ahora, cuando ya hemos perdido todo y a casi todos, me siento verdaderamente desnuda por primera vez. No tengo un lugar en el mundo, y el mundo no tiene ningún lugar para ofrecerme. Estoy libre... y soy simplemente *yo misma*.

Es solo que no conozco esta versión de mí. Nunca antes he sido esta. De alguna manera, puede servir como una hoja en blanco. La elección que Crius me dijo que tenía, hace muchas vidas. Y lo único que sé sobre esta nueva yo es que por sus venas corre el mar de Cáncer, y que este corazón canta a toda voz una melodía canceriana.

La única verdad que siempre he preservado —la parte de mí que nunca se ha descolorido y que me hizo superar lo peor— es mi identidad como canceriana. Caronte desafió mi propia naturaleza cuando se paró sobre el mar de Cáncer y me acusó de cobardía. Pero no me puede entender, porque el lente que usa para mirarme es muy estrecho.

Pienso en el jurado de Hysan, que me advertía de no volverme tan terca en mi fijación con Ocus —estaba tan enfocada en sumar a otros a mi causa contra el Decimotercer Guardián que me negué a ver la amenaza del ejército o incluso a considerar otros puntos de vista. Pasa lo mismo con Caronte: solo me puede ver desde afuera, a través de ojos de escorpión.

Cuanto más nos distanciamos de las otras Casas, más pequeños se vuelven nuestros mundos. Incluso nuestras cosmovisiones empiezan a contraerse. Por eso es que tengo que salvar mi mundo. Aunque las personas se vayan yendo, Cáncer no puede irse. Como dijeron Leyla y Sirna, tiene que perdurar.

Hysan ha dicho que soy la persona que las estrellas eligieron para salvaguardar nuestra Casa, así que eso es lo que haré de la forma que pueda. Solo que mi hogar ya no es solo Cáncer, sino el Zodíaco.

Estoy tratando de ver nuestro sistema solar de la forma en que la ve Hysan, como una extensión de mi hogar, un lugar lleno de intrigas, aventuras y personas interesantes. Quiero ser ciudadana de la galaxia como él, y no solo de un planeta. De todas maneras, por ahora, tierra y oxígeno me vendrían bien. Y algunas caras conocidas.

Un nuevo hogar para la nueva yo. Un hogar que defenderé hasta mi último aliento. Porque la amenaza sigue allí afuera. El amo, y Ocus, y el ejército.

He sido Guardiana, así que he visto cómo funcionan las cosas en la cima. Y me he dado cuenta de que siempre es difícil producir un cambio, tanto si se emprende desde una posición de poder como si se hace desde abajo. De ambas formas, hay que enfrentarse a una oposición —la de otras personas o la propia— y siempre hay que luchar duro.

Así que voy a seguir haciendo lo que sé hacer mejor: leer las estrellas. Iré adondequiera que se necesite ayuda. Y usaré cada minuto libre que me quede para perseguir a los responsables. Los que me han robado mi casa, a mi padre y a Mathias.

Justo cuando Cáncer desaparece de la vista, me giro para dirigirme a mis amigos.

—Bajemos el escudo y verifiquemos el estado de las redes de comunicación de Cáncer. Todavía podría haber alguien ahí.

He empezado a usar mi anillo de nuevo. Ya no me estoy ocultando. Si Ocus quiere otra pelea, ahora ya lo puedo tocar. Pelearé contra él hasta la eternidad.

La red eléctrica de Cáncer sigue caída, así que llamamos a mi planeta natal por vía de la mente comunal del Psi. Mis amigos se agrupan cerca del timón, y meditamos en silencio, esperando. Muchos intelectuales susurran a través del Psi, pero ninguna voz se alza desde el planeta de Cáncer. Después de veinte minutos sin recibir respuesta, me doy por vencida.

Acto seguido, Ondeamos el campo de refugiados que se encuentra profundo, bajo tierra, en el planeta geminiano de Hydragyr. Dado que los hologramas viajan a la velocidad de la luz, hay una demora de ocho minutos. La primera persona que responde es Nishiko.

Como mi Onda está arañada y abollada, y una de sus puntas se ha derretido, Hysan transfiere la imagen a la pantalla del monitor, y la aparición de la cara color canela de Nishi me trae la primera sonrisa real a la cara, ablandando músculos que ni me había dado cuenta que estaba apretando.

—Te he estado siguiendo, Rho. Sabíamos que nos encontrarías.

Nos hablamos como holofantasmas, con largas y tediosas pausas que puntúan nuestra charla.

—Nishi, ¿sigues con los refugiados? Pensé que habías vuelto a casa.

Ella levanta el mentón y sonríe.

—Tengo mis razones para quedarme.

Lady Agatha se suma a nuestra conversación.

—Bendita Madre —dice. Empiezo a protestar, pero todavía no me oye—. La gente me llama su Guardiana, pero los cancerianos conocemos a nuestra verdadera protectora.

Al tiempo, le respondo:

—Gracias por tu bendición, Agatha. Me mantuvo firme.

Después de ocho minutos, una nueva cara aparece en la pantalla y se está riendo.

—No me digas que tienes religión, Rho.

—¡Deke! Qué bueno verte.

Otra demora. Después dice:

—¿Puedes creer que estoy cosechando hongos ahora? Te encantará mi *fungi sushi*.

Sobre la pantalla, Nishiko se aprieta contra Deke, y cuando ella le desliza el brazo alrededor de su cintura, él no la aparta.

—Tu gente se está haciendo un hogar aquí, Rho. Están construyendo tu Casa otra vez. Te gustará este lugar.

¿Una mina de berilio, oscura y seca, dentro de un planeta sin aire?

Sí, si me gente se encuentra allí, me gustará.

Presento a Hysan y a Rubidum, y con lentas y entrecortadas demoras, hablamos por una hora. Mis amigos cancerianos tienen decenas de preguntas, porque no creían en los noticieros que salían de Faetonis. Trato de aclarar ciertos misterios, pero gran parte de mi historia tendrá que esperar a mi llegada.

Antes de cortar la comunicación, pregunto:

—¿Saben dónde está mi hermano?

Sus expresiones se apagan. Agatha dice:

—No hemos escuchado de tu familia, Madre. Creemos que han fallecido en el mar.

—Pero yo pensaba... —Mi voz se muere. Mi mente está derrumbándose.

Rubidum se acerca y me acaricia.

—Es terrible perder a un hermano. Yo lo sé.

Hysan me atrae cerca del pecho, y escondo la cara en sus overoles, inhalando su perfume a cedro y deseando que termine la agonía. Cada día, una nueva herida de navaja.

Podría sobrevivir cualquier pérdida... pero no la de Stanton. He peleado y sobrevivido para nada.

—Tu familia está en el mar de Cáncer —dice Deke después de ocho minutos—. Es lo que hubiesen querido.

No puedo hablar.

Hysan le informa a Agatha cuándo llegaremos, y ella le pasa las coordenadas de aterrizaje. Nishiko y Deke prometen una gran celebración de bienvenida, completa con *fungi sushi*, y cortamos la llamada.

Cuando termina, nos quedamos parados en silencio. Están esperando que yo reaccione, pero apenas puedo tomar otra bocanada de aire, mucho menos hablar.

Mi Onda empieza a zumbar otra vez. Tal vez se hayan equivocado con las coordenadas y estén llamando para corregirlo. No me muevo para alcanzarla, así que Hysan abre el caparazón de la almeja.

Sale una voz, pero sin imagen.

—Rho, ¿puedes... escucharme?

La voz es tan familiar que perfora todo mi ser entumecido.

—¿Stanton? —Miro alrededor desesperada, preguntándome si los otros pueden escucharlo o si he perdido la cabeza.

—Es una señal óptica —dice Hysan, pasándome la Onda—. Habla lo más cerca al dispositivo que puedas.

Me lo llevo a la boca.

—Stanton, aquí habla Rho. ¿Dónde estás?

Cuando no responde, me giro hacia Hysan.

—¿Estás seguro de que esta cosa está funcionando?

—La señal está viajando por un haz óptico. Dale tiempo.

Esperamos cuatro minutos electrizantes antes que aparezca la próxima señal. Oímos un estallido de estática, y después una voz:

—... es Stanton Gr... llamando a Madre Rho. Estamos en... observatorio sobre Monte Pellanesus... veo una nave. ¿Eres tú?

—¡Sí, soy yo! Stanton, estás vivo. ¡Vamos para allá!

De nuevo esperamos, solo que esta vez mi corazón se acelera con esperanza, y no pavor. Hysan conecta mi Onda a la pantalla del *Equinox* y tipea algunas teclas. Cuando llega la próxima señal, vemos la cara de Stanton.

—...como cuatro semanas. La familia Belger está conmigo...doscientos más. Hemos ocupado el observa... armamos una conexión... redes para pescar... han estado... y papá... con sus nar-mejas. Murió en el... criaturas que amaba... ¿estás viniendo?

Stanton parece estar parado sobre la ladera de una montaña, sacudido por vientos huracanados. Hojas y pedazos de chatarra le vuelan al costado, y detrás de él un enlace óptico con forma de disco se balancea de atrás hacia adelante, pixelando su imagen, haciéndola aparecer y desaparecer.

Me vuelvo a Hysan.

—¿Podemos aterrizar allí?

Consulta con el *Equinox* y asiente.

—Hay fuerte actividad de tormenta, pero lograremos llegar. Si el terreno es muy irregular, lo sobrevolaremos.

La primera emoción feliz que he sentido en mucho tiempo me inunda, y es tan nueva que me duele. Si esto es egoísta, no me importa. Ya no soy la Guardiana —puedo volver a pensar en mí misma y en mi familia.

Ocus me ha quitado a papá, a mi hogar y a Mathias. Como Guardiana, necesitaba el apoyo de la gente para enfrentarlo. Como persona, puedo hacer lo que quiero.

Después de reunirme con mi hermano, iré tras el Decimotercer Guardián.

Ocus las va a pagar.

Lo juro por la vida de mi Madre.

FIN DEL LIBRO UNO

AGRADECIMIENTOS

Como el universo del Zodíaco, mi vida está poblada de personas de muchos talentos, quienes a menudo —a veces sin siquiera saberlo— me donan una porción de su poder cuando más lo necesito. Soy tan, tan afortunada de tener a estos *Polaris* que me protegen.

Gracias:

A Liz Tingue, por esta oportunidad y por ser tan fabulosa tanto como editora y como amiga.

A Ben Schrank, Casey McIntyre, Laura Arnold, Marissa Grossman y el resto del equipo Razorbill, por la experiencia de edición más increíble que jamás haya soñado... y he estado soñando con esto desde los nueve años.

A Vanessa Han y Kristin Smith, por la tapa más cool del mundo.

A Jay Asher, por tu amistad y generosidad maravillosas, y por presentarme a Laura.

A Laura Rennert, por creer en mí, por tu brillante conducción y por todas las aventuras que tenemos por delante.

A Will Frank, por siempre, *siempre* estar presente y nunca *jamás* dejar que renunciara.

A Nicole Maggi, Lizzie Andrews, Anne Van y *Scribblers*, por su amistad, por todo lo que me han enseñado, y por emprender juntos este viaje...

Nicole, que nuestros cerebros gemelos hayan dado luz a nuestros libros gemelos debe de haber estado escrito en las estrellas.

A mis amigos y familia, a lo largo y ancho de este Planeta Azul, por ayudarme a levantarme cada vez que me he caído, y por llenar mi mundo con asombro y amor.

A los lectores, por darle una oportunidad a Rho y por lanzarse al espacio junto a ella.

A los Bebos, por ser los mejores abuelos y seres humanos del mundo, los extraño con locura.

A Russell Chadwick, el libriano perfecto, por inspirarme siempre, y por ser mi mejor amigo, mi corrector de pruebas y la luz de cada día.

A Meli, por ser más que una hermana... sos mi mejor amiga, mi ejemplo a seguir y el amor de mi vida.

A papá, por apoyarme siempre y nunca dudar de mí, y sobre todo por enseñarme a soñar.

Y a mamá, por ser mi primera fan y lectora. Sos la mejor mamá de cualquier galaxia y la Guardiana de nuestra Casa... sos la mejor mamá del universo.

**

Impreso en Primera Clase Impresores
California 1231 - C.A.B.A.
Abril de 2015